北岳山《プガクサン》
八判洞《パルパンドン》
仁王山《イナンサン》
三清洞《サムチョンドン》
孝子洞《ヒョジャドン》
景福宮《キョンボックン》
独立門《トンニムムン》
朝鮮総督府
社稷《サジク》
光化門《クァンファムン》
阿峴洞《アヒョンドン》
慶熙宮《キョンヒグン》
毛廛橋《モジョンギョ》
徳寿宮《トクスグン》
南大門《ナムデムン》

土地

完全版

朴景利

パク・キョンニ

14巻

(全20巻)

金正出＝監修

吉川凪＝訳

CUON

토지

完全版 土地 14巻 ◉ 目次

第四部　第二篇　帰去来

第四部　第三篇　明《ミョン》姫《ヒ》の砂漠

第四部　第四篇　仁実《インシル》の居場所

【凡例】

◉訳注について

短いものは本文中に〈　〉で示し、＊をつけた語の訳注は巻末にまとめた。

◉訳語について

原書では農民や使用人などの会話は方言で書かれているが、日本の特定地方の方言で訳すと、その地方のイメージが強く浮き出てしまうことから避けた。訳文は標準語に近いものとし、時代背景、登場人物の年齢や職業などに即して、原文のニュアンスを伝えられるようにした。

原書には、現在はあまり使われない「東学党」などの歴史用語や、不適切とされる表現もあるが、描かれている時代および原文の雰囲気を損ねないために、あえて活かした部分がある。

◉登場人物の人名表記について

人名は原書で漢字表記されているものは、基本的にその表記を踏襲した。また、朴景利が自ら日本語訳を試みた第一巻前半の手書き原稿が残されており、この原稿から採用した漢字表記もある。なお、漢字表記が日本語の一般名詞と重なり読者に混乱を招くものはカタカナ表記とし、翻訳者が漢字を当てたものも一部ある。

◉女性の呼称について

農家の女性の多くは子供の名前に「ネ（네）〈母〉」をつけた「〇〇の母」という呼び方をされている。子供のいない女性などは、実家のある地名に「宅《テク》」をつけて呼ばれる。たとえば「江清宅《カンチョンテク》」は、江清から嫁いできた女性である。「宅」は「誰それの妻」を意味する場合もあり、「金書房宅《キムソバンテク》」は「金書房」と呼ばれる男性の妻であることを表す。また、朝鮮では女性の姓は結婚後も変わらない。

第四部　第二篇　帰去来

六章　誕生祝い

頭のてっぺんを焼くような猛暑は去り、セミの声もあまり聞こえなくなってきた。土塀から垂れさがったカボチャのつるも葉っぱがだいぶ少なくなったように見える。ずっと雨が降らなかったからだろう。還暦を過ぎて早や十数年、妻に先立たれた吉《キル》老人の誕生日など派手に祝う必要はなく、塩漬けの魚を焼き、貝の身を入れたナムルとワカメのスープを作って家族で食べれば十分だし、また実際にそうしてきた。しかし今、吉老人の家では大勢の男たちが豪勢な食事をしている。誕生日に客を招待するのは親孝行の証拠であり、南原《ナムオン》の市場の入り口で三代にわたって米屋を営んできた吉家には知人も多く重要な取引先もあるだろうから、こうした機会に接待しても不思議ではない。しかし集まった顔ぶれを見ると、単純な誕生日祝いには見えない。にぎやかなはずの祝いの席が静かなのは年寄りの誕生日だからだとしても、吉老人の長寿を祝う雰囲気ぐらいはあっていいだろう。それなのに、部屋の空気は殺伐としていた。

二つの部屋を仕切っていた戸を取り払って食膳がずらりと並べられ、吉老人と、体格の良い男八人がゆったり座っていた。すだれを通して上の棟が見える。古い家だから柱や垂木はすべて灰色に変色していたものの、規模は相当なものだ。台所と内房《アンバン》〈主婦の居室〉、広々とした大庁《テチョン*》と小さい部屋のある上の棟は南向きで、それに向かい合って北向きに建てられた下の棟には吉老人の部屋と孫夫婦の部屋があり、後から建て増した小さな小屋が続いていた。通りに面した東側には、二つの建物とくっつくようにして、穀物を貯蔵する蔵と米屋の店舗と門が建っている。西側はカボチャのつるがはう土塀があり、かめ置き場に大きなかめがずらりと並んでいる。上の棟と下の棟には、それぞれゆったりとした裏庭がある。

嫁をもらって一年ほどになる上の孫は米を積んで麗水《ヨス》に行った。徹夜で料理をした息子の嫁は次男と一緒に、市日《いちび》ではないので閑散としている店に出て、通りを眺めていた。客の世話は、孫の嫁と孫娘がしている。

「ここはお客さんがあまり来ないでしょう」

尹都執《ユントジプ》*の息子尹必求《ピルグ》が聞いた。吉老人がうなずく。

「店を市場の中に移したらどうです」

「さあ……」

老人は間を置き、

「そ、それは息子が考えることだ。だが、私はずっとここで暮らしてきたからな」

遠回しに、自分の生きているうちはここを離れないと言っている。まげ*を結い、鼻の下とあごのひげが半ば白くなった老人は、きまりが悪くなったのか、ぎこちなく空ぜきをした。息子と同年代の四十代のがっちりした男たちや五十代初めの男たちは、老人からすれば若者だ。それぞれ立場は違うだろうが、中に一人、少年みたいに肌のきれいな男がいた。老人の息子、吉莫童《マクトン》だ。彼はこれまで四十三年間、父と同じく波風を立てず、生真面目に暮らしてきた。他の男たちは海千山千の、荒っぽくて一筋縄ではいかない人々だ。時には衝突して目に怒りの炎を灯したり、いがみ合ったりしてきた傷だらけの男たちに挟まれた吉老人は、名目上は宴会の主人公であり年齢からしても敬われるべきなのに、ひどく萎縮している。

（役に立たない年寄りが邪魔しているようで落ち着かない。誕生日の祝いなど、しなければよかった）

寂しい気もした。莫童は、父のそんな心情に気づいていない。彼自身が落ち着きを失っていて、父と必求の会話もろくに聞いていなかった。顔に出すまいとしていたけれど、内心では恐怖に近い不安を抱いていた。延鶴《ヨンハク》が、相談がてら何人かでここに集まりたいと言いだした時、吉老人は快諾し、莫童も同意した。そしてもうすぐ父の誕生日だからその時に集まるのがいいだろうと付け加えた。相談とは、土地に関するものだ。三十年前に牛観《ウグァン》禅師が、金環《キムファン》のものだと言って、五百石の土地の管理を吉老人に頼んだ。尹氏夫人が幸薄い息子に与えた遺産だとは知らない吉老人は、環の父親であり、牛観禅師の実弟であり、また東学の接主《チョプチュ》*でもあった金介周《ゲジュ》の遺産だろうと思って、誠実に管理してきた。

牛観禅師が生きていた時も、亡くなってからも、秋に収穫した物を売った代金は恵観《ヘグァン》に送った。その金が東学残党の秘密組織に使われていることは、吉老人も知っていた。しかしそれだけでは足りなかったらしく、土地は少しずつ処分され、今では百石にも満たない。それも恵観が満州に去って消息が途絶えてからは、土地と収穫された穀物から得られた金は、そのまま吉老人が管理していた。だが、相談とは、その土地のことではない。新たに五百石の土地が、崔西姫《チェソヒ》から提供されたのだ。延鶴はその経緯を説明しなかった。延鶴自身も、土地を提供した西姫の真意を測りかねていた。尹氏夫人が三十年前に五百石の土地を残し、今また五百石の土地を孫の西姫が提供する。尹氏夫人の土地の恩恵を受けたのは、崔参判《チャムパン》家*とは関係ない人たちだ。その土地が提供されたのは大義のためではなく、一人の男にまつわる悲劇的な因縁のためだったが、その因縁はクモの糸のようにからみ合っていた。大義のためではなかったとしても、崔参判家の受難とこの国の民が味わった苦痛は同質のものだ。望むと望まざるとにかかわらず、彼らはいつしか同じ舟に乗っていて、かなわぬ願いかもしれない領土奪還という峰を目指して大海を漂流している。昔の五百石の土地のことを知っていた牛観禅師と金環は、既にこの世の人ではない。恨《ハン》*と憐憫の代価のようなその秘密は、当主である崔西姫すら知らない。

　ともかく、残った土地と新しい土地の管理を吉老人に、正確に言えば吉莫童に委任することにしてこの会議を計画したのだが、いざ男たちがやってくると、莫童は内心、困ったことになったと思った。下手をすれば家が潰されるという思いが、稲妻のように脳裏に走った。土地についての相談は口実に過ぎない。つまり誕生日祝いの宴会には、また別の目的があった。吉老人が萎縮しているのもそのせいだ。元をたどれば、牛観や恵観から詳しいことを聞いてはいなかったが、土地の管理を引き受けた以上、彼らに加担しなかったとは言えない。莫童も、初めは訳がわからなかったけれど、家業を継ぐ頃には彼なりに察していたから、父と子はずっと昔から関与してきたと言える。知らなかったとは言えない。状況は意外な方向に展開した。知らぬふりができなくなったばかりではなく、虎のような男たちの中から抜け出せなくなったと、莫童は感じていた。いつどうしてわなにはまったのか。怨みのこもった視線を何度向けても、延鶴は知らぬふりをしている。それも恐ろしいことだ。吉老人と延鶴の父親は友人だから、延鶴とは子供の時から兄弟のように付き合ってきたけれど、今はそんな情でどうこうできるものではなさそうだ。莫童はいっそう恐怖を感じた。

(最初にきっぱり断るべきだったんだ。訳のわからない土地の管理を引き受けたのが、そもそもの過ちだ。うっかりしていた。こんなふうになるとは思わなかった。俺がはっきりものを言えない性格だから……。ああ、万が一しくじったら、うちの家もめちゃめちゃになるんじゃないか?)

吉莫童とは事情が違うものの、蘇志甘《ソジガム》も居心地が悪そうで、気乗りしない顔をしていた。酒は飲んでいたけれど、内心、ひどく不愉快だった。莫童のように恐怖を覚えたり、抜け出せないのではないかと心配したりしているのではない。家はとっくに没落しており、老母がいるとはいえ、一人で放浪しているようなものだ。何が起きても動揺する必要はないし、関わらないでおこうと思えばそれで済む。昔の両班《ヤンバン》*や今日の知識人を見下すのは勝手だが、蘇志甘は彼らが自分を操縦しようとしているようで気に入らない。

蘇志甘は半月ほど智異山《チリサン》*に滞在している。知娟《チヨン》を連れ戻そうとソウル*から来たのに問題が解決できないでいるのも、いらいらする理由の一つだ。

「若くてきれいな女性が居座っているから、麓ではあれこれうわさされているはずだ。信徒もあまり寺に行かなくなった。まあ、坊主は仏に仕えるのであって信徒に仕えるのではないし、私はご利益を望んで寺を修理したのでもない。ただ、和尚さんが耐えられなくなって出ていってしまったら困る。和尚さんは今、托鉢に出ているが、帰ってこないんじゃないかと心配なんだ」

蘇志甘がソウルから来た時、吉老人がそう言った。相当、頭を悩ませているらしく、顔が赤くなっていた。

「松安《ソンアン》居士、私が軽率でした。一塵《イルチン》に対しても面目がありません。今度は絶対にあの子を連れて帰ります。まことに申し訳ございません」

　蘇志甘は顔から火の出るような思いで謝罪するしかなかった。

「先生が悪いのではありませんよ。和尚さんが来てくれたのも、先生のおかげだ。でも、今の私の心境は、串だけ焼けて肉が焼けない*という言葉どおりです。生涯、自分のことだけにかまけて暮らしてきたけれど、ほんの少し功徳を積んだとしたら、雑草に覆われ、崩れかけて山の動物が出入りしていた寺を復興させたことだけです。もうあの世に行っても、以前ほど申し訳ない思いをしないで済むと思ったのだけれども……。すべて前世の業でしょうが、和尚さんには申し訳ない。妻子がいたって出家したら俗世の縁は切れるものなのに。実に気の毒です」

　吉老人にしては、かなり強い表現だ。しかし知娟は吉老人や蘇志甘の望みとはうらはらに、すんなりソウルに帰ろうとはせず、一塵がソウルに帰ったら自分も帰るとか、形だけでも結婚式を挙げてくれたら諦めてやるとか、突拍子もないことを言いだすのだった。

（ちくしょう、全部、範俊《ボムジュン》のせいだ。軽はずみな奴め。男が、あんなに口が軽くてはいかん。東奔西走しているが、あんな奴に何ができる）

　怒りがこみ上げるたび、急進主義で血の気の多い母方の従弟、李《イ》範俊を罵った。彼が一塵の居場所を教えなかったら面倒なことは起こらなかった。寛洙《グァンス》を紹介したのも範俊だったし、恵観や錫《ソク》と知り合ったのもそうだ。そこまで責めなくてもいいだろうが、ともかく衡平《ヒョンピョン》社《サ》運動*を支援するためにソウルと晋州《チンジュ》を行き来していた範俊のせいだ。

祝いの酒は強く、おいしかった。そしてすぐに酔いが回った。

（あいつが白丁《ペクチョン》？　白丁だと？　偉そうに衡平社運動だなどと騒いでいるが、あんな奴に何がわかる。若造のくせに。道化はもともと賤民の職業だが、両班が一人加わって、もっと面白くなったというのか？　みっともない。とにかく、この蘇志甘を始め、ソウルの奴らはみんな変だ。笑わせる。常奴《サンノム》*が格上げされて威張れなくなった腹いせに賤民をいっそう抑圧して、その罪滅ぼしのつもりか、今では国を売り渡した両班の子孫が賤民のご機嫌を取る。まるで三国志だ。個人であれ団体であれ、人間がいる限りは、いつどこでも三国志だ。新式の言葉で言えばマキャベリズム。冷水を飲んで気を取り直すのは賤民だけじゃないぞ。ははははっ……ははははっ……。山賊みたいな奴らめ、俺に、徐林《ソリム》*になれと言うのか。お前らの思いどおりにはならん。酒でも食らえ。この山賊ども）

しかし、実のところ蘇志甘はそれほど腹を立てていたわけではない。

（ルバシカを着て髪をオールバックにした奴ら。進歩派だか革命家だか知らないが、学問のある女と一緒になるために糟糠《そうこう》の妻を追い出したくせに平等を叫ぶ奴や、濃いひげを生やし、陰気で気弱な笑みを浮かべてバクーニンやクロポトキンを論じる無政府主義者……。見てくればかり気にするそんな奴ら以外にも、いろんな奴がいる。中国、満州、沿海州*、アメリカ、日本、朝鮮の至る所に党だの組織だのがうじゃうじゃあるんだから、倭奴《ウェノム》〈日本人を意味する蔑称〉は平気でいられないはずだ。朝鮮人は世界一活発に動いているが、ここにいるこいつらはどうだ？
こいつらも革命家には違いない。上から下まで誰もが革命、革命。革命や愛国忠誠を叫ばないではいられないのか。そうしない奴は、せめて謀反《むほん》でもしなければいけないのか。それもしない奴はゴミだ。鶏小屋の雄鶏だ。残忍な倭奴の血まみれの刀も愛国忠誠という手拭いで拭えば、気高く美しい物になる。悲しくなるな。こんちくしょう！　こんな背理のおかげで、人間は動物とは違うってことか。ふん、邪悪なあいつらも、国や民族を愛し、革命もする。革命とは何だ。国を愛することか。民族を愛することか。もっとも、最近では愛国を省略する奴らもいるし、民族を人間に置き換える奴らもいるが、結局は平等になろうということだ。みんなで分かち合おうということだ。それこそ正義ではないのか。正義……。人々は歌詞を変え、曲調を変えながら数千年間、うんざりするほど愛国愛族、いや、正義を繰り返し歌う。今でもそれが最高の道徳だ。読み書きができようができまいが、開明していようが未開であろうが、それなりに。そこには確かに何かがあるらしい……。正義。今、倭奴らが次の侵略に備えて大声で叫んでいる正義の歌。待てよ、果たして正義があったのか？　あるにはあった。なぜなら、失敗した者は正義という幻想を持っていた。犠牲者は、正義の鎖に足をつながれた数多くの民だ。成功した者は、正義を刀の先につけて武器とした。ははあ、それなら歴史とは何だ。歴史とは、正義を捏造《ねつぞう》した文書だ）
真夏に肌をこすってぽろぽろ垢を落とすように、蘇志甘はとりとめもなく考えを巡らせていた。言葉は、糸で貫く価値もない玉のように散った。年の割に幼稚でひねくれている。
（ところが、その捏造された文書のせいで、俺はまだ恥じている。どうしてそうなるんだ。俺は革命家も山賊もいやだ。得度しようとしている海《へ》道士なら無念無想だろう。俺は民族、国家、家門、すべてどうでもいい。関係ない。死ねないから生き残った。それだけでここまで来たが、もうそれも捨てる。野原に大の字になって寝転ぶんだ。ああ、疲れた、それしか言うことはないさ。風に飛ばされようがカラスに食われようが、いずれ骸骨になるのは確かだ。生には理由も言い訳もない、生きているという現実そのものでしかないのだ。

幸福なこの山賊ども！　お前たちは薄幸ではないぞ。生きて、翼を風になびかせている。月に吠えるオオカミみたいな奴らめ！　お前たちは自分たちが幸福だということに気づいていないのだ。自分たちが強者であることに。この生けるしかばねを引き裂いて食うのか？　熱い血や肉があったら、俺は歳月を虚しく送りはしなかった。墨汁〈学問のこと〉の染みた情けない男を、どう利用しようというのだ。お前たちの骨が真っ黒に腐るだけだぞ。待てよ、どいつだったかな。俺に、儒者《ソンビ》*意識が残っていると言ったのは。墨汁のせいだとも言っていたな。生きようとするのは人間の本能であり、すべての生き物の本能だとも言っていた。ああ、もちろんそうだ。しかしみっともない命乞いをする……醜悪でみっともなくて淫蕩で欲深くて邪悪で、ウジ虫やノミから虎、ライオン、象のような大きな動物まで、そのすべての属性を備えているのが人間だ。それなのに、どうしてこうなのだ。人間が万物の霊長で、知恵があるだと？　ふん、罪のない人が虐げられ、悪が勝利するのに？　霊長どころか悪霊だ。猛獣は、空腹でもない時に狩りはしない。すべてを焼け野原にするのが人間なのだ。万物の霊長だという主張の根拠になる精神まで殺せるのが人間だ。そのすべてに耐えるとは、人間はどれほど邪悪なのだ）

酔いが全身を巡る。皆の顔が見えないほどではない。酒というより、叫びたいような衝動が酔わせていた。

（ふん、家を断絶させないため。残された母のため。そう言えば人聞きはいい。民族や親兄弟の敵《かたき》に復讐するために生き残ったのなら、もっと立派だ。親孝行も、独立闘士もいい。あれ、俺はどうしてそんなことを考えているのだろう。おいおい、いったいいくつになったんだ）

蘇志甘は、自分がちっとも年を取っていないと思う。さっきまで、掲げてきた大義を投げ捨てて野原に大の字になって寝転びたいと思っていたのに、その三十年、四十年の歳月は、雨の中を走る旅人のように突然姿を消した。そして明るい月夜の木やあずまや、カラムシ*の服の衣ずれの音の記憶が、鮮明によみがえる。少年から青年になろうとしていた頃、寂しい杜甫や、汨羅《べきら》に飛び込んで死んだ屈原の生き方に憧れていた。蘇志甘は、まだその頃の自分が残っていることに気づいた。自嘲することには慣れていたのに、ふと顔が赤くなる。

「蘇先生、何を考えてるんです？　夢でも見てるんですか」

海道士が声をかけた。蘇志甘は思わず、

「松安居士は、自分が年を取ったと思いますか？」

苦しまぎれにそんなことを聞いた。

「え？」

吉老人は苦虫をかみ潰したような顔をした。それでなくとも疎外感に浸っていたから、席をはずせという意味に受け取った。

「年を取ったのは確かなのに、考えてどうするんです。貴重な食糧を減らして申し訳ないとは思いますがね」

ぶっきらぼうに言う。

「私は自分が年を取った気がしないので」

「どうしてそんなことを言うんです。未婚の人が、年を取った気がしないのは当然でしょう」

寛洙が皮肉った。海道士は豚肉にキムチをのせ、

「松安居士がこの家でずっと暮らしてきたなら、この家は少なくとも百年前からあるんでしょうね」

そう話題を変えた。

「百年にはならんと思います。私はこの家ができた後に生まれたそうなので、七十年以上にはなるでしょうが」

さっきぶっきらぼうな言い方をしたことを気にしているのか、吉老人は慌ててそう言った。

「これぐらいの規模の家を建てたんだから、もともと金持ちだったんでしょう」

「家というのは、自然に大きくなるものではありませんね。商売をしていてそう思います」

「財産が増えたということですか」

「さあ……。増えも減りもしません。商売を広げたというほどでもなく、他人に借金をしたこともありませんから」

「それはかなり幸運なことです」

蘇志甘が言った。

「すべて、仏のご加護だと思っています」

「身の程をわきまえていて、欲がないからですよ」

海道士が言った。

「欲を出したら切りがないけれど、身の程をわきまえていたとしても自慢するようなことではない。極楽往生は簡単ではありません。お釈迦様が、子供を産んだ虎が飢えているのを見て自分の身を投げ出したことを思えば、私など生まれ変わってもせいぜい畜生ですな」

「とにかく、ここはいい地相です。財産は増えても減っても面倒なものです。山の麓でこれぐらいの暮らしならちょうどいいですね」

「地官*が言うなら確かでしょう。ついでに言えば、この家で危険な目に遭ったことはありませんよ」

吉老人が笑う。

「下手な地相見が家を滅ぼすという言葉もあるのだから、信じるか信じないかはどっちでもいいけれど、この土地は整整斉斉、郁郁青青です」

海道士が言うと、蘇志甘がにたりとする。

「整整斉斉、郁郁青青ってどういう意味です。無学な者にはわかりませんね」

そう尋ねる孫泰山《ソンテサン》は、昔、戦いで片手を失った孫智斗《ジドゥ》の息子だ。

「乱れがなく、澄んでいて清潔だという意味だ。天地の間の気と物がすべてそうなら、理など必要ない。それはまさに極楽だ。ははははっ……」

同意しているのか揶揄《やゆ》しているのか、蘇志甘が大声で笑った。

「もうちょっとわかりやすく説明してくれませんか。米屋の屋根の下で風月を吟じたって仕方ないでしょう」

「孫壮士《チャンサ》〈壮士は力の強い人の意〉」

孫泰山の鼻がぴくりとした。しかし海道士は広げていた扇を閉じ、それで泰山の鼻をたたくようにして、

「孫壮士の息子孫泰山は、これからはちょっと耳学問なりともすべきだ。米屋の屋根だろうが、葦でふいた屋根だろうが、同じ空の下なんだから」

孫泰山はそれには答えず、怒ったように言う。

「壮士は俺で、親父は将軍だ」

そんな話はどうでもいいが、吉莫童はすっかり安心したように見える。

「海道士、俺の杯を受けて下さい」

寛洙が杯を突き出した。

「家相を見てやったんだ。家の主人が酒を勧めてくれるべきだろう。なぜ客人が勧める」

「ああ、そうか」

莫童が酒をつぎ、海道士が飲み干す。

「松安居士も息子さんも酒飲みではないのに、こんなにうまい酒を出すなんて。奥さんが飲んでるんじゃないですか」

「何をおっしゃいます」

「亭主の酒代は二銭で女房の酒代は二両という言葉もありますね」

「飲めない人の方が味はよくわかるそうですよ」

「そうだな。それは正しい。酒を造る人と飲む人は別だから」

吉老人が口の周りを拭いながら息子の味方をした。カンセはこんな時には海道士の揚げ足を取るのに、今日は黙って杯を傾けている。

「それはともかく、見たところ、主人の家族よりもお客の方が多いようですね」

海道士は、同意を求めるように寛洙を見つめる。その瞬間、寛洙が微妙な表情を浮かべた。

「祝いの席で、客より主人が多いなんてことがあるものか」

泰山がまた口を出した。三十九歳で、この場では最も若い。さっきと同じく唐突に口を挟み、年長者に遠慮しない。おおざっぱでせっかちだったけれど善良だった父親とは正反対に、顔つきも険しい。

「まだ竹筒で空を見ているのだな」

「竹筒で空を見てるですって？　あんたはざるの穴から空を見てるんじゃありませんか」

けんかを吹っかけられても海道士は無視する。

「松安居士父子はもともと寺の関係者のようなものだし、蘇先生や私はずっと放浪しています。金さん

〈カンセ〉や張《チャン》さん〈延鶴〉も東学ではなかったと聞きましたが」

釘を刺すように言う。この集まりの主人は東学だということだろうか。他の三人は寛洙、尹必求、孫泰山だ。

「もっとも、まげすら受け継がれない今の世の中で、父親の後を子が受け継がなければならないという法もない。東学も、もう終わったのかもしれないな」

「そんなこと言わないで下さい。まだこれからだというのに」

また孫泰山が不満げに言った。尹必求の口元に、かすかな笑みが浮かぶ。海道士は目下の者に口答えされても気にかけず、杯を手にした。たいした意味のない言葉のようにも聞こえる。しかし孫泰山以外の人々は、よそ者の蘇志甘も含めて、海道士の言葉が意味深長で、困難を抱えたこの集まりの核心をついたものだと気づいていた。寛洙は誰よりも深刻に受け止め、その一方では海道士の能力を高く評価して満足していた。特に地相の話を持ち出して吉莫童の不安を解消したことについては、感謝の気持ちすら抱いた。

(固まり始めの豆腐みたいに柔らかい。きつい言葉も海道士が言うときつく聞こえない。どういう人なのか、よくわからないけれど……腹黒いのか考え深いのか。占い師なのか道士なのか、人を化かすキツネか愚かな熊か、何ともわからないが、頭が切れることだけは確かだ)

寛洙は、かみ切れないタコの足をかみ続けるみたいにずっと考えていた。東学の人々を主人だと言って持ち上げたのも、この集まりを円満にさせるために意識的にしたことだろう。東学教徒でもなく、隠遁していた海道士がそこまで状況を把握したのは、彼の母方の叔父が梁在坤《ヤンジェゴン》であることを考えれば不思議ではなかった。かといって海道士がすべてを知っているわけでもない。海道士は寛洙と尹必求、孫泰山を東学だと言った。少なくとも表向きはそうだ。だが厳密に言えば、東学の正統は尹必求だけだ。寛洙と孫泰山は、東学の宗教的な面も政治哲学もあまり関係ない。彼らは東学が直面した状況、あるいは東学の乱*の後遺症が生んだ人物だ。なぜなら、行商人だった父親が東学の乱に加わって死んだと聞いたのは、寛洙が九歳だった年の初秋、つまり一八九四年の第一次蜂起の後、同年十月にまた全国規模で兵を起こして政府軍と日本軍の連合軍に敗北し、崩壊した直後だ。行商人だった父親は月に一、二度家に戻ると、ひたすら眠りこけた。そして出ていく時には寛洙のあごを持ち上げて言った。

「お前の母ちゃんは妊娠中にちゃんと食べられなかったのかな。どうして目がこんなに小さいんだ」

それが愛情表現のすべてだった。父の記憶もそれぐらいしかなく、東学だったと聞いたこともなかったし、宗教心を表したのも見たことがない。それに東学とは敵対関係——第一次蜂起では政府軍と行商人が力を合わせて東学軍と交戦した——にあった父が、どういういきさつで東学に加わったのかもわからない。ただ母から、父が東学だったと聞いただけだ。金環が東学の残党を糾合して組織を作った時も、行商人の張という男がいるにはいた。とにかく寛洙と東学との関係は母の言葉から始まった。ひどい貧乏をしながら東学軍の女房と幼い子供が受けた抑圧と侮辱は忘れられない。女手一つで育てられてわかったのは、世の中が不公平ではいけないということだった。父の死や東学や東学の戦いを、彼はそうした次元で解釈した。自分の家族の受難、さらにはすべての抑圧される人々、貧しさにあえぐ人々の悲しみは、公平ではない世の中のせいだと確信した。東学の宗教的側面はいっさい考えなかった。

寛洙は小作人ではないから、潤保《ユンボ》に従って崔参判家を襲撃し、山に入ったのも純粋に民族意識によるものだ。どうして世の中は不公平なのか。盗賊とされ――日本は義兵を盗賊と呼んだ――追われていた時、隠れたのが晋州の白丁の家だったことも、彼の人生でとても重大な契機となった。白丁の娘と一緒になったために子供たちまで差別を受ける。そして寛洙が山に入った後に趙俊九《チョジュング》によって村を追い出された母は、二十数年過ぎた今も生死すらわからない。すべて血肉にからむ、つらい記憶だ。その記憶のために彼は確固として闘争に向かい、さらに衡平社運動を通じて進歩的な若者たちと接触することによって、信念と行動はより具体的になった。彼は体や足で学び、悟った人間だから、思想だの理念だのは学問のある人たちの趣味みたいで気に入らなかったけれど、民族意識が覚醒したのも事実だ。昔、李東晋《イドンジン》が、この国の山河のために川を越えると言ったことと相通ずるようでもある。しかしそれは、隠れていた素朴な感情の発露だったのかもしれない。寛洙は白丁と言われさえしなければ、常に冷静だったのだから。寛洙と東学との関係は、おおよそそういうものだった。

孫泰山は三国志にでも登場しそうな人物だ。蘇志甘の比喩とは全く違うが。彼は昔から荒っぽく向こう見ずな与太者だった。東学の経典など何度聞かされても馬の耳に念仏だったのに自ら東学と称し、それを光栄だと思っている。父親は農民出身で、先陣を切って東学の戦いに合流した。輝かしい勝利と惨憺《さんたん》たる敗北が続いた年に、泰山は三歳だった。父は生き延びて東学の残党と深いつながりを持っていたけれど、やがて病死した。そのため寛洙とは違って、父の思い出に恨はない。武勇伝中の人物である父は英雄として泰山の心に君臨していた。父の逸話は、いつでも彼を喜ばせた。自分も父のように生きたい、暖かい家に安住していられるものか、海を渡って敵地に斬り込む気概があってこそ男だ。泰山はそんなふうに意気盛んだった。無学で荒っぽく大胆だが狡猾ではなく、物欲もない。ただ、虚栄心もあいまって、父の生涯に絶対的な価値を置いていた。農民に生まれた父が東学軍の将軍になったという誇りこそ、泰山と東学の関係を物語るものであり、彼が粉骨砕身も辞さないことの理由でもあった。

尹必求は、ぎらりと光る刃《やいば》のような眼光を発することもあるものの、腺病質で、貴族的な感じだ。昔、カンセと池三万《チサムマン》が取っ組み合った時に三万の側に立ち、環に敵対した。その後、池三万は清日《チョンイル》教の教祖となり、環を密告して死に至らせ、堕落して最後には無残な死を遂げた。そのことを思えば、必求はこの場で居心地はよくないはずだ。勢力争いもあったし、尹都執は環とその父親を危険人物だとみなしていた。しかしその当時の反目は、東学を表に出すか出さないかという戦略に対する見解が違ったせいだった。過去はどうあれ、必求はあなどれない人物だ。当時は父親である尹都執の陰に隠れていたけれど、彼は生粋の東学だ。都執に過ぎないとはいえ相当な知識を持つ知略家だった父親に比べると知略では劣るが、学問は父親よりずっと深く、東学の経典に通じていた。彼は東学の裏も表もよく知っていた。寛洙や泰山にとって東学は行動するための道具に過ぎないが、尹必求は正統派の東学だ。しかし、だからといって宗教の神秘性に盲従しているのではない。

東学自体、済世救民に出発して人間の主体性を強調し、万民が平等だという「人乃天」、つまり地上の天国を標榜した現実的な宗教であり、政治色が濃厚だった。東学が短期間で広まったのもそのためだ。農民組織を吸収したりされたりした後の綱領などを見ても、彼らは制度変革を強く要求し、逐滅洋倭の旗印を掲げていた。つまり、戦いの理由や目的は、宗教としての東学――教勢の拡張、教理の伝播、殉教精神――にあったというより、政権や制度変革のための政治的行為、国家と民族の存立のための外国勢力打倒にあったのだ。もちろんそれは戦略的な次元の話だが、北接《プクチョプ》と南接《ナムチョプ》*の間に起こった葛藤は見過ごせない。南接内部でも、そして環と尹都執の間でも、対立した問題だ。それだけではない。今、この集まりにもその二つの流れが続いている。しかし戦略的だという点では同じだ。

尹必求は、東学が創造理念とした守己正心は輔国安民、広済蒼生と相反するように見えても、道徳に近いものだから相反しないと思っていた。他の宗教のように本質的な人間の苦悩を解消する道しるべになりにくいのが東学の弱点だと感じていた尹必求は、尹都執より一歩進み、頭脳を駆使して東学に神秘性を加える可能性があった。常にわが道をゆく孫泰山とは違うし、寛洙のような組織もないけれど、必求はいつでも兵士として使える東学教徒の知識層を掌握していた。尹都執の息子ということもあったが、若い教徒の相当数が、尹必求と関わりを持っている。

「気楽に飲み食いするのに、老いぼれは目障りだろうし……」

吉老人が隙を見て立ち上がろうとした。

「そんなことはありません。いて下さい」

横にいた寛洙が吉老人の膝を押さえ、せき払いをして、

「実はもう一人か二人、来ることになっているんですが、都合があって……」

と話し始めると、

「まだ来るって？　それはソウルの奴かい？　それとも倭奴か？　中国人か？」

カンセが杯を持ったまま言った。

「何を言う」

「どこから来るのか、どこの馬の骨かと聞いてるんだ」

その瞬間、寛洙の顔に当惑の色が浮かんだ。

「言いたいことはわかるが、どうしてそんな言い方をする。何か気に入らないことでもあるのか？」

「宋《ソン》寛洙！」

「鼓膜が破れる。ここは智異山のてっぺんじゃない。もっと穏やかに言ってくれ」

「おい、宋寛洙！　外に出ろ」

カンセは杯をたたきつけて席を立った。

「どうしたんですか」

莫童が驚いて立ち上がった。カンセは莫童を片手で制した。

「お前、俺の言ったことが聞こえないのか」

「後で話そう。ご老人もいるのに、何だ」

蘇志甘は酒膳から退き、壁にもたれた。

「つべこべ言うんじゃない。もっとひどい言葉を使わないと席を立てないのか」

「出てもいいが、いったい何をしようってんだ」

「大して酔ってもないのに、どうしたんです。誰かの言葉どおり、主人より客が多いからかな？」

孫泰山が適当なことを言う。

「出ろと言ったら出ろ。何をぐずぐずしてる。この白丁！　それでも出ないのか？」

その瞬間、寛洙の鼻筋が白くなった。

「ことが大きくなってきたな」

海道士がつぶやく。

「寛洙兄さん、外に出た方がいいですね」

延鶴が初めて口を開いた。カンセは部屋の戸を開けて出ると中庭でパジ〈民族服のズボン〉を引き上げ、ふらりと外に出てしまった。

「牛みたいな奴め。人が集まるたびに殴り合いをするのがあいつの癖だ」

顔はけいれんしていたものの、寛洙は冷静に言った。人が集まるたびに殴り合いをするというのは、池三万と取っ組み合いをした時のことを言っているのだ。

「あの頃は血気盛んでしたね」

必求は平然として言った。

外に出た寛洙が、

「どこまで行くんだ」

と言っても、カンセは振り返りもせず真っすぐ歩く。

市場はがらんとしていた。むしろが転がり、商人たちの座る板がひっくり返っていた。日よけの布を垂らすための杭もところどころに突き出ている。カンセはそこで振り返った。

「もし相手がお前じゃなかったら、その場で刺し殺してたぞ」

寛洙は青い顔で近づきながらつぶやいた。その時、カンセの大きな手が寛洙の横っ面をひっぱたいた。

「この白丁め！」

殴られたことよりも、白丁という言葉に、寛洙は歯をむき出してうなった。ふたたびカンセの手が飛んできた。二度、三度、次にはこぶしで目の下を突いた。寛洙の鼻から血が流れたけれど抵抗はせず、ただうなった。

「殺してやろうかと思ったけど、殺したって仕方がない」

カンセは気が抜けたみたいに地面にへたり込む。寛洙は顔を上に向けて鼻血を止めようとしていた。

「俺は何のためにこの道に入ったんだろう。飯や服が手に入るわけでもないのに」

カンセはそうつぶやくと、短いきせるを出してたばこの葉を詰める。

「白丁だと？　ふん、決着をつけようと思っていたようだが、あっさり終わってしまってすまんな」

寛洙は上を向いたまま言った。

「決着がついたのかどうかは、後でわかる。葦原のネズミみたいなお前が賢いといったところで、どれほど賢いというんだ。大きなことを言ったって、お前は金環じゃない」

「つまらないことを言うな。我慢にも限度がある。仏の顔も三度までということわざは、お前も聞いたことがあるだろう」

　二人ともさっきの勢いはなく、交わす言葉も空気の抜けたゴム風船みたいだ。二人とも複雑な気持ちだった。寛洙は鼻血が止まったのか、血のついた手を服の裾で拭き、自分も地面に座り込んだ。相手の気持ちは、互いにわかっている。

「俺は畑を耕して、かごを編んで売るのが性に合ってる。俺がどうしてこんな道に入ったのか、死んだ兄さん〈環〉を恨むこともある。おふくろが死んで、娘があんなことになってからは、よけいにそう思う。俺はお前とは違う」

「違うかどうかはともかく、回りくどいことをせずに、はっきり言え。人を殴っておいて、どうして殴ったのかわからないとでも言う気か？」

「よく聞け」

　カンセはきせるを口から離した。

「このことから手を引いて世を捨てて暮らすならともかく、お前の思いどおりにさせるわけにはいかない。俺はお前の操り人形でもなければ、村の入り口に立っているチャンスン*でもない」

「……」

「どんなふうにことが計画されたのか、資金はどうしたのか、ましてや土地がどう取り引きされたかなんてことは、俺は今日まで知らないままやってきたし、知る必要もなかった。誰かに雇われているのではないからな。だがな、この白丁！」

カンセは突然大声を出した。

「どうして、どこの馬の骨だかわからない奴を、自分勝手に引っ張りこむ！　昔は梁在坤と尹都執、環兄さんの三人で計画を立てていた。恵観和尚も脇役に過ぎなかった。俺なんかは……。東に行けと言われれば東に、西に行けと言われれば西に行った。おい、お前は、何様のつもりだ」

声がいっそう大きくなった。

「お前が頭《かしら》だとでも言うのか。ああ、頭だろうがしっぽだろうが構わない。だが権力を握るために誰かれなく引っ張りこめば、ことをしくじる。そんなことをしたら俺は黙っちゃいない。頭をかち割ってやるぞ」

「延鶴からおおよその話は聞いてると思ってた」

「言い訳するな。腹黒い奴め。よりによって延鶴のせいにするつもりか」

「お互い、こうしていても仕方ない。蘇志甘のことだけを言ってるのではないことはわかっている。それにお前だって、蘇志甘のせいでしくじったりはしないと思っているはずだ。言い訳してるのは俺じゃなくてお前だ。結局のところ、俺が方向を決めているように見えるのが気に食わないんだろう」

「俺がねたんでいるとでも言うのか」

「他の奴なら、俺もそう考えるさ。だが、お前は最近、不幸が続いた」

「ふん、同情してくれるとは、ありがたくて涙が出るね。俺は女じゃないぞ。俺が言いたいのは、今まで俺たちはこんなふうにことを進めてこなかったということだ。ちくしょう。どうして俺はこんなに口下手なんだ。話の上手な奴なら……。ちえっ、最後に信じられるのは腕っぷしだけだ」

寛洙はカンセを見つめる。

「もうやめようや。口下手なら、無理にしゃべらなくていい。俺は白丁と言われても、殴られても黙ってた。もしお前が個人的な怨みでそんなことをしたのなら、俺はおとなしく殴られたりはしない」

「強い者には勝てないんだぞ。おとなしく殴られないで、どうするつもりだったんだ」

「ついでだから言うが、他でもない、崔参判家の土地のことだ……」

「土地？　そんなもの、俺に何の関係がある？」

カンセはまた腹を立てる。

「最後まで聞いてからものを言え。つまり崔参判家が、なぜ五百石の土地をくれると思う？」

「知ったことか」

「これは俺の推測だが、もうすぐ吉祥《キルサン》が刑務所から出てくる」

「それで？」

「還国《ファングク》のお母さん〈西姫〉だって並の人間じゃない。今日までいろいろと崔家の世話になってきたけれど、五百石の土地は相当な財産だ。くれるだけの理由があるだろう」

「そりゃまあ……」

カンセは昔、五百石の土地と聞いても実感がなかったけれど、金環の苦悩を間近に見て、その土地が崔参判家と関係があるのではないかと考えたことがあった。

「延鶴にも話してないが、俺の考えでは、おそらく刑務所から出てくる吉祥を引き留めておくために

「……」

「何だと？」

「一度刑務所に入ったぐらいで挫折する人じゃない。また満州に行ってしまったら、崔参判家も終わりだ」

「ここで活動したって、万一の時には終わりになることに違いはないだろう」

「それはそうだ。しかしここでは、俺たちがこれまで頑張ってきたからな。それにいくら崔参判家の女が強いといっても、夫と一緒にいたいと願うのは、他の女と同じじゃないか。あるいは、ひょっとして、考えを変えたのかもしれない。今回の事件〈光州《クァンジュ》学生事件。第四部第二篇七章の訳注参照〉のせいで、次男が警察に呼ばれたり家出したりしてひどく心配していたから、息子の意志を尊重して。そうも考えられないか？」

「……」

「どっちにせよ、俺たちとしてはありがたいことだ。それに、俺たちも環兄さんがいなくなってから都市に活動範囲を広げたけれど、智異山周辺はずっと活動を休止していたからな……。吉祥が環兄さんに代わるだけの人物であることは間違いない」

その言葉に、カンセは衝撃を受けたらしい。

「吉祥が出てきて活動するには、蘇志甘のような人物も必要だ。それはまあ、俺が考えていることで、本人が受け入れるかどうかはわからん。牛みたいなお前が、顔を潰してしまったが……もっとも男ならそんなことで意見が変わりはしないだろう。それに今日、重要なことを決定しようというのでもないし、尹必求や孫泰山とも顔合わせをしておこうというだけだ。土地のことは話題にする必要もない」

カンセは黙ってきせるの灰を落とし、またたばこを詰めて火をつける。

「お前はどうしてそんなに弁が立つんだ」

そう言いながらもカンセは、もう用はすべて済んだという顔をしていた。

「だが昔から俺たちは、お前より十倍も百倍も弁の立つ学のある奴らの下男にしかなれなかった。国であれ民であれ、売り買いするのはあいつらの仕事だった。倭奴を追い出そうという時に、みんなで力を合わせるべきだとは知っているけれど、振り回されてはいけない。賢いネズミは夜目が利かない*ということわざもあるぞ。賢い奴、鈍い奴、学問のある奴、無学な奴、全部必要だ。スープもキムチも、薬味を入れてこそ完成するんだ」

七章　寂寥《せきりょう》

「蒸し暑いな。夏ももう終わりなのに、日差しがどうしてこんなに強いんだ」

寛洙《グァンス》はいらいらしてチョゴリ〈民族服の上衣〉の袖を巻き上げる。

「つるが生い茂って地面が見えないんだから、まだ秋ではないでしょう。それに、歩いてれば暑いのは当たり前ですよ」

後ろを歩いていた延鶴《ヨンハク》が言った。

「春には娘を野に出し、秋は嫁を野に出すという言葉があるな」

海《へ》道士が言った。寛洙が振り返って答える。

「ふん、それは姑のことだ」

「秋の方が大変だということか？」

「私は、秋の野も食べ物がたくさんあるから娘に行かせると聞きましたけど」

「延鶴、お前もそんなことを知ってるんだな」

「知ってるというより、聞いただけです」

「ちくしょう！　野原でもなく、山の中なんだから、もうちょっと涼しくてもいいのにな。木が白っぽくなって、こっちを見てやがる」

「私たちはまだ耐えられるけど、土ぼこりが吹きつけるからですよ。人が暑い時は山も木も同じように汗を流すんです」

「海道士のせいだ」

「ははは……。海道士のおかげですよ。暑いからこそ、土の中に生物が宿れるんです。鉄だって熱せられてこそ、鎌やくわになるんだし」

「のんきなことを言ってるな。とにかく、ちょっと涼んでいこう」

寛洙は腐った木の切り株に腰かける。

「いいだろう。日が暮れるまでにはだいぶあるから」

海道士と延鶴は小川のほとりに下りてゆく。先に立って登っていたカンセは振り向いて立ち止まり、一番最後を歩いていた蘇志甘《ソジガム》が登ってゆく。昨日飲み過ぎたせいか、ふらついているようだ。自分の方に向かってくる蘇志甘を見て、カンセはまた背を向けて歩きだそうかどうか迷っているような、気まずい顔をする。

「辺りが湿っているところからすると、雨が降りそうだ」

カンセの近くまできた蘇志甘は、ハンカチで汗を拭いながらつぶやいた。

「気分がいいはずもないのに、どうして俺のそばに来る。言いがかりをつける気か。ふざけた野郎だ」

「吸うかい？」

蘇志甘は聞こえないふりをして、たばこの箱を差し出す。

「え？」

ちょっと驚きながらも、カンセはそっと巻きたばこを一本取る。下の方から話し声が聞こえた。

「川に顔を浸してごらん。とても気持ちいいから」

海道士は顔を拭きながら言った。

「俺を怒らせようとしてるんですか」

寛洙は、上まぶたを触りながら、むかついたように言った。

「お気の毒様。まぶたがそんなに腫れていては、足元もろくに見えないだろう。カボチャを爪でひっかいたみたいに細い目も、どこにあるかわからない」

「おや、ずいぶんですね」

延鶴が笑う。切れた上まぶたはひどく腫れて、片目が完全に隠れていた。頬も腫れて、唇の位置が変わったように見える。

「俺の方が年上だから我慢したんです。愚かな牛〈カンセ〉と争うわけにもいかないし。どうりで、夢見が悪かった」

「年上の人を殴るなんて」

「倭奴の世の中になったのを知りませんか。あいつらはいとこ同士でも結婚するんだから、それぐらい平気です。それにあの男は腕力を振るうしか能がない」

「法は遠く、拳は近い。力でかなわないのは、仕方ないよ」

「何ですって？　かなわないって？」

「ははははっはっ……はははっ……」

「知らないくせに、そんなこと言わないで下さい。かなわないだなんて。俺が本気を出したら、あの牛みたいな奴は、今頃そこに立っていることもできなかったはずです。脚が折れて歩けなくなってますよ」

よく響く寛洙の声が、離れた所にいるカンセや蘇志甘の耳にもはっきり届いた。

「金《キム》さん」

「はい」

カンセが蘇志甘をちらりと見た。

「宋《ソン》さんの話は本当かい」

蘇志甘は微笑して尋ねる。

「あいつも負けん気が強いから間違っているとも言えないけど、俺の脚が折れたなら、あいつの脚だって無傷だったはずがありませんよ。俺のことを牛と言うけれど、あいつは毒蛇です」

「ほう、どうやら私は、付き合う相手を間違えたようだ」

「そう思います。牛は角さえ避ければいいけれど、あいつは毒を吐くんです。うかうかしてると、知らないうちに食いつかれますよ」

冗談だか本気だかわからないことを言いながら、カンセは相変わらず浮かない顔だ。

「牛の角と毒蛇の牙を避けるには、鳥にならなければ。私は鳥になれるかな。ははは っ」

「飛んでいくんですか」

「飛んでいくのではなくて、飛び回るんだ。私はちょっとあまのじゃくで……ずっと、人ににらまれて生きてきた」

「……」

「軽蔑されて怒れる立場でもない。ははは っ……はは」

「先生を軽蔑したんじゃありません。どれもこれも、俺んちの事情です」

つっけんどんに言う。

「わかる気がする」

「ともかく、こうなってしまってすみません。先生を怨んだのではないから許して下さい」

「金さんが私を怨むはずがない。あったとすれば私が両班だということで、それも過去の話だけれど、そのせいだろう」

「……」

「あるいは、私に学があることも気に入らなかったかな」

「そういう気持ちがあったのも事実です。昔は何もわからないで暮らしていたけど、いろんなことを経験して、この頃では、誰が俺たちを利用しているのか考えるようになりました。去年の夏、交番に引っ張られて朝鮮人の巡査に殴られた時、国を売り渡したのは学問のある人たちで、志操を失った奴は倭奴より恐ろしいと思いました」

蘇志甘は何も答えない。しばらく休憩していた一行が立ち上がったようだ。蘇志甘とカンセも自然に歩き始めた。蘇志甘は独り言のように、

「両班になろうと思って両班の家に生まれたり、常奴になりたくて常奴の家に生まれたりするのではない。飯碗が大きいか小さいかの違いで両班と常奴が何世紀にもわたって対立してきたとするなら、心が満たされているかどうかで争うのは、誰と誰なのだろう」

木こりが背負子《しょいこ》の支え棒をたたきながらつぶやくみたいに、蘇志甘はぶつぶつ言いながら歩く。

「両班の子孫でなかったなら、学問をしていなかったなら……傷つくことも、学があるせいで苦しむこともなかった。常奴に生まれても大きな過ちを犯さず、ひどい経験もせずに、子供たちに見守られて息を引き取る人もいれば、高貴な生まれなのに横死する人もいる。絹に包まれた、腐った肉体もある。川の向こうにいる人はみんな福があり、こちら側にいる人はすべて恨が多いと言えるだろうか。金さん！」

「はい」

「金さんは、人が川のどちら側にいるかによって福のある人と恨の多い人に分かれると思っているのかな」

「難しいことはわかりません。でもそう思うことが多いですね」

「でも実際には、福の多い側にも飢える人がいて、恨の多い人の側にもたらふく食べる人がいる」

「恨の多い側でたらふく食う奴は豚と言われ、福の多い側で飢える奴は尊いとか清貧とか言われるでしょ

う。それも、福であり恨じゃないですか。白丁が毎日肉を食ったって、恨がなくなるわけじゃありません」

「罪のない両班が殺されて手足をばらばらにされても？」

「大勢の人たちが泣いてきたことに比べたら……。ばらばらにされるなんて、めったにないことだし」

蘇志甘は足を止めてカンセを見つめる。そして腹を立てたように先を歩きだした。肩を落とし、足元もふらついている。冷静で余裕があり、両班の血筋を受け継いでどっしりしているようでいて、後ろ姿は風に吹かれるソバの花みたいに乱れていると、カンセは思った。

（寺にも教会にも落ち着けなかった。引き留められもしなかったが……。殴られ、追い出され、馬鹿にされて、親戚からも知り合いからも、のけ者にされた。いや、のけ者になりたいと願った。俺は自分に向き合いたかった。自分を嘲笑し、皮肉った。のけ者にされたのではなく、独りぼっちでなければ息がつけなかった。なのに、どうしてこんなに寂しいのだ。裏切られたみたいに恨めしくて孤独だ）

「金さん。ははははっ……はははっ！」

蘇志甘は振り返りもせずに笑う。

「あんたたちは大人で、私は子供みたいだな。あんたたちとけんかしても勝てない。勝てないようになっているんです。ははははっはっははっ……」

大声で笑う。

「だが」

やはり振り返らずに前を歩きながら言う。

「飯のために死ぬ人がいるかと思えば、三綱五倫*のために死ぬ人がいる。高貴だ清貧だと褒められたって、死んだらどうしようもない。食い物のために死ぬのは人間だけじゃなく、動物も食い物のために命を懸ける。これはほかの人の話だが……」

蘇志甘はうつむく。涙を流していた。父や兄に対する反感が、音もなく崩れていた。突然何かに襲われたみたいだ。彼は早歩きになった。カンセは蘇志甘の後ろ姿に妙なものを感じた。さっきの笑い声が耳に響く。

(兄さんはあんなふうに笑ったことがないのに、どうして兄さんのことを思い出すんだろう)

蘇志甘はどこから見ても、金環《ファン》を連想させるようなところはない。むしろ、すべてにおいて正反対だ。環は無口な男で、目で語ることすらめったになかった。たいてい目を伏せていたから。しかし体全体で、いつも多くのことを語っていた。カンセは環が、声もなく涙も流さずに慟哭し、それが終わるとぐったりしていたと思う。しかし突然、全身に針が生えたみたいに険しく自らを、そして周囲の人々を追い立てたりした。環の命は、落ちて砕けることを願いながら空中で綱渡りをするような、逆説的な余裕によって支えられていた。

(それなら兄さんはどっち側だろう。食い物のために死んだのか……)

カンセは今更ながら、そんな疑問を抱いた。人生に絶望している点では金環も蘇志甘も同じだろうが、蘇志甘は無口ではない。知識や経験も豊富で、古い教養を身につけていながら新しい思潮にも敏感だ。明快で妥当な意見を述べる。しかしそれは彼の肉体や精神とは違う影のようなもの、両班あるいは儒者の古い観念の匂いかもしれない。感情より名分や忠孝を重んじる思想を捨てきれないまま、人間の存在理由を否定し、糾弾する……ひょっとするとそれは、追究だったのだろうか。人生の前半で最も悲劇的な喪失を経験しながらも生き残ったという点では同じだが、金環は存在の理由を否定したり、追究したりはしなかった。彼は存在の神秘を激しく愛した。父と母を、そして別堂《ピョルタン》の若奥様を存在の神秘として愛したけれど、彼の喪失は生まれながらに予定されていた。金環は生まれてすぐに母を、二十歳前後に父と恋人を失った。何ものにも代えがたいものを失ったのだ。来世にかすかな希望をかけ、一羽の鴫《しぎ》になることを夢見ながら。父の鴫、母の鴫、別堂の若奥様の鴫と一緒に大海原の上を飛ぶことを夢見て、ツツジの花の色の吹雪や雨に打たれて慟哭した。彼の絶望的な情熱は、幸不幸に関係なく命を持続させていた。純朴な山の男カンセが環に熱い愛情を感じたのは、悲しみがかもしだす真実、悲しみが抱擁する大きな愛があったからだろう。心の奥に環が生きているのも、共通の願いや渇きを感じていたからだ。それで、兄弟のような関係だったのか、主従関係だったのかはともかくとして、カンセは環のすべてを許していた。どうしてカンセは蘇志甘に反発したのか。過去の身分など、表面的なものに過ぎなかったのかもしれない。人生の絶望を共通して持っているのに、蘇志甘はタヌキ寝入りをしている。カンセは漠然とそれを感じていたらしい。三綱五倫のために人は死ぬ。環は、何のために死んだのだろう。

(兄さんは三綱五倫のためでも、食べ物のためでもなく、人々の恨を解くために死んだんだ)

山奥に入ると暗くなってきた。岩にびっしりついた苔から、青臭い匂いとともに冷気が漂う。笹が見えてきた。風ではなく、森に沈んでいた空気がゆっくり立ち上がっているのか、木の葉がしなやかに揺れている。平穏な山奥の数えきれないほどの可憐な命は、いっときの平和と喜びを味わっているのだろう。風雪の吹き荒れる季節が訪れようとしているのに。

海道士の小屋の前で、カンセは後から来る人たちを待った。海道士の話し声と共に彼らが姿を現した。

「蘇先生はどこに行った」

寛洙が聞いた。

「さあ。家に入ったのかな」

カンセの言葉に、寛洙の視線が鋭くなる。

「お前、一緒に歩いてたじゃないか」

「一足先に行ったんだよ。虎がくわえていったんじゃないから、そんな目で見るな。じゃあ、俺は家に帰るけど、お前たちはどうする」

「延鶴、お前はあの山男について行け。後で俺も行く」

海道士は何も言わずに立っていた。

「それじゃ、海道士、俺は帰ります」

カンセが歩きだし、延鶴は海道士に挨拶してからカンセの後を追う。

「あいつ、蘇先生に変なことを言ったんじゃないかな」

「そんなことはないだろう。さあ、入って」

寛洙と海道士が小屋の戸を開けて入ると、蘇志甘が一人ぽつんと座っていた。

「モンチ！　どこにいる。さっさと出てこい！」

海道士が叫んでも返事がない。

「あいつめ、またあそこに行ったな」

「モンチ？」

「そういう名前の子供が一人いるんだ」

「息子さんですか？」

海道士が大笑いする。

「酒の支度をするから、蘇先生と話してなさい」

海道士が部屋を出ていった。

「海道士は一人暮らしじゃなかったんですか」

蘇志甘がにたりとした。

「子供って？」

「動物の子みたいな子供を、山で拾ったんだ。父親について歩いているうちに山奥で父親が死んで、遺体を私たちが埋めてやったんだけど、子供は何かにつけてそこに行くらしい」

「どうして至る所に苦しみがあるんだろう」

腫れた顔に、一瞬、寂寥と苦悩の色が浮かんだ。寛洙は家を出た息子の栄光《ヨングァン》のことを思ったのだ。すすり泣いていた姿が目に浮かぶ。

「二度と家には戻りません！」

そう叫んで飛び出した息子の後ろ姿。

「栄光！　栄光！　待ちなさい」

叫んでいた女房の姿。

「すべてはあたしのせいなんです。ああ、すべてあたしが悪いの。あんたにも苦労をかけて。どうしてあたしみたいなのと一緒になったんですか」

栄光は母に似て顔がきれいだった。父はどちらかというと不細工だが、父方の祖母も若い頃は美人だった。女房の父は生前、

「白丁の子が男前でも仕方ない。きれいな顔は問題の火種になるものだ」

一人でそう嘆いていた。

「そんなことはありませんよ。もう世の中は変わろうとしているんだから、あまり心配しないで下さい」

そう慰めたりもした。問題の発端は、栄光と康恵淑《カンヘスク》という女学生が、双方の親の知らないうちに手紙を交わしていたことだった。恵淑の家が先に気づいたまでは良かったけれど、栄光が白丁の孫だということが知られて問題が大きくなった。寛洙は身辺に危険を感じ、栄光は退学になったことで、恵淑が手の届かない存在だとようやく気づいた。誇らしい青春は粉々に砕け、その衝撃が両親への憎悪に変わった。栄光が家を出て二カ月過ぎた頃、寛洙は息子が日本に行ったといううわさを聞き、息子の友人を通じていくらか金を送った。寛洙は思いを振り払うように、

「蘇先生！」

と呼んだ。

「何だ。かみつこうとでもいうのか。食いついたら離さない人だな」

「あいつが変なことを言ったんですね。どうせ俺のことを毒蛇だと言ったんでしょう」

寛洙と蘇志甘は、どちらも笑えるような心境ではないのに、けらけら笑う。

「牛の角も毒蛇の牙も恐いから鳥になろうかと思っているところだ」

「目端がきくんですね」

「私がずっと人の顔色をうかがって生きてきたのを、知らなかったか」

「まさか。俺たちは軒下に立っていても水をぶっかけられるけれど、この朝鮮のどこに行ったって、学問のある人が軽蔑されることはないでしょうに」

「それも昔の話だ。常民《サンミン》*や賤民が蜂の群れのように押しかけて、両班のまげを引っこ抜きかねない時代だ」

「言うことにとげがありますね。昨日のことを根に持っているんじゃないでしょう?」

「他人の顔色をうかがう奴が太るという言葉もあるぐらいだから、飲んだ酒を吐くほどではない」

「男のくせに、どうしてそんなにねちねちしてるんです」

「ははは、男どころか、まだ一人前の人間ですらないよ」

「くだらない話はやめましょう。どうする気です。俺たちの味方になりますか」

「先祖が土の下から出てきて泣いたらどうしよう」

「どうして泣くんです」

「両班に敵対するのが東学じゃないか」

「東学だなんて。独立運動です。東学だとしても、東学の教祖は両班でしたよ」

「崔済愚《チェジェウ》って人は、ちゃんとした両班じゃなかった*」

「つまらないことは言わないで下さい。この期に及んで東学も西学もありません。腹が減ってれば、飯が温かいとか冷たいとか言ってられないでしょう」

「飯は私が食べるんだ。宋さんが食べるんじゃない」

「おや、蘇先生、今そんなことを言ってどうするんです。俺や先生がこの国の王様になるわけじゃなし、そんなことどうでもいい。倭奴を追い出さない限り、俺たち同士でけんかなんかしていられないのに」

「私がまともな人間だったら、今頃は満州の野で毛布一枚かぶって走ってるよ」

「……」

「子ネズミみたいに卑屈に生き延びた男に、今更何ができるというのだ」

蘇志甘は寛洙を横目で見た。本気で言ったのではない。

「昔のことはともかく……。どうしてみんな、まず死ぬことを考えるんでしょう。ちょっと前まで儒者たちは、もちろん全部がそうではないけど、誰かに首根っこをつかまれてるみたいにあたふたと自分の命を絶った。それは名前を残すためだそうですね。虎は皮を残し人は名を残すとか。名前なんか残してどうするんです。もっとも俺たち常民には立派な名前なんかないけど、そんなもののために命を捨てたりはしません。死ぬより生きる方が大変だし、死なないためにやってるんです。蘇先生だって、死ねなかったのが恨になっているんじゃないですか。考えてごらんなさい。両班や儒者が国を失った後に命を絶ったのを、やるべきことをやったみたいに思うのは変じゃないですか」

寛洙は蘇家の来歴を知っていて、わざとそんなことを言う。

「蘇先生の言うとおりなら、生きるためにあがいている奴は、みんな子ネズミってことですか？ 俺は、国も民族も、すべて人が生きるための垣根だと思うんです。考えてみて下さい。倭奴たちが朝鮮人に快適な暮らしをさせてくれるなら、誰が反抗しますか。でも今この時にも倭奴は俺たちを苦しめているし、そのうち朝鮮人を根絶やしにしてしまう。俺たちみんなで首をつってはいけないでしょう。学のある人たちは、日本は世界の強国で、抵抗したところで岩に卵をぶつけるようなものだ、学びながら時期を待った方がいいと言います。こんちくしょう。虎の前で待ってたって、食われるだけだ。生き延びるために力の弱い人間は、やりを作り、落とし穴を掘ってわなをしかけなきゃ。わかっているのに、しらばっくれる気ですか」

寛洙が話し続けようとした時、海道士が酒の膳を持って入ってきた。

「わかりきった話に熱を上げることはない」

海道士は酒膳を置きながら言う。

「しらじらしい」

「しらじらしいとは？」

蘇志甘は酒膳の前に座って言う。

「わざと席をはずしたくせに」

海道士は声を上げて笑う。寛洙も酒膳の前に座った。

「そうではなく、モンチを捜していたんですよ」

「大きな謀反を企てる人相だと言っておきながら、ほったらかしなんだな」

三人とも酒をついで飲む。

「理屈はそうです。謀反を起こす者がいるからこそ、忠臣もいる。興亡も権限の中にあり、天地万物は陰陽の摂理を逃れられない。そこから抜け出せば天地は崩れ、開闢《かいびゃく》が訪れる」

「道士らしいお言葉です。開闢が訪れたら、一人で生き残って下さい」

もともと大して緊張した空気ではなかったものの、寛洙も蘇志甘も、ちょっと気難しいところがあった。しかし酒はそんなしこりをきれいに洗い流してくれた。

「宋さん！」

「はい」

「この怪しいキツネを調教する自信がありますか？」

蘇志甘は杯を持った手で海道士を示した。

「あります。蘇先生よりはちょっと手ごわいけれど。それはそうと、こんなふうでは、イシモチの干物みたいにひもでつながれて、ソウルの昌慶苑《チャンギョンウォン》*に連れていかれそうだ」

「どうして？　ひもにつながれたら刑務所行きだろう」

海道士が言った。

「牛、毒蛇、鳥、そのうえ今度はキツネだなんて言うからですよ」

「ははは、だから昌慶苑の動物園か。それもそうだが、空の下にいる生き物はすべて動物だ。もともとすべてが動物園だから、わざわざ行かなくてもいい」

「神仙みたいな言い草だな。思いどおりになりませんよ。動物園にせよ、刑務所にせよ」

「いや、自然になる。大泥棒や中泥棒が満腹して眠くなるせいで」

「詳しく聞きたいね」

「そんなこともわからないのか……。考えてみなさい。腹いっぱいでやることがないから、いろいろながらくたを作る。するとコソ泥や見物人が現れて、刑務所や動物園ができる。よその国をごっそり横取りする倭奴もそうだ。他人の物を奪って成金になった奴はみんなそうだ。いろんなことをやり、いろんながらくたを作る。そして苦労したり、持ち物を奪われたりするのは朝鮮人だ。だからつまらない見物人、コソ泥、乞食になる。あちこちでがやがやして、あちこちで破裂する。こっちを塞げばあっちで、あっちを塞げばそっちで。しまいには何でもやるようになる。しかし、どうあがいたって所詮はそそっかしい人間のやることだ。ひとたび造物主が怒れば、イワシみたいに一網打尽にされておしまいだ。人間だからといって威張ることはない」

真剣な話ではないが、聞き逃せる言葉でもない。

「もっともらしく聞こえるけれど、海道士も神様ではなく人間なのに、どうして」

「おやおや、どうしてそんなことを言うんだ。神様のことを言ったのではないのに。私は神様どころかお天道様だって信じないよ」

「二枚舌にも程がある。蘇先生も聞いたでしょう？　神様が怒れば人間がイワシになるとかどうとか」

「海道士の言うことは正しい。人間は網にかかったイワシだ」

蘇志甘が言いまぎらした。海道士はにたにたする。

「話をはぐらかすんだな」

「宋さんは勘違いしてるんだ。造物主とは言ったけれど」

「造物主も神様も似たようなものでしょう」

「今風に言えば神様は西学で、お天道様は東学だ。私はどちらにも関係がない。またどちらも信じてはいない。それに造物主が何者だか、誰にもわからない。ただ天と地、太陽と水の運行を信じるだけだ。だから人も木や草と同じで、自分に必要な分だけ食べてそれ以上を望まなければ、すべての生命が共に暮らせる。あるべきものはあり、あってはならないものはなくなる。なのに、人間はあるべきものをなくそうとし、あってはならないものを作り出す。銃をとってみても、他人を殺す銃が、同時に自分に向けられるという道理、それは一足す一が二になるみたいに明らかで……」

「もうやめて下さい。念仏を聞いてるみたいだ。何を言ってるんだか」

「宋さん、あとちょっとだから、待っててごらん」

蘇志甘は冗談交じりに言った。

「人間は、ムーダン*や目の前の小銭の方を信じるものだ。針の穴ばかりのぞいて、噴火口は目に入らない」

「アリには、皿の水だって大海原でしょう」

「アリも空の下で土に住み、太陽を見て水を飲む」

「アリもウジ虫を食いますよ」

「ウジ虫だけじゃない。人の体だって食えるさ。百人の人が一頭の牛を食べるのはたやすいことだ」

「それなら、どうしてそんなことを言うんです。神仙ではないのだから、うみも出れば糞もする」

「山の中では臭わない。飛んでいったり、流れていったりするのは止めないから」

「もうやめましょう。何を言ったところで堂々巡りだ。それより蘇先生は、いつソウルに帰るんですか」

寛洙は逃げるように言った。

「さあ」

蘇志甘は飲み干した杯を海道士に渡しながら、あいまいに答えた。カッコウが鳴いている。しっとりのんびり鳴いている。

「帰るにしても、従妹と一緒でなければ帰れないさ」

海道士はキムチをむしゃむしゃ食べながら言った。吉《キル》老人の家で見た時の、酸いも甘いもかみ分けたような、怪しげな顔ではなかった。油っけがなく、倒れたらばらばらと土になってしまいそうだ。しかし、崩壊直前の弱々しい感じはない。

「引きずってでも連れて帰らなければ」

「一塵《イルチン》和尚はまだ寺に戻ってないようだけど、ひょっとすると寺を出てしまうかもしれないな」

「普通の娘ならとっくに諦めただろうに。あの執念は良くない。私の母方の従妹だが、どうにも……」

蘇志甘は舌打ちをした。

「優しい老人は何も言えなくて、寺に行くたびにはらわたが煮えくり返る思いをしているようですね」

「吉老人には申し訳ないことになった」

「義湘《ウィサン》を慕った善妙の話*は素晴らしい。しかし、蘇先生には失礼だが、お宅の従妹はどうにも気味が悪い」

多少は事情を知っている寛洙は、話に加わらなかった。義湘や善妙が誰だか知らないし、何のことかわからなかったけれど、不吉な予感がした。

「範俊《ボムジュン》のせいだ。あいつは慌て者だからな」

独り言みたいだったけれど、蘇志甘は寛洙を見た。その言葉に同感しながらも、寛洙はまごついた。

「ちょっと気が弱そうですね」

「あいつ、自分が賢い策士だと錯覚してるんだ。今度のことだって、元をたどれば宋さんにも責任がある」

「面倒なことになったようだけど、俺はそんないきさつを知りませんでした。私的なことだし。お互い家族ぐるみの付き合いなんだろうと思ったんです。蘇先生が耳打ちしてくれてたらよかったのに」

寛洙は今更ながら当惑する。

「宋さんが範俊に一塵の話をしていなければ……。責任を取ってくれ」

それは冗談だ。

「責任といっても、どうすればいいんです。知らない女を背負ったり、袋に入れたりしてソウルに連れて帰るわけにもいかないし。ははははっはっ……」

「妻帯の僧になれれば問題は簡単だけど……。そうじゃないですか？」

「妻帯するぐらいなら法衣を脱ぐような人だ」

「じゃあ、法力で退けるしかない。逃げ回ったって解決しないでしょう」

「海道士が道術で智異山《チリサン》の外に追い出してやるんだな」

「それはともかく、森林組合に反対して咸鏡道《ハムギョンド》で暴動が起こったそうですね」

「山の中にいるのに、耳ざといな」

寛洙が皮肉った。

「耳だけじゃないぞ。目もいいから、宋さんの腸がくねっているのもはっきり見える」

「それなら人に聞くまでもなく、縮地法*を使って夜のうちに行ってきたらどうです」

「宋さんは酒でも飲んでなさい。家に戻ってから智異山の杜鵑酒《トゥギョンジュ》*が飲みたくならないように」

蘇志甘は杯があふれるほど酒を注ぐ。

「さあ、どうぞ」

しばらく沈黙が流れ、何となく空気が沈んだ。寛洙の顔が腫れているせいだけではない。宴席でのことではなかったとはいえ、カンセは寛洙の顔を殴ることによって蘇志甘の鼻っ柱を折り、気の弱い吉老人父子に恐怖を抱かせた。孫泰山や尹必求にも苦い思いをさせた。特に必求とは互いに鬱積した感情もあって、ぎくしゃくしていた。しかしそれは表面的なことに過ぎない。この場でも一塵と知娟《チヨン》のことが話題になってみんなが渋い顔をしたけれど、それもうわべだけだ。海道士の話に関わりなく、昨日今日集まって解散し、また集まった男たちが漠然と感じているのは、さらに過酷になる将来と、自分たちの無力さではなかったか。

「咸鏡道のことでも話して下さい」

海道士が言った。蘇志甘が口を開いた。

「私も詳しいことはわからないが、その暴動がおこる前に長豊《チャンプン》炭鉱で抗夫たちの暴動があったらしい。それには光州《クァンジュ》学生事件*が影響しているようだ」

「……」

「当局では穏やかに収拾するどころかわざと事件を拡大した。学生運動が全国的に波及したのは事実だとしても、彼らはハチの巣をつつき続けている。目論見があるんだろう。まず、新幹会《シンガンフェ》*が潰され……」

言葉の途中で蘇志甘は寛洙を見た。

「とにかくあれやこれやでずっと朝鮮人の神経を逆なでしている時に……。森林組合事件が起こった端《タン》川《チョン》という所は、もともと反日勢力が強かったそうだ。沿海州が近い関係で共産党の組織も相当根を張っていて、これまでも農民同盟と青年同盟が中心になって繭《まゆ》の共同販売反対、官製の郡農会反対、農村夜学取り締まり反対、火田民整理反対などの抵抗を続けてきて、森林組合反対でことが大きくなった」

「長豊炭鉱で事件が起きた時は、学生運動が全国に広がったみたいに、全国の労働者が立ち上がるのではないかと思ったけど……」

寛洙が言った。

「片方はついついて、片方は酢の瓶のふたみたいにしっかり塞がないと。両方ついついたらどうにもなりません。それに朝鮮人が学問をするのはうれしくなくとも、労働者は働かせないといけないから」

海道士が言った。蘇志甘は苦笑した。

「もちろん全国の労働者が立ち上がる素地ができているとは言えないが、日本がそういう方面に過敏なのは事実だ。しかしそれを武器にする冷徹さが日本の政治家の伝統とでも言うか。関東大震災の時に朝鮮人と社会主義者たちを、危機意識に狂乱する国民の手で殺させたのもその一例だ。光州学生事件に関しても民族主義は握り潰し、共産主義を表面に押し出して検挙と投獄を合理化している。日本でも社会主義や共産主義は相当に深刻な問題で、中国が共産化されたら一戦交えることも辞さないというのだから」

「端川は、何がきっかけになったんですか」

「反日感情が高まっていたところに火がつくのはよくあることだが、不法伐採を調査するために郡庁から行った奴が、亭主が留守にしている家で女房を辱めたらしい。そんなことは、日本の支配下になってからは、よくあったじゃないか。積もり積もったところに、それが引き金になったんだろう。二千人以上の郡民が郡庁や警察署に押しかけてデモをした。調査しに行ったのがまた朝鮮人だから、最初から険悪だったようだ。郡庁と警察署を打ち壊したりして死傷者がたくさん出た」

「警察では死者はなく十数人が負傷しただけだというけど、郡民が四、五人死んで、負傷者も相当数らしい」

寛洙が言い添えた。

「いくら人が多くても、向こうは銃を持っているんだから……。森林組合とは、どういうものなんです。東拓*みたいなものですか」

海道士が聞いた。

「さあ。本質は同じようなものだろう。愛林思想の振興だの、森林の災害を防止して林業の発展を促すだのといっても、結果的に山の持ち主はいっさい自分の山に手をつけられない。それに組合費まで徴収されて……。生活に直結する農地とは事情が違うし、森林緑化という名分があるにはあるけれど、二千人以上の郡民がみんな山を持っているわけではない。騒ぎの原因は利害関係というより、民族感情に出発していて……」

この時、外から、

「道士様！　道士様！」

叫び声がした。モンチだ。

「道士様！　道士様！　お寺で女の人が死にました！　道士様！」

「何だと！」

三人同時に立ち上がった。

八章　母と子

昨夜は祖父の祭祀《チェサ》＊だったので、家族は皆明け方に眠りについた。一、二時間ほど寝た時、裏の松林で鳴くカササギの声で斗万《ドゥマン》が目を覚ますと、明かり窓が明るく、起成《ギソン》の母〈斗万の正妻マクタル〉は部屋にいなかった。それぞれ部屋の両端で壁に向いて寝るような夫婦だから、起きた時にいなくても構わない。だが、どうしようもなく不快だ。両親の意向で同じ部屋に寝起きすることにはしたものの。

（あの無知でみっともない女が俺の女房だなんて。人に見られたら格好悪い。晋州《チンジュ》で金《キム》斗万と言えば、知らない人はいないのに。あいつのことが人に知れたら、俺の威信はめちゃくちゃだ）

「ハングルぐらいは読めるんだろうか。書記〈事務員〉がいなければ、書類だってろくにわからないようだ」

自分がそんな陰口をたたかれているのを知っているのか知らないのか、斗万は何かにつけて起成の母を無知だと言い、彼女がいるために自分の過去が清算できないみたいな被害意識にとらわれた。どうして死んでくれないんだろう。あいつのせいで子供の将来が台無しになりそうだし、家の不和もあいつのせいじゃないか。しかし罪悪感がないわけではない。消えてくれることを望む気持ちが強くなるほど、恐ろしくなった。自分が殺しでもするように。

(ちぇっ、祭祀が終わり次第、帰らなきゃ)

みんなそう思っていたが、斗万自身も、祭祀や親の誕生日や祭日などでたまに実家に帰っても夜明け前に逃げるように晋州に戻るのを、ソウル宅《テク》〈斗万の妾チョカニ〉が嫉妬するからだと錯覚していた。起成の母を見たり思い出したりするたびに湧き起こる、抑えようもない怒り。実のところ斗万は、ソウル宅の嫉妬よりも、怒りに追われて晋州に逃げるのかもしれない。彼は灰皿を引き寄せてたばこを吸おうとした手を止め、慌てて立ち上がった。のろのろと服を着て、音を立てないように戸を開けると、

「起成の父さん、起きたのかい」

内房から母の声がした。

「はい」

斗万は心の中で舌打ちをした。そして台所から出ようとして亭主に出くわし、戸惑っている起成の母をにらみつけた。

(憎らしい子犬に限って糞を垂れるというが)

「まさか、今から晋州に帰るんじゃないだろうね?」

「どうしてですか」

「どうしてって」

「帰るところですよ」

「何だって」

「急ぎの用事があるんです」

父のせき払いが聞こえた。

「俺も出かける用事があるから、朝飯を食って一緒に出よう」

首根っこを押さえるみたいに父が言う。大胆で心の広かった斗万の母は、今もその性格には変わりがないけれど、ここ数年は息子の顔さえ見れば小言を言う。しかし二平《イピョン》老人〈斗万の父〉は、めったに口をきかない。そんな父が、どういう訳か帰りたくてうずうずしている斗万を引き止めた。

「そうできればいいけれど、大事な用があるから先に帰ります」

「俺の言うとおりにしろ！」

斗万は額にしわを寄せて内房の戸を開け、顔だけ突き出す。

「誰かが死んだ知らせでも来たのかい」

斗万の母は息子を正面から見て、鋭く言い放った。眠りもしなかったのか、昨夜と同じきれいな木綿のチマチョゴリ〈女性の民族服。チマはスカート部分〉をきちんと着て座っている。二平老人は起きたばかりらしく、布団の裾がめくれていた。

「母さんはどうしてそんなにいちいち文句をつけるんです」

「人が死ぬ以外に、急で大事な用事があるものかね」

斗万の母が言うと、きせるを持った二平老人は息子をちらりと見た。

「なんで突っ立ってる。部屋に入れ」

斗万はちょっとひるんだが、言い返した。

「そんな時間はありません」

「よせ！　家に帰ったらいつもそんなことを言う。よく平気でそんなことが言えるな。恥ずかしくないのか。ちょっとは親の言うことも聞け。年に三、四回帰ってきて、泥棒みたいに明け方に逃げるなんて。友達でも久しぶりに会えば積もる話があるのに、お前って奴は……」

「いつも同じ話を聞かされるだけでしょう。今度、母さんが晋州に来たら話を聞くことにして、今日は……」

必死で抜け出そうとする。

「あたしが怒る前に……」

「母さん、まだそんなことを言うんですか。私ももう五十になろうとしていて、晋州では有力者なのに、いつまでそんなことを」

「子供の年がわからないほどぼけちゃいないよ。お前がどんなに偉くたって、あたしの産んだ子だ。出世したら親ではなくなるとでも言うのかい」

「もういい！　何度言ったって同じだ。帰りますよ」

斗万は大声を出した。

「おとなしくしていればいい気になって。こいつめ！　そんなことでいいのか！」

二平老人は灰皿に灰を落としながら息子をにらむ。斗万は顔を赤くして部屋に入り、正座した。門前の小僧習わぬ経をよむということわざがある。いい物を食べれば顔色も良くなるとか、馬子にも衣装という言葉もある。金の威力は言うまでもないが、とにかく造り酒屋を経営する事業家金斗万氏は、どこから見ても重厚な中年紳士だ。道具を入れた網袋を担いでいた大工の金さん、酒の卸売りをする小さな店にうずくまっていた金さんの面影は、とっくになくなっていた。起成と起東《ギドン》の中学校*では父兄会長を務め、天長節だの明治節だのという日本の祝日の儀式には当然のように貴賓として招待される。人々は陰口をたたきながらも、彼の前ではぺこぺこした。警察署長や市長といった人たちの集まりにも出席し、晋州で指折りの名門、楊校理《ヤンキョリ》*家の当主楊在文《ジェムン》も金斗万に会えば握手を求める。ソウル宅はビビンバ屋をたたんだ。斗万は妓生《キーセン》のいる飲み屋に出入りして、造り酒屋の旦那様と持てはやされた。

「金はいいものだ。いいさ。ああ、金ほどいいものはない」

斗万も、周囲の人もそう言った。座った斗万は、洋服のチョッキのポケットから懐中時計を出す。

「どうして時計を見るんだね」

斗万の母もかなりしつこい。

「忙しいと言ってるでしょう」

腹を立てる。

「ソウル宅が恐いんだろ。何が忙しいもんか」

「母さんはどうしてそんなにあいつが気に入らないんです。一緒になってずいぶん経つんだから、ちょっとは情が湧いてもいいでしょう。よっぽど相性が悪いのかな。豚の頭を供えて、おはらいでもしなきゃ」

斗万は思い直して、適当なことを言ってごまかそうとする。

「この腑《ふ》抜け」

「ありゃ、まあ」

「腑抜けた奴め。あの女よりお前の方が憎たらしい。はっきり言って、うちの家系なんてたいしたものじゃない。両班どころか、常民ですらなかった。でも、お前みたいな悪人はいなかったよ。死んだ弘《ホン》の父さん〈李龍《イヨン》〉のことを思い出すね。死んだ人の悪口を言いたいわけではないが、江清宅《カンチョン》〈龍の正妻〉ほど嫉妬深い女はいなかった。お前も子供の時に見て知っているだろう。不細工で針仕事も下手で、夫を敬うどころか田んぼのカカシぐらいにしか思わなかったし、子供も産めなかった。弘の父さんは優しいから、そのすべてを許してやっていた。親が決めて、正式に祝言を挙げた間柄だったからだ。月仙《ウォルソン》とは死ぬほど好き合っていたのに、正妻に対する道理は守った。あたしがくどくど言うまでもなく、平沙里《ピョンサリ》ではみんな知っている話だ」

「立場が違うでしょう」

「何が違う」

「弘の父ちゃんは、ただの農民だったし」

二平老人がそれに答えた。

「龍の爪の垢でも煎じて飲め。お前は龍の足元にも及ばないのに、ただの農民だっただと?」

斗万がしょげた。

「今日は父さんと母さんが一緒になって私を責め立てるんですね」

そう言ってごまかそうとする。憎らしくても子供だ。母は少し語調をやわらげる。

「ああ、そうだよ。今日は何があっても、積もり積もった話を聞いていきなさい」

「何ですか。晋州のことはどうなってもいいから、話を聞きましょう」

斗万はようやく、帰るのを諦めた。母はしばらく黙った後、妥協するように言う。

「甲斐性のある男には女が十人いてもいいという言葉がある。女房と気が合わないせいで別の女と暮らすのは仕方ない。父さんもあたしも、そのことでお前を責めはしないよ。食べたくない飯は残しておいて腹の減った時に食べるけれど、気に食わない人間はどうしようもないという言葉もある。それに、いつも同じ小言を聞かされると言うが、お前がちょっとでも気を使ったなら、文句は言わない。起成の母ちゃんは、嫁に来てからずっと働き詰めだ。あたしたちによくしてくれて、あんたの弟たちとも仲がいいし、本当に、こんな働き者はいない。亭主はほとんど家にいないけど、ちゃんと子供を産んだ。不平も言わない。悲しくてたまらないだろうに、泣きに帰る実家すらないんだよ」

チョゴリのひもで涙を拭く。嫁も可哀想ではあったけれど、何とかして息子に考え直させようという作戦だ。

「だから追い出せないんですよ」

斗万は、気のない調子で言った。

「星回りのいい人は、夏は日陰で休んでいるけど、起成の母ちゃんはずっと畑仕事をしている。星回りのいい人は粗織りの木綿やキャラコの布を買い込んで、布をさらすのも人を雇ってやらせるのに、起成の母ちゃんは冬の間ずっと機織りをしてる」

星回りのいい人というのは、もちろんソウル宅だ。

「そんなことしなければいい。誰も飢えてはいないし凍えもしていないのに」

「それならお前は飢えたり凍えたりしないために、人に悪く言われても必死に金を稼いでるのかい」

「男に生まれて野心を持たないのは、腰抜けじゃないですか」

「立派な人は、本妻を邪険に扱うとでも言うの」

「それじゃあ、私だって言わせてもらいますよ。気に入らない相手と結婚させられたら、こうなるしかないでしょう」

「いやだと言うのを、無理やり祝言の席に引きずっていったとでも言うのかい」

斗万は何も言えない。

「カエルがオタマジャクシだった頃を忘れてはいけない。それが人間というものだ。嫁をもらう時には黙っていたくせに、今更何を言う。村の人たちは、娘をいい家に嫁がせて、嫁もいい子をもらったと言ってくれた。どうしてだか、わかるだろう？　普段仲良くしていても、いざとなると家柄を問題にする世の中だ。起成の母ちゃんだって、もしお父さんが生きていたら、うちなんかに嫁にくれたかどうか」

「その理屈だと、うちの息子たちも将来結婚できませんね！」

斗万は目をむいて、たたきつけるように言った。

「王族と縁組しようってわけでもなし、似たような家と縁組すればいいだろう」

母は収まりかけた怒りが再びこみ上げ、息子の考えを見抜いて皮肉った。

「程度問題ですよ。母親があんなに背が低くて馬鹿だから、子供までからかわれるんです」

「ソウル宅は電柱みたいに背が高いとでも言うのかい」

その言葉に、斗万もふと笑ってしまう。

「あの女が、起成の母ちゃんは頭が大きい、カボチャみたいだと言ったそうだね」

「……」

「あの女め。横にいるだけでも悪臭がしそうだ。くちばしをへし折ってやろうかと思った」

「そんなこと、誰から聞いたんです」

「誰って、お前の息子だよ。息子なんか何の役にも立たない。生みの母親の悪口を言うなんて。育て方を間違えたね。上の学校にやってどうするんだ。そんな口をきく子は、ろくな人間にならない。いったいあの女は何を教えたんだ。夫も子供も奪う、あくどい女め」

「子供たちは学校に通うためにうちに来ているんです。奪ったんじゃありません」

「それなら、どうしてそんなことを言わせておくんだね。実の母親を、台所の隅の子犬ぐらいにしか思っていない。いくら世の中が悪くなったといったって」

「母親に学がなくて話が通じないから、自然に」

「そうかい。それなら、ソウル宅は孔子も孟子も習ったとでも言うのか」

斗万の母は興奮した。

「それなら一つ聞くが、孔子や孟子が他人の夫を奪えとか、人の妾になったら一日たりとも本妻の所には行かせるなと教えたのか。それが人の道理だと言ったのかい！」

妙な理屈だと、自分でもわかってはいた。

「あたしも昔は、月仙が可哀想だと思ってた。罰《ばち》当たりな話だけれど、弘の父さんが悩んでいるのを見て、いっそ月仙を連れて逃げればいいのにとも思った。どちらが優しくてどちらがきついか、どちらがいい人で、どちらが悪い人か。そのことを言ってるんだ。毒蛇みたいな女め、平然とした顔であたしたちのことをお義父さん、お義母さん、お義姉さん〈起成の母のこと〉と呼ぶんだからね。湯気の出ないお湯の方が熱いということわざがあるけど、あの黄色い顔を見ただけで愛想が尽きる。よその土地の人だから情が湧かないというのではないよ」

「もうやめて下さい。そんなふうに言われたら、話ができません。多少の欠点は大目に見てくれてもいいでしょう。母さんがそんなふうだから、私もあいつが可哀想になるんです。私一人を頼りに遠くから見知らぬ土地に来てくれたんですよ。花柳界の女でもないのに」

「よく言ったね。考えていることはあたしと同じだ。お前がそんなふうだから、あたしも起成の母ちゃんがよけいに可哀想になるんだ。それに、お前だけを頼りに遠くから来たと言うが、起成の母ちゃんだって、あたしたちだけを頼りに嫁に来たんだよ。どこの世の中に、亭主のいない嫁がいるのさ」

「まったく、母さんはどうしてそんなに言葉がぽんぽん飛び出てくるんだろう。かなわないな」

「あたしは理屈を言ってるだけだ」

そうは言ったものの、顔を合わせるたびに起成の母の立場を強調しなければ気が済まない。もちろん、息子を独占したソウル宅を、母親の本能で無意識に憎む気持ちもあった。同様に、斗万も言わなければ気が治まらない。言ったところで仕方ないとわかっていても。

「それは一面的な見方です。ここまで来られたのは、誰のおかげだと思ってるんですか。あいつのおかげで麦がゆを食べる百姓の暮らしから抜け出せたんですよ。それだけじゃない。もう誰が何と言おうが、晋州で金斗万を知らない人はいないし、私は役所にも影響力があります。どうして父さん母さんは、そんなに頑固なんですか。あいつがいなければ」

「黙れ！」

二平老人はそう叫ぶと、きせるで灰皿をたたいた。

「親の言うことにいちいち口答えするような奴が役所に影響力を持つなんて、世も末だ。俺は、親の教育が悪かったのだと思ってずっと黙っていた」

「……」

「しかし、一つ覚えておけ。俺は農業をやめなかった。お前の母ちゃんも女房も、お前の弟もみんな百姓だ。百姓の暮らしを抜け出したのはお前一人じゃないか。俺たちはあの女の世話になる気はいっさいないし、世話になったこともない！　人は身の程をわきまえないなら、それこそ頭がどうかしてるんだ。お前は人として間違っている。いくら倭奴の世の中だといっても、お前は目上と目下の区別がつかないのか。誰の前で、あんな女の肩を持つ。この親不孝者！」

これまで口をつぐんでいた父が、傍若無人な息子を責めた。

「長生きするといろいろなことがあるものだが、これからもそんなことを言うつもりなら、もうここには来るな。それから、お前もこいつに小言を言うのは、もうやめろ。切りがない」

二平老人は立ち上がって外に出てゆく。母と息子はしばらく黙って座っていた。いわば休戦状態に入ったのだが、双方とも一歩も引く気配はない。斗万はポケットからたばことマッチを出した。

「会うたびに言おうと思いながら、ずっと言えなかったんだけど」

「これ以上、何を言おうというんです。まったく、頭が痛いな」

たばこを吸って煙を吐き、不満げに言う。

「しかめっ面をしなさんな。母ちゃんだから言うんだよ。他人は裏で悪口を言っても、本人の前ではそんなそぶりも見せない。だけど、他人に息子を悪く言われたくはないね」

「みんな、ねたんでるんです。いとこが田んぼを買ったら腹が痛くなると言うじゃないですか」

「それはお前のことだ。崔《チェ》参判家がうまくいっているのが、どうして気に食わないんだね。お前はそんなことが言える立場じゃないよ。聞くところによると、あちこちで参判家の悪口を言ってるそうじゃないか。どうしてそんなことをするの。あのお宅から恩は受けたけれど、悪いことはされてないのに」

「恩を受けたですって？」

斗万は顔を赤くし、目に怒りの炎を灯す。

「うちがもともとどんな身分だったか知ってるだろう」

「奴婢《ぬひ》＊だったって言いたいんでしょう！」

「そう、うちはあのお宅の奴婢だった」

「この時代に、そんな昔の話を持ち出してどうするんです！」

「崔参判家が、奴婢だったうちを常民にしてくれたんだ。それにお前はあのお宅で働いたこともないのに、どうして怨む。元の主人だから何かあると相談に行ったし、亡くなったお爺さんとお婆さん〈遠縁に当たるパウ爺さんとカンナン婆さん〉の祭祀の費用をまかなう田んぼとして、いい土地を分けて下さった。十分な恩返しができていないのは、うちの方だ」

「八親等より遠い親戚の祭祀を、どうしてうちがするんです」

「遠い親戚も家族だという言葉を知らないのかい」

「あれっぽっちの土地だって、奪われたじゃないですか」

「趙俊九《チョジュング》に奪われたんだ。崔参判家に取り上げられたんじゃない。崔家の広大な土地だって奪われたのに」

「栄万《ヨンマン》は今でも祭祀をしてるんですか」

「してるさ」

「馬鹿め」

「栄万は人間ができている。世の中の人間がみんな栄万みたいだったら、法律なんかいらない」

「間抜けなんですよ。祭祀用の田んぼもなくなったのに、祭祀だなんて」

吐き捨てるように言う。嫁のために必死で言い争って疲れたのか、斗万の母は大きな声は出さずに嘆いた。

「お前も昔は、じいちゃん、ばあちゃんと言って慕っていたのに。もし金持ちになっていなかったら、栄万は奇特だと言って褒めたはずだ。どうしてこんなに人が変わってしまったのか……」

斗万はいらいらしたようにたばこの灰を落とす。

「王様だってすべて思いどおりにはならないというのに、お前はどうしてそんなに得意になってるの。そんなふうじゃいけない。父ちゃんもあたしも、昔の身分は自慢できるものではなかった。恨の残ることも一つや二つじゃない。でもそれはすべて国が定めた法だから仕方ないだろう。崔参判家のせいじゃなかったんだ。もう一度言うけど、恩は受けたけれどうちが虐待されたことはなかったし、丁未年〈一九〇七〉に村の男たちが参判家を襲撃した時、お前の父ちゃんだけこっそり抜け出したから、今でも恥ずかしく思っているじゃないか。人は自分を振り返って、他人の気持ちを推し量らなければ。うちの先祖が奴婢だったからといって、怨みを抱いてはいけない。お前も今たくさんの使用人に、良くしてやってるのかい？　そうではないだろう。奴婢も雇い人も同じだ。恩を受けたのにお前みたいに怨みを抱く人がいるなら、人使いが荒いと評判のお前は、将来どうなるんだ」

斗万はそれには答えなかった。

「それにお前が日本人と手を組んでいることも、世間では良く言っていない」

「誰がそんなことを」

「違うのかい？」

「白丁の宋寛洙《ソングァンス》が言いふらしているようですね。あいつ、私が農庁《ノンチョン》*に酒を送ったといちゃもんをつけてるんだ。ふん、あいつらみんな崔参判家とぐるになって、怪しげな……」

以前のことを思い出して、斗万は息が荒くなる。

「追われてるって言いたいのか。かばってあげられないにしても、そんな態度じゃいけない。それだからお前は悪く言われるんだ。やめなさい。お前も朝鮮人じゃないか」

「母さんこそ、やめて下さい。家が落ちぶれるのを見たいんですか。あいつらがじたばたしたって独立なんかできませんよ」

「できるかどうかは知らないけど、独立しようということの、どこが悪い。ぼけたあたしの頭だって、国を取り戻そうというのが正しいとわかる。恵んでやれないまでもパガジを割るな*ということわざがあるけど、お前が小さい頃、村で一緒に育った友達だろう。それに今度も学生たちが立ち上がって万歳を叫んだのに、父兄会長だか何だかのお前が警察に協力して口を挟んだそうじゃないか。お前が崔参判家の悪口を言ったために、崔家の下の坊ちゃんがなかなか留置場から出られなかったといううわさもある。ほんとにそんなことを言ったのかい」

「……」

「言ったんだね」

「だったらどうだと言うんです！　学生なら勉強してればいい。青二才に何がわかる。日本人に支配されていたって、賢ければ出世して金も稼げる。昔はいくら賢くても、両班じゃなければ何もできなかったんです。ええ、死ぬまで」

力を込めて言い、途中でやめる。母も断念したような顔だ。

「もっともあたしらみたいな年寄りが何を言っても仕方ない。親子でこんなに言い争ったところで、仲がこじれるだけだ。あたしたちはもうすぐあの世に行くけれど、人の生きる道には山も川もある。平坦な所ばかり歩けるわけじゃない」

結局斗万は、トッコルの実家で朝食を取った。二平老人は一人用の食膳で食べ、栄万と斗万は同じお膳を使った。祭祀の後だからおかずは豊富だ。女たちと栄万の子供たちは小さな部屋に集まって食べていた。こちら側は淀んだ水の中のように静かなのに、女たちの部屋は和気あいあいとした話し声が絶えなかった。何を言われるのかと思って緊張している斗万は、飯粒を数えるみたいに箸でご飯を少しずつ食べていた。しかし二平老人と栄万は約束でもしたように黙っている。二平老人は痩せたが、食欲があるところを見ると、まだ元気らしい。労働で鍛えられた栄万は、ぜい肉がなくてがっちりしている。もちろん彼も食欲は旺盛だ。

(あの食いっぷり。天性の百姓だ)

貧しかった頃、床に落ちた麦飯も拾って食べていたのを忘れたのか。米は木になるものだと思っているソウルの人みたいに、斗万は、さじに山盛りになったご飯が栄万の口に入るのを見て、内心舌打ちをした。ナムルも魚も豆腐も口に入る。

（まるで牛だ）

斗万はふと、孤独を感じる。母は皮肉を言ったかと思えば突然腹を立て、泣き、慰め、執拗に責めたてた。それでも母にはまだ温かみがある。しかし父と弟はそうではなかった。あまり口もきかず、笑いもしない。ずっと以前のことだが母は、起成の母を晋州に連れてきてソウル宅のビビンバ屋でクッパを食べた。怒った斗万はトッコルに駆けつけ、

「息子を笑い者にしようと思ってわざわざ来たのか！」

と母親に食ってかかり、起成の母を殴った。田んぼから戻った二平老人はその光景を見ると、牛小屋に差してあった棒を抜き取り、

「この野郎、このろくでなしめ、俺が殴り殺してやる！」

と言って牛のように走ってきたから、必死で逃げた。

（俺は裸一貫でここまで来た。先祖からは一銭だってもらったことがない。貧しかったのが、これぐらいの暮らしができるようになったんだ。金斗万の父、金斗万の弟と言えば、引け目を感じないで済む。誰のおかげだと思ってる。感謝してくれても足りないのに、無視するのか。俺があの女をいじめたって、あいつは他人で、俺は家族じゃないか。あいつを追い出したとしても俺の味方をしてくれるのが人情だろう。なのに、どうして）

斗万は鬱憤を募らせる。二平老人と栄万は相変わらず沈黙を守って食事をしている。我慢できなくなった斗万が言った。

「栄万」

「はい」

顔も見ないで返事をする。

「お前、いつまでこうしている気だ」

「……」

「農業なんて、他に何もできない時にやるものじゃないか。いくらでも別の仕事ができるのに、どうしてこだわる。子供たちのためにも、つべこべ言わず晋州に出てこい。みんな、俺の下で働きたがってるんだぞ」

それは嘘ではない。造り酒屋を買い取って経営するようになって傘下に代理店ができ、酒の卸売りをしていた店とソウル宅のビビンバ屋は他人に貸した。市場の店の相当数が斗万のものだったので、賃貸料だけでも金持ちになれると言われるほどだ。そのため彼の周辺には職を求める人、利権を得ようとする人が出入りするようになった。

「元手もいらない。商売ほど、ぼろもうけできるものはないぞ。しばらくやってれば慣れるし、俺も助けてやれる。何の心配があるんだ」

「松毛虫は松葉を食べるもので、柏の葉を食べたら死ぬ。俺は農業しか知らない。やる気があったら、とっくにやってるよ」

「哀れな奴だ。お前、頭が石になっちまったらしいな」

「石だろうが何だろうが、一日三度の飯が食えれば上等だ。どうして作り笑いをして人の機嫌を取って暮らさないといけないんだよ」

それは兄に対する非難であり侮辱だ。再び沈黙が続いた。あれやこれやで食事が喉を通らなかったけれど、まだ父が酒を飲んでいるから、斗万は席を立つことができない。高慢になったとはいっても昔の習慣が残っていて、父の前ではたばこを吸わないとか、先に席を立たないといった程度の礼儀は、知らず知らずのうちに守っていた。斗万は再び沈黙を破ろうと試みる。

「父さん」

「……」

「家を建て直さないといけませんね。みすぼらしいし、狭過ぎます。来年の春、畑の方に新しい家を建てたらどうですか」

「この家で十分だ」

「でも体面ってものがあります。ずっと前から考えていたんですが」

「体面、体面って、何がそんなに大事なんだ」

「私は晋州では羽振りをきかせてるんです。将来、大きな行事があれば、お客さんもたくさん来るだろうし」

「大きな行事とは俺たちの葬式だな。そういうことだろう」

「そ、それは、もう年も年だし」

「葬式のために家を新築するのか。弔問客のために？　笑わせるな。秦の始皇帝の父親でもあるまいし。よせ」

栄万がにたりとした。斗万が顔を赤くする。

「俺たちが死んでしまえば、起成の母ちゃん一人になる。この家で十分だ」

「……」

「俺たちがいなければ、誰がこの家を訪ねてくる？　お前の息子たちは実の母親の面倒を見ようとしないだろう。祭祀にも来ない奴らが母親の世話をするものか」

「そこは理解して下さいよ。学校を欠席するわけにはいかないんです」

「人倫も知らないで勉強して何になる。この頃の学問のある奴らは先祖も親も気にかけないで、一人で育ったような顔をしている。あれこれ言うこともない。とにかくお前の息子たちは二人とも、トッコルで実の母親と一緒に農業をする気がないのは確かだ」

「大学までやるつもりなのに、農業だなんて」

「だから言ってるんだ。大学だか何だか出て都会で暮らすのだろう。その時、母親を連れていって世話をすると思うか？　晋州にいるあの女やお前が反対するはずだ。母親を訪ねてくるわけもない。父親が自分の女房が恥ずかしいといって虐待しているんだから、学のある息子たちは母親を母親と呼びもしないだろう。昔は国に忠実であれ、親に孝行しろと教えたけれど、今の世の中では人倫道徳を捨てても構わないから出世して金をもうけろと教えるようだな」

二平老人は、いつになくじっくり話し、なかなかやめようとしない。

「栄万の子供たちが伯母さんの世話をするしかないだろう」

ちょうど栄万の女房がスンニュン*を持ってきた。二平老人は食事を終えてスンニュンを飲む。

「お膳を片付けてくれ」

「はい、お義父さん」

「これも頼む」

栄万が言った。

「まあ、家のない人だって生きてるんだから、家と田畑があれば、誰が世話しようが生きていけるでしょう。それ以上は高望みというものです」

父の言葉を認め、将来息子たちを実の母と引き離すのは当然という口ぶりだ。スンニュンで口直しをした二平老人は、からぜきをすると首を真っすぐ伸ばした。

「まあ、望んだところで……。それはそうと、まだ財産の始末をつけていなかった。とにかく今日父子三人が集まったのだから、言うべきことは言っておくのが道理だ」

また、せきをする。財産の始末とはどういうことだ。無表情な老人の顔からは何も読み取れない。斗万と栄万はあっけに取られていた。

「ちょっと前に、土地と家を起成の母ちゃん名義に変えた」

意外な言葉だった。斗万は自分の耳を疑い、次の瞬間、顔色を変えた。栄万もひどく驚いたようだ。

「何ですって」

「……」

「土地と家をどうしたというんですか」

「晋州で成金として名高いお前に、数十マジギ*の田畑などスズメの涙だろう。何を驚いている」

「そんなことをしていいんですか。父さん一人で勝手に決めるなんて、それでいいんですか」

声を上げる。

「いいさ。いいから、そうしたんだ」

「私の土地なのに、そんなことがあっていいんですか。絶対にいけません。いけませんとも」

二平老人は目をむいて斗万をにらむ。

「お前が世の中の法律を決めるのか。どうしていけないのだ。俺名義の土地と家は俺が勝手に処分できる。それに、偉そうに土地の持ち主だと言うが、どうしてお前の物なんだ？」

「私の土地じゃなければ、誰の土地なんです！」

斗万の顔がぶるぶる震える。栄万は黙ったまま呆然としていた。父がどうするのか想像はしていたけれど、あまりに急だと思う。ひとことの相談もなかったし、そんな気配もなかった。

「よく聞け。二十数年前にお前がソウルで金を稼いで、このトッコルに七マジギの土地を買った。そして二年後にまた五マジギ買った。合わせて十二マジギだ。その十二マジギの土地は、息子としての道理に従って、育ててくれた両親にくれたと考えてもいいし、金家に嫁いで三十年近く夫の両親に仕え、男の子を二人産み、汗水垂らして働いたお前の女房にくれたのだと考えても、間違いではないはずだ。それに、お前は女房に対する罪がたくさんあるじゃないか」

「罪だなんて。食べていけるのは、誰のおかげなんです」

「それすら惜しいというのなら、俺の十二マジギをお前にやってもいい」

二平老人は自信に満ちており、揶揄する余裕すら持っていた。

「父さんは私をコケにするつもりだったんですね」

斗万も落ち着いた声で応酬する。

「コケにするかどうかは、お前にかかっている。とにかく、互いにはっきりしておかなくてはならん。田畑というものは、お前たちも知っているように、食べても余るだけ穀物が取れれば、だんだん増えていくものだ。だから二十数年間増え続けて、今では畑数枚を除いても、人に貸した土地が五十五マジギ、うちが耕しているのと合わせれば二百石以上にはなる。それは家族みんなが、特に起成の母ちゃんがよく働いたからだ。分家する時、栄万に田んぼ十マジギを分けてやったのは、お前も知っているだろう。十数年間一生懸命働いて、今では三十マジギ以上になるが、田んぼ十マジギを分けてやったことも、元をたどれば親兄弟の恩だとも言える。このトッコルに落ち着いて生活の基盤を築こうとしていた時に、栄万が必死で働いていたのを考えれば、それぐらいは当然の代価だと思わなければならん。両家合わせて三百石だ。それがすべて長男である自分のものだという考えは捨てろ。お前が晋州に名高い金持ちでなければ、俺はこんなことを考えはしない。親不孝の放蕩者だったとしてもだ。もっとも、誰の名義だなどと言う必要もないほどみんなが仲良くできていたら、どんなによかっただろう。それに今度の処置は、起成の母ちゃんの将来のためだけを思ってしたことではない。俺なりに、よく考えた末のことだ」

二平老人はそう言うと、きせるを出してたばこの葉を詰める。

「土地が問題なのではありません」

斗万は怒りに満ちていた。

「土地のことじゃありません。どうして私がこんな目に遭わないといけないんです！」

斗万は、床をこぶしでたたいた。土地が問題なのではないとは言ったものの、れっきとした長男であり、自分一人の力で財産はもちろん、彼らが享受している幸福まで与えてやったに等しい自分を、その功労すら認めてくれないやり方に怒り、裏切られた気がした。それよりも突然、二百石、栄万の家と合わせて三百石の土地が、膨大な財産のような錯覚に陥ったのだ。彼の意識の中では自分の土地が一マジギもなかった昔のつらさが残っていて、三百石の土地が大きく思えたのかもしれない。それに、あれこれ事業を拡大していたものの、大地主になることが斗万の夢で、幼い頃の羨望と憧れはずっと胸の奥に根を張っていた。商売人から大地主に成り上がる夢は、まだ実現に移してはいなかった。しかし父の話を聞いた瞬間、トッコルの土地が大地主への第一歩だったことに気づいて頭の中が混乱と衝撃でぐちゃぐちゃになり、怒りはいっそう大きくなった。

「いいでしょう！　それなら親子の縁を切るつもりなんですね。私には先祖の祭祀も任せないということですね」

思い直してくれとも言えない。相談でもなく、既に処分してしまったのだ。斗万はじりじりとして、狂いそうだった。

「まさに、それだ」

「それとは何のことです」

血走った目で父をにらむ。

「お前に祭祀は任せられん。俺たちが死んだら、お前は祭祀をするためにトッコルに来たりはしないだろう。晋州に持っていこうとするだろうが、俺はあの女の手で水を供えてもらいたくはないし、先祖も同じだ。一人の夫に一生仕えられなかった女〈ソウル宅には離婚歴があった〉が、どうして祭祀の膳を供えられる。しかも、本妻がぴんぴんしているのに」

「でも、れっきとした孫がいるんですよ」

二平老人は腕を振り回した。

「言っても仕方のないことだ。俺はこんな田舎にいても、世の中がどうなっているのか知ってるぞ。学校を出たら洋服を着て靴を履いて眼鏡をかけてよその土地に行って、香炉も燭台も知らない新式の女と結婚するのだろう。今だってそうなんだから、これから先、もっとひどくなるのは目に見えている。学校を出た者がみんなそうなるわけではないだろうが……出来損ないども。出来損なった子供を、父親とソウルの女がいっそう愚かにしたのだから、俺は希望を持っていない。起成の母ちゃんが生きている間は起成の母ちゃんが祭祀をして、その後は栄万の子供たちが祭祀をする」

「と、父さん」

栄万が不満そうな声を出した。

「何を言おうとしてるのかは、わかっている。だが、これ以上言うことはない」

二平老人は灰を落としたきせるを腰に差し、立ち上がって出ていった。斗万は歯ぎしりをした。父の最後の言葉は侮辱的だ。一生忘れられない侮辱だ。

「うむ、つまり、みんなぐるだったんだな。かごが大蛇を捕まえた*ようなものだ。お前が欲のないふりをしていたのは、土地を独り占めしようというたくらみだったことを、今日初めて知った」

「そんなこと言わないでくれ。俺も初耳なんだ」

「祭祀をして、土地をもらう。お前は常習的にそんなことをするようだな」

「じょうしゅうって何だ?」

「ものを知らない奴だな。いつも泥棒をしているってことだ!」

「ひどいな。好きなように言えよ。弁明しても兄さんは信じないだろうし、気分がいいはずはないから」

栄万は大して動揺していなかったものの、先祖の祭祀を自分の息子たちに任せると聞いて当惑した。

「親も兄弟もどうしようもない。今まで俺に飯を食わせてもらい、服を着せてもらったくせに、こんなふうに裏切っていいのか。今に見てろ。困るのはどっちなのか。俺も親兄弟がないものと思うからな。山猫みたいな奴め。俺を誰だと思っている。俺を怒らせたらろくなことにならないぞ。長男を差し置いて、こんなことをしていいのか！　他の人たちに聞いてみろ！」

斗万は全身で震えながら立ち上がった。もはや土地の問題ではなかった。先祖の祭祀のことなど今まで深く考えたことがなかったけれど、いざこうなってみると、城を追い出された王のような気がした。目の前で荷物を盗まれたような感じだ。靴を履こうとすると、小さな部屋から母が憂鬱そうな顔を出した。

「帰るのかい？」

答えない。その時、食事の後片付けを栄万の女房に任せて洗濯をしに川に行っていた起成の母が戻り、何も知らないまま、斗万と目が合った。

「この極悪女め」

斗万は履きかけた靴の片方を持ち上げ、裸足で起成の母の方に走ってゆく。斗万の母がアイゴ、アイゴと言う前に、靴は起成の母の顔を殴った。洗濯物のおけが地面に転がる。靴を捨てた斗万は起成の母の髪をつかみ、地面にたたきつけて足で蹴る。

「やるなら、あたしを殺しなさい！」

斗万の母が、ポソン〈民族服の靴下〉を履いた足で走ってきた。斗万は牛のような力で母親を押し、起成の母の体の上に乗って飛び跳ねた。狂った。完全に狂っていた。

「アイゴ、死んでしまうよ！」

倒れた斗万の母は、はっていって息子の脚をつかんで倒れる。後から走ってきた栄万が兄の胸倉をつかんだ。

「この女が家に来てから家族の仲が悪くなり、俺は顔に泥を塗られたんだ。おい、俺と一緒に死ね！」

弟に胸倉をつかまれたまま、斗万は大声を上げた。

「アイゴ、神様！　アイゴ、神様！　世の中にこんなことがあっていいんですか。アイゴ、神様！」

斗万の母は慟哭した。栄万の女房は涙を拭きながら起成の母を助け起こして部屋に連れ戻す。

「完全に頭がいかれちまったな」

栄万がつぶやくと、斗万は、今度は栄万を拳で殴りながら叫ぶ。

「みんなぐるだったんだ！　この泥棒め、造り酒屋をお前にやったらよかったのにな。だが、覚えておけ。お前にやるぐらいなら、橋の下の乞食にやった方がましだ！　みんなぐるになって、恩を仇《あだ》で返すんだな。こんな家、火をつけて燃やしてやる！」

大げさな身ぶりで、斗万は家族全員を罵る。子供たちはとっさに台所に逃げ、身動きもしない。

「みっともないまねはやめて、帰るなら帰れよ！　晋州に帰れ！」

栄万は斗万を引きずる。

「あいつが悪いんだ。あいつが生きている限り、子供の将来も台無しだ！」

いつの間にか近所の人たちが集まってきた。

「あのおとなしい女房を犬みたいに殴るなんて。近所にまで聞こえるよ」

中年の女が、毒づくように言った。

「お爺さんはどこに行ったの」

「さっき田んぼに出ていったよ」

若い女たちがささやいた。

「妾と仲良くしていても本妻は何も文句を言わないのに、どうして殴るんだろう」

そんな言葉が耳に入り、斗万はようやく気を取り直した。

「放せ！」

栄万の手を振りほどき、靴を履いて地面につばをはくと、足早に村の道を歩いてゆく。栄万は、その後ろ姿を見ながら立ち尽くしていた。

「起成の祖母ちゃん、立って下さい」

中年の女が斗万の母を助け起こした。

「見世物でもないのに、どうしてこんなに集まるんだよ！」

恥ずかしさのあまり腹を立てたけれど、すぐに、

「あたしが怒らせたのに、女房に腹いせをするんだからねえ」

そう言って、急いで部屋に入る。水で絞った手拭いで兄嫁の顔を拭いていた栄万の女房が、

「お義母さん、気にすることはありませんよ。そのうち治るでしょう」

と慰める。

起成の母は顔も手の甲も腫れて、見るに忍びない。体もあちこちあざができているはずだ。それでも気

はしっかりしていた。

「もういいよ。あたしが面倒を見るから」

下の嫁を家に入らせ、斗万の母はまた低い声で泣く。

「恥ずかしくて顔を上げて歩けない。今日みたいに恥ずかしかったことはないよ。悪い奴め。ものの道理もわからずに」

動こうとした起成の母が、うめいた。

「これからは亭主だなんて思わなくていいよ。あれはまともな人間じゃない。可哀想に、何の罪もないのに」

「お義母さん、大丈夫だから、泣かないで下さい」

「大丈夫なものか。顔が腫れて。今はお前も気が張ってるから痛みも感じないんだ。ああ、ひどい奴、どうしてあんな子が生まれたんだろう。半分でも弟に似ていたら、お前はこんな目に遭わなかったのに」

「大丈夫だって言ってるじゃないですか。私にはお義父さんとお義母さんがいるから、何も心配していません。亭主なら、殴ることもあるでしょう。私はちっとも寂しくありませんよ」

「子供の時はそうでもなかったのに、あいつ、まるで巨福《コボク》みたいだ」

「どうしてそんな人と比べるんです」

「あの家も漢福《ハンボク》はちゃんとしている。うちの栄万みたいに真面目で善良で、ほんとに感心だよ」

「うちの人は、私のことが気に入らないだけです。他に悪いところはないでしょう?」

「それでも亭主の肩を持つのかい。馬鹿な子だね」

斗万の母は手の甲で涙を拭う。

九章　二人の女

麗玉《ヨオク》と明姫《ミョンヒ》は教会を出て坂を下る。アメリカ人伝道師が彼女たちを追い抜きざまに黙礼し、脇道にそれて牧師館に向かった。遠くに見える海は湖のように穏やかで、絵の具を溶いたような青だ。港に入る船の汽笛、飛び交うカモメ。

灰色がかった薄紫のトンチマ〈筒状に縫い合わせたチマ〉に地紋の入った白いチョゴリを着た明姫は、少しヒールの高い、すらりとした黒い靴を履いていた。少し前にソウルから秋の服などを送ってきたので、季節が変わっても身なりはきちんとしている。明姫にしては地味だが、美しい顔立ちと独特の雰囲気が、洗練された華やかさを醸し出しているようだ。アメリカ人伝道師の黙礼も、明姫の気品に対する敬意の表れかもしれない。しかし明姫は、もう剥製の鶴ではないとはいえ、やはり一羽のカモメのような気分で、人々の羨望の的になっているのに、ずっとやつれた顔をしていた。

「飛んでみたいほど、いいお天気ね。不思議じゃない?」

額に手をかざして空を見ていた麗玉が言った。腕時計の黒いベルトが鮮やかだ。春から秋までは白いチョゴリに黒いチマを着てぼってりした靴を履く。夏はカラムシ、春と秋は木綿のチョゴリだ。それでも麗玉の手は透き通るように白い。色の白いは七難隠すという日本のことわざがあるけれど、麗玉は隠すべき七難もなく、かといって特別美しくもない。ただ平凡な顔だが、いくら日差しを浴びても赤くなった後でまた元に戻る。最近では脚の悪い息子を持つお婆さんを助けて畑の草取りをすることもなくなり、秋だからか、肌が雪のように白く、時には神秘的な感じすらした。

「風もないし」

明姫は素っ気なく相づちを打った。潮風は水平線の向こうで休んでいるのだろうか。空は冷たく、折り紙みたいな帆船が遠くに浮かぶ海は絵のようだ。

「でも、こんなに晴れてると、どこかの街角を思い出すの。どこの街角なのか、誰かが通り過ぎたのか自分が通ったのかわからない。そしてため息が出る」

「珍しくセンチメンタルね」

明姫は胸がじんとしたのに、そう言って感情を抑える。

危うい季節だ。はらはらする。草むらの下の方はかなり草が減って地面が見えているのに、木の枝に緑の葉っぱが残っているとは。多感な春風は、吹き荒れたとしても、命の歓喜を歌う。だが透明な秋の空の彼方で休んでいる風は陰険で冷たいかもしれない。生物が水分を失うのを待ち、一気に襲いかかって山を枯れ葉だらけにしてやろうとしているのだろうか。そうだ。間もなく地上で大虐殺が行われる。人は、ロシアを攻めあぐねたナポレオンが兵を率いて雪原を退却する時に人馬が倒れた光景を、冬の大虐殺だと言う。そんな季節が毎年訪れる。魔神の使い、いや峻烈な生命の主宰者の使いは、氷の斧で無慈悲な虐殺を行う。凍え、あるいは餓えて、多くの生命は呻吟しながら死んでゆく。冬将軍は、さあ来いとつぶやきながら氷の斧を振るうのか。

その残酷な季節が来る前の季節を、人々は思索の季節だとか豊穣の季節だなどと高尚な表現をする。すずり箱を真っすぐ置いて部屋を清め、はらはらと落ちる枯れ葉やコオロギの鳴き声が悲しいなどと言う。それは目や耳に心地よく、甘く切ない。あの世に行くことを思って悲しくなる人もいるだろう。しかしあの世を信じる人もいないし、信じない人もいない。枯れた芝に水をやった時に草たちが、みんな早く水を飲みなさいと叫んでいると思う人は、なおさらいない。人は、生命も死も人間のものだと信じている。それなのに、年を取っても死を真剣に考えようとはせず、たいていは幸福や救いを求めるために神を認める。幸福や救いを求めるのは人間だけではない。生と死が、人間だけのものであるはずがない。億兆蒼生という言葉はすべての生命を意味している。すべての生命、すべての創造物は人間のためにだけ生まれるのではなく、すべてのもののために誕生し、創造されたのだ。人間も樹木と同様に冬を迎えなければならない。この道理から抜け出した人も克服した人もいないのに、人間はどんな思索をして、何に挑戦しようとするのか。

「ぼうっとして、何を考えてるの」

明姫の声がした。

「え？　ああ」

「空ばかり見て歩いてるじゃない」

「うん、突拍子もないことを思ってた。きちんと税金を払い、家や田畑の文書を大事に金庫にしまってる人たちが聞いたら、頭がおかしいと思われるような」

「変な子」

「明姫」

「何？」

「慌てたって早く着くわけじゃないし、ぐずぐずしたって遅れもしないでしょう」

「何のこと？　あなたこの頃、訳のわからないことを言うのね。何がどうしたって？」

「あのことを思い出したの」

「あのことって」

「お婆さんがね」

「……」

「アワ畑の草取りをしながら、こんなことを言った。ものごとは、無理にしたって駄目だ。一日のうちに城を築くことはできない、アリみたいにしないといけない。歳月はアリが働くみたいに過ぎるんだって。それどういうことですかと聞いたら、アリが土を少しずつ運ぶのを見たことがないのかと言うの。ああ、アリが巣を作るのに、地面に穴を掘る時の話ですねと言うと、お婆さんは、そうだと言って笑った」

「それで？」

「意味がわからない？」

「わかるけど……どうしてそんなことを言いだすの？」

「初めて聞いた時、あたしはいろんなことに気づいた。最近も、忙しい時に焦らず気持ちを穏やかにしろと自分に言い聞かせたら、仕事がたくさんあってもつらくなくなる。巣を作るアリみたいに」

明姫は口をつぐんだ。麗玉は明らかに自分とは違う方向に、いっそう違う方向に向かって懸命に進んでいると思う。自分は十字路で立ち尽くしているけれど麗玉は立ち止まらずに進んでいる。焦りを感じた。羨ましいような、ねたましいような疎外感。坂を下り、静かな住宅街に入った。おかっぱ頭の日本人の少女が、歌いながら赤い花模様の大きなまりをついていた。甲高い歌声が響く。その時、まりが弾んで明姫の前に転がってきた。明姫はさっと持ち上げる。走ってきた少女は、

「どうして人の物に手を出すの！」

鋭く叫んだ。

「拾ってあげようと思ったのに。あなた、悪い子ね」

日本語が上手で上品な人だから、少女は黙ってまりを受け取った。

「ありがとう」

やはり敬語は使わない。そして妙な仕草をして、去っていった。

「行儀の悪い子だ」

麗玉が言った。

「まあ、子供なんだから」

「日本人は大人も子供も、朝鮮人を見れば泥棒だと思う。泥棒はどっちよ、まったく」

「子供は無邪気なはずなのに。日本ではそうでもないけど、植民地に来る人たちは、たちが悪い」

「ちょっと、植民地、植民地って言わないで。腹が立つ。相手が子供だから、よけい気分が悪い」

小さな出来事だが、二人とも気分を害した。一部の粗野な日本人は、明姫や麗玉のように教養と風格を備えた女性にすら侮蔑の目を向ける。彼らは大日本帝国を映す鏡だ。学識や財産のあるなしにかかわらず、植民地での彼らは大人も子供も国策に忠実だ。麗玉が言った。

「街に出よう」

「何しに」

「手芸店に寄って……気分直しに映画でも見ようか」

「いやだ。手芸店には、何しに行くの」

「子供たちの刺繍《ししゅう》の材料を買いに」

「刺繍の材料……」

明姫は麗玉をちらりと見た。突然何か思いついたように唇を動かす。麗玉は教会の夜学に関わっていた。週に二度、裁縫と手芸を教えている。

(刺繍、裁縫、刺繍……)

心の中でつぶやく。麗玉が夜学で裁縫や手芸を教えていることは知っていたのに、自分の悩みに気を取られて興味を持っていなかった。悪夢から抜け出したとはいえ、明姫はこれから先どうするのか何も考えられない。麗玉に晋州《チンジュ》に行くように勧め、自分も崔西姫《チェソヒ》を訪ねて女学校の教師の職でも世話してもらおうかと思っていたが、その思いも次第に薄れてきている。

にぎやかな場所にある手芸店に来た頃には日が傾いて、夕陽を背にした店の前の通りに濃い影が落ちていた。

「吉《キル》先生、いらっしゃいませ」

かわいらしい女主人はうれしそうに立ち上がると、明姫を見て驚いた。教会で何度か遠くから見かけたことがあったのだ。手芸店の女主人も信者だ。店の中は薄暗い。明姫は客用の椅子に腰かけ、麗玉は棚にもたれるように立った。

「この間お願いしたのは入りましたか」

麗玉が聞いた。

「はい、四十五個でしたね」

「そうです」

「一昨日入荷しました。釜山《プサン》に行く人に頼んだんです。約束の日に戻らなかったらどうしようと心配しましたわ」

女主人は棚の戸を開け、包装紙にくるまれた品物を出した。

「でも、図案があまり良くなくて。私ならこんなの選ばないんですけど。見て下さい」

女主人は包みをほどき、一つ取り出して開いた。図案が印刷されたテーブルセンターだ。それに必要な刺繍糸も付いている。

「構いませんよ。習った後で、自分で好きなのを選んでやればいいんだから」

「包みましょうか？」

「お願いします」

女主人は元通りに包装しながらも、腰かけている明姫のことを気にしていた。明姫は手持ち無沙汰なので、テーブルに置いてあった新聞を取り上げ、顔を隠すように開いた。

「最近はリリアン糸の刺繍もはやってるそうです。鏡台カバーや、額に入れる飾り物なんか、簡単で、すぐできるから」

「そうねえ、新し過ぎて、夜学に来る子たちにはどうかなあ。実は私、刺繍や裁縫を専門的に習ったことはないんです。学生時代に学校でちょっとやっただけなのに、夜学を任されてしまったから仕方ないの」

こんな時の麗玉は、ぼってりした靴のように愚鈍で平凡に見えた。

「まあ、裁縫や刺繍の時間がなくなったら、夜学に来なくなる子がたくさん出てくるでしょうね」

「そうなの。頑固な親も、裁縫や刺繍が習えるというから通わせてくれる。貧しくて学校に通えない子もいるけど、女の子に勉強は必要ないという考えも根強いわね」

「女の子が昼間に出歩いても悪く言われるなんて、ちょっと考えを改めてくれなきゃ」

「実は、夜学のせいで身動きが取れなくて困ってるんです。他の地方に行けなくて。どこかに適当な人はいないかしら。心当たりはありませんか」

「そうですねえ。信者じゃないと、そんな奉仕はできないでしょうし」

「信者でない人なら報酬を出すこともできると思います。週に二回教えればいいの」

「教えられそうな人はたいてい普通学校*の先生をしてますね。それに小さな町だから学校を出た人の数も少ないし、たいてい良家の娘なので外で働こうとはしません。いい相手を見つけて嫁に行こうとするんです。うちもここで三、四年ほど商売してますが、理解に苦しむことがたくさんありますよ。海辺なのに、かなり保守的なようで」

女主人は、話し方からするとソウル近辺の出身で、多少の教育はある人のようだ。

「そう……。家で読み書きを習って、学校に通わないまま嫁に行く良家の子女がまだたくさんいるものね。田舎の学校では、養蚕学校の卒業生を裁縫の先生に雇うぐらいだから。あなたはどう？　週に二回、それも夜だけ」

「無理です。私はこの店だけで手いっぱいで。釜山に仕入れに行かないといけないし、家には子供がいるし、夫の世話もしないといけないんです」

「ちょっと聞いてみただけですよ」

「どこに行きたいんですか」

「福音を必要とする人は、田舎にも山奥にもたくさんいます。伝道師はせっせと歩き回るもので、じっと座っていれば腐ってしまう。みんなが座って伝道したら、教会も腐りますよ」

しかしその言葉には、あまり真実味がなかった。女主人ははっきりものを言う麗玉にちょっと萎縮したのか、口をつぐんだ。

「行こう」

麗玉は品物を持つと、明姫に言った。新聞を畳んで立ち上がった明姫の顔が青ざめている。

二人が女主人に見送られて店を出た時、

「吉先生」

通りかかった二人の男の片方が声をかけた。

「あら、お久しぶり」

麗玉がはきはきと言った。麗玉を呼びとめた男は四十歳ぐらいに見えた。田舎にしては珍しくおしゃれで、茶色の革のハンチングをかぶっている。その横に五十代の男がいた。蘇《ソ》志甘《ジガム》だ。

「最近、どうです。相変わらず忙しいですか」

話し始めた男は、麗玉の背後で何か考えにふけっている明姫を見て驚く。

「あれ」

男は帽子を取り、

「奥さん、ここで何をなさっているんですか」

明姫は不思議に思って男を見る。

「ああ、そうだ、明姫」

やっと気づいた麗玉が明姫を振り返る。

「この方はね、あんたんちの」

と言いかけて、

「いや、あんたのお兄さんが校長をしていた学校で音楽を教えてた崔翔吉《サンギル》さん」

と紹介する。

「奥さんはご存じないでしょうけれども、私は遠くからお見かけしたことがあります」

崔翔吉は頭を深々と下げてお辞儀をした。以前勤めていた学校の校主夫人であり、校長の妹だと思って最大限の敬意を表しているのだ。蘇志甘は明姫をまじまじと見た。何も考えていない目だったけれど、視線は強い。明姫が当惑していると、蘇志甘は目をそらしてたばこに火をつける。

「ところで、ここにはどんなご用事で？」

「ええ、ちょっと」

と言いながら明姫は、

「初めまして」

と改めてぎこちない挨拶をする。

「崔先生、お連れもいらっしゃることだし、もうお行きなさいよ」

麗玉は友達に言うように言った。侮辱にも聞こえかねない。

「はい。そ、それでは、これで」

帽子を持ち上げ、再び深々と頭を下げた。彼らがちょっと遠ざかると、

「ふう、奥さんと一緒でなくてよかった」

冗談めかしてはいるが、麗玉は本当によかったと思っているらしい。

「何のこと？」

「うん、崔翔吉さんの奥さんは疑夫症《ウィブチュン》*患者なの。まあ、彼も疑妻症《ウィチョチュン》患者だけどね」

二人は並んで歩く。

「どういうこと」

「あたしに気づいて慌てた様子を見たでしょ」

「夫婦ともにそうだなんて、変じゃない」

「そうなった事情があるのよ。崔翔吉さんは、実は呉宣権《オソングォン》の友達なの」

別れた夫の名を口にしても、麗玉は以前のように感情を乱さない。

「そう」

「ここではかなり名門だけど、親はいなくてお兄さん一人だけだから、わりと自由な立場だ」

自由な立場という言葉を強調するように言う。

「ソウルの人じゃないのね。私は、また」

「明るいように見えても、ひどく傷ついた人よ」

「どうして」

明姫は上の空で聞いた。相変わらず顔色が悪い。

「つまり、私と似たようなことを経験したの。素質があるのか、とにかく日本で音楽の勉強をしていて、ソウルに来た時はよくうちに遊びに来た。呉宣権の友達だし、中学で兄の後輩だったから。崔翔吉さんは留学中に結婚したんだけど、相手は師範学校出身の、普通学校の先生だった」

「その人が疑夫症患者ね」

「いや。先生は前の奥さん。崔翔吉さんは学校を卒業したら、田舎にこもる気はなかったらしく、ソウルで、就職しやすい中学校の教師になった。その学校を辞めた後、あんたのお兄さんのいた学校に移ったはずよ。だけど妙なことに奥さんは夫について行かず、ここで普通学校の先生を続けた。夫婦仲は悪くなかったらしいけど。結局、同じ学校にいる男の先生と変な関係だったんだって。そのことで、故郷に戻った崔翔吉さんは毎日酒に明け暮れて、救いようのない状態になった。その時、助けてくれたのが現在の奥さんで、ここでは有名な妓生だったみたい。性格はきついけど、すごい美人」

「それなら、どうして疑夫症と疑妻症なの」

「要するに一種のコンプレックスだろうね。女房は元妓生だったということに、亭主は妻に捨てられたということに対する。まあ、互いに疑い、傷つけ合いながら愛し合うということもあるでしょう」

「そうね……」

「あたしが木浦《モッポ》にいる時に教会の仕事を一緒にしていた青年が偶然、崔翔吉さんの奥さんの弟だった。前妻の。その人が言うには、あの事件は崔翔吉さんが東京にいる時に起きたんだって。結婚前から姉に思いを寄せていた男が、ある夜、忍び込んできたというの。つまり、無理やりだったってこと。崔翔吉さんも強くは勧めなかったらしいけど、女房は罪の意識があってソウルに行けなかった。その間にいろいろあったんでしょう。一度のことが発端になって、その男の先生が脅迫したり哀願したりして訪ねてきたみたい。弟の話では、姉はとても不運だ、決して誘惑に負けたのではないのに、世間ではそう信じてくれない。自分の意思ではなかったと言ったところで許されないでしょ？　ともかくそれは他人のことで、あたしの場合は、あきれた話だ。自分と関係ない、他人の人生のために、ひどい目に遭ったのよ」

麗玉はそう言ってけらけら笑った

「過ぎてみると笑い話だけど、当時は病気になりそうだった。女が一人で生きていくのは難しい。あちこちで足を引っ張ろうとするから、ほんとに頭に来る。伝道婦人という看板をかけてもね。明姫、あんたもこれからいろいろ経験するよ。顔がきれいな分だけ、よけいに。あたしだって苦労するのに」

「いったい、何があったの」

「泥棒と疑われたんだから！」

麗玉は突然、腹を立てた。

「え？」

「あたしはもともと神経質で潔癖症だったじゃない。そんな性格が、年月が過ぎるにつれて、いい意味でも悪い意味でもすり減ってきた。欠点でも長所でもある、そんな性質が……。時々あたしは、自分がそこらへんに転がっている木の切れ端か、石ころのような気がする」

笑顔ではあった。さっき麗玉が、街角が思い出されると言った時のように、明姫は胸が詰まった。

「あたしも被害者の一人だけど、決して男を取られたとは思わないし、そのことで同情されたくもない。呉宣権はあたしを愛していなかった。世の中を渡るのに必要なものを手に入れるためにあたしと結婚し、さらに必要なものを手に入れるために離婚したのよ。それは人間の本質の問題で、嫉妬とはあまり関係がない。でもあたしがあの絶望の淵から立ち上がって世の中に出た時に感じたのは、自分は異邦人だってことだ。あんたもこれから、切実にそう感じるよ。田舎でも都会でも、教会の中でも外でも。ふふふふっ……女たちは、あたしを侵入者だと思ってる。大げさじゃないの。農家に入っても、おかみさんたちは何かを、亭主の視線のようなものですら、盗まれないかと警戒する。もちろん、あたしが独り身だからよ。めまいがするほど衝撃を受けたことは、数えきれないほどある。だから男とは距離を置いて、下手に出て女たちと仲良くなろうとしたら、今度は軽く見られる。気ままなのよ。でなければ、偉そうに同情してくれる。人間を諦めることはできない。あたしは福音の伝道師なんだから。人間っていったい何だろう。何度も何度も尋ねた。主よ、私はどうすればよいのでしょう？　田んぼのあぜ道や山道を歩きながら尋ねた。

もうそんなことは克服できた気もするけど。自分が粘り強くなり、愚かになり、枯れ木になったような気もする。主に対する愛まで形式的になって……。とにかく、崔翔吉さんのことも、男として意識したことはない。あの人もあたしを昔の友達の妻だった人だと思っていた。呉宣権が何をしたかよく知っているし、先輩の妹だし……。呉宣権は友達がいのない奴ですと言っていた。それ以上の興味を示したことは一度もない。あの人はもともと信者だったのが、一時は教会から遠ざかっていたけれど、今の奥さんに出会ってまた教会に通うようになった。この奥さんが、あたしにひどいことをしたのよ。それこそ、他人の人生のせいでひどい目に遭った。夫が外出した時に、あたしと一緒にいるんじゃないかと疑って、うちの近くをうろついたりするから、どうしたんですか、お入り下さいと言ったら、何でもありませんと言って、ぷいと背を向ける。そんな時には、あきれて全身の力が抜けた。教会でも鋭い目であたしを見るの。訳もなく脚が震えて落ち着きを失いそうになるけど、負けるものかと気を強く持てば、あちらが弱気になる。いつまでこんなことをするのかと思うと苦笑がこみ上げてきたね。あの奥さんが弱気になると、人間って寂しいものだと感じる。あの人も、あたしと同じ異邦人かな。そうなる要素はあるね」

　二人はいつしか、遠くに家が見える所まで来ていた。

「一部の女たちは、他の人より一足先に新教育を受けた。明姫もあたしもその部類だけれど、こんな新女性*は、世の中が変わって男が女の人格を認めもしないうちに出てきたせいで、宙ぶらりんだったのよ。ソウルの姜善恵《カンソネ》なんか、その代表だ。名門の娘たちは今まで特権を享受してきたから、新しい学問を嫁入り道具にして、従来どおりの嫁となり妻に落ち着いたけれど、そうでない階層の女は、かえって身分が下がってしまったみたい。妾や後妻になったり、見世物みたいに扱われたりして。社会に出て何かしようとすれば茨の道を歩く。みんな、口では尊敬していると言うものの。教育を受けたことが評価される時もあるけれど、人と違うから好奇心の対象になる。

　好奇の目で見られるのは田舎だって同じ。田舎の方がひどい。好奇心を持たれることを喜んでいる、頭のからっぽな新女性もたくさんいるけどね。昔から見世物になるのは賤しい身分の人たちだった。温室育ちのあんたが、どこまで耐えられるだろう。あんたには、エゴイストにはならないでくれと言いたい。独身の女や離婚した女や寡婦が偏屈になり、気が強くなり、潤いを失って自分のことだけを考えがちなのは、世の中で冷遇されるせいだけど、それに打ち勝たないといけない。精神的な苦痛をもっと受けるとしても。あたしたちだって、生きているのは美しいことなの。明姫、あたしたち、枯れ木にはならないでいよう」

麗玉は空を見上げて微笑した。

明姫は黙って歩いた。

夕食の後で、明姫が切り出した。

「私、どこかで裁縫の先生になれないかな。晋州には行きたくない」

「行かないって？」

「うん、気が重い。田舎で普通学校の先生か何かやって、飢え死にしない程度の月給がもらえればいい」

「じゃあ、教会の仕事をしてよ」

麗玉が冗談半分で言った。

「あなたとも一緒にいたくない。気が弱くなるから」

長い沈黙の後、

「考えてみよう」

麗玉が言った。

「私、ソウルであの人と十年暮らす間に、人間としての機能を失ったような気がする。生きることに自信が持てない」

「……」

「そう思わない？　私、そうじゃない？」

「決心次第だね」

あいまいな返事だ。

「決心次第。そう何百回も考えた」

「もう悪夢は見ないんでしょ？」

「うん」

「歳月が解決してくれるよ」

「年寄りみたいなことばかり言って」

明姫が、自信がないと言うのは、これが初めてではない。

「どんな風が吹いたって平気でいられる自信にあふれても、それは少しの間だけ。くずおれてしまいたい。自分でも気づかないうちに、この世でもあの世でも、山の谷間でも海の真ん中でもいいから、吹き飛ばしてくれればいいのに……。すべてが自分の意思ではどうにもならない気がして、迷ってばかり」

「じゃあ、趙容夏《チョヨンハ》の所に戻りなさいよ」

麗玉の声は冷たかった。

「何てこと言うの！」

いら立った。

「冗談でもそんなこと言わないで。もっとも、あなたもうんざりでしょうね。私だってうんざりしてるんだから」

涙をこらえる。

「まるで子供だ。お嬢様はどうしようもない」

麗玉は、あきれて笑ってしまう。

「三十超えたお嬢様。両親もいない孤児。あたし、あんたの友達になったのが運の尽きだね。明姫、そうじゃない？」

「自分は違うって言うの？」

「そうよ。あんたは悪夢を見なくなってから、ずっと後ずさりばかりしていた。娘時代に戻り、子供に戻ったのよ。なのに、お父さんもお母さんもいない。ほんとにみなしごみたい」

「同情してるの？　自分は同情されたくないくせに。私もそんなの、むしずが走るほどいやだ」

「愛、友情。あんたは馬鹿みたいにいつも潔癖だった。これからは清潔よりも真実を知るべきよ」

その言葉は骨身に染みた。

「みんな情けない女だね。なりたくてなったんじゃないけど。さあ、もう寝よう」

麗玉は布団を敷き始めた。

「オンドルを焚いたから部屋が暖かいよ。肌寒い季節に冷たい部屋で眠ることほど寂しいことはない」

背を向けて寝間着に着替えた明姫が言った。

「私、昔、ものすごく勇気を出したことがある」

「太極旗を持って万歳叫んだ？」

「まさか」

「……」

「ある男の下宿を訪ねていって、雨にびしょぬれになって帰ってきた」

「その話は聞いた」

それには答えない。

「きっぱり拒絶されて……。いろんな事情のある人だった。田舎に早婚の妻がいたし」

明姫は背を向けたまま話していた。

「それに、まだ話してないこともある。他人の人生のせいでひどい目に遭ったと言ったね。あなたの事情とは違うけれど、趙容夏の弟燦夏《チャンハ》のせいで、私もひどい目に遭った」

「義理の弟じゃない」

「そう。義理の弟。その人が結婚する前から私を好きだったらしいの。善良で繊細で、お兄さんとは全然違う。でも十年間、その人は趙家で暗い影みたいな存在だった。私は訳もわからず、罪もないのにいじめられた。品よく、高尚に、精神的に追い込むの。息が詰まるように。代々高貴な身分だった趙家に、中《チュン》人《イン》*階級の嫁が来たのも気に入らないから、私は魔物にされた。切れない悪縁。そう、私にとってもそれは悪縁だったのね。燦夏さんは家を出て日本に行ってしまった。結局、日本の女性と結婚したけれど、彼は今でも家の中では幽霊みたい。両親は悲嘆にくれるし、趙容夏はライバルとして警戒している。警戒や憎しみだけなら私も理解できる。でも、それだけではなかった。趙容夏は弟のために、私に関心を抱き続けたみたい。他人が欲しがるものほど価値があると考えるのは、あの人の本性ね。人間に対する価値基準が物と同じなの。所有することと、支配することが。つまり彼はそんな変態的な三角関係を楽しむ人だったってこと」

鳥肌が立つとでもいうような口ぶりで言うと、明姫は向き直った。膝を立て背中を丸めてうずくまる。

「これでも私がずっと温室にいたと言える？」

「……」

「あなたの話の中でいちばん実感があるのは、異邦人という言葉だな。私は十年間趙家で異邦人だった。なのに、飛び込んだ新しい環境でまごつき、うろうろしている。船酔いと吐き気が治っても、私は相変わらず異邦人。あの時はうんざりしていたし、つらかった。でも今は独りぼっち。ぽつんと岩にくっついている巻き貝みたいに孤独だ」

「……」

「苦痛を乗り越えて信念に到達しようとしているあなたが羨ましい。以前は、積極的な善恵姉さんを羨んだこともあった。結局あの姉さんも傷だらけになって、降参して結婚してしまったけれど、それでも侮蔑やからかいに打ち勝つ度胸があるから……。玄界灘に身を投げた歌手の尹心悳《ユンシムドク》*も羨ましいし船に乗って移民する人も羨ましい……」

明姫は麗玉を見つめた。明姫の顔を、疲労と苦悩がクモの巣のように覆っている。ぱっちりした目の周りが青黒く沈んで寂しげだ。二十年来の友人である麗玉も、明姫のこんな顔は初めて見た。明姫は自ら語った以上に苦悩に満ちている。

「私、晋州には行かない」

駄々をこねるように言う。

「晋州に行っても裁縫の先生になれるよ」

「行かないったら」

「気が重いだけ？」

「……」

「他にも何か理由があるんでしょ」

明姫は唐突に嗚咽《おえつ》し始める。

(好きなだけ泣きなさい。みんないろいろなことを経験するんだし、状況は違ってもそれぞれ問題に直面している。あたしやあんただけが特別なんじゃない)

麗玉は内心そうつぶやき、明姫への憐みのような感情が引き潮のように去ってゆくのを感じる。

「金持ちに見えても実は貧乏ということわざがあるでしょ」

明姫が泣きながら言った。

「あんたもそんな言葉を知ってるのね」

麗玉は他のことを考えながら言った。

「いつもそう思ってた。どうしてみんな私を羨むのか。自分たちの方が、私よりずっといろいろなものを持っているのに。顔がきれい、東京に留学した、貴族の夫人になった、ダイヤモンドの指輪をはめている、そんなの全部、上っ面なのに。私にとっては」

明姫は激しく泣きだした。ひどく悔やんでいるようにも見える。目も口も小さく、背は低く、夏にはトンボの羽みたいに涼しげなカラムシの服を着て、やたらと髪に飾り物をつけ、爪に垢がたまっていると罵り、身分の低い者どもという言葉を口癖のように言っていた女。あの女の幸福は、まさにそういうことだったのだろうか。麗玉は、泣いている明姫のことを忘れ、記憶の中の女を思う。

(苦痛を乗り越えて信念に到達しようとしているあたしが羨ましいって？ 明姫、あんたは本当にあたしが信念に到達しようとしていると思ってるの？ とんでもない。あたしがあんたより忙しいせいで、そう見えるのかもしれない。でも、探しているのよ。それが何だかわからないけど。とりとめのないものかもしれない。そう、狂った女が子供を洗って死なせる*という、この地方のことわざがあるけど、大笑いされそうな、とりとめのないもの。あたしは今、呉宣権を許してもいないし、許さないのでもない。どうしてだろう……。許していないのなら、あたしはまだ人間の邪悪さのせいで病んでいるのだ。それなのにこうしているのは、方便じゃないのか。許したなら？ 今日も昨日も至る所に人間の悲劇があふれているのに、主の善良な娘になったと安易に喜んで、布団をかぶって一生懸命祈る偽善者……。

あたしはいったい、何を探しているんだろう。あたしは本当に神を信じているのか。自分で自分を裏切ってはならない。絶対に。裏切らなければ、それでいいの？　あたしが傲慢で、間違っているとしたら？　それなら、自分を裏切れないのは、あたしが悪を行っているということではないのか。あたしの伝えた福音はどうなっただろう。あたしが伝えた福音は、どれほど広がったのかな。それは天国に行く通行証でもないのに。踏みにじられ抑圧されて、心も喉も渇いた人がいっぱいいるのに。その人たちの泣き声が、カエルの声みたいにあたしの耳に届いているのに。あたしの伝えた福音はどうなっただろう。聖職者たちは高い祭壇で礼拝するだけだ。それは主の意志だったのだろうか。荒れ地のように果てしなく、昼も夜もあちこちに散らばっている、人々の悲しみ。聖書を抱えて木陰を通り過ぎ、信者と談笑する司祭。その神聖で寛大で社交的な姿によって救えるものは、いったい何なのだ。善良な羊だという。善良な羊、善良な羊……。

いや、獰猛なオオカミの群れ、腹をすかせた子ネズミたちだ。世の中は凄惨で陰鬱なのに、教会に響き渡るオルガンの音、賛美歌の声は、どうしてあんなに平和で甘いのだろう。主よ！　主はあの偽りのオルガン、賛美歌の平和を、甘さを、打ち砕いて下さらなければなりません。偽善のエゴイズムの道が、今日、天国への道と同じほど広がっているではありませんか。真理の道を行こうとしないから、鎌や斧があっても道を探せないようです。主よ、私を行かせて下さい。悲しい民が偽善の道に入らないようにして下さい。悲しい民がその道に入ろうとしていますが、この地の信者たちが過ちを犯していないと言えるでしょうか。一本のトウモロコシで空腹を満たさせて下さい。腐った肉で空腹を満たさないように）

麗玉はいつしか、深い祈りを捧げていた。

「私、今日、手芸店で」

明姫の声が聞こえてきた。

「新聞を読んだ」

「……」

「あの人の書いたものが出てた」

麗玉はただ見つめていた。声は遠くから響いているような気がした。

「間島《カンド》*の風物についての、短いエッセイだったけど」

「あの人って？」

喉が詰まったような声で麗玉が聞き返した。

「私をきっぱり拒絶した人」

「まだその人のことを考えてるの。まあ、そうだろうね」

「どうしてショックを受けたんだろう。以前も兄の所に小説を送ってきて、原稿料も結構な額だったから、彼の娘のために私が保管することにしたのに」

「その人もあんたが好きだったんだね」

「……」

「何が何だか……。あたし、頭が痛い。あんたの声も聞こえたり聞こえなかったりするし、考えがまとまらない。田舎の普通学校みたいな所で働きたいと言ったよね」

明姫は麗玉の言葉も意に介さない。

「晋州に、その人の娘がいるの。崔参判家に。月見草の花みたいに可愛い子。私がその子を育てようと思ったけど、崔西姫さんが応じなかった」

「ふうん……」

「どうして私がショックを受けたんだろう。さっき、手芸店で」

明姫は同じ言葉を繰り返した。

「李相鉉《イサンヒョン》が愛した女は崔西姫でも、任《イム》明姫でもなく、良絃《ヤンヒョン》を産んだ妓生だったと思ったからだろうか。その人はアヘン中毒でぼろぼろになって川に身を投げたのに。いや、そうじゃなくて、自分の気持ちのせいだわ。なぜ私の中にあの人が、今でも生きているんだろう。それが心臓の真正面に押し寄せてきたの。私が趙家で十年耐え忍んだのも、あの人のためだったのかな……。あの人の……」

明姫は再び泣き始めた。

十章　縁のない衆生《しゅじょう》

外から戻った麗玉《ヨオク》は手足を洗うために井戸端に行き、咲き乱れた菊の花に、いたずらっぽく手で触れてみる。無邪気な顔だ。麗玉は時々、無邪気でとても穏やかに見えた。手足を拭いて板の間《マル》に上がると、明《ミョン》姫《ヒ》が壁にもたれて座っていた。

「今日、外に出た？」

「海岸に行った」

「海岸に、何しに」

「カモメを見てきた。気分の悪い鳴き声だった」

明姫は憂鬱そうに言う。

「船乗りも何か言ってたけど、たぶん私の悪口だ。荒っぽくて、野卑で」

「あんた、だんだんおかしくなってくるね。悪口なんか言うもんですか」

「いや、絶対悪口だった。街でもそう。私が歩いていると、後ろで笑い声がするの。そんな時は頭が割れそうになる。それだけじゃない。市場で買い物をしようとしたら、子供たちまで私の言葉遣いをまねる。

どうしてだろう。あの人たちには、私が狂っているように見えるのかな」

「そんなこと言いなさんな。本当に頭がおかしくなるよ」

「実際、変になりそう」

頭を大きく振った。

「どこでだって、見かけない人が歩いていたら同じようなことが起こるの。特に、子供たちはソウル言葉が珍しいからね。ここではソウルの人は十人もいないぐらいだから。外国人伝道師も、街に出れば子供たちがぞろぞろついて歩く。あたしも最初はすごく困った」

「あなたも、まねされた？」

「もちろん」

「動物園のサルになったみたい。いい年をして、どうしてだろう。最初は他人の視線も話も気にならなかったけど、だんだん、どこにぶつかってもとげが刺さりそうで、耐えられない。出ていけばいいのに、手足が縛られてるみたい……」

しばらく黙り込む。複雑な顔をしていた麗玉は、それでも気を取り直して口を開いた。

「あたしも初めて地方に来た時、時々一人で泣いた。意思疎通がうまくできないし、のけ者にされて、好奇の目で見られるし。あんたの言うように、動物園のサルだった。やたら過敏になり、島流しになったような気分で。何日か前にも話したけれど、女が一人で暮らしているのは普通ではないから、寡婦や離婚した女は人間扱いしてもらえない。罪人よ。もううんざり。そんなことを話題にすることすら」

「……」

「そんな個人的な事情がなくても、地方の人たちが敵意を持っていないとは言えない。ソウルの人を、何となく支配者みたいに思って。昔の役人たちに対する憎悪が残っているのかな。高い地位の役人はソウルの人たちだったじゃない。偉そうにしていたくせに、どうして国を守れなかったんだという、裏切られたような気持ちもあるんでしょう。今でもそうだ。朝鮮人は警察署長にはなれないけど郡守、町長、何とか課長には朝鮮人も相当数いて偉そうに振る舞い、倭奴以上に倭奴みたいなまねをする。虎の威を借りたキツネに、みんなが従順になると思う？　からかいたくて、うずうずしてるよ。役人の家族も高慢ちきで気ままで、同じ朝鮮人を未開の人種みたいに扱って、臭いと言って鼻を塞ぎ、服の裾が触れたとぱたぱた払う。要するに、何日か前に会った、あの日本人の女の子みたいな態度を取るの。

もちろん、みんながそうではないけど、人間は正当でない地位に就くと、その弱みのせいでいっそう偉そうにするのかもしれないね。今の郡守は倭奴の手下だと思われていて、一般の人たちとの間に埋められない溝がある。ソウル言葉を使うあたしたちは、その同類に見られているのよ。仕方ないじゃない。彼らは馬鹿にされ、過酷な搾取に耐えてきたんだから、理解してあげなきゃ。疎外されていると思う必要はない。農民や漁民や、市場でささやかな商売をして食べている人たちこそ、疎外されてるの。家にこもって暮らさない限り、いろいろな人と付き合わないといけない。寡婦や独り者の女は不運で幸薄いと言われる。でも、鏡の前で時間をかけて身づくろいをし、夫婦がお互いを所有物のように思って暮らしている女が、必ずしも幸福ではないでしょ。疲れて倒れることになったとしても、人生とは追求するものじゃないの」

「あなた、本当に話が上手ね」

「話の下手な伝道師なんて見たことある？」

「伝道師の言葉じゃないわ。時々、あなたが思想家に見える」

「アナキストみたいな？」

麗玉は冗談めかして言った。明姫の目が丸くなる。麗水《ヨス》に来て以来、明姫は麗玉とたくさん話をした。たまにソウルに来た時も、麗玉は決して平凡ではないと思った。狂信しているような感じがなくもなかったけれど、考えてみれば、麗玉は学生時代から凡庸な生徒ではなく、読書量も多かった。しかしその口からアナキストという言葉が出た時、明姫は何かに気づいた。

「ちょっとそんな感じ。今も本をたくさん読んでるのね」

「本なんかたくさんあるはずないでしょ。たまに借りて読みはするけど」

明姫も結婚していた十年の間、習慣のように読書をしながら退屈な歳月を過ごしていたのに、知識は走馬灯のように頭の中を通り抜け、感銘を受けた記憶すら残っていない。

「でも、社会に深く根を下ろした矛盾の解決法を明快に示したものはなかったみたい。私の知識なんか浅いけどね。宗教にしがみついてるのも、そのせいじゃないかな。キリスト教信者とアナキスト……。人に聞かれたら困るけど、イエスはアナキストだったんじゃないかと思ったりもする」

「何ですって」

明姫は衝撃を受けた。

「何を驚いてるの」

「うん……。兄もいつか、そんなことを言ってた。その時に横にいた、誰だったか、アナキストが今の言葉を聞いたら、びっくりしただろうね」

「キリスト教信者が聞いたら、それこそびっくりするよ」

麗玉は男のようにはははと笑った。

「あなたの話を聞いてると、貧しい人たちに対する同情が感じられるわ」

「同情？　あたしが？　そうは言われたくないな。あの人たちよりも豊かなわけでもないのに、安っぽい同情なんかするもんですか」

眉をひそめる。明姫はしゅんとした。

「言い方を間違えたなら、ごめんなさい」

「同情というのは、相手を見下すことよ。そう、同情を望む人をたくさん見た。同情してほしいと望む人たちには真実がない。神様を信じるふりをしてる。反省せず、卑屈で怠け者で欲深くて利己的で恥を知らない。あたしは伝道していてそういう人がいちばん我慢ならなかった。彼らを利用して伝道するのも問題だけど。寛大になることには、ちょっと狡猾な面がある。とにかく、高貴な方々の同情なんて……吐き気がする」

「あなたの言うことはわかるけれど、私には実感できない。彼らの貧しさや悲しさや暮らしが……。それに、今までほとんど考えてみたこともないから。私は悪い女かな。彼らが攻撃の矢を放ちたいのは、私みたいな女なんだろうか」

　麗玉の口調が強かったせいか、明姫は泣き出しそうになった。

「そう言えないこともない」

「最近、ちょっと学のある人はみんな、社会主義や無政府主義、共産主義について話しているけれど、私は時々怖くなる。どうして私が彼らの敵なのだろうと。貧しい人たちはみんな善良で、私みたいな人間はみんな悪いと決まっているの？　そんなことを言う人たちのほとんどは労働者でも農民でもないのに。満州に行って独立運動をする両班の子孫より農民の方が偉いとは言えないでしょう？」

「それはあたしも同感だ。貧しい人がみんな善良だという論理は成立しない。貧しい人たちの中にも悪い人がたくさんいる。権力の座に座れば暴虐になる素質を持った人が。それに民衆を信じるのも愚かなことだ。でも抑圧され搾取される現実を通して彼らを理解しなければいけないんじゃない？　人は必ずしも環境に支配されるのではないけれど、一方では、苦難によって人格が磨かれることもあるでしょ。よく使われる無知という言葉は、学があるかないかとは別問題だと思う。自然や人間の相互関係からも生き方や人が取るべき道を知ることができるし、反対に学があるのに無知な人はいる。昔も今も権力の座に就いた人が暴虐な振る舞いをするのは、無学なせいではないでしょう。そう考えれば環境に支配されるとばかりは言えないし、本来の心が問題なのよ。でも不当に所有することからくる被害妄想は人を悪くする。つまり、妙に狡猾にする。でも大多数の人は奪われるような物も持たない、本当の意味での被害者だから、自然に単純になり、狡猾になるというより……。さあ、そんなふうに問題を分けてしまったら、切りがない」

「でも、どうして物質的な被害だけを被害だと言えるの。こんなことを言えば、おなかをすかせたことがないからだと言われそうだけれど、今日だって、海岸で漁師たちが騒いで笑っている時は、気を悪くするほどではなかった。怖かった。私は女だから。弱者に対する一種の心理的な暴力だと思った瞬間、人間性に対する失望を感じたみたい。私は、貧しい人は被害者で、常に抑圧される弱者、善良な人だという意識を潜在的に持っていたのね。むしろ彼らが漁師ではなく警官か何かだったなら、気分は害しても、絶望はしなかったと思う」

麗玉が笑った。

「何がおかしいの」

「漁師の気質を知らないのよ。あんたは彼らにとって強者でも弱者でもない。ただ美人だっただけ。彼らが騒いで笑っていたとすれば、荒っぽいけど単純な人たちが、気恥ずかしかったんでしょ」

「でも、いやだった」

「そんな感情まで嫌う権利はないよ。ともかくあたしが伝道していて、いちばん付き合いやすかったのが、漁師だ。イエスはガリラヤ湖畔でペトロとアンデレ兄弟を見て、自分についてこいと言われたけど、彼らが漁師だったことは、かなり示唆的なんじゃないかと時々思うの。よくわからないけど漁師には、どこか人間の原型のようなものが感じられる。心がいつも波に洗われているからなのか、陸地に定着して垣根を築く暮らしをしていないからだろうか。農民は漁師よりも狡猾で、警戒心をむき出しにする。笑って騒いでいたとすれば、あんたがきれいだから、うれしかったんだと思う」

「それもいやだ」

「どうして？　相手が賤しい漁師だから？」

「漁師だろうが高官だろうが、私はそんなのいや！」

強い口調で言う。

「じゃあ、どうして趙容《チョヨン》夏《ハ》と結婚したの」

「嫌いだったら結婚してないわ。最初の頃は、好感ぐらいは持ってたんでしょう。あの時は自暴自棄になってはいたけど」

何も考えずに言った。そして当惑した。数日前、新聞でエッセイを読んで李《イ》相鉉《サンヒョン》に対する愛情を確認したように、明姫は今、十年前に趙容夏に持っていた感情を、無意識のうちに確認したのだ。麗玉は黙ってしまう。もう何も言えなかった。

空は真っ赤な夕焼けだ。

真っ赤な雲の隙間から青い空がのぞく。雲がわずかに動いていただけなのに、天地は激しく動いているように思えた。滅びようとしている昼間と、襲いかかろうとする夜が激闘を繰り広げるように。あの美しい空で、どうしてそんな争いが行われているのだろう。

明姫は日ごとに変わっていった。十年という歳月から脱皮しようとしている姿は、横で見ている麗玉にとっても苦痛で、息が詰まった。いや、結婚していた十年間だけの問題ではない。明姫は姉と兄の下に末っ子として生まれた。家は裕福で、中人階級とはいえ父親は訳官*が政治を牛耳るとさえ言われた大韓帝国末期に訳官を務めて大きな影響力を持っていた。時に名門の家が秋波を送ってきたほどだ。家の礼法も両班家と比べて遜色がなかった。明姫を宝物のようにかわいがっていた父親は、明姫をいち早く女学校に入れ、日本留学までさせた。

苦労したのは、父が三《サ》・一《ミル》万歳運動*の時に流れ弾を受けて亡くなり、兄の明彬《ミョンビン》が一年ほど監獄に入った時だけだ。美貌と控えめな態度、持って生まれた性格のおかげで、明姫は人に憎まれることがほとんどなかったし、侮辱されたり手荒く扱われたりしたこともなかった。趙炳模《ビョンモ》男爵家の嫁として経験したことの裏に恐ろしい圧力が隠されていたとはいえ、表向きは貴婦人として扱われていた。漁師たちの荒っぽい言動や子供たちのいたずらが気になったのも、彼女がそんなふうに過ごしてきたからだろう。しかし明姫は決して良い方向に脱皮してはいなかった。やつれていくとでも言おうか。趙容夏と彼の一族が黙って斧を振りかざして明姫の根を切ろうとしたことには、じっと耐えることで対抗できた。しかし今、明姫が直面している現実、日常と言ってもいいし、うわべだけの生活と言ってもいいが、そこから虫のようなものが湧いてくる。葉っぱを食べる虫、それは得体のしれない日常、はっきりした目標のない生活だ。それが明姫を追い詰めて心理を荒廃させ、躁鬱病〈双極性障害〉に近い状態をもたらしていた。

夜、寝床に入って、

「あんた、ほんとに普通学校で教える気?」

と麗玉が尋ねた。

「そうするって言ってるじゃない。どこかに口があるの?」

ぶすっとして言った。

「すごい田舎だって。生徒数も少ないそうよ」

「田舎でもいいし、生徒が少ないなら、もっといい」

「崔翔吉《チェサンギル》さんの前妻の弟の話をしたよね？」

「教会で一緒に仕事をしてたっていう」

「うん、厳起燮《オムギソプ》っていうんだけど、お姉さんと同じように師範学校を出てるの。教会の仕事も、学校に勤めながら空き時間にしてた。ほんとに誠実な青年で、今は統営《トンヨン》の学校で教えてる」

「……」

「その人を思い出して、手紙を出した」

「それで、返事が来たのね？」

「うん」

「その人のいる学校？」

「いや。厳起燮は統営の町中の普通学校だけど、話がある学校は、そこからだいぶ遠いみたい。どうする？」

「もちろん行かなきゃ」

淡々と言う。

「手紙を書きはしたけれど、勧めはしないよ。いやなら行かないでいい」

「どうして？」

「あたしが追い出すみたいで、申し訳ない」

「あたしが邪魔をしてるのは事実よ。あなたが好きなように活動するのを邪魔してないとは言えないでしょ」

それには答えない。

「ソウルに帰った方がいい。あの男に会わなければいいじゃないの」

「出てくる時は行くあてもなかったし、ソウルに戻らないという覚悟もなかったけれど、今は違う。ソウルのことを思ったら、ぞっとする。胸がどきどきして、思い出すことすべてが、つらいというよりは憎らしい。ソウルには帰らない。今は」

「晋州《チンジュ》も行きたくなくて？」

「そんなふうに言わないで。私は石になりたい。毎日、出ていかなければと思うと、石ころになってしまいたくなる」

「……」

「でも、田舎の学校には行くわ。絶対」

「まるであたしが追い出したがってるみたい。正直なところ、あたしはあんたと一緒にいたいの。二人とも結婚に失敗した女じゃない。同病相憐れむ。親兄弟より頼りになると思う。でもそれは弱者の言い草だ。あたしたちは孤独に耐えられないほど老いてはいない。息が詰まるのも事実だ。あたしがあんたのつらさを分かち合うことができれば、助けることができたなら、こんなにじりじりしない。自分の経験からしても、こういう時は誰も、親きょうだいも役に立たない。結局は自分自身で立ち上がらないと。一人で立ち上がれなければ、人生を諦めるしかないの」

言い過ぎのような気がしたけれど、麗玉は言い切った。

翌日の早朝、麗玉は音で目を覚ました。天井の裸電球が目に入る。まぶしくて目をつぶった。再び目を開けて体を起こす。

「何してるの」

「荷物をまとめてる」

明姫はトランクに服を詰め込みながら返事をした。

「そんなに腹が立ったの」

「違う」

「じゃあ、どうしてこんな朝早くから」

「今を逃したら、永遠に……」

トランクのふたを押さえて鍵をかけた。うつむいた明姫の白い額、鼻筋、つぐんだ口。麗玉は思わず目頭が熱くなる。

「出ていくにしても、明姫、こんなふうに出てっちゃ駄目」

麗玉は明姫の腕をつかむ。

「朝の船に乗らないといけないの」

「二、三日後に、それもいやなら明日、明日出発しなさい。もう一度考えてみようよ」

明姫は麗玉の手を振りほどいた。

「怒ってるんじゃない。今、この瞬間を逃したら、私はもうおしまいなの。お願い。私に冷たくして」

麗玉は明姫が可哀想で仕方なかった。ただ古い友達だから涙が出るのではない。世間を知らずに生きていた頃に夢見ていた神話の世界で、悲劇が起こった。お姫様は夕焼けの中、素足で茨の道を歩き、柔らかい足の裏から血が流れている。そんな幻想を見ているような痛みが麗玉の胸を貫く。徹底的に感傷を排し、神話のようなものを拒んできた麗玉の目から涙がこぼれる。選ばれし者の転落は、いっそう悲惨だ。可哀想な子、可哀想な明姫、美貌と裕福な環境と、愚かなほどの純粋さ。そんな特権はあんたを幸福にしてはくれなかった。役に立たない昔の特権が鎖のように足首にからみついて、あんたを苦しめるだろう。その重みで、歩くのがつらくなるはずだ。明姫は過去に救いを求めはしない。ソウルも晋州もいやだと言った。確かなのはそれだけで、行く手には黒い霧がかかっている。風が吹いただけで苦しむ感性は、どれほど多くの血を流すだろう。明姫、あんたもあたしと一緒に伝道師にでもならない？　麗玉はその言葉をのみ込んだ。

（明姫は特に自由を渇望することもなかった。卑屈で欲張りなら、自由になっただけでも意欲が湧くだろうけど……この子は何にもない。この世に生まれてはいけなかったんだ。でなけりゃ花か鳥になるとか……）

乗船券を買うと、麗玉は待合室の壁際の長椅子に座った。海の見える窓がある。明姫は長椅子の、麗玉と逆側の端に脚をくっつけて立って窓の外を眺めている。ちょっと早過ぎたのか、待合室は混雑してはいなかった。釜山《プサン》から統営を経由してくる夜の船は既に入港していたから、待合室の外でうろつく荷物運びの男たちも急ぐ様子はなく、数人は道の向こうにある店舗の軒下で腕組みをして立っていた。まるで自分の分身のような背負子を背負ったまま。それでも港は活気にあふれていた。夜の船が入港した時の騒がしさも、まだ余韻を残していた。朝の船に乗る人たちも少しずつやってきた。旅立つ人と見送る人と荷物が集まり始める。出てゆく人、戻ってくる人。水路にせよ陸路にせよ、人生とは結局、道を行ったり来たりすることらしい。存在するかどうかわからないあの世も黄泉《よみ》の道と言うではないか。道があるなら、時間もあるのだろうか。誕生は時間を切り裂いて出てくること、死は別の次元の時間に行くことだから、駅や港が悲しい場所なのではないか。一カ所に永遠にとどまることがないのと同じように、別れも永遠ではないのかもしれない。遠くに散在する島の上を、白いカモメが飛び交う。生きるとは、カモメのようにさすらうことだろうか。存在と道、それ自体が悲しい矛盾の悲劇ではないか。明姫の思いはエンジン音でかき消された。小さな漁船が煙突から煙を吐きながら埠頭を出ていく。小さい船でも波は立つ。堤防近くに並んだ伝馬船の帆が揺れる。

「あれ、吉《キル》先生、お出かけですか」

明姫は振り返らない。以前、道で出会った崔翔吉だろう。

「吉先生、お久しぶりです」

女の声もした。

「会う時は、よく会うものですね。釜山にいらっしゃるんですか」

「いえ、私が行くのではないんです」

麗玉は困った顔をする。

「それなら。ああ」

翔吉は明姫を認めた。

「奥さんがお帰りになるのですね。一度うちにお招きしたかったんですが」

崔翔吉はうれしそうに話しかけてきた。仕方がないので、明姫は振り向いてお辞儀をする。顔は伏せたままだ。

「挨拶しなさい。何日か前に僕が話しただろう。ソウルの」

翔吉が女に言った。

「ああ、はい」

かれた声。からみついてくるような。崔翔吉の後妻、琴紅《クムホン》だ。麗玉の言葉どおりの美人で、肌は朝焼けを映したような薄い桃色をしている。紫色の裏地をつけた藍色の紗のチマに、やはり白い紗の半回装《パンフェジャン》*チョゴリを着ていた。かんざしは玉《ぎょく》で、まげにはヒスイでできた蝶形の櫛を挿している。待合室に突然、花が咲いたようだ。憔悴した明姫とは対照的だが、派手な花があるために明姫がしぼんだのではない。

この地方では名門で、今でも大地主として続いている崔家の当主の弟崔翔吉は、他人に先駆けて留学し、誰もやらない音楽を専攻した。妻の不貞が露見し、昼も夜も妓生のいる店で飲んだくれていた失意の時期に、名妓でありパンソリ*の名手として知られていた琴紅は喉で彼を慰め、美貌で彼の気を引いた。翔吉は特に男前ではないが、洗練されたしゃれ者だった。琴紅は彼の好条件に見合うほど美しかったけれど、巷では、いくら美しい名妓でも手が届かないだろうとか、カボチャをつるごと採った*とか、いくら長男ではないとはいえ正妻にはなれないだろうとか、翔吉の立場をより高く評価していた。

「初めまして。崔翔吉の家内でございます」

琴紅の方から挨拶をした。貴婦人のわりには地味な服装だなと、少し安堵しながら。

「どうも、初めまして」

明姫はどうしていいかわからない。

「ソウルにお帰りになるのですか」

翔吉が聞いた。

「そうです」

麗玉が代わりに答えた。

「そうですか。任《イム》校長にもずいぶんお目にかかっていません。ソウルに戻られたら、よろしくお伝え下さい」

軽くうなずいて目をそらすと、先日、翔吉と一緒にいた蘇《ソ》志甘《ジガム》が改札口を見ながら少し離れた所に立っていた。

「じゃあ、同じ船ですね」

琴紅の目が一瞬鋭くなった。

「崔先生も乗るんですか」

麗玉が尋ねた。麗玉は蘇志甘に気づいていたから、翔吉は見送りに来たのだとばかり思っていた。

「ええ、統営に。連れがいますけれど」

麗玉は当惑する。

「ああ……。そうですか」

気が抜けたみたいにつぶやいた。重い沈黙が続く。明姫の事情が微妙なうえ、訪ねていく相手は翔吉の前妻の弟だから麗玉はお茶を濁すしかなかったし、翔吉も病的に嫉妬深い妻に気を使っているようだ。予想どおり、琴紅はつむじを曲げた。明姫の消極的な態度を見て、自分が妓生だったことを知っていて無視するのだと思い込んだのだ。

「何してるの。切符を買わなきゃ」

琴紅は夫をせき立てた。劣等感のせいで自己顕示欲が人一倍強い琴紅は、人前でよく夫にきついことを言ったが、今は二人の女、いや明姫を牽制しようとしていた。

「ああ、そうだな」

翔吉はあたふたと切符売り場に向かう。琴紅は夫が明姫の前でうろたえるのも気に入らない。夫が明姫と同じ船に乗って語らい、明姫を見つめたりすることを思うと、はらわたが煮えくり返る。

「奥さんはどんなご用事で旅行なさるんですか？」

探りを入れる。

「下女も連れずにご旅行だなんて、意外ですわ」

重ねて言う。唐突で、失礼な質問だ。

「それぞれ事情がありますから」

麗玉が眉をしかめて言う。琴紅はどうしてあなたが返事をするのかと非難するように目をむいた。

「じゃあ、遊びに来られたのではないんですね。高貴な方が一人で遊び回るはずもないけれど、ここは別に見るものもないでしょう。夫も、変だとは言ってましたよ」

教養がないのではなく、わざと無礼なことを言っているらしい。明姫はもちろん、麗玉も黙殺した。縁もゆかりもない衆生を相手にしても仕方がない。この時間さえやり過ごせばいい。明姫と麗玉はそう思っているようだ。切符を買った翔吉は、蘇志甘を引っ張ってきた。翔吉が急いで言った。

「同じソウルだし、知り合いになっておいていい人ですから」

と言い、少し間を置いてから、

「こちらの奥さんは、僕が教鞭を執っていた学校の任明彬校長の妹さんで、校長先生は前に雑誌を出していたし、今、監獄にいる徐義敦《ソウィドン》さんや、紡織会社を経営している黄台洙《ファンテス》さんたちとも親しいんです。それに、趙炳模男爵のご長男の奥さんでもいらっしゃいます」

趙炳模男爵のご長男の奥さんと言われて、明姫の顔が真っ赤になった。既に蘇志甘には話したのに、翔吉は何かに追われるように同じことを言った。

「こちらはソウルでは知られた方なので、任校長もたぶん名前はご存じだと思います。蘇志甘先生です」

互いに、黙って頭を下げた。翔吉は、男女有別*を守る風潮は今でも残っているのに、ここで紹介するのは失礼かもしれないと思いはしたが、琴紅のことを考えて予防線を張ろうとしたのだ。

改札口が開き、職員が現れた。見送る人たちも顔を知っているし、旅立つ人とは服装で見分けがつくから渡し板までは入れてくれた。麗玉はすぐに明姫のトランクを持った。

「ああ、お持ちしますよ。僕は荷物がないから」

翔吉がトランクを受け取った。

「あなた、下男でもないのに」

琴紅の声が鋭く響いた。

「琴紅、失礼なことを言うんじゃない。ここは酒の席じゃないんだぞ」

その言葉を聞いた麗玉と明姫は驚いたけれど、翔吉は平然としている。琴紅はたちまちしょげた。琴紅が妓生をしている頃、蘇志甘は麗水に来るとよく店を訪れた。特別な関係ではなかったが、蘇志甘は琴紅に気安く話し、気の強い琴紅も蘇志甘にだけは口答えできなかった。崔翔吉と蘇志甘は日本にいた頃からの付き合いだ。翔吉は中学校で河起犀《ハギソ》の二年上だったので、蘇志甘が日本を放浪していた時に河起犀と一緒に訪ねた。いわば、師弟のような関係だ。蘇志甘が麗水に立ち寄ったのは河起犀、すなわち一塵《イルチン》のためだ。一塵が寺に戻るのを見た知娟《チヨン》は、木の枝で首をつる騒動を起こしたけれど、それが芝居だったとわかると、皆が冷たい視線を向けた。特に一塵の目は非情だった。

「生きたいのに死ぬ人もいるんだ。死にたい人は死ななければ」

軽蔑するように言った。それでなくとも恥ずかしかった知娟は仮病で寝込んだ揚げ句、また来ますという尋常ならぬ台詞を残し、お供の者と一緒にソウルに帰った。いざ知娟が去ってしまうと、一塵は悩み始めた。愛情のための葛藤ではない。彼は原点に戻り、東京時代の混乱を繰り返していたのだ。翔吉は、東京で一塵の混乱を目撃していた。

人々は渡し板に押し寄せた。明姫と崔翔吉一行も渡し板に出た。荷物運びの男たちが釜山行きの汽船に荷物を運び込んでいた。

「手紙が着いたら、荷物を送ってちょうだい」

明姫が言い、麗玉がうなずく。

「心配しないで。今まで、あなたを困らせちゃったわね」

「つまらないこと言わないの」

麗玉は明姫の両手を握る。

「明姫」

「……」

「一人でめそめそするんじゃないよ」

明姫が苦笑する。汽船のエンジンがかかった。機械音に、人の気持ちと渡し板が揺れる。

「乗りなさい」

「うん」

「また来てよ」

「醜態をたくさん見せたのに、また来られると思う?」

「まず、醜態だという意識を捨てなきゃ」

明姫は何か話している翔吉たちを避けるように、先に船に乗る。渡し板の反対側に回った明姫は、手すりにもたれて堤防の辺りに浮かぶ小さな船を見下ろす。船底の水を汲み出している老いた漁師の姿が目に入る。

(うん、私、一人で泣いたりしないよ。もうみじめったらしい顔はしない)

渡し板の喧騒が遠ざかる。水を汲み出す老いた漁師の姿だけがはっきり映る。

(なぜか、これから時間の中に入るような気がする。あの老いた漁師はずっと水を汲み出している。孤独な姿だ。日の当たる砂浜をはう、一匹のカニみたいに。あのお爺さんには可愛い孫がいるかもしれない。昨日はどうしてあんなに気分を害したんだろう。漁師たちが私の悪口を言ったと思った。私は新女性らしい帽子もかぶっていないし、おかっぱ頭でもないのに、悪口を言うはずがない。あの白いカモメの鳴き声も、お葬式の哭《こく》*のように聞こえた)

太陽の光を浴びた海は、魚のうろこのように輝いている。澄んだ水の中で海草が揺れていた。透き通った水。ちょっと油が浮いているけれど。明姫はようやく海を実感する。

十一章　洗濯場

（ひと月したら、お父さんが帰ってくる）

允国《ユングク》は机に頬づえをついて庭の芭蕉を眺めている。胸がどきどきする。痛みが全身を巡る。血管が破裂しそうな気がして、なるべく考えないようにしていた父が、一ヵ月後に帰ってくるのだ。

（ひと月）

飛んでいって蟾津江《ソムジンガン》*の川原で逆立ちしたいような衝動。大きな手で首を絞められるような感じ。うれしいのか悲しいのかわからず、落ち着かない。芭蕉の葉から水滴が落ちる。少し前に通り雨が降った。

「秀寛《スグァン》兄さんは来年の夏に出てくる」

今度は独り言だ。そして机を拳でたたく。

「刑務所は罪人の行く所だ！　人殺し、泥棒、詐欺師。他人に悪いことをした奴らの行く所だ！　反逆者、民族を売り渡した奴の行く所だ！　わが国、わが民族の住む所で、明星のように輝く人たちを泥棒が捕まえて刑務所に放り込むなんて。どうしてそうなる！」

また机をたたく。オンニョンが、開いている部屋の戸の前に現れた。

「坊ちゃん」

允国は、ばつが悪くてオンニョンをにらむ。オンニョンは去年の春に父のユクソンが亡くなったので、生成りの木綿の服を身につけ木のかんざしを挿して喪に服している。

「坊ちゃん」

もじもじしながら再び呼んだ。

「坊ちゃんなんて言わないで下さい。そう言われるとぞっとする」

「じゃあ、どう言えばいいんです」

「允国さんでいいじゃないですか！　それで、何の用です」

恥ずかしくもあったけれど、妙に落ち着かない允国は、いきなり怒りだす。彼はずいぶんやつれていた。三十数年前に同じ場所に座っていた母方の祖父、崔致修《チェチス》を彷彿《ほうふつ》とさせる。

「お手紙です」

「こっちに下さい」

手紙は二通あった。

「お昼はおかゆを召し上がって下さいね」

オンニョンが念を押す。

「もう大丈夫です。ご飯を食べますよ」

「でも、奥様が」

話し終える前に、

「いったい、いつになったらその奴隷根性がなくなるんです！」

「え？」

「あんた方がそんなふうだから、世の中が変わらないんだ！　ちょっとは自覚して下さい！」

後輩を叱るように言う。しかしオンニョンは、自覚という言葉の意味を知らない。

「でも、坊ちゃん」

「ま、またそれを言う！」

長い間の習慣で身につけた言葉や振る舞いを一朝一夕に直すことはできないし、自分が無理を言っているのはわかっている。特にオンニョンは、誰よりも性格のきつい洪《ホン》氏〈趙俊九《チョジュング》の本妻〉に仕える下女として育ってきたのだ。允国は平沙里《ピョンサリ》に来て以来、いつもいらいらしていた。得体の知れない混乱と不安。父が帰るという喜びの中にも混乱と不安が色濃く影を落としていた。

「僕のことは允国さん、母に対しては奥さんと言いなさいよ。父が戻ってきたら、どうする気です。お殿様とでも言うつもりですか」

顔をゆがめて吐き捨てるように言った。オンニョンは何も言わない。昔、父のユクソンは、吉祥《キルサン》と呼び捨てにしていたから。

オンニョンが去り、允国は手紙を持ったまま芭蕉を眺める。父がもともと下男だったことは、時に允国を悲しませる。芭蕉の葉から、また水滴が落ちた。秋の日差しが、露を結んだ草や樹木をまぶしく照らす。

允国が平沙里に来て十日以上になる。ここ数ヵ月、消化不良に悩まされていて静養しに来たのだ。精神状態も不安定で、体重もずいぶん減った。朴《パク》医師は、神経性の消化不良という診断を下した。薬を処方してしばらく様子を見ようと言ったけれど、症状は変わらなかった。

「平沙里に行かせたらどうです。静かな所で釣りでもして。家を離れるのも気分転換になるでしょう」

朴医師の言葉に、西姫《ソヒ》も同意した。

(女傑も、子供のことになるとあんなに弱気になるのか)

西姫は特に何も言わないし、表情も変えなかったけれど、指先に触れただけでも倒れそうだと、朴医師は感じていた。

「難しい年頃ですね。允国は人一倍鋭敏な子だし。学生事件のショックが大きかったのでしょう」

「変わってしまいました」

いっそ逮捕でもされてたら、気が楽だったのに。西姫は允国のそんな言葉を思い出した。

「変わってこそ、大人になるのです。何も悩まない子なんて期待できませんよ。允国は鋭敏だけど頭がいいから、自分で立ち直るはずです。あまり心配しないで下さい。何事もないことを望む私のような大人たちの方が恥ずかしいんです」

慰めるように言った。

西姫は、世話をさせるために安子《アンジャ》か他の下女を従わせたかったけれど、允国はそんなことをするなら行かないと言い、結局、オンニョン夫婦が留守番をしている平沙里の家に、数冊の本を持って一人で来た。

最近はちょっと気分が落ち着き、胃も良くなったようだが、症状が完全に消えたわけではない。

「誰だろう」

一通は東京にいる還国《ファングク》からのもので、もう一通は差出人の名がなかった。住所だけが書かれた封筒が気になって先に開けようかと思ったけれど、やはり兄の手紙を開封した。


さっきお母さんから手紙が来て、お前が健康を害して平沙里に行ったことを知った。その手紙から、今お前がどういう気持ちでいるのかは理解できる。理解はできるが、神経性の病気だというのでがっかりした。允国は、そんな弱い子だったのかと。僕たちは、強い精神で肉体の病気も克服しなければならない状況に置かれているんだ。説教など聞きたくないだろうし、ひげを生やした訓長《フンジャン》*みたいで僕も気恥ずかしいからそんな話はやめにしよう。ちょっと前に、鶏鳴会《ケミョンフェ》事件でお父さんと一緒に投獄された緒方次郎という日本人に会った。日本人の友達が偶然その人の甥だったので会う機会ができたのだけれど、本当に会ってよかったと思う。それからもう一人、緒方さんと一緒にいた。ソウルの任明姫《イムミョンヒ》おばさんのご主人の弟で、趙燦夏《チョチャンハ》という人だ。とても印象的だった。博学で、純粋なところが見えた。純粋という点では緒方さんも同じだ。あの人は日本人である以前に人間だ。妙な表現だけれど、人類愛にあふれているようで、かといって、主義主張に執着することもない。もちろんお父さんと一緒にあの事件に関わったという親近感はあるけれど、そんな善意の人たちに会うと、不思議に胸を締めつけられるような痛みを感じる。どうしてこんな人たちが世の中に大勢いないのか。どうしてこんな人たちの考えが通用しないのか。とにかく、その人たちも近いうち朝鮮に行くつもりらしいから、お前も会う機会があるだろう。お父さんが出てくる頃に行ったらどうかと言っておいた。

允国、元気を出せ！ お父さんが帰ってくるのに、がっかりさせてはいけない。不安なのは僕も同じだ。こちらでも、目覚めている人たちは常に不安に追われている。僕たちはみんな、追われる時代に生きているんだ。眠っても、力を無駄遣いしてもいけない。卑怯になっても、馬鹿になってもいけない。お父さんに会ってゆっくり話せる日を待ちながら、それまでに絶対、心の病を治しておけよ。

そして、一歩一歩進むんだ。

読み終わっても、允国は目を離さない。こんな手紙をくれるようになったのは、允国が家出してソウルの街をさまよい、家に戻ってからだ。陰暦正月に金済生《キムジェセン》という学生を平沙里の家にかくまった時、還国は弟を子供扱いして、済生と話すことすら許さなかった。済生を智異山《チリサン》の双渓寺《サンゲサ》に移す時も還国は保護者のように振る舞い、同行したがる允国を止めた。允国は夏休みに兄と交わした話を思い出す。納得できない点が、まだたくさんある。あの時還国は允国に、もっと徹底するように言った。

（強い精神で肉体の病気も克服しなければならない状況……。僕たちの状況ってどういう意味だ。植民地の民が受ける屈辱のことなら、克服する対象は日本で、その鎖を解くために僕たちは強くならなければならない。しかしお兄さんはその方法についてはいつもあいまいだ。お兄さんは偽善者なのか、合理主義者なのか……。人類愛にあふれているのに主義主張に執着しないって？ それもあいまいな話だ。主義主張は行動の規範だ。行動せずに日本に打ち勝つことはできない。善意の人々に何ができる。善意の人とは夢見る人だ。生きる道ばかり探す人、相手が強いから諦めようという人、倭奴にぺこぺこして利益を得ようとする人。そんな人たちと、夢見る善意の人との違いは、実のところ何もない）

しかし允国は、兄を軽蔑してはいない。尊敬し、愛していることに変わりはなかった。手紙を畳んで封筒に入れ、もう一通の封筒を乱暴に破る。桃色の便箋《びんせん》が入っていた。

「……？」

手紙の末尾を見ると、差出人の名は李純愛《イスネ》となっていた。

「ああ」

眉をしかめる。純愛は舜徹《スンチョル》の妹だ。女高普〈女子高等普通学校〉に通っていて允国とは同学年だが、女高普は四年制だから純愛は最終学年だ。色黒で切れ長の大きな目をしている。少女というより、もう大人の女だ。うわさによると高慢で、学校では常に成績が一番の、頭の良い女学生だという。高普と女高普は同じ方角なので、ときどき顔を合わせたけれど、純愛はいつも冷たい態度で通り過ぎた。

（生意気な女が、どうして手紙を？）

読んでみた。

お手紙差し上げる失礼をお許し下さい。誤解されるのではないかと恐れております。実は、東京にいる兄が、下宿を移したようなのです。手紙を送っても戻ってきて連絡が取れないので、家族はひどく心配しています。允国さんのお兄さんがうちの兄の居場所をご存じかどうかお尋ねしたいので、お兄さんの住所を教えていただけませんか。ご面倒をおかけして申し訳ございません。

簡単明瞭な内容だ。

「ちぇっ、住所が知りたければ晋州《チンジュ》の家に行って聞けばいいのに、どうしてこっちに手紙をよこすんだ」

確かに、そうだ。桃色の便箋は女学生がよく使う。還国の住所を教えてくれというのは、返事をくれということで、つまりは巧妙な告白だ。愛という言葉は使っていないけれど。允国は紙を一枚取り出した。

日本国東京市牛込区中里町三五番地

大きな字で還国の下宿の住所を記して封筒に入れた。相手と自分の住所や名前を封筒に書き、封をする。ちょっとしたいたずら心もあり、唐突だがウイットがあるというか狡猾というか、そんなところが憎らしかった。登校時に顔を合わせた時は胸が高鳴りもしたけれど、優等生のくせに手紙をよこす純愛《スネ》が不真面目に思え、巧妙な手紙にも、なぜか情が湧かない。允国は封筒を折ってポケットに入れると、舎廊《サラン》*を出た。

「坊ちゃん」

オンニョンが走ってきた。

「あれ、釣りに行くんじゃないんですか」

「手紙を出してきます」

「手紙を出すって？」

「舟で町に行く人に頼むんです」

「ああ、はい」

オンニョンがうなずいた。

「もうすぐお昼だし、すぐに戻って下さいね。ご飯を炊いてますから。坊ちゃんのお好きなトラジ〈キキョウの根〉のナムルも作ってあります」

「わかりました」

今度は、坊ちゃんと言われても何も言わない。田んぼのあぜ道を歩きながら、

「僕はここが好きだ！　あの宝石みたいな蟾津江が好きだ！　空も雲もあの森も、森の中の小さな鳥の巣も好きだ！　ああ、大好きだ」

刈った草を背負って歩いていたタクセが目を丸くした。

「坊ちゃん！」

「心配いりません。おじさん、僕、頭がおかしくなったんじゃありませんよ」

允国が笑う。突然「おじさん」と呼ばれて、タクセはまごついてしまう。敬語を使われたことにも、ひどく驚いた。

「空や川があんまりきれいなんで、ちょっと叫んでみただけです」

「あ、はい」

タクセは思わずにっこりする。

「どうぞ行って下さい。重そうですね」

「ええ、それじゃ」

挨拶をして去る。允国は、わりに気分が良かった。手紙を受け取った純愛の顔を想像するのも愉快だったけれど、兄が手紙をくれたのもうれしい。それに父が出てくるということが、兄の手紙によって実感できた。渡し場に舟はなかったけれど、舟を待つ人が二人いた。錫《ソク》の上の妹の夫である貴男《クィナム》の父と、天一《チョニル》の母だ。彼らは允国を見ると中腰になってお辞儀をする。

「おばさん、町に行かれるのですか」

天一の母も「おばさん」と呼ばれて恐縮し、慣れないことに顔がこわばった。

「はい」

「お願いがあるんですが、この手紙を出してもらえませんか」

「は、はい、わかりました」

允国は切手代として五銭硬貨一枚を、手紙と一緒に差し出した。

「ゆ、郵便局に行けばいいんでしょうね」

「そうして下さい。切手を貼って出せばいいんです。ではお願いしますよ」

允国は背を向けて川原を歩く。

「どうしたらあんなに優秀な子ができるのかねえ」

「金持ちで両班だからでしょうよ」

貴男の父が、フナが息をするみたいに口をぱくぱくさせて言った。

「両班だって金持ちだって、みんなあんなふうにはいかないよ。財産や家柄は羨ましくないけど、秀才の息子だけはほんとに羨ましい」

天一の母は、弘《ホン》が満州に去った後、息子が晋州でトラックを運転するようになり、暮らしがずっと楽になった。それでも寄る年波には勝てず、白髪がちらほら見える。

「俺は金持ちが一番羨ましいな。金があれば子供を学校にやれるし、出世もさせられる。金でできないことなんかありませんよ」

「馬鹿な人だね。お金があったら子供が優秀になるとでもいうのかい。うわべだけ取り繕ったところで、顔や性格が金で買えるわけじゃない」

「産神様のやることは、どうにもならないがな」

「だから羨ましいと言うんだよ。あんたも産神様がもうちょっときれいな心にしてくれてたら、成煥《ソンファン》の祖母ちゃん〈錫の母〉が楽になったのに」

「俺がどうだってんです」

「何言ってるの。あんた熊みたいに間抜けだね。あんたの女房は自分の夫と子供の面倒しか見ないから、成煥の祖母ちゃんが親のいない孫たち〈錫の子供たち〉を養うために、田んぼで必死に働いてるじゃないか」

「余計なお世話だ。よその家のことなのに、何がわかるってんです」

「わかるさ。ずっとそんな態度なら、村の人たちも黙っちゃいないよ」

天一の母は、脅すように言った。貴男の父の顔が赤くなる。

「田んぼの土地だって、成煥の祖母ちゃんのために崔参判家がくれたんだ。そんなことでいいのかい。錫が国のために働いてああなったのに、他人でもない妹夫婦が、錫の子供たちをいじめてどうするの。あんたたちの食べ物を取ったわけでもないのに」

「国のためだなんて。女でしくじったんじゃないか」

「ほんとに困った人だ。女が原因なら、満州に逃げたりしないさ」

「女のせいで、ばれたんだろ」

「どうしようもない男だねえ。そんなへそ曲がりだと、寿命をまっとうできないよ」

「それは当たってますね。禹《ウ》さんや天一の父ちゃん〈マダンセ〉も早く死んだし」

意地の悪さが顔ににじみ出ている。

「ああそうだよ。天一の父ちゃんの話をしたら、あたしが怒ると思ったかい。自分の亭主とはいえ、正しいか正しくないかの見分けはつく。あたしはずっと、天一の父ちゃんの根性を直そうとしてきたし、亭主が他人に悪いことをした時には何とかして償おうと努力してきた。亭主が駄目なら、せめて女房だけでも道理にかなった行いをすべきなのに、貴男の母ちゃんは亭主以上に駄目だ。そんなふうじゃいけない」

「何だって。土地があったら勝手に穀物が実るわけじゃない。俺は汗水垂らして働いてるのに、女房の実家のおかげで生きてるとでも言うんですか！　他人の家のことに口を出すなんて。ちぇっ、娘夫婦の悪口を言いふらす成煥の祖母ちゃんも良くない。そんなことでは、娘や婿に敬われるはずがないのに」

「悪口なんてひと言も聞いてないよ。成煥の祖母ちゃんが悪口を言うもんか。自分の行いは改めようともしないで、そんなことを言うのかい。村の人たちは、みんな知ってるさ。あんたたちも聞いたことがあるだろう。福童《ポクトン》の母ちゃんがどんな目に遭ったか。ひとごとじゃないよ。昔のことわざにも、たくさん食べた奴はたくさん悪いことをして、ちょっと食べた人はちょっと悪いことをすると言うじゃないか。川に落ちた奴を助けてやって、そいつに荷物を奪われるようなものだ。福童の母ちゃんは捨て子を大切に育てて嫁ももらってやったのに、息子夫婦に冷遇された。よそのことだけど、見ちゃいられない」

　だが、舟が来ると二人は言い争いをやめてそそくさと乗り込んだ。天一の母は控えめな人だったのに、十年近く寡婦として過ごすと、髪が白髪交じりに変わったように、性格も荒っぽくなるのだろうか。いっぽう允国はご飯を炊いているというオンニョンの言葉を忘れたのか、家に帰る道ではなく、村の道に入る。野の色ははっきりと変化していた。小川のほとりにある背の高いポプラの葉っぱもずいぶん落ちて、空が透けて見える。葉っぱが多くても少なくても枝は揺れる。しだれ柳が枝を乱す。ポプラの葉は破れそうに揺れている。朝夕の通り雨に洗われた小川の小石が空を見上げていた。母牛がモォーと鳴けば、子牛がウムモーと応える。用水路の水は砂利のようにころころと転がってゆく。

　允国は金《キム》訓長家に行った。

「いらっしゃいませ」

唐辛子を干していた範錫《ボムソク》の母、山清宅《サンチョン》が立ち上がって迎えた。

「先生はご在宅ですか」

允国は範錫を先生と呼ぶ。

「あの、舎廊にいますけれども」

困った顔をする。

「お目にかかりたいんですが」

「は、入って下さい」

允国は、舎廊にしては貧弱な部屋に入る。話し声がした。

「先生」

「お、誰かな」

開いている明かり窓から範錫が顔を突き出した。

「おや」

範錫が言うと、さらにもう一人が顔を出した。その顔が、一瞬にしてこわばった。漢福《ハンボク》の息子、いや金平山《ピョンサン》の孫、永鎬《ヨンホ》だ。永鎬と顔を合わせた允国の顔もゆがむ。範錫は言葉を失った。

「今度また来ます」

允国は早足で家を出た。

「さようなら」

山清宅に挨拶するのは忘れなかった。永鎬にとって、それは奇襲のようなものだった。村の道でたまに遠くから允国を見かけた時には避けるようにしていた。金訓長家で顔を合わせるなど夢にも思っていなかった。聞いた話、遠い昔のこと、それが突然殴りかかってきた気がした。慌てたのは永鎬だけではなく、允国も同様だ。あぜ道を急いで歩いていると、両手に刀を持った武士が狂ったように踊る幻影が見える気がした。祖父を殺した人の孫。正直なところ、敵意なのか憎悪なのかすらはっきりしない。永鎬のことを全然知らなかったのではない。晋州農業学校の優秀な生徒で、学生事件の首謀者として退学処分を受けたことは知っている。そんな話を苦い気持ちで聞きはしたけれど、直接会ったわけではないから、大して動揺はしなかった。

（金訓長家に何しに来たのだろう。僕と同じように、先生の話を聞きに来たのだろうか）

漠然とそう思った。允国は金範錫を尊敬している。普通学校しか出ていないとはいえ、範錫の学識はかなりの水準に達していた。そのうえ今は廃れた漢学まで身につけていて、話を聞いていると、思考がしっかりした論理に支えられているのがわかる。生活態度も誠実で、学問と同じくらい労働を愛しているように見えた。允国は友人がたくさんいるけれど、友人からは学ぶものがない。教師たちは、ある面では敵だったし、允国が知りたいことを教えてくれない。いや、そもそも知らないのではないかと思えた。

兄以外に話の通じる人は範錫しかいない。会うようになったのは最近のことだ。平沙里に来るといつも彼の家を訪ねたり、野良仕事をしている所に行って質問したり自分の意見を言ったりしていた。ソウルをうろつきながら会った人たち、いわゆる新しい思想を持っているという人や、どういう形であれ日本に抵抗しているという人たちに失望しただけに、允国にとって範錫は大切な存在だ。彼は新しい思潮や独立運動の方向については、慎重な態度を取りながらも批判的だった。自身が農民であるだけに農村に最大の関心を払っていた。今は日本から農村を守らなければならないし、都会の商業主義が農村に入るのを防ぎ、農村から人がこれ以上流出しないように、また外部から侵犯されないようにすべきだと常々言っていた。農村そのものが家父長的な仕組みを作り、耕作や収穫の平等を実現してこそ農村を守れる。さらにそれは将来、国土を奪還したり再建したりする際の土台になるだろう。そして穀物の価格が引き上げられるのには関わらないとしても、引き下げの最低線は農民が守るべきだ。そうしたさまざまな問題は農民の自覚だけで解決できるものではなく、地主が民族意識に覚醒し、先を見通す眼力を持たなければならない。今のままでは地主と耕作者の間に深い溝ができて共に日本の餌食になってしまう。地主は親日派になってもけっして安泰ではいられない、土地を追われる農民の前轍を踏むことになるというのが、範錫の私見だった。彼はまた、山本宣治*のような真の農村指導者が朝鮮にいないのが残念だと言った。昨年三月暗殺されたが、彼こそは日本の農村の最後のとりでだったとも言った。

「土を離れた争いなど、ドン・キホーテが風車と戦うようなものだ。土がなくて何になる。理論や統計を持ち出したって農民は米一粒得られない。農士は国土であり、そこで生産されるものは兵糧で、農民は戦士だ。独立闘争はこの三つの要素の上に出発すべきだ。もし農民と協力しなかったら、東学は戦争を起こすどころか、何人かが監獄に入っただけで終わっただろう。朝鮮王朝五百年の間に悪政は多かったというけれど、「農者天下之大本」を原則にした政策には敬意を払う。もちろん過酷な収奪や農民を貧困に追いやる制度、権勢のある人々の横暴は非難されなければならない。しかし農民の身分は職人や商人より上に置かれた。精神的な権威意識の面からすると、朝鮮の農民は世界で最も自尊心が強いと思う。日本では商人が農民をどん百姓と言って軽蔑したけれど、朝鮮では農民のことを農軍《ノングン》と呼び、軽蔑はしなかった。アメリカでは黒人奴隷が農業に従事し、帝政ロシアでは農奴の人数を財産の基準にした。ヨーロッパの荘園制度で農民は奴隷同然だった。

先祖崇拝や儀礼を重んじ、三綱五倫を論じる農民。身分が中人のすぐ下で、両班の意識を模倣する傾向もあったせいで保守的になったとも言える。農民の意識を変えるのは難しい点もあるが、一皮むけば、ずっと簡単になるはずだ。私が、都会の商業主義が農村に浸透するのを防ぐべきだと考えるのは、伝統的な農民の自尊心や尊厳を傷つけることを恐れるからだ。自然を相手に生きている農民と自然の関係は闘争ではなく、協力あるいは調和だろう。農民が功利的になれば農村は駄目になる。商売は根っこのない、不安定なものだから、いつひっくり返るかわからない。農民が商業主義、功利主義に染まれば根が腐る。根が腐ったら農民は流れ者に転落するだろう。私は農業の方法を論じているのではない。意識のことを言っているのだ。農民が流れ者になる時、朝鮮の民族は埋もれてしまう。今、これ以上奪われないための鍵を握っている朝鮮人の地主たちは、それを提供するべきだ。そうした地主が、いったいどれだけいるのか。一人もいないなら農民はどうすればいいんだ」

範錫は允国をじっと見つめた。

今度も家には帰らず、允国は川辺に戻る。いつも釣り糸を垂れている場所に、釣り竿も持たずに。允国はここで淑《スク》に会った。淑はめったに来なかったけれど、ごくまれに洗濯おけを頭に載せて現れる。ここは彼女の洗濯場でもあった。淑はためらい、允国がじっと見ていると、怯えたようにしゃがみ、おけを下ろして洗濯を始める。淑が先に来て洗濯している時もあった。どうしてその場所でなければいけないのだろう。允国も、よく釣れる場所でもないのに、どうしていつもそこで釣りをするのか、自分でもわからない。たいていは特に言葉をかけもしないし、淑もせっせと洗濯をして帰ってゆく。允国は淑が異性だと意識しておらず、淑の方でも、允国を名家の坊ちゃんとしか思っていないのだろうか。表面的にはそんなふうに見えた。

允国は石を拾い、川の中心に向かって力いっぱい投げる。

（それなら、農民が直接対決する相手は地主だ！）

還国の手紙、住所だけ大きな字で書いた純愛《スネ》への返事、一カ月後に父が帰ること、さっき見た金永鎬の怯えた表情。そんなことが意識の中でからまって、允国は突拍子もないことをつぶやく。

（それでは、僕はどうすればいい！）

また石を投げる。

（あいつは僕のことを、半分両班で半分賤民だと言った。お父さん、教えて下さい！　いつまで、半分と半分が戦わないといけないんですか）

あいつとは、友人の一人だ。冗談交じりで言ったことだが。何もせずに過ごして、昼食と夕食の中間ぐらいの時間になった。川は流れを止めたように穏やかだ。その時、淑が洗濯おけを頭に載せて現れた。

「今回、平沙里に来てから、洗濯に来るのを見たのは三回目だよ。どうしてもっと頻繁に洗濯しないんだ？」

允国が声をかけた。

「あの、忙しいから……まとめてやるんです」

淑はすぐに洗濯を始めた。

「気持ちが安らぐな。君が洗濯物を棒でたたく音を聞いてると、不思議にほっとする」

淑は何も言わずに、耳たぶを赤らめた。

「大変だろう？」

「いえ」

「君はとても幸せそうだ」

淑は顔を上げ、いぶかしげに允国を見て、

「父ちゃんと弟さえ見つかったら」

とつぶやいた。

「だから不幸だというのか？」

(何を馬鹿なことを言ってるんだ。聞くまでもないのに)

しばらくすると淑が再びつぶやいた。

「胸にくぎが刺さっているような気がします」

（ああ、その胸に刺さったくぎのせいで、君はいつも静かだったんだ。僕の前で見せていたのも、ありのままの姿だったんだね）

洗濯物をすすいで、ぎゅっと絞る。自分の悲しみを絞っているようだ。いつか允国は範錫に、孤独について尋ねた。

「そうだな……」

範錫は少し間を置いてから答えた。

「イエスはゲッセマネで最後の祈りを捧げて言った。父よ、この苦杯を私から取り除いて下さい。でも、あなたのご意志のとおりにして下さい」

言い終える前に、允国は大きくうなずいた。範錫は微笑してそれ以上説明はせず、他の話題に移った。

「それから、幸徳秋水を知っているだろう？」

「はい、アナキストですね」

「うむ、社会主義者だ」

アナキストという言葉に対して、範錫はなぜか社会主義者だと言った。

「大逆事件〈一九一〇～一一〉に関連したとこじつけられて、処刑された。日本じゅうが狂ったように日露戦争の開戦を主張していた時、一人で非戦論を叫んだ孤独……。わかるかね？」

「ええ、わかるような気がします。『基督抹殺論』を書いた人ですね」

「読んだか？」

「いえ、まだ」

「機会があったら読んでみなさい」

「はい」

允国はその時の対話を思い出す。胸にくぎが刺さっているみたいです。それは孤独なのか。孤独、それは痛みだ。孤独よりもっと深い恨だ。イエスの孤独はもっと深い、絶対的なものだ。そして幸徳秋水には選択の余地があった。もっとも、沈黙していても孤独だっただろうが、どんな形、どんな状況であれ、それはすべて愛がつくった孤独であり、痛みであることは共通している。允国は淑を見る。何度も洗濯棒にたたかれてきたのだろうか。淑の白い木綿のチョゴリは薄く、くたびれていた。まくり上げた袖の下に見える手首が細い。細い手首で毎日休むことなく働いているのに、身なりはきちんとしている。淑が汚れたポソンをはいているのを見たことがない。唇はぎゅっと結ばれている。泣くのをこらえているように。

(純心だ。野の花みたいに。僕にはわかる。君の心が悲しみに満たされ、きれいに洗われていることを)

洗濯を終えた淑は、洗濯おけに棒を入れて頭に載せると、立ち上がった。

「淑」

「……」

「ここにクッパを持ってきてくれないか」

「どうしよう……」

ためらっている。

「あの時、僕がここに来た時、クッパを届けてくれただろう」

「あの時は……」

「僕は胃腸病で静養するために来てるんだ。あのクッパを食べたら治るような気がする」

「酒幕《チュマク》〈居酒屋を兼ねた宿屋〉に来て食べたらいいでしょう」

「酒を飲んでいると誤解されたらいけないじゃないか。僕はまだそんな年じゃない」

淑は、まだためらっている。

「お婆さんに頼んでくれよ。それぐらいやってくれるだろう」

もっともだ。栄山《ヨンサン》宅が、崔参判家の坊ちゃんの頼みを断るわけがない。

「それに僕は今、とてもおなかがすいてるんだ」

淑はうなずき、背を向けて川原を通り抜ける。

十二章　生き残るには

熊谷善太《くまがいぜんた》警部は私服で警察署を出た。背筋がぴんと伸びた、腕の長い男だ。鼻筋はちょっと曲がっており、眉が太く、目がぎらぎらしていて、顔の下半分はひげそり跡で青いが、薄いくちびるが感覚の鋭さを感じさせて愚鈍には見えない。とにかく男前だと言われている。年は四十ぐらいだ。熊谷は空を見上げて深呼吸をしてから、ゆっくり歩きだした。通り過ぎる人たちが腰をかがめて挨拶すると、彼もそれ相応の挨拶を返す。道の角を曲がった。

「あら、熊谷さん」

アルミの洗面器を持った日本の芸者が、笑顔で声をかけた。銭湯帰りの芸者のうなじは水白粉で白く塗られている。襟をはだけているので胸元と肩が見える。

「そろそろ商売に行く時間だな」

熊谷が笑った。

「それよか、私服を召してどこへいらっしゃるの？　いい人に会いに行くの？」

「おいおい、昼間だぞ。何を言うんだ」

「じゃ、また」

芸者は手を振って去る。熊谷警部は芸者の間で人気があった。男前だからでもあったが、女関係がきれいで、いつも優しいからだ。

熊谷警部は崔《チェ》参判家を訪れた。西姫《ソヒ》に会いに来たのだ。出迎えた張延鶴《チャンヨンハク》は、予想していたかのように落ち着いていた。大庁で西姫に対面すると、熊谷は、

「感じのいいお宅ですな」

と辺りを見回した。

「伝統とは恐ろしいものだ。成金はいくら金をつぎ込んだところで底の浅さが見えます。日本でも同じでしょうが」

「ところで、どういったご用件で」

用事以外の会話を避けるように西姫が言った。

「おわかりでしょう」

想像はついた。あと二十何日かすれば吉祥《キルサン》がソウルの西大門《ソデムン》刑務所から出てくる。それに関することだと気づかないはずはない。

「とにかくうれしいことです。これまでずいぶん心配なさったでしょう」

「どうにもなりませんでした」

その言い方は、お前たちの銃剣を避けられなかったのだという意味が込められていた。

「下々の人たちとは違うから、私も話し方を改めなければなりませんね。夫人、そうでしょう？」

　熊谷が微笑した。

「型どおりの台詞は通用しないでしょうし」

　今度は声を出して笑う。

「征服者が優越するのは古今東西どこでも同じで、歴史は強者によって書かれるものです。しかし今日は民族的偏見を持つのは、お互いやめにしましょう」

「……」

「私が今日お伺いしたのは、ご存じでしょうが、京城《けいじょう》にいらっしゃるご主人がもうすぐお戻りになるので、これからの計画などお聞きしたいと思いまして。心配はいりませんし、緊張なさらないで下さい」

「私は緊張していません。緊張する理由がありませんわ」

「おや、これは失言でしたな」

「何をお聞きになりたいんです」

「ええ」

　熊谷は話を続けなかった。ちょうど安子《アンジャ》が緑茶を持ってきた。

「熊谷さん、お茶をどうぞ」

「ありがとうございます。いただきます」

　いい家の出なのか、礼儀正しい。

「この茶碗は李朝白磁ですね」

西姫は黙ってうなずく。

「いいですねえ。日本人は朝鮮のいい茶碗を見ると夢中になります。昔、日本が仕掛けた戦争を茶碗戦争というぐらい、朝鮮の陶磁器は素晴らしい」

文禄・慶長の役のことを朝鮮征伐とは言わなかったけれど、彼も日本人だから壬辰倭乱《イムジンウェラン》とは表現しない。

「李朝の茶碗だけではありません。高麗茶碗もそうですが、偉大な茶人だった利休や今井宗久については、朝鮮の茶碗と切り離して考えることができません。朝鮮の茶碗を愛する日本人の気持ちは、ほとんど執念です。今、京都の孤篷庵にある喜左衛門《きざえもん》という茶碗の由来も、ほら、あの有名なダイヤモンド、何でしたっけ？　それを所有した人すべてに災いを招くというのと、似たようなエピソードがありますね。その井戸茶碗を持っていた喜左衛門という商人は零落して一文無しになってからも、それだけは袋に入れて持って歩いたそうです。結局、全身に腫れ物ができて茶碗を抱いたまま死んだので、茶碗も喜左衛門と呼ばれるようになりました。その後、その茶碗は何人もの人の手に渡りましたが、所有した人に喜左衛門の亡霊が取りついて腫れ物ができたために、寺で保管することになったそうです。ぞっとするような執念じゃありませんか」

のんきな話をした。熊谷はたたき上げの刑事ではなく大学を出ているだけに、それなりの教養があるらしい。

「殺伐とした仕事なので趣味を楽しむ余裕はないけれど、こんな物を見ると、やっぱりいいですねえ。ごちそうさまでした」

回しながら眺めていた茶碗を置いた。西姫はなるべくゆっくりお茶を飲んだ。表情を変えない西姫をちらりと見て、熊谷が言う。

「以前お目にかかった時も思ったのですが、奥さんはどこか静御前や淀君に似てらっしゃるようです。どちらに近いだろうと考えたりもしました」

「私はよく存じませんので、何とも申し上げようがありません」

相手が丁重だから、その程度の返事はしないわけにいかない。

「日本の歴史をよくご存じだそうで、話が通じるのではないかと期待していたとでも言いましょうか。職業意識を捨ててしまいたい気持ちもあるんです」

西姫は口をつぐんでしまう。内心、このタヌキ、と思いながら。静御前や淀君は、本を読む人なら誰でも知っている歴史上の人物だ。静御前は『源平盛衰記』に登場する。白拍子出身で、平家を滅亡させて覇権を握った源頼朝の弟、義経の愛妾だ。義経が亡くなった後、節をまげなかった静御前は、頼朝が舞を所望した時、義経への思いをこめた歌を歌った。淀君は豊臣秀吉の側室で、秀吉の死後、一人息子と共に大坂城で徳川家康と対峙し、城が陥落して悲壮な最期を遂げた気丈な女性だ。

「お気に障ったなら、お許し下さい」

西姫の気分がいいはずがない。熊谷としては西姫を高く評価したのだろうし、職業意識を捨ててしまいたいというのも嘘ではないだろう。それにその言葉が本心だとすれば、問題は、彼が西姫を異性として意識しているのかどうかという点にある。異性を感じるのは当然だ。西姫は、好意以上のものだとは思わない。西姫は熊谷に高く評価されたことを喜ぶほど凡俗ではなかったし、比較されたことで自尊心が傷ついた。だが彼は日本人で、しかも朝鮮民族抑圧の最前線にいる。いやが応でも、これから対決すべき相手だ。賢明に振る舞わなければならないと思い、黙殺はしない。

「知りもしない二人の女性に似ているとか、どっちに近いかと言われても、よくわかりませんけれど、こちらもいい加減な返事はしたくありません。総督府の統治下にある朝鮮で第一線にいらっしゃる熊谷さんも感傷に浸る方ではないでしょうが、私たちもあなたがたに監視され、罪もないのにおびえながら暮らしていて、感傷に浸る余裕がないのです」

「おや、これは一本取られましたな」

熊谷は頭をかく。しかし、心中穏やかではない。男だという意識を拳で殴られたみたいだ。突然、自分が卑小に思えてくる。女であれば、多少はそうした話題に動揺するものだ。崔西姫が並の女ではないと知ってはいるが。大変な女だ。熊谷ほどのベテランでもなかなか攻略できないぞ。署長に言われるまでもなく、熊谷はわかっていた。それでも改めて、恐ろしい女だと思う。辛辣《しんらつ》で意味深長な言葉より、醸し出す雰囲気に天性の威厳があって圧倒される。威厳だけではない。爪を隠した雌の虎のように、いつ前脚で顔を攻撃してくるかしれない。それは先入観から来る幻想ではあったけれど、腹立たしい。しかし怒れないのは、西姫の言葉が正しく、虚飾も修飾もないからだ。けしからん。日本では最高と言われる女性になぞらえられても眉一つ動かさず、かえって不快に思うとは。日本が侮辱された。しかし、親日派以外の朝鮮人であれば、文字すら読めない人も日本を侮蔑し嘲笑することが日常茶飯事だ。熊谷警部はそれも知らない馬鹿なのか。いや、馬鹿ではない。彼らの侮蔑や嘲笑は怨みの声であり、引かれ者の小唄《こうた》に過ぎない。しかし西姫は違う。朝鮮の文化の優越を誇り、虚飾も修飾も必要としていない。熊谷は鋭敏な男で、薄い唇が不気味だ。

「それはそうと、最近息子さんはお変わりないでしょうね？」

「ちょっと具合が良くないんです」

「そうですか。ご心配でしょう。病院にかかっているんですか」

「田舎に行かせました」

「早熟な子ですな。元気な盛りですが」

「元気が良過ぎるのも困りものです。生き残るためには」

「親心としては当然のお言葉です」

「というより、親としてつらいことです」

少しは好意に応えるように言う。允国に悪影響があってはいけないと思い、少し譲歩したのだ。

「地球に政府が一つしかなかったなら、個人のこんな苦痛はないでしょうに」

熊谷は冗談めかして笑いながら言った。

「それは危険思想じゃありませんか」

「いいえ。どの民族によってであれ、世界が一つになるのは人類の夢、未来の夢でしょう。日本人としては、アレキサンダー大王もチンギス・ハンも成し遂げられなかった夢を日本が実現することを望んでいるし、実現すれば当然喜びますね」

（ふてぶてしい）

「私は朝鮮人が今日苦痛を味わっていることは知っています。日本のやり方がいいと、むやみに主張する気はありません。しかし、過去や未来においても、過渡期的な現象を免れることはできないじゃないですか。結局、不運な時代に生まれたということでしょう。もっとも日本だってみんながいい物を食べ、いい服を着て、楽に暮らしているのではないけれど。世界的な恐慌で日本も大変です。農村も都会も、今年〈一九三〇〉一月にロンドンで開かれた海軍軍縮会議で政界も騒がしくなっています。こんな隙をついて社会主義だの共産主義だのが台頭して社会を混乱させようとしているから、朝鮮でも学生たちの暴動をいっそう厳重に収拾しなければなりません。だから奥さんは、言わなくてもおわかりでしょうが、大切な息子さんのために賢明に判断していただきたいのです。犬死にする必要がありますか？　それに、ご主人が出獄されてから国外に脱出したり、不穏なことに加担したりすることのないようにお願いします。もちろん、当局もその点を十分に考慮しています」

十分に考慮しているとは、監視を怠らないということだ。

「万一、そんなことがあったら、私としても遺憾ですが、崔家の大きな不幸となるでしょう。特に今度の事件には日本人が一人関与しているので、当局はかなりの関心を抱いています。大げさに言っているのではありません。さっき、世界が一つになるべきだと言ったのは冗談ですが、今言っているのは本心です。

今日、この時点で権力に反抗するのは岩に卵をぶつけるようなものです。なんといっても、現実は物理ですから」

熊谷が演説をぶっている間、西姫は大庁の開いた戸から見える裏庭を眺めていた。良絃《ヤンヒョン》が猫を追いかけて走っている。

「では」

熊谷が立ち上がった。

「これで失礼します。すっかりお邪魔してしまったようですね」

熊谷は靴を履いて庭に下りた。

「本当に、気分のいいお住まいですなあ」

入ってきた時と同じことを言い、家をぐるりと見回す。

「では、後日またお目にかかります」

西姫は沓脱石《くつぬぎいし》の上に下りた。

「お気をつけて」

熊谷は門を出ると、たばこを出した。

「おや、崔君じゃないか」

たばこに火をつけようとした熊谷は、近づいてくる允国《ユングク》に気づいた。

「静養しに行ったと聞いたけれど、戻ってきたのか」

允国が持っているかばんに目をやって聞いた。しかし允国はそれには答えず、すぐに、

「うちに、どんな用件でいらしたんです。また誰か連行するんですか」

熊谷の目を射るように見て言う。

「まさか。挨拶に寄っただけだ」

「挨拶する理由でもできましたか。母が警察署に寄付したとか？」

「崔君」

「……」

「警察官がみんな私みたいではないんだ。もうちょっと賢く振る舞えないか。つまらないことを口走って頬を殴られることを、クソ度胸と言うんだよ」

允国は、ふと還国の手紙を思い出した。

「これからはもうあんなことはするな。私は君の気概や聡明さが惜しい。金持ちの息子だから忠告をするのではないよ。民族や人種が違っても、利害関係があったとしても、相手によって好意を持つのは自然なことじゃないか」

「……」

「じゃあ、家に入りなさい」

允国は黙って頭を下げて挨拶する。

「うむ」

熊谷はにこりとして、允国の横を通り抜けていった。熊谷警部は直接学生を扱ったことはないけれど、警察の中では品のいい方だと定評があった。

（好意を持つのは自然なこと……。ふん、あんな奴よりオオカミの方がまだ信じられる）

允国は門を抜けて母を呼ぶ。

「お母さん！」

沓脱石の上で再び呼んだ。

「お母さん」

「入っておいで」

允国はかばんを大庁に置いて部屋に入る。西姫は深い考えに浸っているみたいに、長座布団の上で片膝を立てて座っていた。允国に視線を向けようともしない。

「熊谷は何しに来たんです」

「……」

「何かあったんですか。あいつは、挨拶に来たと言ってたけど」

「座りなさい。もうすぐお父さんが帰ってくるから、本当に挨拶しに来たんでしょ」

「……」

「具合は良くなった？」

「はい」

「行く前より顔色がいいね」

ようやく息子の顔を見た。目つきが普段とは違う。

「あと何日かいるつもりでした」

「伝言を聞いて帰ってきたの」

「はい、帰れと言うから……。さっき、熊谷に会った時にはどきっとしました。何か事件が起こったのかと」

「あなた、不遜な口をきいた？」

「まあそうですね」

「油断ならない人物だから、言動には格別注意しないと。熊谷の親切に好意を持たなくてもいいけれど、だからといって、必要以上にその親切を曲解してもいけません」

「わかりました」

「……」

「僕に優しくしてくれたのを、どうして知ってるんです」

西姫はそれには答えない。

「帰ってくるように言ったのは、聞きたいことがあったからよ」

「え？」

「どんなことでも正直に答えてちょうだい」

「……？」

「ずいぶん前に変なうわさを聞いたけれど、私はあなたを信じて、聞き流した。今度も、何のためらいもなくあなたを平沙里《ピョンサリ》に行かせたでしょう」

「何のことです」

「想像つかない？」

「ええ」

「本当に？」

「ええ……。でも、ひょっとして」

「酒幕の娘によく会っているというのは本当？」

允国が顔色を変える。

「嘘でしょう？」

「僕は、金《キム》訓長家によく行くんで」

「聞かれたことに答えなさい」

「はい、時々会いました」

「何のために」

「特に用があったのではありません」

「特に用が……あったのではないって？」

西姫は拳を握りしめる。

「僕が釣りをする所に、あの子が洗濯しに来て、時々顔を合わせました」

「いくら酒幕の娘でも、男女有別なんだから、別の場所で洗濯してもよかったはずよ。そうでなければ、別の所で釣りをしてもいいのに。つまらないことで罪を着せられるなんて愚かなことだわ。そうじゃない？」

西姫は無口で、あまり表情を変えないが、子供たちに対してだけは常に霧が包み込むように慈愛深かった。今はそうではない。しかし怒ってはいないようだ。

「顔を合わせるのは自然なことなのに、どうして避けなければならないのです」

允国は思わずそう言い、次の瞬間、自尊心が傷ついた。ついさっき熊谷が言った「自然なこと」という言葉を、自分が使ったことに気づいたのだ。適切な表現であったし、無意識に出た言葉だったとはいえ、允国は気分が良くない。気分が良くない理由は他にもあった。母に対して挑戦的な態度を取ったのは初めてだ。激しい感情にかられて思わず言ってしまってから、後悔と恐れのようなものが胸を締めつける。

「あなたは礼節も知らないの？」

西姫は、慎重な態度を取ろうと決めていたらしい。怒りをあらわにしなかった。

「礼節は心にあるもので、形式にだけ表れるものではないでしょう」

「形式ではない。行為よ。行為は心の表れでしょ」

「お母さんがそう言うなら、その子についての気持ちを、率直に言います。僕はその子に大変感動しました」

　允国はソウルを放浪した後、平沙里に行った時のことをざっと話した。

「その子を見ていると、飾り気のない善良さが胸に迫るようで、うれしかったんです。純朴さが貴く、美しく見えました。お父さんと弟を失った悲しみが、僕にも痛みとして伝わりました。その子がいつもきちんとしていて、無口で、よく働くのを見ていると、僕は一人の人間として恥ずかしくなります。いつだったか、片脚をけがした鳩を見かけました。ほとんど片方の脚だけで立って餌を探す鳩。見たら、お母さんも心を痛めたと思います。どうして同じ鳩に生まれて、その鳩だけつらい思いをしなければいけないんでしょう」

　しばらく沈黙が流れた。

「男がそんなに気弱で、世の荒波をどうやって渡っていくの」

「自分のことだけ考えるのが男ですか。僕は人のために熱い涙を流すのが男だと思います」

　西姫は軽くため息をついた。

「人は人で、神様じゃない。この世に生まれて悲しい存在はたくさんいても、あなたの力ではどうにもできません。王様でもないのに、そのすべてをどうやって背負うの。そんな考えを非難するつもりはないけど、できることと、できないことははっきり区別しないと。偉大な考えを持っていても行動が伴わなければ意味がないでしょう。聖賢の道は誰もが歩めるものではないけれど、その聖賢だって思想は確立しても世の中を導き衆生を救うことはできなかった。ましてや普通の人間にはできない。木を育てる時は小枝を切り落とすものです。小枝をたくさん支えるためには幹が百年も二百年も育たなければならない。最近のあなたは気弱になって、それを当たり前のこととして見ることができなくなっているようね」

「どうしてそれが当たり前のことなんです。当たり前のこととして目をつぶることで人はだんだん邪悪になり、無慈悲になる。自分のことだったら、当たり前だとは言わないはずです。他人のことだと仕方がないと言って無関心を弁明し、合理化し、自分や家族のことだけに一生懸命になるのは誇らしいことでしょうか。太古の昔から身分が低く貧しい人が、別に存在していたのではないでしょう。人間がその差別を作り、名分を探したんです。図々しいではありませんか」

手押し車はいったん転がり出すと、簡単には止められない。今の允国がそうだ。彼は母を正面から非難するのをやめられなかった。

「よくそんなことが言えるね。お母さんに対して、そんな態度を取っていいの？」

「僕は本当のことを言ったまでです」

「あなたは蜂やアリの生態をどう思う？」

西姫が間髪をいれずに言った。允国が戸惑う。

「さっき、片脚で立って餌を探す鳩の話をしたわね。その孤独な鳩とは違って、アリや蜂は集団で暮らして、それなりの規律を守っている。人はそれ以上に千差万別よ。だから絶えず葛藤しながら共存している。矛盾があり、相いれないものが共存するために葛藤する。動物や虫とは違って、生存や種族保存に関係なくても命懸けで戦う。感情的になってはいけません。愚かなことだし、最後には自分で責任を持てなくなる。考えれば切りがない」

「知識人はいつもそんなことを言って問題を避けてきた。口先だけだ。そう、お母さんやお兄さんがいつも言うように、僕はまだ若くて未熟です。これから体でぶつかって、頭ではなく心で理解するつもりです。でも」

淑《スク》の話はそっちのけだ。始まりはそうだったけれど、母子は現実に対する見解の違いで言い争っている。

西姫は引き下がれなくなった。

「一つ言っておきたいことがあります。お父さんを、お母さんの階級に引き上げようとしないで下さい。お母さんが下りてくるべきです。僕は、時々は悲しくなるけれど、お父さんの出身を恥ずかしいと思ったことはありません。旦那様などと呼ぶのは、お父さんに対する侮辱です！　嘲弄です！」

允国が先に顔色を変えた。西姫も次第に青ざめてくる。淑に対する允国の感情の根が父親にあったことに、母と子はようやく気づいた。向かい合ったまま凍りつく。虚空のような空間。どうしてこうなってしまったのか。

やがて西姫が立ち上がり、部屋を出た。允国は正座したまま涙を流す。自分でも気づかないまま涙を流している。母は思春期の男女が陥りやすい危険よりも、身分の違いについて深く憂慮していた。そう思った允国は、思わず父の身分のことを言いだしたのだ。しかし自分でも信じがたい。どうして話がそんなところに及んだのだろう。允国は、わなにかかったような気がする。そのわなを振りほどきたい。最も痛い所を突いた。息子として、絶対に言ってはならないことを言ってしまった。兄が知ったら、永遠に允国を許さないだろう。子供の頃、小さな孔子とあだ名されたほど従順だった還国《ファングク》は、身分がどうのと言われたせいで李舜徹《イスンチョル》の頭を石で殴って傷を負わせた。允国は、そのことをはっきり覚えている。

服の裾が床をこする音が大庁から聞こえた。部屋の戸を開ける音がして、いつものように真っ白な母のポソンが目に入った。

「立ちなさい」

允国は、ばねのように立ち上がった。

「ふくらはぎを出しなさい」

允国はズボンの裾をまくり上げる。そして背を向けた。風を切る音。ふくらはぎが焼けるように熱い。また風を切る音。焼けるような感覚。何度その熱さを感じただろう。しかし、むち打たれているうちに、允国は気持ちが落ち着いてきた。

「あなたの言うことは、一面では正しい。でも子供として親に不遜な態度を取ったことに対する罰としてむち打ったのよ。もう下がりなさい」

しわがれた声だ。允国は振り返って母を見る。涙の痕はなかったものの、母の目は何日も徹夜したみたいに真っ赤だった。

「お母さん、すみませんでした。許して下さい。二度とこんなことはしません」

第四部　第三篇

明姫《ミヨンヒ》の砂漠

一章　姉妹

「母ちゃん、可哀想なうちの母ちゃん！　アイゴ、アイゴ！」

成煥《ソンファン》の祖母の次女福娟《ポギョン》は、実家に入るやいなや、頭に載せてきた包みを投げ出してへたり込み、慟哭する。

「福娟、どうしたの！」

むしろに広げて干していた唐辛子を取り込もうと、片側に寄せていた成煥の祖母が立ち上がって叫んだ。かめを洗っていた姉の順娟《スニョン》〈貴男の母《クィナム》〉も、

「福娟じゃない！」

喜んで走っていこうとして、立ち止まる。

「母ちゃん、可哀想な母ちゃん。どうしてそんなに福がないの！　アイゴ、アイゴー！　何のために苦労して子供を育てたのよ。どぶに捨ててしまって、嫁に行き直せばよかったのに。冷たい風や雪にさらされて……。うううう……」

「何がどうしたっていうのさ。葬式じゃあるまいし」

どうして次女がいきなり泣きだすのか、想像はつく。長女の気持ちを考えれば泣いてはいけないのに、成煥の祖母は積もり積もった悲しみをこらえきれずに涙を流す。

「聞いたよ。舟の中でも聞いたし、村に入ってからもすぐにうわさを聞いた。そうじゃないかとは思ってたけど、可哀想な母ちゃん！　こんな目に遭うために、真冬に洗濯の仕事をしながらあたしたちを育てたの！　先祖も神様もひどいよ、母ちゃんは仏様みたいな人なのに、息子はどこかに行ってしまって、年を取っても遠慮しながらご飯を食べるなんて、どういうこと！」

福娟の目から涙がぽろぽろこぼれる。気分を害したような渋い顔で垣根の外を見ていた順娟が言った。

「あたしを悪者にするんだね」

「他人があれだけ言うなんて、よっぽどなんでしょ。アイゴー、アイゴ」

「何を聞いたか知らないけれど、人はうわさ話が好きなんだ。そんなの真に受けちゃいけない」

福娟は顔を上げて母の顔を見る。

「母ちゃんがおとなし過ぎるの。文句を言わないからつけあがって、婿も義理の母を何とも思わないのよ。母ちゃんは、食べさせてもらってるんじゃなくて、婿が女房の実家に居候してるんだから、小さくなって暮らす必要はないのに」

順娟の耳が赤くなる。

「やめなさい。近所に聞こえるよ。そんな言い方をしたら、姉妹の仲が悪くなるだけだ。さあ、部屋に入ろう」

成煥の祖母は次女の腕を引っ張る。立ち上がった福娟は地面に転がった荷物を持って板の間の端に置き、チマの裾を持ち上げて涙にぬれた顔を拭く。

「大昔から、子供なんて役に立たないものだと言うよ」

「若い者が、母親の前でよくそんなことを言うね。あたしはぜいたくしたくてあんたたちを育てたんじゃないのに」

「あたしがいけないんだ。嫁に行ったからって、亭主がいるからって、年取った母ちゃんがどうしているのかも知らないでいるなんて。母ちゃんの人生はどうしてこうなの。人が福を受けている時に、母ちゃんは牛の世話をしてたの。可哀想な母ちゃん」

「ちっとも可哀想じゃないよ。あたしはご飯を食べているし、服も着ている。あんたの兄ちゃんのこと以外、何も心配はない」

錫《ソク》も次女と同じように帰ってくる気がしたのか、成煥の祖母は何げなく枝折戸《しおりど》に目をやる。

「うちに何かもめごとがあるとでも言うの」

順娟が言った。成煥の祖母が顔をゆがめる。

(またあのことを言い出すんだね)

部屋に入る前に、福娟が振り返る。

「姉ちゃん、あんたそれでも人間?」

姉をにらみつける。

「そうだよ、どうせあたしは人間じゃないよ。貴男の父ちゃんは牛で、あたしはキツネだってさ。村の人に全部聞いたのなら、あたしに聞かないでもいいだろ」

「姉ちゃんだって自分の子は可愛いでしょ？　親を大切にしない人も子供ができたら親の恩がわかるというのに、姉ちゃんはどうしてそうなの」

「あんた、自分は何をしたっての。偉そうに」

「やめなさい。久しぶりに会ったのに、みっともない。早く部屋に入ろう」

成煥の祖母は次女の背中を押す。

「とにかくあたしも今度は、言うべきことは言わせてもらうよ」

大声を張り上げたかったけれど、亭主が戻ってきたらことが大きくなると思った順娟は、ぐっとこらえて一緒に部屋に入り、ウィンモク*にうずくまった。

「どうして前触れもなしに来たの」

成煥の祖母は、二人が大げんかをするのを恐れながら尋ねた。

「前から一度来ようと思ってたけど、どうせなら稲刈りの後で、米でも少し持ってこようかと」

「うちだって田んぼをやってんだから、米なんかいらないよ」

「久しぶりに実家に戻るのに手ぶらで来られますか。チャルトックとシルトック*は近所におすそ分けして、モチキビとモチアワ、モチ米、それに緑豆もちょっと持ってきたから子供たちにお餅を作ってやって、母ちゃんも暇な時に食べてちょうだい」

「どうしてこんな物持ってくるの。あちらのご両親が気を悪くするよ」

「いいえ、お義母さんも、持っていきなさいって」

「みんな元気かい。お義父さんお義母さんも」

「お義母さんが足をちょっとくじいたけど、みんな元気よ。ところで、義兄さんと子供たちはどこにいるの?」

「貴男の父ちゃんは薪《たきぎ》を取りに、子供たちはドングリを拾いに行ってる」

順娟が答えた。

「うちの人も一緒に来ようと思ってたけど、お義母さんが足をくじいたんでやめた。あたしも来られなくなるんじゃないかとちょっと心配した。それで、うちの人には家にいてもらうことにして、慌てて出てきたの」

福娟は初めて笑顔を見せた。

「子供はどうしたの」

「義妹もいるし、もう大きいし。連れてこようとすると荷物もあまり持てないから置いてきた。ご飯ぐらい自分で食べるよ」

「褒《ペ》さん〈福娟の亭主〉も変わりないだろう?」

「ええ、もちろん。婿として申し訳ないとは言ってる。もう少し暮らしが楽になったら、婿だって息子だ、女房のお母さんに知らんぷりをするわけがないとは言うけど、口だけなら何でも言えるよ。西域の薬を買ってくるとでも言える」

　妻の実家に無関心な亭主を弁護しているのか、怨んでいるのか、よくわからない。

「言葉だけでもうれしいよ」

「うちもあんたんちも、亭主なんて他人だ。どこも同じだろ」

「人によるさ。そうでない人もいる。ヤムの母ちゃんの婿さんは奇特な人だよ」

「プゴンの亭主のこと？」

「そうだ。プゴンが死んでも再婚せずに、何年も女房の実家に出入りしてた」

「病気にかかった女房が追い出されて、あんなふうに死んだから、ずいぶん悲しんだでしょう」

「それで、自分の家には帰りたくないらしい。ヤムの母ちゃんの話では、あちこち歩き回って、たまにやってきた時には、見るに忍びないような姿だったそうだ。今は寡婦を嫁にもらって落ち着いてるけど、それでも時々来るらしいよ。死んだ女房が忘れられないんだろう。正月や秋夕《チュソク》*に夫婦で酒を持って訪ねてくるのを見ると、ひとごとながらうれしいね。ヤムの母ちゃんは婿が実の息子みたいで、婿の新しい嫁さんも自分の嫁のような気がして、ひと安心したと言ってる」

「そんな人、めったにいませんよ。前世の縁なんでしょう」

「婿が何をしたところで、娘が死ねばおしまいだろ。よその婿さんのことにかこつけていやみを言うのはやめてよ」

　我慢できないというように、順娟が言った。

「いやみじゃないよ」

「貴男の父ちゃんをいい人だと思っていたら、そんな話、しないさ」

「姉ちゃんも変だよ。自分たちがちゃんとしていたら、よその話で気を悪くしないはずだ。一つを見れば十がわかると言うけれど、姉ちゃんは何かと自分の亭主に味方するから、母ちゃんの居場所がなくなる。あたしは、その話を聞いて羨ましいとは思うけど、いやな気はしない」

「お願いだから、もうやめておくれ」

成煥の祖母は手を振った。順娟も、妹のまっとうな言葉に何も言い返せない。しばらくして福娟が言った。

「ヤムの母ちゃんは、それでも、苦労したかいがあったけど……」

「遠くに住んでるのに、あんたの方がよく知ってるんだね」

順娟は、やはり気に入らない口調で言った。

「そう聞いたよ」

「ヤムの母ちゃんに会ったの?」

誰が福娟に詳しい話をしたのかを探るように尋ねた。

「ヤムの母ちゃんじゃなくて、舟に乗った時、村の人が言ってた」

「誰?」

「知ってどうするの。文句を言いに行く気?」

「暇な人だね。みんなうわさ話が好きなんだから」

「農民が暇なはずないよ。正しい言葉を聞いて耳が痛いんでしょ」

「ふん、村の人たちはみんな訓長だ」

「やめなさいったら。きょうだいがたくさんいるわけでもないのに、たまに顔を合わせれば言い争って。あんたたちがそんなふうで、あたしの気持ちが楽になるはずがないだろ」

成煥の祖母はつらそうに言った。

「母ちゃんたら、けんかしてるんじゃないよ。実の姉妹だから言えるの。他人ではこうはいかない。会えたからこそいやな話もするんだ。ところで、兄ちゃんはどうなったの。消息は聞いた？」

「消息なんて」

成煥の祖母は、意外に平気そうな顔だ。

「確かなことはわからないが、満州にいるらしいね。捕まりさえしなければ……」

内心では平気ではなかった。三人とも自分が産んだ子供だが、一人は遠い所に嫁に行ったから、もうよその家の人だ。もう一人は同じ屋根の下に暮らしているものの、やはり他人だ。娘たちから寂しい思いをさせられているために、自分には息子もいると思いたくて、娘たちの前で息子のことを嘆きたくないのかもしれない。甥や姪は自分の子供ほど可愛くはない。そんな当り前のことのせいで距離ができた。娘は他人だと、成煥の祖母はしみじみ感じる。親のない孫たちのために何度も涙を流した。しかし、錫のためには、心の中でだけ泣く。もっとも、もし錫ではなく娘のどちらかが子供を預けたまま消息を絶っていたなら、錫の女房がその子たちを邪険に扱っただろう。

「いつかは帰ってくるよ。気持ちをしっかり持たなきゃ。母ちゃんが元気でこそ、孫たちも大きくなるんだから」

「もちろんだ。孫たちのために、あたしも決心した。あんたの兄ちゃんが帰ってくるまで、何があっても生きなきゃ」

「そうよ。あたしだって、もうよその人間なんだし。いくら気持ちはあっても」

「崔《チェ》参判家の旦那様が戻ってきたよ。うちだって……。心配するなと、何度も言ってたらしいけど」

「旦那様って」

「ほら、下男だった吉祥《キルサン》だよ。知らないかい？」

順娟が言った。

「めったな口をきくんじゃない。吉祥だなんて」

成煥の祖母は長女を叱る。

「誰かに聞かれたらまずいってこと？」

「聞かれるとかどうとかじゃなく、今ではもう立派な人なんだ。満州では独立党の親分だそうだよ」

誰かがそう言ったわけでもないのに、村ではいつしか吉祥は独立党だとささやかれていた。成煥の祖母は、それに親分という言葉をくっつけたのだ。自分が嘘を言っているとは思わなかったし、そう信じてもいた。実際、植民地統治下で不穏な思想とは、民族主義、社会主義、共産主義のことで、ほとんどの朝鮮人はそれを独立運動だと思っていた。すべて地下組織だから実態はほとんどわからない。しかし圧政の下で、そうした活動を過大評価し人物を美化する民衆心理が作用していたことは否めない。独立党は、東学を東学党と言うように、庶民にとってなじみやすい言葉だったのだろう。

「捕まるかもしれないのに、どうして帰ってきたの」

福娟が目を丸くした。

「何言ってるの。捕まって刑務所に入ってたのが、出てきたんだよ」

順娟が言った。

「ああ、そう。捕まって……。田舎に引っ込んでると何もわからない。子供の時に見たはずだけど顔は思い出せないな。崔参判家の婿になったのなら楽に暮らせるのに、そんなことをするなんて、ほんとに立派な人なんだろうね」

福娟は何度もうなずき、感嘆した。

「成煥の父ちゃんより七つか八つ上のはずだけど、子供の頃から人並みはずれたところがあった。栴檀《せんだん》は双葉よりかんばしと言うじゃないか。二十年以上過ぎて会ってみると、崔参判家の奥様に見劣りするところが一つもない。天が結んだ縁だね。刑務所で苦労したのに、どうしてあんなに男前なんだろう」

吉祥を誇らしく思うのは、錫を誇らしく思うことに通じる。とにかく、吉祥の帰還が成煥の祖母に大きな希望をもたらしたことは間違いない。

「そんな人だから、仕えていたお嬢様と結婚したんでしょ」

順娟の考えは、成煥の祖母とは少し違っていた。

（ちょっと世話になっているからといって、そんなに言わないでもいいのに）

崔参判家の世話になっている点では順娟も同様だ。だが順娟は、成煥の祖母に同情して助けてくれる人なら、自分を非難するのではないかと恐れていた。それは生活の基盤を失うことへの恐怖でもある。たまに現れる延鶴《ヨンハク》が冷たい態度を見せると不安になった。

（あたしが、何か間違ったことをしたとでも言うの。ほんとに、腹が立ってやりきれない）

亭主に、苦労してでも都会に出て、日雇いの仕事でもしながら気楽に暮らそうと言ったこともある。

「何を言う。飯もろくに食えなくなるのに、気楽なものか」

それはもっともだ。

（吉祥の話になると、母ちゃんは生き生きしてくるんだから）

実家に来るやいなや泣きだした福娟に強い態度を取れないのも、吉祥が平沙里《ピョンサリ》に帰っているからかもしれない。吉祥は田んぼを分けてくれた家の当主だ。

「あんた、おなかすいてないか」

成煥の祖母が聞いた。

「母ちゃんの顔を見たら、おなかがすいてるかどうかも、わからなくなった」

福娟が答えた。

「早めに晩ご飯の支度をしなさい。来る途中に何も食べてないだろうに」

今度は順娟に言った。順娟はのけ者にされているみたいで心中穏やかではない。母は憎らしく、妹は恨めしかったけれど、黙って立ち上がる。

「母ちゃん、チョゴリがあったら一つ貸して」

「着替えを持ってこなかったの」

「うん、食べ物を少しでもたくさんもってこようと思って、服は持ってこなかった」

「どうしてそんなことを。食料が足りないわけでもないのに。あたしのチョゴリは大き過ぎるだろう。姉ちゃんのを借りるかい」

「家の中で着るのに、大きくたって構わない」

福娟はレーヨンの半回装チョゴリを脱ぎ、母が出してくれた木綿のチョゴリに着替える。

「チマも出そうか?」

「いらない。チマは木綿だから、汚れたら帰る前に洗えばいい」

「何日いるつもり」

それには答えず、

「今度は、ただでは帰らないよ。姉ちゃんの考え方を正してやる。義兄さんはもともと熊みたいに鈍感だから仕方ないけど、実の娘である姉ちゃんが、そんなことでいいの。みんなに、あんたの母ちゃんが可哀想って言われて、あたしが気分いいわけないでしょ。義兄さんとは仲がいいんだから、姉ちゃんのやり方次第じゃないの」

「うるさいね。黙りなさい。構わないったら、構わないんだよ。村の人たちがあれこれ言うのも、あたしは聞きたくない。自分の子はどの子だって可愛いんだ。あんたの姉ちゃんはあたしの子だ。あたしのしつけが悪かったんだよ」

「どうしてそんなにわからないのよ。人が言っているのを聞いたことがないの」

「村の人やあんたにそう言われるほど、あたしがつらくなる。そうでなくとも、あちこちで子供の悪口を言われて病気になりそうだ。腹が立ってちょっと言い返したら、娘が亭主と別れて母親の面倒を見るはずがないだろう、なんて言うんだ。あたしは、実家の母親にそそのかされて出ていった成煥の母ちゃんのことを考えただけで、胸が苦しくなるっていうのに」

成煥の祖母はチマの裾で口を押さえ、声を殺して泣く。

「貴男の父ちゃんのやることが気に食わなくて順娟に訴えたら、顔を赤くして、どうしてそんな男に嫁がせたんだ、あたしにどうしろって言うのと口答えする……うううう……。母ちゃん、あたしに免じて我慢してねとひとこと言ってくれればいいのに。一度もそんなことは言わない」

成煥の祖母は、ずっと胸に秘めていた悲しみを、福娟に思わずこぼしてしまう。悲しいのはそれだけではない。ゆでた麦を入れて高い所につるしてあるかごに、ゆでたサツマイモを入れておいて貴男にだけこっそり食べさせることや、塩漬けのイシモチは婿だけが食べ、南姫《ナミ》〈錫の娘〉がそれを見てつばを飲み込んでいること、貴男のご飯は表面だけ麦で下は米だから、貴男はいつもご飯をほじくり返して食べることなど。

「あたしが近所で娘や婿の悪口を言うだなんて……ううううう……。順娟たちが何をしようが、あたしの気持ちは違う。あの子たちはここを出たら、どこも頼る所がない。日雇い仕事では食べていけないだろう。だからあたしは、悔しくても何も言えない。みんなは田んぼを人に貸して暮らせばいいと言うけれど、そんなことできない。子供が苦労するのを願う母親がいるもんか。本当に、ちゃんと言いたいことを言って暮らせたら、あたしはこんな思いはしない。うううう……」

順娟は、晋州《チンジュ》で水汲みをしていた錫がソウルに行ってしまって貧しかった時に、身寄りがなく他人の家を転々としていた作男に嫁がせた。いやだと泣く背中を押すみたいにして。成煥の祖母はそのことをいつも気にかけていた。福娟は錫が戻ってきて教師をしていた時に嫁がせた。教師の妹というのは縁談において有利な条件だったから、いい家に嫁に行った。封建的な気風が根強い慶尚南道《キョンサンナムド》固城《コソン》の自作農の家だ。

「母ちゃんは知らんぷりしてて。あたしがやるから」

「お願いだから面倒を起こさないでおくれ。貴男の父ちゃんは酒癖が悪いし、気が短いんだよ」

部屋を出た福娟はチマをたくし上げながら、台所に入る。順娟は台所の床にしゃがんでジャガイモの皮をむいていた。

「姉ちゃん、かまどに火をつけようか?」

福娟が言うと、順娟は、洟《はな》をすすり上げながら答えた。

「まだお釜を載せてない」

「あたしがやろうか。米は洗った?」

「パガジの中」

そう言いながら立ち上がり、台所の垂木にぶら下がっている鉤にかけていたざるを下ろす。福娟は、ざるを覆っていた麻の手拭いを取り、ゆでた麦を釜の底に敷く。

「稲刈りもしたんだし、もうちょっと軟らかいご飯にしなよ。米が少な過ぎる。母ちゃんは歯がなくて食べづらいだろう」

「あんたんちとは違うんだから」

そう言いながらも、ちょっと勢いが弱くなった。福娟は釜をかまどに載せてふたをすると、松の枝を折って火をつける。順娟は皮をむいたジャガイモを切る。

「あたしの悪口を言ってただろ」

母が妹に何を言ったのか、探りを入れるように言った。

「母ちゃんも言いたいことがあるだろうけど、あたしにだって言い分がある。娘の子供だって孫じゃないか。母ちゃんは成煥や南姫のことになると必死なのに、うちの貴男は道端に転がった犬の糞みたいに思ってる。甥や姪が、自分の子供より可愛いはずがないだろ。あたしが貴男に気遣っているのを、母ちゃんは知らないんだ。あたしだって、間抜けな亭主と暮らすのはたまらない」

「部屋に行けば部屋の言葉が正しく、台所に行けば台所の言葉が正しいということわざがあるね」

福娟は火をかき回しながら、さっきとは打って変わった口調で言う。順娟は釜のふたを取ると、切ったジャガイモをご飯の上に載せてふたをする。そして小さな鍋を火にかける。

「みそ汁？」

「うん」

姉妹は鍋の底をはう炎を、黙って見つめる。

「何も身についてないいんだもの。もともと熊みたいに馬鹿なのに、あたしにどうしろって言うの。別れるならともかく、一緒に暮らすなら逆らってばかりもいられない」

「……」

「考えてみれば、貴男の父ちゃんも可哀想だ。男としての意地があるのに。あんたんちが母ちゃんを養ってくれるならともかく」

「義兄さんが母ちゃんを養ってるって言うの？　馬鹿なこと言わないで。うちの人も義兄さんも、女房の母親の面倒を見るような人じゃない」

「仮の話だよ。とにかく、うちの人は女房の実家に住んでるんだ。一生懸命働いてるのに、女房の実家の世話になってると言われりゃ腹も立つさ。亭主だからって肩を持ってるんじゃないよ」

「最初から間違ってたんだ。姉ちゃんたちがこの家に来ないで、田んぼを他人に貸せばよかったのに」

順娟はぎくっとした。

「互いに気が休まらなくて、あたしは、仲たがいするのではないかと思った。母ちゃんは、お前たちも暮らしが大変だから同居するのがお互いにいいと言うけど、思いどおりにはいかない」

福娟は横目で姉の顔色をうかがう。姉は困ったような顔をしていた。そして泣きだした。

「あたしたちが貧乏だから」

釜が沸騰し、みそ汁の鍋からも湯気が上がる。福娟は何か考えているようだ。

「貴男！」

貴男の父が帰ったらしい。

「義兄さん？」

福娟が台所から顔を突き出した。貴男の父は背負子を下ろし、薪を垣根の脇に移していた。

「福娟か。どうした」

うれしそうに言う。

「義兄さん、心配はないの？」

薪を運び終えて服のほこりを払いながら、小柄で額の広い福娟に目をやる。

「何のことだ」

「ご飯が食べられなくなる心配よ」

「自分の実家だから心配してるのか」

「ちゃんと受け答えできるようになったのね」

義兄をからかう。この二人は、わりに仲が良かった。結婚したての頃、貴男の父が義妹にぞんざいな口をきくと、

「女房は亭主の妹にぞんざいな口をきかないし、亭主は女房の妹にぞんざいな言い方はしないものですよ」

福娟は唐突にそんなことを言った。

「貴男の母ちゃんはどこかに行ったのか？」

台所をのぞきこもうとすると、福娟が立ち塞がるようにして言った。

「不細工な女房を、誰かに盗まれるとでも思ってるの」

「そんなこと言うなよ。飯炊き女がいなけりゃ飯が食えないだろ」

そう言いながら、さりげなく家の中の空気をうかがっている。女房の顔を見ないと状況が把握できないらしい。その時、順娟がコチュジャンを取りに土鍋を持ってかめ置き場に出てきた。お帰りとも言わず、亭主の顔もろくに見ずにコチュジャンをすくう。貴男の父は眉をしかめた。

「飯はまだか！」

「何をせかしてるの。居候のくせに勢いがいいこと」

順娟は横目でにらんだ。

「どうして目がそんなに赤い」

部屋にいる成煥の祖母が拳で胸をたたき、福娟は舌打ちをする。

「今日みたいに風のない日は炎が横に広がるから、煙が目に染みるはずがない」

貴男の父の声は落ち着いてきた。

「ぶつぶつ言わないで足でも洗って部屋に入ってなよ」

貴男の父は、何か言おうとしたようだが、やめた。

小川のほとりには小石がたくさん
女房の実家で暮らす俺には小言がたくさん

歌うようにつぶやきながら、のそのそと家の裏に回る。いたたまれない。福娟はまた舌打ちをする。

「普通じゃないね。どうして人をいらいらさせるの。姉ちゃんのやることを見ていると、まるで母ちゃんが姑で、あたしが義理の妹みたいだ。味方してほしくて、亭主に言いつけたいの？　これだから、母ちゃんは言いたいことも言えなくて気が滅入るのよ」

「あたしたちは居候だからね。あんたみたいにおみやげを持って実家に帰れるご身分じゃない」

「母ちゃんが、居候だといって姉ちゃんたちをいじめたとでも言うの？　仏様みたいな母ちゃんが何をしたってのよ」

「あんただってそうだ。あたしたちが母ちゃんを養っていたら、あんたもそんなふうにあたしを責めないでしょ。いくら頑張ったところで、あたしたちは絹の服を着て夜道を歩くようなもんだ*」

「あきれた。どうしてそんなにものわかりが悪いんだろう。いい年をして、いつ分別がつくの。自分の亭主と子供だけが家族だと思っているから、そんなこと言うのよ。あたしたちは母ちゃんから生まれたんだし、甥や姪だって大切だ。兄ちゃんのことを考えてごらん。世の中に、うちの兄ちゃんみたいな人はいないよ。亭主は他人だけど、母ちゃんは血がつながってるじゃない。嫁に行った娘は他人だと言うけど、一緒に住んでれば他人じゃないでしょ。さっきだって、目を泣きはらしたのを義兄さんに見られないようにあたしが立ち塞がったんだから、合わせてくれなきゃ。自分は悲しいと訴えるみたいに、のこのこ出てくるなんて。たとえ実の母親や妹にいじめられたとしても、世間に言いふらしたりはしないものだ。だからといって、義兄さんに冷たくしろと言うんじゃない。あたしも亭主と子供がいるから、夫婦の情も、子供が可愛いのもわかる。夫婦仲もいいんだし、姉ちゃんがちゃんと言いさえすれば、義兄さんはわかってくれるよ。あたしが見たところ、義兄さんより姉ちゃんの方がひどい」

「聞きたくない！　あんたに何がわかるの。親のいない子って口癖みたいに言うけど、成煥や南姫は腫れ物みたいに大事に扱われてるし、祖母ちゃんだっている。崔参判家の援助で学校にも通ってるんだよ」

「成煥が学校に行ってるのが気にいらないの？　姉ちゃんもおかしいよ。ありがたいことじゃない。身内ができないことを、よその人がしてくれてるんだから、感謝できないまでも、悪く言っちゃいけない。あたしたちがもっとしっかりしてれば、兄ちゃんのことを考えて、どんなことをしてでも成煥を学校にやったはずだよ。どうして意地の悪いことを言うの」

「あんたがよくしてやりな！」

そうは言ったものの、順娟は、明らかに勢いをそがれていた。自分も悪かったと思ったようだ。

「ご飯が硬くなる。もう、よそったら」

「そうだね」

順娟は、元の口調に戻った。

「子供たちはどうして帰ってこないの」

「腹が減ったら帰ってくるさ。もうそろそろ帰る頃だ」

順娟は器をかまどの上に置き、乾いた布巾で拭いてから釜のふたを取る。湯気が上がる。しゃもじを水でぬらした。

「みそ汁の鍋を持ってって」

福娟は布巾で鍋を包んで運ぶ。順娟はいちばん大きい飯碗を持った。麦を少しずつ混ぜてご飯をよそう。ご飯が高く盛りつけられている。

「どうしてそんなにたくさん入れるの」

福娟が意地悪そうに言った。わかっているのに。獲物を狙う鷹のような目つきだ。

「男が一日中働いたら、これぐらい食べないと持たないよ」

順娟は無心に言った。

(よし、まずこれを直してやらなきゃ)

「それじゃ、義兄さんのご飯ってこと? どうりで、お碗が大きいと思った」

順娟は、しゃもじを持ったまま振り返る。

「姉ちゃん、それじゃいけない」

「どうして」

「上下の区別もつかないの。昔から、そんなことはしないものだ。何も言わずに、そのご飯を母ちゃんのお碗に入れなよ。そんなだから、村の人たちに悪く言われるんだ。言われて当然だね」

「亭主のご飯を先にするものだろう」

「姉ちゃんは目上と目下の区別がつかないの。母ちゃんは若くないんだよ。うちの姑がしゃもじを持ったら息子のご飯を先によそうけど、あたしがしゃもじを持ったら、亭主のご飯を最初によそったりはできない」

順娟の顔が赤くなる。腹も立つし、少しは恥ずかしかったようだ。しかし亭主のご飯を先によそうのは、それほど変なことではない。福娟はそれを知りながら、わざと言った。順娟が成煥の祖母の飯碗にご飯を移すと、半分ほど移したところでいっぱいになった。ご飯が残った飯碗に、麦がたくさん混じったご飯をよそって、また山盛りにする。

「どうしてお膳を一つしか出さないの。母ちゃんのお膳は？」

「……」

福娟は棚からお膳を下ろしてさっと拭き、しょうゆの小皿、キムチの器、さじと箸を置く。

「白髪になっても自分のお膳を用意してもらえないなんて。毒蛇みたいな嫁だって、姑のご飯はお膳に載せて出すよ」

「母ちゃんは子供たちと一緒に食べるから」

子供たちが帰ってきたようだ。

「お帰り。固城の叔母さんが来てるよ」

婿が帰ってきた時には息を潜めるように静かだった成煥の祖母が、孫たちに声をかけた。

「叔母さん、どこ?」

成煥が大きな声を出した。

「ここだよ!」

福娟が叫ぶ。成煥と南姫が走ってくる。

「叔母さん!」

その後から、貴男が顔をのぞかせる。

「久しぶり」

福娟が子供たちの背中を抱く。

「ご飯にしよう。板の間に上がりなさい。おなかすいたでしょ」

子供たちが板の間に集まる。福娟がお膳を運びながら聞いた。

「ドングリたくさん拾った?」

「みんなが拾ってって、あまり残ってなかった」

成煥が答える。

「母ちゃん、お膳を用意しましたよ」

「おや、どうして」

「子供たちにお手本を見せなきゃ。年を取ったら、ちゃんとした待遇を受けるものです」

「あたしのことなんかいいよ。あんたの義兄さんのお膳を先に持ってきなさい」

「長幼有序と言うでしょ。そんなことでは子供の教育に良くない。いくら常民の家庭でも」

福娟は貴男の父に聞こえるように大声で言い、舌打ちをした。成煥の祖母はまごついているし、子供たちはびっくりしている。福娟はまた別のお膳を持ってくる。

「義兄さん！　食べないんですか？」

貴男の父が、部屋の戸を開けてゆっくり出てきた。

「今日は義妹の出すお膳を受けて下さい」

お膳を置いて言う。

「いや、これは恐れ多い」

感情を押し殺し、それでもいじけた言い方をする。

「祖母ちゃんのご飯より、父ちゃんのご飯の方が、麦がたくさん入ってる！」

貴男が何も考えずに言った。成煥と南姫は、何となく誇らしげだ。ご飯に麦がどれほど混じっているのかは、子供たちにとって大問題なのだ。

「あれ、そんなら普段は、歯のない祖母ちゃんのご飯に麦がたくさん入ってるってこと？」

成煥の祖母はどうしていいかわからず、貴男の父は苦虫をかみつぶしたような顔でさじを持ち、みそ汁をすくって口に入れる。

「年寄りに勧めもしないで一人で食べるの。義兄さんったら」

冗談めかして言った。成煥の祖母が、耐えきれなくなって口を出す。

「男の人が食事をしてる時に、何てことを言うんだね」

だが福娟は聞こえないふりをしている。貴男の父は目玉をぐるりと回して言う。

「もうちょっと優しい言い方をしたらどうだ」

「固城でそんなことをしたら悪く言われますよ」

「やめなさいったら」

成煥の祖母は泣きそうになった。

「変なの。そんなに一人で食べたいなら、庭にむしろでも敷いてそこで食べたらどう？」

福娟は姉夫婦の首を絞めるように言う。おい、何て口をきく、俺たちのどこがいけないんだとでも言えばいいのに、貴男の父は何も言えない。感情をのみ込むようにご飯を食べる。まかり間違えば大げんかになりそうだったからだ。福娟は黙ってはいないだろう。

家族はみんなでお膳を囲んで夕食を食べる。

順娟は、しょげたように口をつぐんでいた。

「みんな、ご飯は少しにしておきなさい。おなかいっぱいになったらお餅が食べられないよ」

「叔母さん、お餅作ってきたの？」

成煥が喜んだ。

「うん、あんたたちが小鳥みたいに口を開けてると思って、作ってきた」

「どんなお餅?」

貴男も喜んだ。

「チャルトックもシルトックもある」

「僕はチャルトックが好きだな」

貴男が言うと、南姫も言う。

「あたしシルトックがおいしいと思う」

「シルトックなんか、どこがおいしいんだよ」

「チャルトックなんか、どこがおいしいのよ」

子供たちはうれしさのあまり、口げんかを始めた。

「あんたたち、いつもそんなふうにけんかしてるの」

「貴男は欲張りなの」

「お前はキツネだ」

「やめなさい。ご飯を食べている時にけんかしたら福が逃げる。それにきょうだいはお互いに助け合わないといけないのに、けんかしちゃいけない」

成煥の祖母も、貴男の父と母も黙っている。

「きょうだいじゃなくて、いとこだよ」

貴男が間違いを指摘するように言った。

「いとこだってきょうだいと同じだ。特に貴男、あんたは一人っ子じゃない。大きくなって、誰かとけんかしたら、他に誰が味方してくれるの。生きてるといろんなことがあるんだから、一人ぼっちじゃいけないよ」

その言葉を聞いて、貴男の父と母の表情が緩んだ。

二章　ヤムの帰郷

禹《ウ》を殺して釜山《プサン》の刑務所で懲役についている呉《オ》の女房は、金《キム》訓長家の門前でぐずぐずしていた。

「どうして、こんなことになってしまったんだろう」

ぶつぶつ言う。

「去年の今頃は、何の心配事もなかったのに……。これは夢なのか、本当に起きていることなのか……」

秋夕を過ごし、稲刈りも終わると、季節は急速に移り変わった。蟾津江《ソムジンガン》の上に月が出て、風もないのに日暮れ時はひどく寒い。

「寝ていても、道を歩いていても、わからなくなる。どうしてこんなことになったのか」

背後でせき払いが聞こえた。呉の女房は驚いて振り返る。

「どちら様ですか」

「あら、あたしはまた、家にいらっしゃると思って」

呉の女房は、顔もろくに見えないのに、腰をかがめて挨拶をする。

「私に会いに来られたのですか」

「はい」

「それなら、どうしてそんな所に」

範錫《ボムソク》だ。

「どうぞ、お入り下さい」

「どこかお出かけでしたか」

「ええ、町に」

「それではお疲れでしょうから、明日また来ます」

「大丈夫です。お入り下さい」

「急ぎの用事ではないので」

「構いませんよ」

「晩ご飯も召し上がらないといけないでしょう」

「夕食は町で済ませてきました」

「申し訳ありませんね」

範錫は、呉の女房と一緒に家に入った。

「お母さん、ただいま帰りました」

月の光が庭を照らしている。内房の戸を開けて山清宅《サンチョン》が顔を出す。

「お帰り」

「はい」

台所では範錫の妻が食事の後片付けをしているらしい。明かりが漏れ、カチャカチャという音が聞こえた。

「はい」

「範錫が帰ったよ。夕食の支度をしなさい」

台所で妻が答えた。

「いいえ。町で食べてきました」

「町で?」

「ええ。友達の家でごちそうになりました」

山清宅は範錫の後ろでもじもじしている呉の女房には気づいていない。

「大奥様、お元気でいらっしゃいましたか」

呉の女房が、母と子の会話が途切れた隙を見て挨拶した。

「おや、呉さんの奥さん」

「はい、夜分お訪ねして申し訳ありません」

「何を言うの。上がってちょうだい」

範錫は、

「お父さんはまだ帰らないんですか」

と聞いた。

「まあそうだね」

山清宅はあいまいな返事をする。漢経《ハンギョン》は一昨日、智異山《チリサン》に海道士《ヘ》を訪ねていったきり、まだ戻っていない。秋夕のことだ。茶礼《チャレ》*の後、漢経は息子の範錫に、ちょっと相談があると言った。

「墓を一つ造らなければいけないんだが」

「お墓ですか」

範錫は思わず聞き返した。まさか、父自身が入る墓のことではないだろう。

「お前は一度も考えたことがないのか」

漢経は、村ではちょっと頭の足りない人だと思われている。家でも熱心に畑仕事と先祖の供養をする以外はやはり存在感が薄く、自分の意見を主張することはなかった。しかし今、息子を見る目は、妙に厳かだ。

「はい、まだ……。お父さんのお墓のことですか」

「お前だけは違うと思ったのだが……。世の中は、確かに変わったようだ」

漢経はため息をつき、残念そうに天井を見上げる。

「申し訳ありません」

「責めているのではないよ」

今度はむしろ父の方が申し訳なさそうに、他人に言うように言った。漢経は、妻の山清宅や嫁、そして息子の範錫に対しても、自分が無能で申し訳ないというような態度を取ることがあった。

「私も以前は考えたことがなかったが、弘《ホン》が満州に行って以来、考えるようになった」

範錫はようやく気づいた。

「父上〈金訓長〉が、遠い満州の地に埋められて故郷に戻れないでいる。世の人情が薄れているとはいえ、息子としての務めを忘れるなど、親不孝極まりない」

喉が詰まって言葉が継げない。

「昔、我々の先祖は胡地〈未開の地。ここでは満州のこと〉に埋められた親兄弟の骨を、莫大な資金を投じて探し、故郷に返したと言うではないか。そのために財産を費やし、大変な苦労をした。今のように汽車に何日か乗ればいいという時代ではなかったのに。考えてみれば、私は禽獣にも劣る」

早く両親を失って家が没落し、放浪していた漢経は学問を身につける機会がなかった。金訓長の養子となってから多少の薫陶は受けたとはいえ、金訓長や養家の先祖を敬う気持ちは、持って生まれた性格のようだ。その愚かさと従順さのせいで、漢経は他人に、ちょっと足りないと思われていた。しかし今、話していることは理路整然としている。範錫は黙っていた。

「私は学問もなく、人格も未熟だ。そのうえ、父上から家を守れと厳命されていたために、父上が義兵長として山に入った時も、満州に行かれた時も父上に同行できなかったのが恨になっている。まして父上が亡くなって二十年になろうというのに、改葬どころか墓の草取りすら一度もしていないのだから、禽獣にも劣るではないか」

漢経はついに嗚咽し始めた。範錫はそんな父をじっと見ている。新たな発見とでも言うべきか。範錫は、父が理路整然と長い話をするのを、生まれて初めて見た。

「私はそれができなければ、死んでも死にきれない。幸い弘が向こうにいるし、崔《チェ》参判家の旦那様が帰っていらした。あの方なら、父上が埋葬された場所を詳しくご存じだろう。今まではどうしていいかわからなかったが、ようやく着手できそうだ」

大変なことであり、そうした先祖崇拝や孝行が正しいとも思わなくなっていたけれど、範錫は反対できなかった。

「お父さんの思ったとおりにして下さい。私もできる限りのことはします」

と言った。漢経は弘を頼りにしているらしい。それももっともで、弘は金訓長のただ一人の実子チョマギの娘婿であり、弘にとって金訓長は妻の祖父に当たる。漢経にとって弘は姪の夫だ。

「母上の墓が裏山にあるが、みすぼらしいし、場所も良くない。いっそのこと地官に新しい墓の場所を決めてもらおうと思う。統営《トンヨン》にいるお前の叔母さん〈チョマギ〉も暮らしが楽になったから、少しは助けてくれるはずだ」

父は何日も寝ずにそのことを考えていたのだろうと範錫は思う。世事に疎い父が、弘や崔参判家の主人のことを考え、費用をまかなうために統営にいる叔母のことまで念頭に置いている。よほど心を砕いているらしい。

範錫は呉の女房と一緒に内房に入った。山清宅は油皿の芯を引き上げながら、

「こっちの、アレンモク*に来なさい」

と、部屋の戸の近くに座っている呉の女房に勧めた。

「いえ、結構です。お邪魔しているだけでも申し訳ないのに」

「何を言うの。この人は、いつもそうしてきたじゃないか」

昔、金訓長がしていたように、範錫も村の人たちの相談相手になっている。役所の手続きなど、農民たちがわからないことを代わりにしてやり、手紙の代筆や大小の相談事に応じていた。

「それで、旦那さんは元気なの？」

「わかりません。裁判の時に見て以来、会ってないんです」

涙もかれたのか、呉の女房は淡々と言った。

「それもそうだね。でも、だからといって妙なことを考えちゃいけないよ」

「死ぬなんて、めったなことではできません。でも生きていくのも……。なんだか嘘みたいな気がするんです。夢じゃないかと、座って考えても、立って考えても、そんなはずはないと」

「そうだろう。一瞬の間に起こったことだものね」

「子供たちの将来も台無しになったし、戸籍に赤い線が引かれたら、子孫代々……あまりのことに、もう涙も出ません」

「ひどく運が悪かったねえ。私たちも信じられなかった。だけど月日が経てばまた会えるんだから、それだけでもよかったと思わなきゃ。すべては前世で何かの因縁があって……」

範錫は戻らない父のことを考えながら、何も言わずに座っていた。

「まったくです。スングの父ちゃん〈呉〉が前世で禹さんに何か悪いことをしたのでなければ、こんなことにはならないでしょう。利害関係があったわけでもないのに、禹さんのせいでうちの人が役所に二度訴えられたんです。禹さんが病気の牛を売ろうとしていたのを、スングの父ちゃんが、そんなことをしてはいけないと言ったら、客がそれを聞いて買わないと言ったらしくて。禹さんが、あいつが余計なことを言うからだと怒って、出し抜けに、うちの人が義兵だったと言いだしたんです。義兵とは何の関係もないのに、警察にまで引っ張られました。ずいぶん前の話ですよ。幸い証言してくれる人がたくさんいたし、町の、名前は忘れたけど、影響力のある人が口をきいてくれて解放されたんですが、その時から敵同士になったんです。スングの父ちゃんも良くないんです。村の人たちが、あれは虎より恐ろしい奴だから近づくなと止めたのに、気が短いから、かっとなって……」

やはり泣きはせず、ため息をつくばかりだ。

「まったく、たちの悪い人はどうにもならないねえ」

「今日ここに来たのは、もうこの村では暮らせない気がして」

「何をおっしゃるんです」

範錫が初めて口を開いた。

「禹家の人たちは大人も子供も、顔さえ見れば殴りかかってくるから、我慢にも限度があります。そんなことがずっと続いていて。あたしはまだしも、スングはまだ子供なのに、今日も昼間殴られて、血を流しながら帰ってきました。こんなふうで村にいられますか。上の姉ちゃんたちはみんな嫁に行って、残ってるのはスング一人なのに。こんなことでは、また人殺しが起きそうです。村を出たいと、一日じゅう思っています。物乞いをすることになっても」

「私もその話は聞いたよ」

山清宅は気の毒そうに言い、範錫は唇をなめた。

「禹という人は、もともとここの人じゃなかっただろう?」

「はい、流れてきた人です。どこの人だかもわかりません。趙俊九《チョジュング》が参判家を乗っ取って、義兵が山に入った時、空き家がたくさんできたじゃないですか。錫《ソク》の父ちゃんが銃殺され、山に行った人たちもたくさん死んで、大勢の人がお宅の訓長と一緒に満州に行ったから」

「あれからずいぶん経ったねえ」

山清宅が言った。自分も山清から嫁に来たが、夫は生きているし、孫もできた。だがもう若くない呉の女房は、どこに行けるというのだ。

「行くって、どこに行くの。重罪ではあるけれど、呉さんの人となりはわかっているし、こうなったことに村の人たちはみんな同情して、気の毒に思っている。あんたの家族が後ろ指を指されてるわけではないだろう。よその土地に行ったら、亭主がいたって大変だ。禹家はわめき散らすだろうが、歳月が薬という言葉どおり、一年、二年と過ごすうちに、仲良くとまではいかなくても、今みたいなことはなくなるよ。立ち向かおうとせずに、何とかして避けなさい。私はよく知らないけれど、都会に行った人たちだって、行きたくて行ったわけじゃなく、ひどい地主に追い出されて行ったんだろう。男は荷物運び、女はパガジを持って民家で物乞い、娘は売られ、息子は日本に行って地下で石炭を掘って体を悪くして、生きて帰ってくるのも難しいと言うじゃないか。呉さんが人を殺したといっても、村を追い出されたのではないんだから、出ていくことは考えなさんな。農業にしたって、平沙里ほどいい所はない。それに、あのお宅の旦那様も戻ってこられた。あの方は苦労人だし、村の事情もよくご存じだ」

「そうです。お母さんの言うことは正しい。少し待てばスングも一人前になるでしょうし。呉さんが出てきた時に帰る所が必要です」

「それはわかってます。でも、あんまりひどいから」

「崔参判家の張書房《チャンソバン》*〈延鶴《ヨンハク》〉が来たら、禹の奥さんによく言い聞かせるよう、私が頼んでおきます。あの人たちも田畑を耕している限り、張さんには逆らえないでしょう」

　呉の女房は少しほっとしたようだ。

「まあ、平沙里ほどいい所はないそうですね」

「こんなことを言うのも何だけど、漢福《ハンボク》を見なさい。あんなことがあっても村に残ってる。あの人たちはよそでも暮らしていけそうなのに、自分の代では出ていかないと言ったそうだ。漢福がどれほどひどい扱いを受けたか、言葉に表せないぐらいだったよ」

「ええ。あたしも漢福のことを考えて、心の支えにしていました」

「いくら悪い人たちでも禹家には家長がいないんだから、いつまでもそうしてはいられないだろう」

「わかりました」

「どんなに悔しくても、家族を失うよりはましだ。我慢なさい」

呉の女房は気持ちが軽くなり、何度もお辞儀をして金訓長家の門を出た。

（もっともだ。あたしがここを出て、どこに行くんだ。死んだようにおとなしくしてればいいさ）

だが、少し歩くと、呉の女房は刑務所にいる夫を思って胸がいっぱいになる。

（ほんとに、どうしてこうなったのか。去年の今頃は稲刈りを終えて、食べなくてもおなかがいっぱいだと言っていたのに）

月明かりに照らされた村の道を、腕組みをした呉の女房がとぼとぼ歩く。暮らしにも困窮し始めた。裁判のために何度も釜山に行った交通費や弁護士の費用で借金もしている。

（ひとごとだからあんなふうに言うけど、どうやって暮らしていくんだ。借金をどうする。村の人たちだって、いつまでも味方してはくれない。禹家の人たちがあまりに凶悪だから家に火でもつけられそうで、この頃はみんな黙っている。みんなだんだん言うことが変わってきて、呉は生きてるけど、死んだ人はどうやっても帰ってこないなんて言う。金訓長家の大奥様だってそうだ。悔しくても家族を失うよりいい、我慢しなさいって？　アイゴ、どうしてこうなったんだ。死んだ方がましだ。子孫の代までひどいことを言われるなんて。あいつらは何も恐れないのに、あたしたちが罪人みたいだ。誰が先に手を出したんだよ。災難に遭ったのはうちなのに、我慢しろって？　スングを殺されてもじっとしてろと言うの？　冬が来るというのに、刑務所でどうしているだろう。スングさえいなければ、首をつって死にたい。慰めてもらっ

てもその場限りだ。信じられない。これは夢かうつつか）

呉の女房は視力を失ったみたいに、夜道を手探りで歩く。少し前まで作物がいっぱい実っていた田畑には何もなく、風のない夜は動くものが何も見えない。

（去年の今頃は、スングの嫁を探す心配をしていたのに、もう、嫁にご飯を作ってもらうなんて夢のまた夢だ。誰が娘をくれるものか。ねえ、スングの父ちゃん、どうしたらいいの。このままあの川に身を投げようか。たくさんの人がこの村で死んだね。咸安宅《ハマン》が首をつり、サムォルも鳳順《ポンスン》も身投げした。福童《ポクトン》の母ちゃんは苛《か》性ソーダ*を飲んだ。崔参判家の旦那様〈致修《チス》〉があんなことになってからは、金平山《ピョンサン》、七星《チルソン》、貴女《クィニョ》が死んだ。又出《トチュル》の母ちゃんは焼け死んだ。怨霊がうようよしてる。アイゴ、もう終わったことだ。どうしようもない。家に帰ったって、一晩中ため息をつくだけだ。頭のおかしい女みたいに、川原でも歩いてから帰ろうか）

　呉の女房はずっと心の中でつぶやきながら、方向もわからないまま歩く。

（アイゴ、寂しくてたまらない。父ちゃんが人殺しの罪人になったと聞いて、裁判の時に来て泣いて以来、娘たちからは何の音沙汰もない。家が遠いし、亭主の親にも気を使うからだろうけど、スングと二人では寂しくてどうしようもない。成煥《ソンファン》の祖母ちゃんに同情していたのが昨日のことのように思えるのに、今では成煥の祖母ちゃんが羨ましいよ。次女が、食べ物を少しでもたくさん持ってこようと、首が埋まりそうになるほど重い荷物を頭に載せたり、手に持ったりして訪ねてきてた。あたしがこんなことになるなんて。年寄りでもなく、若くもないのに）

呉の女房はいつの間にか川原に足を向けていた。川原に座って大声で泣きたかったけれど涙はかれ、声も出ない。

(あたしが嫁に来る時、みんなに、新郎はいい体格だと言われた。来てからは、家族がみんな穏やかだから、福があると言われた。亭主は薪を取りに山に行くと、ヤマブドウやサルナシの実を採ってきてくれた。姑は、そんなものを採るから薪が少ないんだと笑っていた)

その時、うめき声が聞こえた。

(誰だろう)

辺りを見渡しても、一面に砂があるだけで人影はない。

(変だな)

再びうめき声がした。呉の女房が振り返る。土手の方から聞こえる。その瞬間、恐ろしい考えが稲妻のようにひらめいた。亭主が脱獄したのではないか。うめき声は続いていた。呉の女房は土手に向かって、はうように近づく。枯れ草の陰に人が倒れているらしい。

「あの、誰ですか」

首を絞められたみたいに、声がちゃんと出ない。

「あ、あの、誰ですか」

呉の女房はさらに近づく。男がうつぶせになって倒れていた。

「だ、誰?」

「た、助けて下さい。俺を連れてってくれませんか」

亭主ではなかった。

「う、うちに」

「誰なんです。うちって、誰の？」

「タクセの。俺の弟です。呼んで下さい」

「そ、そんなら、ヤ、ヤムかい？」

「はい、ヤム……ヤムです」

「あ、あんたが？ほんとにヤムなの？」

「はい。はい」

男は言葉を続けられない。呉の女房は次の瞬間走り出した。必死で走った。

「タ、タクセ！ヤ、ヤムの母ちゃん！」

部屋から笑い声が漏れてきた。

「人が死にそうなのに、何してるの！」

タクセが戸を開けて外を見た。部屋にはたくさん人が集まっている。

「スングの母ちゃん。どうしたんです」

「ヤ、ヤムが帰ってきた」

「え？」

タクセが慌てて立ち上がった。

「何ですって！」

ヤムの母がチマをたくし上げながら走り出てきた。

「ヤムが帰ってきましたよ」

「ど、どこにいるの」

部屋の中の人がみんな出てきた。

「スングの母ちゃん、うちの兄ちゃんはどこです」

「土手に。早く行こう」

「ど、どうしてそんな所に？」

「とにかく、ついておいで」

「はい」

タクセは訳もわからずに走る。呉の女房も走る。

「スングの母ちゃん、どうして走るんですか？」

前を走りながら、タクセが大声で聞く。

「死にそうなんだよ！」

「何ですって！」

他の人は、かなり遅れて走ってきていた。プゴンの亭主もいた。彼らが土手に着く前に、タクセが人を負ぶって急いで歩いてきた。

「どうしたの！」

タクセは返事をしない。ヤムの母は皆についていかず、家の前でおろおろしていた。ヤムは内房に寝かされた。誰も何も言わない。ヤムは全く意識がないわけではなく、目を開けて辺りを見回していた。しかしその姿は目も当てられないほどやつれていた。ヤムの母は魂が抜けたようになり、首を横に振った。息子は骨と皮だけになって、顔はひげだらけだ。しかしヤムは真っ先にこう言った。

「これで助かった」

ここ数年、ヤムの消息が途絶えていた。もともと字が書けないから手紙はあまり送ってこなかったけれど、年に一度ぐらいは便りがあった。

「どうしてこんなことに」

ヤムの母は、ようやく息子の腕を握った。

「おいおい話すよ」

「どうしてこんなことに！　田畑もあるし家もあるのに、どうしてこんなになるまで帰ってこなかったんだよ！」

ヤムの母は絶望して叫んだ。亭主が長患いの末に亡くなり、娘のプゴンも父と同じ病気で若くして死んだ。最近の言葉では肺病と言うそうだ。ヤムの母は息子を見たとたん、雷に打たれた気がした。この子まで失うのではないかという恐怖で、気が遠くなった。

「夜、河東《ハドン》に着いたら、舟がもう終わってた。焦って歩いていて、土手で倒れた」

タクセの女房は台所で慌てて米を砕いていた。かゆを作るためだ。呉の女房は見えなかった。

「母ちゃん、泣くなよ。俺が父ちゃんやプゴンみたいに死ぬんじゃないかと思ってるんだろ？」

「この子ったら、母ちゃんや弟のいる家に帰らないで、今までどこで何をしてたの」

「俺は肺病じゃないから心配いらない。タクセ、ちょっと水をくれ」

タクセは拳で目をこすりながら、片腕で兄の頭を支え、自分が帰ってすぐ飲んだ水の鉢を、口元に近づけてやる。

「ふう、これで助かった。一晩寝たら、世の中が明るく見えそうだな」

ヤムはそう言って目を閉じ、

「ちょっと眠らせてくれ」

と言って、手を振る。

「みんな、出ましょう」

タクセが部屋にいる人たちを追い出すようにして、小さな部屋に行かせた。ヤムの母は声を殺して泣く。

「心配ないさ。本人もそう言ってるし……。朝になったら詳しい話が聞けるよ。夜が明けたら、俺が町に行って医者を連れてくるから」

だが、そんな言葉でも母の心は安らがない。

「驚いただろう。あたしだって驚いたんだから、母ちゃんはさぞかし心を痛めたはずだ。でも本人が話すのを聞いたら、母ちゃんを心配させまいと嘘を言っている感じではないね」

天一《チョニル》の母が言うと、鳳基《ポンギ》の女房、つまりトゥリの母も、

「あたしも最初は驚いたよ。生きた人間だとは思えなかった。でも、意識ははっきりしてる。とにかく、医者が来ないとわからない。天一の母ちゃん、あたしたちは帰ろう」

と言って立ち上がった。

「そうしましょう。ヤムの母ちゃん、あたしたち帰りますよ。あんまり心配しないで。重病でも見た目は何ともない人もいれば、死にそうに見えても良くなったりするんだから。ヤムも言ってたじゃありませんか」

だがヤムの母とタクセには、そんな言葉が耳に入らない。

家を出る時、

「スングの母ちゃんは何も言わずに行っちゃったね」

トゥリの母が言った。

「あの家も大変ですからね。今日もひどい騒ぎがありましたよ」

「今度はまた何があったの」

「禹の息子二人がスングを半殺しにしたから、スングの母ちゃんも平静ではいられないでしょう。血がいっぱい出て」

「ほんとに、ひどいねえ」

「とんでもない災難ですよ」

「さっきヤムの母ちゃんにはああ言ったけど、あんなになって、回復するかね」

「さあ。私は、病気というより、まるで刑務所から出てきた人みたいだと……」

天一の母はそう言いかけて、自分の口を手で塞ぐ。

「何だって」

「まさか、そんなことはないでしょうけど」

「刑務所ねえ。でも、崔参判家の吉祥《キルサン》は何ともなさそうだったよ」

「晋州《チンジュ》で静養してきたからでしょう。とにかく、さっきの言葉は取り消します」

天一の母はひどく当惑していた。どうして突然、ヤムが刑務所から出てきた人のように見えたのだろう。強烈にそんな印象を受けたとはいえ、天一の母は分別があり、よそのうわさ話は極力控えているのに、何の根拠もなくそんなことを口走ってしまった。

刑務所。誰もがそれを陰惨で恐ろしい場所として思い浮かべる。人生の終わり、生きたまま入る墓。しかし植民地の刑務所は、ネズミ捕りの中にネズミだけがいるように犯罪者だけを監禁する場所ではない。愛国者や思想家が獅子のように目をいからせている所。不当な侵入を防ごうとして罪もないのに投獄された羊たちもいる。裁判所の職員は、「オグラダ〈罪もないのに罰せられて悔しい〉」を日本語に訳せなくて苦労するそうだ。天一の母がそんなことを知っていたのではないだろうが、無意識のうちに、肺病より刑務所の方がましだと思ったのかもしれない。

「なんだか、冷や水を浴びせられたみたいに背中がぞくぞくする」

「あたしがあんなことを言ったのは秘密にして下さいね。年を取ると、口が緩むのか、馬鹿みたいに他人のことに口を出したりして……。ヤムの母ちゃんに知られでもしたら……」

「何にしても、いいことではない。正月早々人が死んで、まともだった人が刑務所に入って。村でこんな忌まわしいことが続くのなら、おはらいでもしなきゃ」

「ほんとですね」

「子供っていったい何だろう。気苦労ばかりだ」

「……」

「ヤムの母ちゃんは、心配でたまらないだろう。やっと楽になりそうだったのに」

トゥリの母は、遥かな昔になってしまったタカキビ畑の事件を思う。常に生々しくよみがえる事件。

(業病のようにあたしの心に巣食っている)

三守《サムス》に襲われた時のトゥリの惨状は、長い年月を経ても母の記憶から消えない。その記憶が、母にとっては拷問だった。三守は趙俊九によって殺され、トゥリは嫁に行って子供を産んで、他人に事件のことを知られないままちゃんと暮らしているけれど、その記憶は胸の奥に残っているはずだ。亭主が死んでも空の星は見えるが、子供が死んだら空の星が見えないという。鳳基老人は、天一の母とヤムの母の計画によって村の人たちから石打ちに遭った。だがトゥリの母は、そのことは水に流してヤムの母や天一の母とまた付き合っている。

（あの憎い三守も土の中で腐ってしまっただろうに、どうしてこの怨みが晴れないのだろう）

石打ちにされた鳳基老人には傷痕が残っていない。しかしトゥリには死ぬまでその傷が残ると思うからかもしれない。

「あんな姿になって……。でも、元気で帰ってきたとしても、ヤムだとわからなかっただろうよ」

トゥリの母は、つらい記憶から逃れるように、話題を変えた。

「どうしてですか」

「ヤムが出ていったのは、ずいぶん前だ。日本人についていって十年にはなるだろ」

「十年以上でしょう。タクセはまだ子供でした」

「子供の時は、きょうだいの中でも男前だったのに」

「元気で帰ってきてたら、田畑はあるから、どうにか暮らせるでしょうけどね」

「まったくだ。もう心配はないと思っていたのに。長く生きるほど苦労が増えて、死ぬまで気楽には過ごせないね」

三章　対面

仁実《インシル》は若い男に案内されて社長室に入った。絶壁頭で髪が茶色く、ワイシャツの襟がまぶしいほど白い青年は社長室を出て丁寧にドアを閉めた。仁実はデスクの向こうで椅子に深く埋もれている男に視線を移した。

「以前お手紙を差し上げた柳《ユ》仁実です」

軽く頭を下げる。これまで何度か日本の官憲にさいなまれてきた仁実は、朝鮮民族としての尊厳、一人の人間としての尊厳を守った人だけが持てる余裕を漂わせていた。男、いや趙容夏《チョヨンハ》が立ち上がり、応接セットのソファに移った。

「どうぞ、おかけ下さい」

仁実は腕にかけていたコートをソファの隅に置いて座った。

(この男は、なぜ私を呼び出したのだろう)

技芸学校に通う紡織工場の女工が工場でひどい目に遭い、憤慨した仁実が紡織会社の社長であり学校の校主である趙容夏に手紙を出したのは、数日前のことだ。しかし社長が直接会いたいと言いだすなど、予想もしていなかった。

（この女は宝石の中でも、ダイヤモンドだ！　最も硬度が高い）

心の中で冗談めかしたものの、趙容夏は余裕を失いつつあった。黒いサテンのチマ、紺色のサージのチョゴリを着てじっと見つめる女の目は、相手が男であり、知的に洗練されていること、貴族であり莫大な財産を所有していることなど、気にしていなかった。恩師任明姫《イムミョンヒ》の夫であったということも。

「家内の教え子でいらっしゃるそうで」

「……」

「驚く必要はありません。偶然ですね」

「ええ」

「手紙はたいてい秘書が処理しますが、おそらく女性からの手紙なので社長室まで持ってきたのでしょう」

「はあ」

「聞くところによると、刑務所にまで入られたとか。あの学校の教師にしておくにはもったいない方ですねえ」

趙容夏は優しい微笑を浮かべる。

「それが問題になるようでしたら辞表を出します」

「い、いえ。そんな意味で言ったのではありません。ちょっと驚きはしましたが。もちろん、学校を辞めても困らないということも知っています」

優しいだけでなく、とても丁重だ。

（この男が私に会いたいと言った理由は何だろう。誠意があるなら工場長に善処するよう命令すればいいのに。明姫先生の行方が知りたいのか）

仁実はひと月ほど前、麗玉《ヨオク》に会った。麗玉はソウルに来る用事があるたびに仁実に会っていた。その時、麗玉から明姫のことを聞いた。

（明姫先生のこと……。おそらくそうだ）

任明彬《ミョンビン》が校長を務めていた中学校と、仁実が現在教えている、昼間部が廃止され夜間部だけ存続している技芸学校において趙容夏は表向き校主だったけれど、彼は教育事業に関心がなかった。父が設立したからそのままにしているだけで、運営には関与していない。そうでなくとも技芸学校の女性教師が抗議の手紙を出したぐらいで直接面会するのは異例のことだ。事件とは、仁実が担任をしているクラスに紡織工場で働く生徒が三、四人いて、その中の朴次順《パクチャスン》という子が監督に倉庫に引きずり込まれ、ひどく抵抗して腕を骨折したのだ。幸い強姦は未遂に終わったものの、羞恥心もあり、また治療費がなかったので病院に行かず放置した結果、腕が使えなくなった。もはや職場を追い出されなくても仕事ができない体になったのだ。

「それはそうと、柳君は最近どうしていますか」

趙容夏は朴次順の事件にも、明姫のことにも触れない。

「うちの兄を……」

どうして知っているのかという質問だ。

「面識はあります」

「……」

「東京に留学した人なら、秀才柳仁性《インソン》のことはたいてい知ってますよ。朝鮮人には数少ない東京帝国大学出身じゃないですか。考えてみれば柳先生も女性として最高の学歴を持っているし、素晴らしいご家族です」

仁実は思わず苦笑した。

「鶏鳴会《ケミョンフェ》事件には、柳君も巻き込まれたでしょう」

仁実は沈黙によって認める。そして緒方次郎の話が出るだろうと予想したが、趙容夏は元の話題に戻った。

「柳君は、最近どうしていますか」

「別に。家業の材木屋の仕事をしています」

「それは気の毒だ。せっかくの人材が、もったいない」

そう言うと、容夏はふと自分が興奮していることに気づいた。饒舌になる理由にも。十年前に初めて任明姫に会った時の自分の姿が、鮮やかによみがえる。明姫はひどい人見知りに見えた。教養と美しさを備えているのに、昔風の純粋さがあった。自分には早婚の妻がいたけれど、まだ若かった。冷淡に見え、寡黙だったが、自信に満ちていて内面には生き生きとした感性が渦巻いていた。そして、すばやく明姫を手に入れた。燦夏《チャンハ》というライバルがいたために、明姫を少しずつ振り向かせる時間の余裕はなかった。離婚を断行し、仲人を利用して電撃的に結婚したけれど、明姫の気持ちをつかむ自信はあった。あの時は、手に入れることも捨てることもできた。しかし今は外見的な魅力に頼ることはできない。老いるというのは、財産を失うより残酷なことだ。明姫が去ってしまったのも、彼にとっては驚くべき現実だ。衝撃はなかなか消えない。容夏は真夜中に目を覚まし、虚空に向かって歯ぎしりをする。意気消沈していて、肉体も以前ほど元気ではない。

(俺はこの女に圧倒されている!)

その瞬間、容夏は、自分の持つすべてが紙くずに過ぎないような気がして奈落の底に落ちる。明姫が去った後も、彼は時々そんなことを思ったが、これほど絶望的に実感してはいなかった。目の前にいる柳仁実は任明姫と全く違う。今まで見てきたどんな女とも違う。新しい女はいつでも新鮮だ。虚栄と俗物根性にまみれた洪成淑《ホンソンスク》も最初は新鮮だった。朝鮮には珍しい声楽家だという点で。今も仁実の持つさまざまな外的条件に魅力を感じていないとは言えない。

(その日本人とこの女は、どういう関係なのだろう)

容夏はたばこを吸い、煙を吐き出す。昔、燦夏というライバルがいるために明姫を欲しがったように、仁実に日本人の恋人がいるといううわさが気持ちを刺激する。明姫を諦めたのではない。再び手に入れて、自分が受けた以上の傷を負わせて捨ててやろうという執念は今も変わらない。しかし柳仁実は貴重な女だ。好奇心から会った女が最も硬度の高い宝石だったのは意外で、うれしいというより苦痛を感じた。明姫と同じく、この女も自分の言いなりにならないだろうと予感したせいかもしれない。容夏は執念に燃えながらも、明姫は帰ってこないだろうという予感に苦しんでいる。信じがたい状況ではあるが、珍しい物に対する偏執狂的な欲求、すなわち仁実に対する欲求がかなえられそうもないと思うと、耐えられない。たばこの灰を落とし、容夏は再び冷静になった。

「では、手紙の件についてお話ししましょうか」

「そうしていただければ」

「あれはすべて事実ですか」

「事実です」

「事実だとすれば、監督を首にしなければなりませんね」

「……」

「それから、腕を骨折したという子に適当な補償をするべきでしょう」

「……」

「柳先生の要求は、その二つですね。違いますか？」

「私が要求しているのではありません。被害者の要求であり、当然取るべき措置です」

「当然……。しかしそれが現実には通用してないのです」

仁実は趙容夏をまじまじと見た。それなら、何のために呼んだのだ、と言いたげな目つきだ。

「こんなことを言ったからといって、拒絶しているのではありませんよ。指示はしておきます。柳先生の誠意と正義感に敬意を表す意味でも」

　仁実は思わず笑った。

「それはそうと、一つ気になることがあるのですが、お聞きしてよろしいでしょうか」

「どうぞ」

「柳先生は教育者の立場から手紙をお書きになったのですか」

「え？」

「あるいは社会主義の理論に従って労働者の側に立って書いたのですか。どちらです？」

「両方でしょうね」

　仁実は平然と言い放った。

「両方……。教育者の意見であれば私は無条件に承服しますが、社会主義運動の一環であるなら、あの手紙は私に対する挑戦状です。そうじゃありませんか」

「私に社会主義者というレッテルを張ったのは大日本帝国の警察です」

　容夏は微笑した。

「では、社会主義者ではないということですか」

「日本がわが国を侵略し、わが民族を抑圧し搾取することに対する抵抗を社会主義と呼ぶなら、私は社会主義者でしょう。朝鮮は今、国土を失い民族が抹殺されようとしているのだから反日で十分です。それ以上、旗印を鮮明にする必要があるでしょうか。それに、強者が弱者を搾取し生存の権利を奪うのは、国と国、民族と民族の間にのみ限られたことではありません。企業と労働者の関係において生存の権利を主張すれば、社会主義者だと決めつけられるのです」

柳仁実は冗談めかして言ったが、敵意を表したのではない。容夏は大きな声で笑う。

「面白い。柳先生は、思っていたよりずっと」

と言い、さらに続ける。

「女性がキーキー声を上げたら、明日独立が成し遂げられるとしても眉をひそめますが、柳先生は声を振り絞るのではなく拳でがんがんたたくのですね。男でもなかなかできないことを、柳先生は初志貫徹してやり遂げるおつもりですか」

雨に洗われた溝に水が流れるように爽快な女。仁実は容夏を見た。年齢の見当がつかない。得体の知れない、人を戸惑わせる目だ。隠しごとをする余裕を与えない目。中年になって酒量が増えたせいか、容夏の顔は青白くなり、肌は張りを失った。最高級の舶来品を身につけていても、洋服に包まれた肉体は衰えようとしていた。財力と権力と名誉？　王家の血を引く、大韓帝国末期の名門だったことは間違いない。現在は大日本帝国の貴族に変貌したとはいえ、とにかく容夏が所有し享受しているものは、少なくとも朝鮮半島においては最上級だ。しかし最近になって悲哀が漂うようになった彼の憂鬱な魂を、仁実が凝視している。非難でも同情でもない、他人の目で。もっとも、少し前まで彼らは互いの存在や立場を知ってはいたが、会ったことすらなかった。他人！　容夏は人に対する時はいつも、他人であることを強調することによって自分が強者であると確信してきた。冷淡さは彼の武器だ。それなのに容夏は今、他人であることを示す仁実の冷ややかな視線に耐えられない。私を誰だと思っている、と憤る余裕すらない。明姫は、容夏を正視したことがほとんどなかった。女が男を正視しないのが礼節だとはいえ、明姫は度が過ぎていた。心を隠しているようにも相手を拒否しているようにも見えた。それでも明姫はいっとき、容夏にとって決して他人ではなかったのだ。

「初志貫徹……」

仁実がつぶやくと、容夏は遅ればせながら、何かをごまかすかのように、人を呼んでお茶を持ってくるよう言いつけた。

「初志貫徹なんて言われると、科挙の試験を受ける両班の少年みたいな気分になりますね」

「そうですか。時代の最先端にいる新女性がそんな古いことをおっしゃるとは意外です」

そうは言ったものの容夏は自分でも、初志貫徹という四字熟語は適切ではない気がした。

「初志貫徹という言葉自体が古いんです。志を立てて貫徹するための場所すらない朝鮮人にとっては」

「それは潔癖症が度を越しています。場所はなくても運動をしているではありませんか」

「ええ。紡織工場は今でも稼働していますからね」

それは揶揄だ。

「おやおや、私を攻撃する準備をなさってきたようですね。もっとも民族主義者が、日本の爵位を受けた家を蛇蝎《だかつ》のごとくみなすのは当然だし、労働者を酷使する企業主が社会主義者や共産主義者に敵視されるのも仕方ないことです」

（お前はどちらなんだ。しかしどちらであろうが、そんな問題に俺は神経質にならない。多少煩わしいが、どうでもいい。そんなことは……。昔は重要ではなかった。目の前に座っているお前のような存在も。この頃、俺の心を乱しているのは何だ。一対一、人間対人間の関係。どうして不可能なのか。実のところ、柳仁実という存在が俺にとって重要なのではなく、お前が手に入らないことが問題なのかもしれない。堂々とした、生意気な女め）

心の中でつぶやきながらも、明姫によって深い挫折を味わったことには目をつぶる。決して癒されない傷。明姫を引きずってきたところで、復讐はできても傷は癒えないだろう。あの屈辱は忘れられない。歳月が心身を衰えさせたにせよ、男としての黄金期が一瞬にして終わったのは明姫のせいだ。初対面の仁実を手に入れたいという強い衝動と同時に絶望を感じるのも、明姫のせいかもしれない。

「男の拳は女よりも大きいでしょう。日本の拳は朝鮮の拳よりも大きく、アメリカやイギリスといった国の拳はもっと大きいはずです」

仁実は、男でもなかなかできないと言われたことに対し、ようやくそう答えた。

「力のことですか」

「野蛮という意味でもあります」

「それは実に妙な見方ですね」

容夏は運ばれたコーヒーのカップを持ち、手振りで仁実にも勧める。

「力が強い者は奪おうとするから、動物的ということです」

「人間も動物に違いないし、それは本能です」

仁実はカップを持った。

「でしょうね」

「ならば、誰を怨むのです。造物主ですか」

にこりとする。

「力が弱くて飢え死にするのも情けないけれど、力が強いからといって、やたらに他人の物を取って食い、腹が裂けて死ぬのも馬鹿じゃありませんか」

ずけずけと言う。話の内容は一貫しているが、表現が屈折していて聞く者を混乱させる。しかし容夏は、

「そうですねえ」

と余裕を見せた。彼も察しがいい。準備してきた台詞ではないのだろうが、仁実が思いつくまま話しているようには見えない。とにかく黙って見つめられるよりは何か話してくれた方が気楽で、楽しい。婚期を過ぎているとはいえ若い女、それも最高学府まで出た教養のある女が「食う」だの「腹が裂けて死ぬ」だのといった俗な言葉を使うのは魅力的だ。明姫にはなかった、生き生きとした情熱。明姫だけではなく彼が知っているどんな女にもそんなものはなかった。女たちが持っているのは美しさ、教養、貞淑、色気、おしゃべり……容夏はもともと好色家ではないから、色気やおしゃべりには最初から見向きもしなかったけれど。

「これから、現在でもそうですが、日本がどんな仕事を朝鮮にばらまこうとしているのか、考えてごらん

になったことがありますか」

　仁実は話を続ける。

「日払いの労働です。すべてを奪われ砂漠になった国にばらまかれる仕事。それこそ掘り出し物です。人々は必死でその職にありつこうとします。奴隷の烙印より確かで奴婢の文書より恐ろしいのが、賃金ではありませんか」

「ふうむ」

「文書や烙印がなくても人々は決して逃げません。いえ、むしろ追い出されないために何でもやるでしょう。力のある人たちには、いい時代になってきますね。社長だって、将来、賃金の奴隷に転落しないとは限りませんよ。そんなことからすると、私は民族主義者かもしれません。私たちはみんな同じ運命なのです」

　熱を帯びた話し方ではなかったけれど、耳の下からあごにかけて輪郭がくっきりした仁実の顔には迫力がある。

「幸か不幸か、私はまだ子供がいないので、その点では……。まさか、私の代でそんなことは起こらないでしょうし。ははははっはっ……ははは」

　大声で笑う。

「でも、それは極論です。言葉は悪いが被害妄想とも言える。近い将来、朝鮮がそうなったら、何の希望もないじゃないですか。もちろん私も朝鮮人だから日本の賃金奴隷になりたくはありません。歴史とは常に変化するもので、ある法則に従って動いているのだと思います。もちろん強い民族によって消えた国家もあるけれど、ある国家や民族によって国土がすべて砂漠になるとか民族全体が奴隷に転落するとかいうのは言い過ぎです」

「アメリカインディアンの例があるじゃないですか」

「国家は滅亡したが、民族は吸収されたのですよ」

「吸収というより滅亡しかけているのではありませんか」

今度は容夏が仁実をまじまじと見つめる。相手が女だということに初めて気づきでもしたように。その心情を察したのか、仁実の目に笑いが浮かぶ。

(大胆で、堂々として。こんな女がいるのか)

「朝鮮人すべてが賃金奴隷に転落することがあり得るなら、朝鮮人すべてが抗日決死隊になることもあり得ると言えそうですが、征服する側とされる側の区別は明確ではありません。いくら日本が旭日昇天の勢いでも、あるいは逆に、親日派の朝鮮人が一人もいないとしても。歴史の力学と人間の向かう方向は必ずしも一致しないのではありませんか」

「絶望的ですね。侵略する日本も侵略される私たちも、自分の意志に関わりなく歴史に翻弄されたり恩恵を受けたりするということですか？　私はそうは思いません。わが民族が抹殺されるかどうかは私たちにかかっています。親日派が存在しなければ事情はちょっと違ったでしょう。道は迂回することも近道することもできるけれど、思いは真っすぐであるべきだと思います」

「思いは、常に理想に傾きやすいものです。道のように、思いも迂回する時には迂回すべきで、近道もしなければいけません。食糧を生産する農民は戦場で兵士を犬死にさせる君主より立派だ。理屈ではそうでしょう。また、それが真実かもしれません。しかし、そんな価値観が力を発揮したことがありますか？支配者のない時代が、かつてあったでしょうか」

容夏はそう言って顔をしかめる。

「とにかく、正義や真実など、海に浮かぶヒョウタンみたいなものです。浮いたり沈んだり……。それより、聞くところによると、柳先生は警察によく呼び出されて、拘束されたこともあるそうですが、そんな時、女性として恐いとは思いませんでしたか？」

「女だけじゃなく、男だって恐ろしいでしょう」

「男もそうでしょう。しかし、恐ろしいのは現実なのだから、現実として受けとめなければ。そんな険しい道は男たちに任せておきなさい」

「男たちに……。それなら、社長に期待しないといけませんね」

仁実はにっこりして言った。容夏は、それには答えない。

「柳先生は、女性としての幸福を選ぶ考えはないのですか」

「幸福を夢見ない人はいないでしょう。でも、自分自身を欺くのは幸福でしょうか。もしユダが幸福だったなら、自ら首をつったりはしなかったはずです」

容夏は再び顔をしかめた。

「柳先生のことは前から知っていたけれど、会うのは今日が初めてです。話していると、かなり意見が違いますね。こんな話は、男同士でもあまりしません。よく真実という言葉が使われるけれど、そんなものは幻想です。場合によっては偽善にもなり得ます。本能を抑圧することは人生そのものを否定することだとは思いませんか？」

容夏の口元に、初めて冷笑が浮かんだ。お前に何がわかる。日本に留学したといっても、所詮は女じゃないか。ちょっと毛色が違うとはいえ、留学帰りの他の女たちと大して違わないだろう。姜善恵《カンソネ》だって口では賢そうなことを言ってたぞ……。

「本能を否定する人はいません。神父や修道女もご飯を食べるし眠りもします。しかし本能が醜悪になれば、それは悪夢です。私は初志貫徹しようと決心したかどうか覚えてはいませんが、悪夢にうなされないことは願っています。意志の強い男性も拷問に耐えられず変節するのを見てきましたから」

「柳先生は男女平等主義者ですか？」

「社長は？　同調者ですか？」

ひどく憎らしい。

「私はもともとフェミニスト〈ここでは、女性を大事にする男の意〉ですよ。ははは っ……」

容夏がフェミニストであるのは事実だ。形式的ではあるとしても、それは彼の生活スタイルのようなものだ。

「そのようですね。ああ、明姫先生はお元気ですか」

「旅行しています」

短い返答だ。仁実はいたずらっ子のように、心の中でくすくす笑う。

「そうですか……。ところで、私は男女平等主義者ではありません」

仁実は、さっきと同じように容夏を見つめる。関東大震災の後、実家に戻った仁実に会うため、姉の仁《イン》景《ギョン》が姜善恵と共にやってきたことがあった。

(特に仁実は目がいい。理知的な美しさがある。子供の時にも目がきれいだと思ったけど、目が顔全体を支配しているのよ)

姜善恵はそんなことを言った。七、八年前のことだ。容夏も、つい今しがた心の中でつぶやいたことを忘れたように、

(目が顔全体を支配している)

姜善恵と同じようなことを思っていた。

(顔のみならず、体全体、この女のすべてを支配している! 他人まで支配するあの目、もし体に欠陥があっても、あの目はそれを相殺してしまうだろう。いったい、どういう人間なのだ)

仁実が男女平等主義者であってもなくても、あるいはその他の何とか主義を信奉していても、それはどうでもいい。

「ある女の先輩は、男女平等主義の女たちはみっともないと言っていました。主義や思想がヒューマニティーに裏打ちされているのではなく、エゴイズムから出ていると言うのです。自分の立場に対する不満、

怨み、劣等感などのために青筋を立てて怒ったり、無意識に時流に乗ったりする軽薄さがあると。そのために、ややもすると女性の特性が向上するのではなく抹殺される結果を招く、男女は互いに長所と短所があるものだと言うのです。同時に、男性第一主義の偉そうにする男たちは女を所有物、下女、子供を産む道具と考え、何かにつけて女のくせにと言います。そんな男に限って、ろくな男はいないとも言いました。男女平等を叫ぶ女と同様、男として自信がなく劣等感にさいなまれている男たちにとって、女という存在は自負心の最後のとりでだそうです。だからそれが崩れるのを恐れて必死になります。役所でむち打たれて家に帰って女房をたたく*男は、昔も馬鹿の代名詞だったじゃないかって。ひどい毒舌でしょう？

　私もそれにはある程度同感します。それは男女の区別というより人間性の問題ではないでしょうか。弱いから、自分より弱い者がいることを願う心理。残忍とでもいうか。不当な独裁者や暗愚な君主が殺戮を繰り返すのも、そういう心理なのでしょう。人と人との関係だけではなく国と国、民族と民族の間でも。日本はどうです。伝統といったところで、刀を振るうことしかないじゃありませんか。ひどい劣等感を持つ民族です。自分たちが一等国民だと主張するために殺戮を続けるでしょう。私は彼らがどんなふうに人を殺すのか、はっきり見てきました」

　一瞬、仁実の澄んだ目に殺気が宿った。しかしそれはすぐに悲哀に変わり、仁実の全身を包んだ。どうして冬のがらんとした平野にいる孤独な鳥のようになってしまったのだろう。

「いつか、ある男性の言葉で大笑いしたことがあります」

　仁実の声が、突然高くなった。彼女の内部で何かが崩れようとしている。

「その人は確かに男性第一主義なのに、女性たちの目が恐かったようです。女性の劣等性を主張する学者の意見を引用しながら極端な説を並べたあげく、自分はそうは思わない、女性よ、自分を啓発せよ。そんなことを言うんです。小心で、相手の顔色によって話が変わる男。東京に留学した人の中に、よくいました」

話しながら仁実は、黄金の権威をまとっている男を相手に長話をしたと思った。仁実がそれに気づいたのは、彼らがどんなふうに人を殺すのか、はっきり見たと言った時だ。緒方次郎がソウルに来ている。まだ会っていない。家に帰れば彼が来ているような気がする。無意識のうちに外で時間を潰そうとしていたようだ。意識していたとしても仁実は緒方について考えまいとしただろう。仁実は、あまり居心地の良くない社長室でぐずぐずしていた。もちろん、ここに来た当初は目的がはっきりしていたし、緒方を避けるために来たのではなかったが。仁実はコートを手にした。

「長いことお邪魔をしてしまいました。いろいろご配慮いただきまして、ありがとうございます」

仁実は頭を下げると、容夏が口を開く前にドアを押して出ていった。ドアを押す後ろ姿、閉まったドア。室内は巨大な伽藍のように空っぽになり、静寂に包まれる。

趙容夏は重たげに身を起こした。デスクに戻り、椅子に埋もれる。どれほど時間が過ぎたのだろう。

「あの女、言いたいことを全部言って帰ったな」

吐き捨てるように言う。そしていらいらしたようにデスクの引き出しを開けて爪切りを出し、紙を広げて爪を切り始めた。わびしい姿だ。パチパチと爪を切る音がする。切り終えると、切った所をやすりで磨く。

「お前は常に冷静で、さまざまな表情の微笑を浮かべるだけだ。あたふたする人を馬鹿にしているのだろう。お前だけではなく、たいていの人がそんな人たちを軽視する。しかしそれは穏当な判断ではない。皆がそうではないが、あたふたするのは感受性が一度に多くのものを受け入れたからだ。統制能力が弱いとしても、それだけ鋭敏なのだ。瞬間的にそれに耐えられず混乱して慌てるのが、怯えているようにも間違いを犯したようにも見えるから、自分がその人を圧倒していると錯覚してしまう。しかしそんなふうにあたふたする人は、一人でいる時に自分や他人の状況を細かく分析し、全貌を把握するまで追跡する。お前みたいに生まれつき冷淡な人間や、器が大きくて大胆な人は別として、世を渡る方便として冷静さや落ち着きを身につけた人間は、ただ沈黙することでそれを示すのじゃないか？　特に集団や組織では冷静さや落ち着きは手段になるから、何とかして身につけようとするらしい。しかし、どっちが得なんだろう。一概には言えないし、集団や組織の中では冷静さや落ち着きを保たなければならない理由もあるだろうが。集団は個人と個人の関係のようにデリケートではないからな」

「前置きが長いですね。何が言いたいんです」

「衝突することについての話かな。とにかく、隙さえあれば相手を抑圧しようとするのが人間の本性だ」

「それで？」

「人は、冷静な人の前では従順になり敬意を表するが、自己防御もする。防御とは、なるべく自分を見せないことだ。正体がつかめない。冷静な人や冷静さを装っている人は、そうした人より事後分析や自己省察が足りない。一時的に人を支配し、ものごとを推進することはできるが、他人を把握できていないから持続性や完璧さには欠ける。思わぬ所にわながあるんだ。事実、警戒すべきはさっき話した部類の人間だ。弱点を見せ、人の上に立たない。こちらが彼らに正体を見せてしまう。彼らはいい待遇を受けないが、ものごとが長続きするし、じっくり考えて正しい判断に近づく。常に反省し、他人の奥深い所をえぐり出す。そんな人たちは見た目には危なっかしいけれど、自分を売り渡すことはない。どうしてこんな話をするかというと、他人を支配していると思う人は、支配できていないことに気づかない。それがわなだ。多くの人はそうした愚を犯すが、人の上に立つ人、多くの人間に対する人は、方便も上手に使うべきだという話だ」

昔、ある先輩がそう言ったのを、当時は自己弁護だと一笑に付したのに、容夏は今、知らず知らずのうちに思い返している。仁実は、彼の言う二種類の人間の、どちらでもない。今の容夏には関係のない話だ。どうしてそんな古い話を思い出したのか、自分でもわからない。もっとも、無意識のうちに関係のないことを思い出して気持ちを静めようとするのも、防御本能の一つかもしれない。

「あの女、言いたいことを全部言って帰ったな」

爪切りを放り出し、ちり紙を丸めてゴミ箱に投げ入れる。頬づえをついて窓を見る。三本の電線が白っぽい空を横切っている。うっとうしい冬空。爪の色が悪いと思う。食欲がないと思う。病院に行きたくないとも思う。

(うんざりだ。もう耐えられない。妻も子供もいない男……まだ五十よりだいぶ手前なのに。老いた金貸

し、つえをついて公園を散歩する老紳士のようだ。色あせた帽子と洋服)

だが容夏は突然、叫んだ。

「何てことだ！　あの悪魔みたいな女め！」

鎮まっていた怒りが、少しずつ目を覚ます。

(そうだ！　柳仁実は明姫の行き先も、これまでの事情も全部知っている。俺はどうしてそれに思い至らなかったんだろう)

それでも容夏はそのことに執着しているのではない。明姫はいつしか、机の引き出しに残された絵のような存在になってしまった。混乱、混乱、また混乱、悲哀と絶望、そして怒り。目で合図すればすべて思いどおりになったのに、いつからそうできなくなったのか。ちっとも思うようにいかない。自分から進んで動かそうとしても駄目だ。

「こんなに急に変わるとは！」

故障した機械をたたき壊すような破壊の衝動が湧き上がる。さっと立ち上がり、四方を見回す。どっしりとした机と書架が、彼を冷笑するように見つめている。机の上には書類があるだけだ。

「誰かいないか！」

と大声を上げる。

「はい！」

先ほどの髪の茶色い青年が、雷のような声に驚いて走ってきた。

「諸文植《チェムンシク》を呼べ！」

「はい、えーと」

「諸専務だ！」

「はい、はい」

青年はバッタが飛び跳ねるみたいに走っていった。

しばらくすると、太って唇が厚い、鷹のような目をした男が来た。

「お呼びですか」

真っ青な顔で棒立ちになっている容夏に、あまり従順には見えない態度で言った。

「今、忙しいか？」

さっきとは違う、しわがれた声だ。

「特に忙しくはありません」

「それなら今日一日、私に付き合ってくれ」

「わかりました。顔色が良くないようですが、最近、お体が……」

「今日一日付き合えと言ったんだ。余計なことを言うな！」

男はにやりとした。諸文植は、大学時代の友人だ。今は専務として容夏の右腕になっている、度胸のある男だ。彼は誰よりも容夏をよく知っている。

「いくら冬は日が短いとはいっても……」

諸文植は窓の外を見てつぶやいた。

「誰が妓生屋に行くと言った?」

「じゃあ、どこに行くんだ」

「とにかく酒を飲まなければ」

「天下の趙容夏にも、うまく行かないことがあるようだな」

「つべこべ言わずに準備しろ!」

二人は自動車に乗った。

「山荘だ」

容夏が言った。

四章　興味深い人物

燦夏《チャンハ》と緒方は酒の席で向かい合っていた。彼らは一昨日の夜、東京を出発し、ソウルの旅館に一泊した。昨日の朝、燦夏は本家に立ち寄ったが、容夏《ヨンハ》はいなかった。明姫《ミョンヒ》が家を出たことは東京にいる時から知っていた。還国《ファングク》が、あれこれ雑談した末に、言いにくそうに伝えてくれたのだ。燦夏は、実年齢より老けて、ぼけたように見える両親に挨拶した時も、明姫のことには触れなかった。家の中は寂しく、荒廃して見えた。両親はどうして孫を連れてこなかったのかとだけ言った。

「まだ小さいので」

両親は最後まで嫁の話はしなかった。日本から爵位を受けたこと、日本人の嫁がいるという現実、明姫が富と名誉を捨てて出ていったことも、すべて傷ではないか。すべて、趙《チョ》家の傷だ。豊かではあっても寂しい老後がいっそう寂しくなったのは事実だ。両親に会った後、燦夏はすぐに山荘に向かった。山荘で一晩過ごすと遅い朝食を終えてソウルの街中に行き、当てもなく歩いた後に緒方を訪ねた。緒方は旅館の部屋で所在なげに座っていた。

「出かけているかと思ったけど、いましたね」

「あなたも行く所がないんでしょう」

緒方は眼鏡をずり上げながら、きまり悪そうに言った。

「ソウルに帰ると、僕はいつも行き場所がない」

燦夏は立ったまま答えた。

「みなしごみたいに？」

「みなしごみたいに」

「僕は違う。行く所はたくさんあるけど、ぐずぐずしてるんです。会うべき人もいるのに」

「どうしてかな」

「さあ、僕も今、どうしてだろうかと考えているところです」

二人は声を上げて笑った。

「じゃあ、僕についてきなさいよ」

燦夏は緒方を山荘に連れてきた。二人は黙って杯を持った。二人とも、何を話しても嘘になると思っていた。どこに行っても朝鮮のこと、日本のこと、思想の動向、世界情勢の話で、むしずが走る。深刻な恋愛問題は口に出したくない。二人とも寂しかった。独りぼっちのような、島流しにされたような心境だ。むしずの走る話に熱中する各界各層の群像の中にいるからよけいに孤独で、島流しになった気分なのかもしれない。二人はゆっくり飲んだ。酔いが回らない。

（ひとみ〈仁実《インシル》〉に、どうやって会ったらいいだろう。会えるだろうか）

しかし緒方は仁実に会えないとは思っていない。仁実の兄柳仁性《ユインソン》や他の友人たちは会わせまいとするだろうが、そんなことは恐れていなかったし、会えないとも思わなかった。簡単に会えるか、苦労の末に会えるかの違いだけだ。緒方がソウルに来たことは、鮮于信《ソヌシン》〈鮮于は二字姓〉を通して仁性に伝わっているはずだ。昨日、本町通りの喫茶店「並木《なみき》」で信に会った。そして今日、鮮于兄弟、柳仁性と夕食を共にする約束になっている。緒方はソウルに到着してすぐ、もっと早く来ればよかったと後悔した。事情があって遅くなったのだが、冬休み前なら仁実を学校に訪ねることができたはずだ。朝鮮に来た理由は他にもあるとはいえ、目的の少なくとも七十パーセントは仁実に会うことだった。

（僕たちはどうなるんだろう。一度会って、帰る。そして数年耐えなければならない。どうして！　どうしてそうしなければならないんだ。死ぬまで海を隔てて恋しがって……。断念しろと言う。皆が断念しろと。ひとみまで同じことを言う。結婚しろと。女を知らないからだと。男女は愛がなくても一緒になれる。目の前にいるこの男も、僕に断念しろと言った。不可能な時、その愛は思い出として残る。だからといって、妻を愛していないのではない。この男はそう言った。彼にとってはそれが真実かもしれない。人は、せいぜい生きて七十年。それは一瞬だ。たった一つの。貴重な時間だ。草の葉に結んだ露のように輝くもの。ひとみが宝石なら、人生そのものも宝石だ。たった一つの。ある人は、女みたいだと言った。ある人は、未熟だと言った。いい年をして何だ、頭を検査してもらえと笑った奴もいる。かなり好意的な奴まで、僕のことを感傷的だと言う。感傷的？　三十過ぎの男が、三十過ぎの男が……）

緒方は杯を傾ける。

「忠勇無双のわが兵は」*〈太字は原文日本語〉

突然歌い出すから、燦夏は驚いて緒方を見る。

「そう歌いながら銃を担いで人を殺しに満州に行く奴らが僕に、女みたいな奴だと言う」

「天に代わりて不義を討つ。いったい、何のことだ？」

「作詞した奴は頭がおかしいよ」

「作詞者だけじゃない。子供までがシナジン、コロセと言って、戦争に狂い始めている」

（ふん、忠勇無双の兵を強盗として送り出し、殺戮をさせる奴ら！　民族第一主義の奴らは、何をした？　自民族まで、わなを仕掛ける時の餌にしたじゃないか。参謀本部の綺羅星のような天才たち、忠勇無双な狂人たち、溶鉱炉にでも落ちろ。満州だけじゃない。中国だけじゃない。世界が目の前にちらつくから狂うんだ。やめろ、やめろ。僕はひとみのために、お前たちに怒っているのではない。短い人生、草の露のように輝く高貴で刹那のような人生のために、怒りを爆発させてるんだ。僕は自分の手を血で染めることはできない。共犯者にはなれない。決して、僕は自分を捨てない。命は大切だ。蚊の鳴くような声だとしても、僕は自分の声で話すぞ……ああ、本当に疲れた）

自民族をわなの餌にしたというのは、済南事件のことだ。自民族を餌にしたのは済南事件だけではないが、とにかく朝鮮を手に入れ、満州を手に入れることを宿願としていた日本は、一昨年〈一九二八年〉三月、南京国民政府が北伐再開を声明し、実行に移した時、居留民の財産と人命保護を口実に天津駐屯軍の一部と陸軍第六師団の五千名を済南に派遣した。南京国民政府の革命軍は張作霖の軍隊と交戦せず平和的に入城していたのに、日本軍が中国政府の職員を射殺し、革命軍が麻薬密売者である日本人十数人を惨殺して衝突が起こった。日本国内では例のごとく日本の居留民数百人が虐殺されたといううわさが流され、新聞も大々的に報道して戦争熱をあおったものの、彼らの思いどおりにはならなかった。河本大作大佐が張作霖の乗った汽車を爆破した後、混乱に乗じて満州を占領しようとした関東軍の策略は失敗した。それどころか、爆死した張作霖の息子張学良によって国民政府は満州の軍閥と合作し、中国が統一された。日本としては歯ぎしりするほど悔しいことだ。

(共産党だった奴ら、社会主義を信奉していた奴らが、資本主義の腐敗を防ぐと言いながら軍部と結託して満州、さらに中国を侵略する計画に同調している。もう大陸浪人では駄目だって？　銃を持って戦争へと駆り立てる軍部。戦争が腐敗を防ぐだと？　破壊じゃないか)

「何を考えてるんです」

燦夏が尋ねた。自分も考えごとをしていたのに、ふと気になったらしい。

「うんざりすること」

「……」

「もう考えたくもないことを」

「じゃあ、さっさと酔いなさい。さあ」

酒をつぐ。

「変だな。変な予感がする。真夜中に誰もいない倉庫に入る気分だ。僕たちは今、どこに流れているのだろう。変だ。変です」

緒方は首を横に振る。

「自分が腐った種のように思える」

燦夏は杯を置き、たばこに火をつけた。

「考えて何になる。僕たちは今、世の中を周遊しているんです。そうじゃないですか。あなたも僕も」

「……」

「行く所はありません。一つ、道がなくはないけれど」

「何ですか」

「チベットに行ってラマ僧になるんです」

「あなたの妻子はどうするんですか」

「ははっははは」

「すべて納得がいかないのに、僕は自分にも納得できない。それは、納得できないものに自分が属しているからだろうか」

「まさにそうです」

燦夏は再び声を上げて笑った。

「考えたいこと、したいことが、他にあるんでしょう？」

「どうしてわかる。うん、僕たちはよく似ているらしいな」

「いろんな面で」

暗かった緒方が、初めてにこりとした。

「僕たちみたいな人間がたくさんいたら、どうなりますかね」

「世の中は発展しないだろうけど、泥棒や強盗は減るでしょう」

「わかりませんよ。発展しなければ食べていけないだろうし」

やはり、何を話したところで嘘になる。今の彼らはそんな話しかできない。

「晋州《チンジュ》には、いつ行くんです」

燦夏が話題を変えた。

「明後日行きましょうか？」

「一緒に来いということですか」

「もちろん」

「僕が行く理由はない」

「そんなことを言ったら、僕だってありません」

「でも、あなたたちは同窓でしょう。刑務所の」

「無理やり仕立て上げた事件だから、あの人と面識があったわけでもない。息子の崔《チェ》還国に招待されたと思っていくんです。南部地方の見物を兼ねて」

「ちょっと考えてみなきゃ」

「還国と約束したじゃないですか。年長者が約束を破ってはいけません」

緒方は強く出た。

「約束したというか、あの時、ちょっとあいまいだった」

燦夏は気が進まないらしい。

「僕とは付き合うのに、あの人を避けるんですか。僕は、あなたがそんな人だとは思わなかったな」

「それは言い過ぎだ。いくら勇気がなくても、恐がっているのではありませんよ。親日派の次男が何とか主義の同調者なら、困るのは総督府の警察だ。僕が恐れる理由はない」

その時、慌ててドアをノックする音がした。

「どうしたんです」

燦夏が首を伸ばした。ドアが開き、別荘番の老人が言った。

「あの、社長がお見えです」

燦夏の顔色が変わる。

「一人ですか?」

「いえ、お連れ様と」

老人は困った顔をした。

「それでは、僕たちが部屋を移ればいいじゃないですか」

燦夏が立ち上がりかけた。

「そのままでいい。同席しよう」

老人を押しのけて、容夏が現れた。

「お兄さんがいいのなら、構いません」

容夏が部屋に入り、後から諸文植《チェムンシク》が来た。

「久しぶりだな。どうしてなかなか会えないんだ」

文植は燦夏に握手を求め、気さくに声をかけた。

「よそで暮らしていると、どうしてもそうなるみたいですね」

燦夏はうれしくなさそうだ。

「朝鮮を離れていること自体が良くない。帰ってこいよ」

「帰ってきたら専務の椅子を明け渡してくれますか?」

「いいとも。君の兄さんを押しのけて私が社長になればいいんだから。ははははっはっ」

「それもいいですね。では、初対面の人がいるから、紹介します。緒方さん、こちらは私の兄で、あちらは諸文植さんです」

「ああ、はい、初めまして」

緒方はぺこりとお辞儀をする。

「友人の緒方次郎さんです」

容夏と文植は微笑してうれしそうに手を差し出した。四人が席につく。

「いつ帰った」

　容夏が聞いた。

「一昨日の夕方。家に行ったらお兄さんはいませんでしたね」

「いないのは、俺だけじゃないぞ」

　平然と言った。燦夏は視線を落とした。怒りを隠すために。諸文植の顔に奇妙な笑みが浮かぶ。

「何をしてる人だ？」

　朝鮮語で聞くから、緒方にはわからない。燦夏は少し考えて、

「新聞記者です」

　と言った。緒方が以前、新聞記者だったのを覚えていた。容夏はそれ以上聞かない。朝鮮語で話すと相手が不快になるからだ。

「ところで、四人いるのに杯が二つしかない」

　容夏は、今度は日本語でつぶやいた。

「待ってろ」

　諸文植が出ていった。

「相変わらず忠犬ですね」

　燦夏が言った。

「本人のいない所でそんなことを言うなんて卑劣だぞ」

「お兄さんも卑劣という単語を知っているんですか。それは新たな発見です」

「お客さんの前でそんなことは言わない方がいい」

容夏は落ち着いて言った。

「わかりました。緒方さん」

「はい」

「兄の話はしましたっけ？」

緒方は目をぱちくりさせた。

「大変な日本通です」

「そうですか」

「その代わり、右翼です」

「そりゃ、燦夏、お前も右翼だろ」

容夏は苦笑しながら、緒方に言った。

「ということは、あなたは左翼なのですか？」

兄が緒方に言う声に、燦夏は兄が以前とは違うと感じ、かすかな憐憫を感じた。そういえば見た目も変わったようだ。何かが欠けてしまったように。いないのは、俺だけじゃないぞという言葉も、強い感じではなかった。

「左翼でも右翼でもない普通の人間なのに、総督府の警察に左翼として逮捕されたせいで汚名をすすげなくなりました」

緒方が言った。容夏の顔色が変わる。燦夏と緒方が気づくほど。二人は、容夏の顔色が変わったのは鶏《ケ》
鳴《ミョン》会《フェ》事件のせいだと思う。仁実のせいだとは知る由もなく、少し前に容夏が仁実と会ったことなど想像すらしていない。人は隠しごとがなければ大胆になれるし、歓迎されていないとわかっていても勇気を持てる。純真で善良だった緒方も世間の荒波に耐えてきたから、こんな時どうすべきか多少はわかった。容夏の顔をじっと見る。緒方の存在を嫌う気持ちとは別の感情、妙な熱気、火花のようなものがうかがえた。容夏は容夏なりに、錯覚に陥った。自分を見る緒方の目を、仁実の目と錯覚する。人を戸惑わせる無心な目が、眼鏡の向こうからじっとこちらを見ている。

「苦労しましたね」

声がかすれた。

(奇妙だ。実に奇妙だ。こんな偶然があるだろうか。ぞっとするような偶然だ)

諸文植が戻ってきた。

「おい、この人がかの有名な緒方さんだぞ」

容夏の声は突然一オクターブ上がった。

「……」

「君も鶏鳴会事件は知ってるだろう?」

「さて……。新聞で見るには見たけれど」

緒方を横目で見ながら言葉を濁した。

「事件に関わった唯一の日本人だ。敬意を表してもいいだろう」

諸文植は頭をかいた。

「敬意を表するにしても、意味がわからなきゃ。そうだろ？」

「とにかく朝鮮人の同志じゃないか。それも、敵の中にいる同志だぞ」

「朝鮮人の同志かもしれないけれど、お二人の同志ではないでしょう」

冗談交じりに言う。

「大日本帝国の爵位まで受けた趙家の兄弟で、しかも燦夏は日本女性の夫だ」

「そうです。同志ではありません。ただの友達です」

「君たちはそうかもしれないが、私は違う」

「おやおや、緒方さんの株が急上昇したね」

大声で笑う。同床異夢の笑い声が、山荘の静寂を破る。

酒の肴《さかな》が新たに運ばれてきた。

「あっという間に大変なごちそうが出てきましたね。長男崇拝のお国柄がわかります」

妙に緊張した空気の中、何かしゃべらなければならないとでもいうように緒方が言った。

「お国柄などあるものか。とっくの昔に国が滅びたのに。さあ、酒でも飲みましょう。飲むと本音が言えるようになるし、暴れる勇気も出る。それに、忘れることができるからいいんですよ」

文植が変なことを言った。

(変だ。どうしたって変だ。あの女に初めて会った日に、ここで顔を合わせるなんて。二人は俺の首を絞めるために、同じ日に俺の前に現れたのか。いや、そうではない。やってみるか？　実に面白いシナリオじゃないか。今、俺の前にいる二人のライバルは何でもない。この日本人について深刻に考えること自体がばかばかしい。女たちは彼らの手の中にいるのではなく、自由に飛び回っている。銃を撃ってもいいし、網で生け捕りにしたっていい)

銃は明姫に、網は仁実に。そんな病的なことを考えている容夏の微笑がゆがんだ。

「緒方さん」

諸文植が呼んだ。

「はい」

「この際、聞いておきたいことがあるんですが」

「どうぞ」

「世の中にたくさんの国があり、国を治める人もたくさんいるし、国土の大きさや規模もいろいろじゃありませんか。日本は世界一小さい島国ではないにしても、小さな島国であることは確かでしょう」

「ええ」

「大陸、六大州だったっけ？　とにかく、日本は大陸の片隅にあるネズミの糞ほどの島国です。その島国の、いわゆる万世一系の統治者の称号のことです。私はずっとそれを不思議に思っていました」

緒方は杯を持って苦笑した。何がいいたいのか見当はついているという顔だ。文植はわざと無粋な態度を取って隙間を埋めようとするみたいに話を続ける。

「世界にはたくさん国があり、統治者も星の数ほどいます。私は日本しか行ったことのない井の中のカワズで、各国の長の称号をすべて知っているのではありませんが、思いつくまま並べてみると、皇帝、王、大王、天子。宗教界には法王もあり、酋長、族長、最近のように民主主義が流行っている所では大統領、総統、主席、共産主義国家では書記長かな。そして世界の大半を征服したアレキサンダーは大王、テムジンはハン、ナポレオンは皇帝でした。なのに、日本は天皇です。比べようもないほど広い国土と多くの国民を持つ中国でも天子で、しかも、ややもすれば天に背いたといって追放される。天を治めるという玉皇上帝も天と皇の両方は使わないけれど、日本の天皇より地位が低いとは言えません。これはいくら考えてもアリが傘を差して歩くみたいなもので、荒唐無稽です」

「こいつめ、つまらないことを言う。大逆罪で首を切られたいか」

容夏がへらへら笑った。

「そうだな、四人で、山荘で謀議をしたことになるか」

「水鬼神*みたいに他人を道連れにするなよ」

「一緒に死のうや。それが大和魂じゃないか。ねえ、緒方さん」

「朝鮮のことわざに、信じていた斧に足の甲を刺されるというのがありましたね」

緒方が応じた。

「私は燦夏を信じている。刺されはしませんよ。敵だとしても密告や告発など、絶対にできない弱い男だから」

「俺は趙燦夏じゃないぞ」

「同類だろ。ははははっ……。人は私の目を、鷹の目だと言ってるんだ」

「諸文植君の話にも一理ある。天皇という称号は大化の改新の頃に始まったと思うが」

容夏は同意を求めるように緒方に言う。

「そうです。大化の改新の時代からです」

「そうすると、やはり日本は勇敢無双だ」

「勇敢無双というより、倭寇だの倭奴だのと言われるんで背伸びをしたんでしょう」

緒方は自嘲するように言う。

「あるいは蘇我氏や藤原氏が王のように実権を握っているために、それ以上の称号を必要としたのかもしれません。地は自分たちが治める、あなたは神様でいなさいと。それ以前には、おおきみ〈大君〉と言っていたんです」

「なるほど、それも一理ある。平家も源氏もそうだし、徳川は初めから皇室を、米を寄付する孤児院か養老院ぐらいにしか扱っていなかった。仏がいるからこそ坊主が供え物やお布施をもらって食べていけるようなものだ。仏は何も言わないし、米を食べるわけでもないから、神仏ほどありがたいものはない。だから現人神《あらひとがみ》なんだ。日本人の合理性を証明するものだ。つまり日本には思想がない」

文植が言うと、緒方は不快そうに眉をひそめた。

「武士ややくざも、三対一なら野次馬はどちらを応援するだろう。文植兄さんはいつも多数の側にいるから強いんです。それで、拍手をしてもらえないんだ」

燦夏は緒方に対して申し訳ないという気持ちもあって文植を攻撃する。

「拍手などもらって何になる。役に立たない拍手に喜ぶなら、役者になるしかない。それも、高尚な役者に。役者は、もともと高尚であってはいけない。最近、ちょっと有能な奴らは高尚過ぎる。観衆もいない一人芝居だ。私はどんな場合でも一人きりの場所には立たない。常に多数の側に立つ。人生は散歩じゃない。勝算のある方に向かう戦いだ」

諸文植の言葉には、心臓を刺す何かがあった。特に緒方と燦夏には。

「みんな何を興奮してる。酒でも飲もう」

容夏は飲みながら、緒方を横目で見る。

(そうだ、こいつらは俺のライバルだ。一人は昔からの、一人は新しい。俺の場合は二対一じゃないか。だが俺には拍手をして応援してくれる者が一人もいない。あの、鷹みたいな目をした奴も、隙があれば襲いかかってくるだろう。だが実益だの何だの、俺には関係ない！　孤独も関係ない！　競売場で最高価格をつけたのに、あの女たちはどうして落札できないんだ)

容夏は酔いが回って意識がぼやけ、今にも倒れそうだ。

「現人神の話はそれで終わりか。面白いのに、どうしてやめる。今、現人神を持ち上げている実力者は誰だ。それは蘇我氏や藤原氏とも、源平とも違うだろうし、徳川……」

「そりゃ、アレキサンダーやナポレオンみたいな、世界を制覇しようという誇大妄想の患者だろう」

文植が答えた。

「つまり軍部だ。天皇に負けないような新造語を作った関白豊臣秀吉だな。緒方さんはどう思いますか」

容夏は、興味も関心もないのに熱中しているふりをする。

「どれでもないと思います。実力者というより、実力者群と言うべきです。おおきみの辺《へ》にこそ死なめ*、と言うような人たちでしょうね。参謀本部の中でも実力のある者、秘密参謀、何がうごめいているのかわからない集団。それから関東軍です」

緒方も気乗りしないのに話す。

「おや、あなたは本当に日本人ですか。真実を話すなんて」

文植も感嘆するふりをする。燦夏は一人で考えに浸って酒をあおる。

「そう言わないで下さい。日本にも、天皇を裕仁君と呼ぶソーシャリストもいれば、君主制撤廃を叫ぶボルシェビキもいるんです」

なだめようとしたのに、文植がまた言う。

「しかし、日本という国は天皇と戦争に関しては、常に意見が一致する」

「あまり斜めから見ると問題の核心を見失います。僕も戦争狂を弁護する考えは毛頭ありませんが、日本人全体がそうだという話には賛成できないな。ある面では、あなたがただけでなく、日本人も被害者だと言えるのではありませんか。強要され欺かれて命を差し出さないといけないのだから。こんなふうに糾弾されることもそうだし。違いますか？」

「あなたもやはり民族主義者ですね」

容夏が冷やかすように言った。

「罪のない人に浴びせられる非難に対して口をつぐむのも卑劣なことでしょう。コスモポリタンを理想にしていたって、同じ思い出や習慣を持つ人に情が湧くのは当然じゃないですか。故郷は誰にとっても懐かしい所です。それを民族主義と考えることもできますね」

「いや、そうじゃない。問題をそんなふうに見てはいけない。もちろん私も遺伝因子を否定するのではないが、今日の日本は歴史の産物であり、また累積された時間と状況の結果だ。日本だけではなく、すべての民族はその特性、いわば、社会心理だが……」

容夏が文植の話をさえぎった。

「歴史の産物、累積された時間と状況の結果だと？　それはマルクスの唯物論に通じるんじゃないか？」

そう言いながらも、酔ったのか頭を横に振っている。そんな兄の姿を、燦夏は注視していた。文植が話を続ける。

「日本に民族主義など存在しない。あるとしても希薄で、軍国主義と皇道主義が本筋だ。民族主義とは絶えず外敵に侵入されて戦い、自国を守ることで養われるものだ。日本は外敵の侵入がほとんどなかった。島国という地理的条件のために近隣の国が関心を持たなかったのだ。つまり世界史の裏道を歩いていた。

侵略とは、必ずしも強者が弱者を征服することだけではなく、持たざる者が持てる者を、生き延びるために必死で侵略する場合がある。日本がそうだ。戦争というものも、ある面においては均衡の法則による必要悪で、島国日本は歴史上、近海で略奪はしただろうが、壬辰倭乱を除けば侵犯したりされたりすることがあまりなかったから、自国の中で絶えず戦わなければならなかった。国は小さくても均衡の法則による必要悪と、人間本性の好戦性が同族間で発揮されたのだ。私が、民族主義はないという理由がそこにある。

彼らが明治維新を企み、それこそ天佑神助、千載一遇とばかり列強の様子をうかがって、老衰した清や、国内が乱れていたロシアに食いついたのは、伝統的な刀と皇道思想による。刀は力、皇道思想は名分に化けたのだ。そしてその底には、共犯者同士の固い握手、略奪して分け合おうという陰険な考えがある。国民も実力者も各自の取り分を考え、平気な顔で天皇に忠誠を誓う。争っていても、共通の利害があれば瞬時に刀を外に向ける日本の特性があればこそ、荒唐無稽なことも真実になる。真実について悩まないのだから、本当の意味における思想も宗教もない。

レベルの高い文化芸術もない。日本の音楽や踊りを見ろ。単調で、力の爆発がない。刀を持てばよく戦う。要するに天皇を現人神に祭り上げるのも方便に過ぎない。日本だけがそうだというのではないが、忠誠の対象がさまざまだ。天皇から将軍、藩主、ずっと下には下級武士。従う者にとっては、彼らがそれぞれ忠義の対象だ。忠義の横には常に刃が光っている。そうした面からも、民族主義が希薄だとわかる。女も懐に短刀を抱き、主君や父母の敵を捜し歩く。長い歴史の中で、彼らの敵は同族だった。もうひとつ例を挙げるなら、燦夏には申し訳ないが、日本の女は簡単に外国人と結婚する。鎖国していたのに。その意識構造が朝鮮の女とは全く違う。唐人お吉や蝶々夫人の話が美しい悲劇として上演されることなど、朝鮮であり得るか？　とんでもない」

最後は、燦夏の気分を乱し、緒方を苦しめる話だった。緒方と仁実のうわさは新聞でも少しほのめかされていたけれど、東京留学の経験があり、柳仁性と面識のある文植が知らないはずはない。

「お話をうかがっていると、もっともな点もたくさんあります。でも、僕の推測はずいぶんはずれていたな」

緒方は沈鬱な表情で言った。

「はずれていたとは？」

「あなたは根っからの反日ですね」

文植はけらけら笑った。

「私は常にリアリストだ。現実は夢の現場ではないからね。軍国主義だろうが民族主義だろうが、甘ったるい愛国心には批判的だ」

しばらく黙っていた緒方は、突然立ち上がった。

「気分を害して席を立つのだと誤解されそうですが、ちょっと約束がありまして」

そう言って時計を見る。うとうとしながら仁実に愚弄されたことを思い出していた容夏が、約束という言葉で、はっと目を開けた。燦夏も席を立った。

「すぐに戻ってきます」

燦夏は数年ぶりに、昔のような礼儀正しい態度で兄に言った。

「下まで送ってきます」

燦夏はそう言うと、運転手を呼んだ。二人は車に乗って出てゆく。カラスが群れになって飛び交うたそがれの丘と野が車窓を過ぎる。日は暮れたのに、あの冬の野にいるカラスたちは何を企んで、巣に帰ろうとしないのか。燦夏がそんなことを思っていると、

「あなたは不幸な男だ」

緒方が出し抜けに言った。

「どういう意味です」

「ふと、そんな気がしました」

「不幸な男……しかしいつも不幸な人も、いつも幸福な人もいない……。いつも他人が僕より幸福でもないし、僕がいつも他人より不幸なのでもない」

「お兄さんは蛇のように狡猾に見えるし、あの唇の厚い男は飢えたオオカミだ。底知れない恐ろしさがある」

緒方は運転手に聞かれることも気にしないで言った。

「でも、毒気がすっかり抜けてしまった。どうしてだろう。兄から毒気が抜ける……そんなことはあり得ないと思っていたのに」

そして思い出したように言う。

「諸文植は天才です。底知れないというのは、鋭い観察です。兄と彼との関係は、秀才が天才に捕まったようなものです。毛虫みたいな奴だ」

燦夏は混乱した。

「とにかく、興味深い人物であることは確かですね」

「底知れない……。自分の本心は人に見せず、すぐに豹変します。一つはっきりしているのは、自分の能力に見合うだけのものを欲していることです。自分で言うようにリアリストです。あの腹の中に、次元の違う何かがあるかもしれない。若い時から知っているけれど、わかりません。二十年以上見てきた男の正体がつかめないなら、そいつは間違いなく悪漢だ」

燦夏も運転手のことは気にせずつぶやいた。

「何を言おうが、どんな論理を展開しようが、思想も宗教も、人生において武装手段に過ぎないのかな。人生そのものではない。人生は悲哀に満ちている。日が暮れたのにどうしてカラスはあんなに飛んでいるのか、ちっともわからないじゃないですか」

緒方はたばこに火をつけた。

五章　愛

「お兄さん、行ってきます」

仁性《インソン》は振り返らない。広い背中に、強い拒絶の気持ちが表れている。仁実《インシル》はその背中を見ながら立っていた。

(私はお兄さんの許しをもらいに来たのか？　黙って行ってもいいのに)

視線を下に向ける。靴下をはいた自分の足を見下ろす。仁実は自分の足が小さいと思う。兄の苦痛や緒方の切実さなど自分には関係がないみたいに、足が貧弱だと思う。

「何をぐずぐずしている」

仁性はそう言いながら振り向いた。仁実も目を上げた。兄妹の目が合う。いや、鋭くぶつかる。仁性は何か言おうとして、やめた。そして怒りに燃えていた目の色は哀願の色に変わる。

(お兄さん、私たち、もっと堂々としましょう。恥や自責の念など持たないでいましょう。意志が嘘になってはいけないんじゃないの。意志が嘘と通じるなら、それは勝利ではないでしょう。私は感情に溺れて無謀なことはしません。純粋と無謀は違います)

（仁実、お前は緒方を盾にして結婚しないでいようとしている。お前が独りで寂しく暮らすのは俺のせいだ。実は、この俺のせいだ！）

（わかっています。でも今、お兄さんが言いたいのは、そんなことではないはずです。仁実、みっともない、どうかこれ以上恥をかかせないでくれ、行くな、ということでしょ）

（ああ、そのとおりだ。俺は恥ずかしい！）

「じゃあ、お兄さん、行ってきます」

仁性はそっぽを向いた。仁実はその部屋の前を退くと、板の間の端に置いてあったコートを着て顔を包むようにマフラーを巻き、庭を横切った。

「仁実さん、行くんですか」

兄嫁の良順《ヤンスン》が走ってきた。

「本当に行くの？」

仁実の腕をつかむ。

「気持ちはわかるわ。とってもよくわかる。でも、もう一度考え直してちょうだい。お兄さんの体面はどうなるの」

仁実は良順の手を振りほどいた。

（行くのか行かないのかが最大の関心事だったのだろう。好奇心にかられて、夜も寝られなかったんじゃないの？　とにかく、お兄さんは紳士だ）

「仁実さん、本当にいけませんよ」

(何を言うの、私が行った方がうれしいくせに。一日中聞き耳を立てているみたいな女)

門の外に出る。門が閉じる時、木がこすれて出る音が、歩きだした仁実の脳裏に響く。脳髄が引き抜かれるような音。心臓の血が渦巻いて叫び声を上げ、痛みと苦しみに襲われる。

(お兄さんは紳士だ)

兄嫁に不満や軽蔑を感じると、仁実はよく心の中で、お兄さんは紳士だとつぶやく。好奇心が強く、感情をむき出しにする女。偶然何かがわかったら、世のすべてを知ってしまったみたいに振る舞う女。難しい単語を一つ覚えただけで教養があると自負する。だが、単純で悪気はない。柳仁性は妻の短所に目をつぶり、愛している。仁実は兄のそんな男らしさを尊敬しながらも兄嫁を嫌った。良順の最大の関心事は、仁実が今日出かけるかどうかだ。興味を持つだけのことはある。昨夜のことを考えれば。

仁実は眠らずに本を読んでいた。鮮于《ソヌ》家の酒宴に行った兄が帰るのではないかと耳を澄ませていて、本の内容はあまり頭に入らなかった。電気を消して寝ようとしたのに寝つけなくてまた起きることを、二度繰り返した。冬の夜は長い。風が荒々しく明かり窓を揺らした。警官のサーベルを思わせる真夜中の風の音。気分の悪い音。霧のようなオレンジ色の光を放つ裸電球が高い所につるされていた留置場の外は、いつも強風が吹いていた。怖くなかったはずがない。留置場のドアは重く、鍵の束の音も重かった。何日も眠らせずに取り調べをした日本人刑事の顔。取り調べは遅々として進まず、硫黄みたいに黄色い刑事の顔に無精ひげが生えていた。その顔は脅威以外の何ものでもなかった。人間の血を感じさせない、断崖絶壁のような顔。しかしある瞬間、たった一度だったけれど、その顔が不幸に見えたことがある。そして加害者は必ずしも勝利者ではないと思った。それは仁実に、きわめて重大な心理的変化をもたらした。関東大震災の時に朝鮮人虐殺を目撃した仁実は、被害者としての抵抗意識を燃やした。それは危うい抵抗だった。加害者は必ずしも勝利者ではない。被害者が諦めたり屈服したりすることは、彼らの勝利とは関係なく、敗北だ。たとえ敵が人間でなかったとしても。仁実は読書に没頭しようとした。凍てついた道が心の底に広がる気がした。それは孤独だった。どこから来るのかわからない孤独。

（彼は朝鮮に来ているのだろうか）

緒方のことを思った。緒方の顔は決して不幸には見えない。

夜中の一時近くに仁性が帰宅したらしく、門の前で物音がした。

「仁実さん、来てちょうだい！」

突然、兄嫁が息を切らして部屋の戸を開けた。目が輝いている。

「どうしたんですか」

「大変よ」

「お兄さんが帰ったんじゃないの？」

良順は髪をなでつけながら、慌てたように言う。

「あの人が来たの。あの人！　日本人が」

「それで？」

「言い争ってるわ」

「……」

「早く行ってごらんなさい。あなたに会って帰ると言ってごねてる。ずいぶん酔っているみたい」

仁実は立ち上がった。良順は仁実の後についていった。門の外に出た時、緒方の姿がすぐに目に入った。コートのボタンもかけていない。眼鏡が光った。しかし緒方は仁実を見ても何も言わず、次の瞬間、鮮于信《シン》の腕を振り払う。

「僕は言うべきことを言って帰ります。やめて下さい。本当に、やめて下さい。僕は言うべきことを」

ささやくように言った。

「仁実さんのことを思ったら、こんなことをしてはいけません」

信もささやくように言った。

「次元が違うんだ。あなたに何がわかる」

仁性は門柱を背にしてじっと立っていた。状況から判断すると、緒方は、酒宴が終わって席を立った仁性の後をつけ、さらに鮮于兄弟が慌ててその緒方を追ってきたようだ。

「わかってるくせに、何だ。殴ってやろうか」

鮮于逸《イル》が声を上げた。良順は大げさな身振りで仁実を止めた。仁実は荒っぽく兄嫁を押しのける。

「どうしてですか。あなたがたこそ、面倒で、不純だ。本人が望まないなら、僕は永遠に忠実な友人のままでいるだけです。どうして僕を、ならず者みたいに、日本の警察の手下みたいに扱うんだ。僕はあなたがたを信頼していたのに」

緒方は喉を詰まらせた。

「僕は手紙も出さなかった。ひとみを呼び出しもしなかった。垣根を飛び越えたりしなかった。ひとみのお兄さんについていきたんだ。それでも僕を誤解するんですか」

鮮于兄弟は言葉が見つからない。

「ひとみさん、僕は明日、十二時から昌慶苑《チャンギョンウォン》の前で待っています。来るかどうかはあなたの自由です。友情も、愛も、決別も、すべてあなたの自由、あなたの意志のままです。あなた自身が選択するのです」

言い終えるやいなや緒方は背を向け、さまようように、それでも足早に暗闇に消えた。彼は一度も振り返らなかった。慌てた鮮于兄弟は、挨拶もせずに緒方の後を追って闇に消えた。

仁実は、「どうして僕を、ならず者みたいに、日本の警察の手下みたいに扱うんだ。僕はあなたがたを信頼していたのに」と言われた時、兄や鮮于兄弟は苦しんだだろうと思う。緒方の言葉には一点の曇りもなかった。緒方のことは、それ以上にも、それ以下にも評価してはいけない。偉大でも低俗でもなく、飾らないでものが言える人間。

昌慶苑の入り口の前で、緒方はコートの襟を立て、両手をポケットに突っこんでわびしげに立っていた。すべてが去った後にたった独り残されたみたいにみすぼらしい。仁実が近づいた。

「待ちましたか？」

そう声をかけた。仁実は十二時きっかりに到着したのだけれど。

「いえ」

実を言うと、緒方は十一時に来て、待つ間に近所の飲み屋で一杯ひっかけてきた。仁実は切符売り場で切符を二枚買った。

「入りましょう」

「いや、そういうつもりじゃ……」

そう言いながらも、緒方はついていった。

「僕たちがここに来るのは、いつも冬ですね」

広い庭園に入った時、緒方がつぶやくように言った。仁実は何も言わない。並んで歩き、日当たりのいい宮殿の石段の所で、緒方はぺたりと座り込んだ。一晩中眠れなかったらしく、目が真っ赤だ。眠れなかったのは仁実も同じで、やはり目が赤い。仁実は緒方を見て立っていた。揺れる小枝に止まったカササギが、時々思い出したように鳴く。緒方はたばこに火をつける。青い煙が冬の風になびく。寒くないか、こちらに座れと言う余裕すらないらしい。

「昨夜はつらかったでしょう?」

緒方が聞いた。それには答えない。

「ひどい顔ね。ひげもそらないで」

緒方は手で顔をなでた。口はずっとたばこの煙を吐き続けている。

「冬空はどうしてこんなに高くて澄んでいるんだろう。冷たい風が心臓を吹き抜けるみたいだ」

「何か温かい物を食べに行きましょうか？」

「知り合いに会ったら困るだろ。ひとみはいつもそんな所に行きたがらなかったのに」

「今は違います」

緒方の顔が、一瞬にして明るくなる。

「そんなふうに言われると、僕の方が恐くなるな」

「どうして？」

「誰かに会いそうで。ひとみが石を投げられても、僕はそれを防げなかった」

仁実が笑う。

「そんなこと言わないで。石打ちの傷痕なんか、私にはありません。これからもそんなことで傷ついたりはしない」

じっと見つめ合った。火花のような熱いもの。密着したのではなく、熱いものが二人の間をいっぱいに満たしていた。

「実感できない。ちっとも実感できない。僕が今、ソウルに、昌慶苑にいることが。ひとみ、こっちに来いよ」

仁実は彼の横に座る。葉をすっかり落としてしまった木の枝が風に揺れる。少し前までは背の高いポプラの梢に、黒い紙切れみたいな葉っぱが少し残っていたのに。灰色の木の上で、空に黒い点をつけたみたいに揺れていたのに。カササギはいつの間にかいなくなっていた。スケート靴を担いだ中学生たちが池に向かって歩いていた。小さな子供たちもスケート靴を担ぎ、落花生を口に放り込みながら通り過ぎる。遠くの路面電車が鐘を鳴らした。

(このままでいい。これ以上、何を考える必要がある? このまま、この瞬間だけは、喉が渇かない。羊の毛のように、冬の日光のように暖かい。嘘つき、体面ばかりつくろう奴らめ! お前たちはずっと喉が渇くだろう。お前たちの喉を潤す水は、この世に一滴も存在しない。果てしない争い、血の臭い、業火でも焼けない汚いはらわた、それは永遠の呪いだ! 僕はこの瞬間を愛する。この女性を愛する! 結婚しようと駄々をこねたりしない。一緒に逃げようとも言わないぞ。所有するつもりもない。僕のことを、女みたいだと嘲笑した奴ら! お前たちがくわえているものは果実ではなく、糞だということが、どうしてわからない!)

緒方は、マフラーからはみ出た髪を風になびかせている仁実の横顔を見た。蒼白だ。寒くて鳥肌が立っているのに、無心で、安らかな表情だ。緒方はいきなり立ち上がった。コートを脱いで仁実の頭からすっぽりと被せる。

「女傑!」

緒方は叫んだ。

「何ですって?」

仁実が顔を上げる。

「言ってみたかったんだ。何か叫んでみたかった」

白い歯を見せて笑う。眼鏡の奥の目が、波のように揺れる。言いようのない歓喜、血管が破裂しそうな充実感。所有するつもりはないと言いながら、緒方は既に所有していると確信していた。人生の秘密を両手でしっかりつかんでいた。

「緒方さん」

「何ですか」

「今、何を考えているか当ててみましょうか」

仁実は緒方の胸を指さした。

「当ててごらん」

「今は寂しくないでしょう」

「違う。僕は今、殺人を計画している」

緒方は声を上げて笑った。

「ひとみ、でもどうして他人の心がわかるんだ」

「皮膚でわかるの。小さな子供が皮膚で感じるみたいに。空気も。心が晴れたら、正確に感じられるようです」

「ちっとも正確じゃない。じゃあ、今、ひとみは気持ちが曇っているんだね」

「嘘」

「はははは っ……。じゃああなたは今、幼子のような心を持っているのかな」

「ちょっとはね」

「よく、うれしいと涙が出ると言うけれど、喜びとは悲しみなのかもしれない。あんまり悲しい時、ひどく悲しい時、心の底で、自分の実体がアワ粒ほど小さいことがわかって、逆説的だけど、平和のようなものが訪れることもあった。幼稚だと笑わないでくれ。僕はどうしようもない人間なんだ。子供の時に母がよく言ってた。お前は大人になっても、老人になっても分別がつきそうにない。男がそんなに軟弱でどうするのって。東京で、僕は憂鬱だった。毎日雨がじとじと降るみたいに、生きることにうんざりしていた。今、あちらの状況は希望がない。戦争に向かっている。首相〈浜口雄幸《おさち》〉が狙撃されたことよりも、それが暗示する将来が暗い。こんな話はやめよう。とにかく、毎日憂鬱だった。人間がみんな哀れに見えた。目の見えないトカゲか、バッタの群れが干潟に押し寄せるみたいで。北風に吹かれて死んでゆくバッタの群れが目にちらついた。泥棒してみたい、人を殺してみたい、女に暴行してみたいという衝動を感じた。業病にでもかかりたい！　と叫んだこともある。恐ろしい自虐だ。あなたの思い出と、針の先ほどの希望がなかったら、僕は完全に駄目になっていた。どこにも身の置きどころがなかった。ああ、やめよう。どうしてこんなことを話しているんだ。今は話す必要がないのに」

仁実は緒方のコートを脱ぎ、緒方の背中にかけてやる。

「寒いでしょ」

「ひとみは寒くないのか？」

「これぐらいなら大丈夫。でもどうして雪が降らないんだろう。今年の冬はまだ雪が降ってないの」

「どうして雪の話をするんだ」

「雪のことを考えてた。あなたが泥棒や殺人と言った時。顔がすっぽり隠れる毛糸の帽子や、大きな毛皮のコートのことも」

「そう。銃を担いで北満州を歩き回ることを想像したのかな」

(わかってるくせに)

仁実は家を出る時と同じように、自分の足を見下ろす。やはり小さい。ぴったり合う黒い靴を履いた足は、家で見たようにみすぼらしくはなかった。

「歩きましょう」

仁実が立ち上がった。二人は道を歩く。

「実は、ここに入るつもりじゃなかった」

緒方が言った。

「どうして?」

「ひとみを連れていく所がある」

「どこなの」

「それは言えない。言ったら行かないと言うだろうし、行ってしまえば、来たことを後悔しない所だ。絶対に後悔しない所」

「想像つかない」

「ひとみは僕を信じてるだろ？」

「信じてます」

「じゃあ、ついておいで」

緒方の口調は、少し激しい感じがした。

「そんなに言わないでもついていくのに。私はあなたを怖がってないのよ」

二人は昌慶苑を出た。

「歩こうか、タクシーをつかまえようか」

「遠い？」

「かなり」

二人は結局、タクシーに乗った。中心街を抜けても、仁実はどこに行くのかとは聞かない。着いたのは容夏《ヨンハ》の山荘だ。仁実はそれが容夏の山荘だとは知らなかったけれど、山荘だということ自体に緊張した。それでも仁実は何も言わない。別荘番の老人が出てきた。

老人は緒方に挨拶をしたが、仁実を見て不思議そうな表情になり、何も言わずにまた中に入った。

しばらくすると燦夏《チャンハ》が現れ、自分から仁実に挨拶した。

私はあなたをよく知っていますよ、とでも言うように。仁実は相変わらず五里霧中で、どぎまぎしながら挨拶を返す。

「どうぞ、お入り下さい」

三人は一緒に家に入った。部屋に入ると緒方はようやく言った。

「こちらは趙《チョ》燦夏さんです。東京から僕と一緒に来た」

「お座り下さい。名前などどうでもいいでしょう」

三人が向かい合う。仁実は、以前どこかで会ったような気がして燦夏を見つめた。

男、それも日本人の男と一緒に寂しい場所に来たのに少しもひるまず、澄んだ、容赦のない目で見ている。

(たいした女だ)

「私は罪人です」

燦夏は顔を赤らめて言った。

「……?」

「仁実さんが最も嫌悪する部類の人間です」

「何を言うんですか」

「この人は、お父さんが日本から爵位を受けたから、こんなこと言うんだよ。小心なのも一種の病気だ」

仁実の目が大きく見開かれた。昨日、彼の兄に会ったからではない。いつか、姜善恵《カンソネ》に聞いたことがあったのだ。

「じゃあ、明姫《ミョンヒ》先生の」

今度は燦夏の顔色が変わった。

「どうしてご存じなんです」

「私、明姫先生の教え子です」

「そ、そうですか」

動揺する姿を、緒方はじっと見つめる。この男の傷が何であるのか、ずっと疑問に思っていた。傷ついていると聞いたことはないのに、緒方はいつも燦夏に傷を感じていた。燦夏は仁実の目を見て、すべてを悟った。この女は僕の事情を全部知っている。

「明姫先生は、今、苦労なさってます」

仁実は単刀直入に言った。

「い、今、どこにいるんですか」

燦夏はどうしていいかわからない。こんなに動揺する姿を、緒方はかつて一度も見たことがない。燦夏が取り乱すなど、想像すらしなかった。

「どうしても知りたいならお教えします」

仁実は、兄の容夏とは全然違う燦夏に信頼できるものを感じて言った。明姫の意志など考える余裕もない。

「知りたいです。何としてでも」

「田舎の学校で教鞭を執ってらっしゃいます。普通学校で。それも嘱託です」

仁実は、自分自身が夜学の教師だということは考えなかった。この瞬間だけでなく、自分自身が女子大出身なのに夜学の教師だということを、何とも思っていなかった。

それなのに、どうして明姫のことは気の毒に感じるのか、自分でもわからない。燦夏は緒方や仁実の存在を忘れたみたいにうなだれた。

「兄嫁は潔白です！」

突然、燦夏の口からそんな言葉が発せられた。

「でも、よかった。それでよかったんです」

彼は席を立ち、二人の客を残して窓辺に行くと背を向けて外を眺めた。

緒方と仁実は石像のように硬直して、テーブルの片隅を見つめていた。

六章　汚《けが》れなき愛国者

「みっともなくて、顔を上げて歩けない。いったい、どうすればいいの。アイゴ、胸が痛い！」

濃い紫色の緞子《どんす》のチョネ*で頭を覆い、灰色のサテンを表にした毛皮のトシ〈マフのような防寒具〉をしたまま、女は自分の胸を拳でたたいた。古めかしい豪華な身なりは、まごうかたなき金持ちの奥さんだ。少しあばたはあるものの、肌はユウガオの実の内側のように白く、話すたびに金歯が一本見え隠れする。小太りのこの中年女は康恵淑《カンヘスク》の母親だ。冬休みに入って落ち着きをなくしていた娘が昨夜、捜さないでくれという手紙を残して家出したと言って、寛洙《グァンス》の家に押しかけてきた。

「蝶よ花よと育ててきた一人娘なんですよ。世の中にこんなことがあっていいの。男と付き合うだけでも恥ずかしいことなのに、よりによって白丁の家の子だなんて！　あの子、頭が二重三重におかしくなったのね。許しておけない。子供を一人なくしたと思って殺してしまおうか、あたしが一緒に死のうか。うちはもう駄目だ。ああ、胸が痛い。中で火が燃えているみたい！」

恵淑の母はトシをはずして床に投げ出し、チョネも取った。額が狭く、ちょっと縮れ毛だ。真っ黒な髪に真っ黒な瞳。手が大きい。しなやかな白い手に一両〈約四十グラム〉ほどありそうな二重の金《きん》の指輪をはめている。爪は切れるだけ短く切られ、指の先が丸くていやな感じだ。

「うちの息子のせいでこんなことになって、私も、し、死んでしまいたい気持ちです。すべては、こんな親の元に生まれたのが……」

真っ青になって震えていた栄光《ヨングァン》の母が泣きだした。金持ちの女の前で栄光の母はいっそうみすぼらしく、枯れた葦が風にあおられているようだ。

「あんたたちが死のうがどうしようが、うちには関係ない。娘さえ返してくれればいいの」

「行き先を知っていれば、こんな思いはしません。息子はあのことがあってから家を出てしまって何カ月も経つのに。生きているやら。アイゴー」

寛洙は女房に、栄光が日本にいることも、友達を通じて金を送ったことも話していない。

「あんたの息子のことなんかどうでもいい。うちの娘を隠してないなら行き先ぐらい教えなさい。そしたらあたしもこれ以上何も言わない」

「行き先など私にはわかりません。本当に、どうしたらいいんでしょう。私はあの子が、よその大事なお嬢さんに手紙を出していることも知らなかったんです。し、知っていたなら、登れない木は見上げるなと言い聞かせたんですが」

恵淑の母も、栄光の母が嘘をついているとは思わなかった。しかし、追及を緩めてはいけないと思ったのだろうか。

「ほんとは主人が来ると言ってたんですよ。気性の荒い人だから何かやりかねないと思って、あたしが必死に止めました。こじれたらお互いに良くないでしょ」

それとなく脅している。

「あの子の兄も来ると言ったけれど、血気にはやる若い者は何をするかわからないから、あたしが来たんです。良心があるなら考えてごらんなさい。女の子は傷がついたらそれで終わりで、嫁入り先がなくなる。そんなの見てられますか。何をしたって親にとっては可愛い娘だからとか、どうせこうなってしまったんだからとか、そんなことはとても考えられない。相手の男が島の漁師だとしても、あたしたちはこんなに慌てたりはしません。あたしの言うことはわかりますね。あたしたちの身になって考えて下さい」

「わ、わかりました。わかりましたとも」

栄光の母は泣き続ける。

「どうしてあんなふしだらな娘になったんだろう。周りの人たちはみんな、母親より美人でしとやかだから、大きくなったらいい縁談がいっぱい来るだろうと言っていたのに。信じていた斧に足の甲を刺されるって、このことだね。蝶よ花よと育ててきたのに親をだますだなんて」

嘆いたり罵ったりはするものの、あくどい感じはなく、裕福ではあっても、言動からして由緒正しい家柄ではないらしい。爪を短く切る潔癖症も体に関することだけで、他のことにはあまり几帳面ではなさそうに見える。身をよじって泣いている栄光の母ほど感情的にはなってない。

「今日はこれで帰ります。よそに行って聞いてみないといけないし。もしうちの子に会ったら、学期が始まる前に家に帰れ、そうしたら、なかったことにしてもいいと父親が言っていたと、伝えて下さい。あと、ふた月で卒業じゃないですか。卒業してから考えようと、なだめてみて下さい。アイゴ、世の中にこんなことがあっていいものか。あの子の父親は、死のうが生きようが放っておけと言うけれど。ほんとに病気になりそうだ」

恵淑の母は、夫が来ようとするのを必死で止めたと言ったことを忘れているらしい。チョネをかぶりトシをはめて立ち上がった。

「うちの主人は口ではそう言うけど、もし何かあったら、娘の脚をたたき折ってでも引き止めますよ。あたしだってそうです。お宅の息子がどんなに才能豊かだとしても、駄目なものは駄目です」

白丁のうちには娘をやらないというのは確固とした信念だ。彼女が去った後、小さな部屋で息を殺していた栄善《ヨンソン》が、

「母さん！」

と言って走ってきた。

「どうすれば、どうすればいいんだろう。アイゴ、あの娘はどうして家を出たのかねえ」

「うちが悪いんじゃないのに。うちがそそのかして家出させたわけでもなし、勝手に出ていったのに。うちだって、どうすることもできないじゃないの」

「そんなふうに言いなさんな。あんたの兄ちゃんのせいでそうなったんだから、うちが悪くないとは言えない。あたしも親だからわかるけど、女の子は違うのよ。栄光はどうして登れない木を見上げたんだろう。すべて、こんな親の元に生まれた罪だ。いや、違う。全部、母ちゃんのせいだ」

「泣かないで。母さんも、兄ちゃんも悪くない。世の中が悪いのよ」

「そんなことを言ったって仕方がない。あたしの可愛い息子、あたしの子供たちは、翼の折れた鳥だ。亡くなったあんたの祖父ちゃんが、白丁の子が男前でどうする、それが間違いの元だと言ってた。本当だったね。アイゴ、うううう っ……」

母と娘は抱き合って泣く。言っても仕方のないことだ。世の中が悪いと何百回叫んだところで、どうにもならない。考えることすらできない。何百年、いや千年の歳月が、そんなふうに流れてきた。子供たちが侮辱されることに耐え、衣服においても白丁であることを示さなければならなかった。世の中が変わりつつあるとはいっても、心に刻みつけられたものは一朝一夕には消えない。栄光の母は恵淑の両親を怨むどころか、自分たちが彼らにとっては加害者であり罪人だと思い、罪を償う手段がないことを嘆く。

「あたしさえいなかったら、あんたたちは生まれなかった。あんたの父ちゃんだって恨を抱くこともなく、どこかの川辺で白丁を見ても他人だと思って暮らしただろう。アイゴ、可愛い子供たちを翼の折れた鳥にしてしまって。栄光は男前で勉強ができて、賢くて分別のある子なのに。可哀想だ。アイゴー、うううううう」

「母さん、泣かないで!」

冬の太陽が西の山に沈み始める頃、寛洙は、顔が黄色くなった漢福《ハンボク》を連れて帰ってきた。女房と娘の目が腫れている。

「また泣いたのか! もうあいつはうちの子じゃないと思えと言っただろ」

「父さん、違うの」

栄善が言うと、

「それじゃ、何だ！」

女房をにらむ。

「後で話します。お客さんが来られたんだし。入って下さい」

栄光の母は、ろくに挨拶もしないで台所に行ってしまった。

「酒を持ってこい」

寛洙は栄善に言いつけると、女房が消えた台所をちらりと見て、漢福と一緒に大きい部屋に入る。

「どこもかしこも、どうしてこんなに落ち着かないんだ。もう、この世からおさらばしたくなるな。座れ」

「はい」

座った漢福が、

「子供たちに何かあったんですか」

と聞く。寛洙の家に来たのは初めてだ。女房の父親が白丁だったこと以外、何も知らない。それでも妻子の泣き顔を見たのだから尋ねないではいられない。

「どの家にも他人の知らない事情はあるさ」

寛洙はそう言ってはねつけた。そして気持ちを静めるように、たばこを吸う。

「いったい、どうした。俺が船着き場で風に吹かれながら、どんだけ待ったと思ってる」

漢福は申し訳なさそうに笑った。

「それが、うっかり乗り遅れて」

「子供じゃあるまいし」

「兄さんが待ってると思って、とっさに馬山《マサン》経由のポンポン船に乗ったんです。そしたら、途中で風が吹いて船がひどく揺れて、加徳《カドク》に来た時には、はらわたまで吐きそうになりました。あんなに船酔いしたのは生まれて初めてです」

「俺もひょっとしたらと思って汽船会社に聞いて、馬山回りの船が一つあるというので待っていたからよかったものの、俺が迎えに来なかったら、どうするつもりだったんだ」

「住所を見て探すつもりでした」

数日前、漢福が栄善に手紙を送ってきた。簡単な挨拶と釜山に着く日にち、統営《トンヨン》発の船の時間が書かれていた。カンセは、寛洙の家は知っているが住所は知らない。住所を知っているのは張延鶴《チャンヨンハク》だけだ。だから漢福が延鶴の使いで来るのだろうと思い、乗ってくるはずの船に姿が見えなかった時には、はらはらした。吉祥《キルサン》が出獄して以来、延鶴はいっそう警戒を強め、寛洙に直接手紙を送るのをやめた。皆が神経質になっていた。

「まあ、何度も満州に行ったから、住所だけで家を探すのは得意だろうな。それはそうと、どうして乗り遅れた？」

「それがその……。妙なことがあるもので」

「何だ？」

「統営で任《イム》を見たんです」

「任って？」

「知りませんか？　弘《ホン》の姉ちゃんですよ。父親の違う」

「ああ、そうだったな。あの子か」

「あの子って。もう四十をだいぶ過ぎて、ずいぶん老けてましたよ。最初は、任の母ちゃんかと思ってびっくりしました」

「丁未年に山に入って以来、会ってないから、えーと、二十数年になるなあ」

寛洙は感慨に浸るように目を閉じた。

「でも、これまでどこにいたんだ？　母ちゃんや父ちゃんが死んだ時も……。考えてみれば、弘の父ちゃんも弘も任の話はちっともしなかったし、忙しさにまぎれて、任って子のことはすっかり忘れてた」

「龍井《ヨンジョン》*に行った時に聞いた話では、あちらで嫁に行って男の子が一人できたのに、浮気して亭主を捨てて逃げたということでした。だから龍《ヨン》おじさんと一緒に帰ってこなかったんですよ」

「……」

「龍井で一度、任を見かけました。向こうは気づかなかっただろうけど。あちらで、ひどいことをしたようです」

「何をした」

「家族が朝鮮に帰った後、孔《コン》老人の家に居候していたようです。それが、後でわかったことでは、倭奴の手先になって」

「倭奴の手先だと？」

「はい、手先になっている男と一緒になって」

漢福は、その男が自分の兄である金頭洙《キムドゥス》〈巨福《コボク》〉とつながっていることまでは知らない。

「吉祥兄さんが捕まったのも任のせいだそうです。だから統営で任を見た時、ただごとではない気がして後をつけてみました。それで船に乗り遅れたんです」

任のせいで吉祥が捕まったと聞いて、寛洙も緊張した。

「任の家を突き止めたのか」

「はい、家はわかりました」

「よくやった」

「吉祥兄さんが出てきた途端に任を見るなんて」

「それは深く考えなくていい。これから気をつけなければ。統営には趙炳秀《チョビョンス》さんがいるからな」

「そうですね」

船酔いで顔が黄色くなってはいるが、漢福は以前とは違って快活で、話しぶりにも積極性が感じられた。それは大きな変化だ。原因の一つは村の人たちと完全に和解できたことで、二つ目は、父の罪は父の代で終わったのだから過去のくびきを脱して人間の尊厳と信念と使命感を持つよう漢福に諭してくれた吉祥が、村に戻ってきたことだろう。

「それはそうと、お前はどういう用件で俺に会いに来たんだ」

「兄さんと龍井に行けと言われました」

「……」

「そういえばわかるはずだと」

「そんな勝手な。誰が言った。延鶴か?」

「張さんというより、吉祥兄さんですけどね」

寛洙は口を閉ざした。顔は無表情だ。そんな勝手な、と言いはしたけれど、ほとんど了解していた。漢福が同行するのは予想していなかったものの。寛洙の龍井行きは、範錫《ボムソク》の父、漢経《ハンギョン》が金訓長の遺骨を引き取りに満州に行く決心をした後に初めて提案された。漢経は範錫と一緒に行くつもりだったらしいが、吉祥はこの機に乗じて寛洙が行った方が、いろいろな意味で役に立つと判断した。範錫はことの顛末《てんまつ》を知らないし、漢経はそれ以上に何もわからない。同じ村にいたから寛洙のことは知っていて、金訓長について山に入ったというので信頼しているだけだ。漢経が何も知らないということが重要だった。吉祥が、寛洙と一緒に行ってはどうかと提案した時、範錫は気づいた。何も知らない父をちらりと見て、それがいいと賛成した。

「それで、出発の日にちは決まったのか」

しばらくして寛洙が聞いた。

「それは兄さんが決めて下さい」

「春はまだ遠いのに。氷が解けてからじゃないと行けないだろう」

「そんな意見もありました。でも、金訓長家は急いでいます。特に、範錫のお父さんが、一日二日で行けるじゃないかと言って」

「昔に比べれば、そりゃ楽だが」

「金訓長の墓の場所もはっきりわからないから、向こうで聞かないといけないでしょう。それに、吉祥兄さんによると、満州は氷が張っている時が移動しやすいし弘の家に泊まればいいから宿の心配もないって」

「うむ……。範錫のお父さんは?」

「出発の準備を整えて待ってますよ」

栄善が酒の膳を持ってきた。

「後で話すと言ったのは、何のことだ?」

寛洙はやはり気になっていたらしく、娘に聞いた。

「あの女学生のお母さんが来たんです」

「何だと」

寛洙が立ち上がった。

「お前の母ちゃんはどこにいる?」

「小さい部屋に」

「ちょっと待っててくれ」

寛洙は漢福にそう言うと、慌てて出ていく。栄善も不安そうについていった。

（きれいな子だな）

漢福は心の中でつぶやき、息子の永鎬《ヨンホ》の顔を思い浮かべる。普段、女の子の顔を見て永鎬のことを考えることはあまりなかった。世の中が開けたとはいっても二十歳前に結婚する風習はまだ根強いから、永鎬の結婚を考えてもおかしくはない。しかし漢福はそんなことに興味はなかった。つらいことは考えないようにするのが習慣になっているのかもしれない。たった一度、酒幕の淑《スク》を見た時、

（両親がいないというから、あんな子だったら嫁にできるだろうな）

そんなことを考えた。

（兄さんの娘だったら、駄目だとは言わないだろう）

漢福はお膳を見ながら考えてみる。

（普通学校は出たというから、酒幕の娘よりは……。退学になったといっても、あいつはまだ気落ちしていないのが幸いだ。範錫が助けてくれて、こんなにありがたいことはない。俺や妻に似ていたら、人に害を与えることはないだろう。でも、この家で何が起こったんだろう。息子に何かあったのか。山が崩れても動揺しそうにない寛洙兄さんが慌てるなんて）

しばらくして戻ってきた寛洙は顔がこわばっていた。酒をついだ杯を見下ろす。

「飲めよ」

思い出したように言った。

「さあ、飲もうや」

二人は酒を飲む。明かり窓が明るい。太陽が西の山にかかったようだ。窓の外で木の枝が揺れている。墨で描いたようにくっきりとした影。行李が一つと布団があるだけの部屋。壁に打った釘に服が何枚か掛かっていた。秋に紙を張り替えたらしい障子から暖かい日が差しているのに、部屋の中は生活感がなくて冷たく寂しい感じがする。流れ者同然の寛洙の生活。晋州《チンジュ》を出てからは栄光の学校のために釜山《プサン》にとどまっていたけれど、転々としながら長い歳月を過ごした。金環《キムファン》が亡くなり、恵観《ヘグァン》は満州に行ったきり生死すらわからない。寛洙自身、常に日本の警察に追われる断崖絶壁のような日々だった。しかし寛洙は絶望していない。カンセから、お前は環ではないと言われ、寛洙自身も宙ぶらりんの状態だったとはいえ、これまで縦糸と横糸を編むように組織の幅を広げてきた。カンセが初期の環だとすれば、寛洙は後期の環に似ていた。

しかし急速に変化する時代に対応して環を超えなければならない。衡平社《ヒョンピョンサ》運動に関わり、蘇志甘《ソジガム》を通じてソウルの知識人たちとも連携した。錫《ソク》やカンセと共に釜山の埠頭や市場をモグラのように掘り起こし、龍井や沿海州方面にもずっと連絡網を構築してきた。恵観がいなくなったので、延鶴はさまざまな役割を果たさなければならなかった。そうしているうちに智異山《チリサン》が手薄になったが、それは意識的にしたことだ。環も死ぬ前に言っていた。山を下りなければならないと。当面は、山の時代ではないと。しかし寛洙は反転を企んでいた。きっかけは西姫《ソヒ》が五百石の土地を提供したことだ。吉祥が帰ってくるのに焦点を合わせたとも言えるが、山を中心にクモの巣を張った組織は、揺り動かせばいつでも目を覚ます。揺り起こす手が、まさにその資金だ。吉《キル》老人と息子がその一例だ。一方、池三万《チサムマン》の離脱と死によって邪魔者は消えた。海《ヘ》道士と一塵《イルチン》、それに彼らと関係の深い蘇志甘、孫泰山《ソンテサン》といった新しい人物の登場で、かなり希望が持てる。寛洙としては組織を動かす人が吉祥であろうが他の誰であろうが、少しも問題ではない。寛洙は彼なりに現実を把握している。民族主義、共産主義、無政府主義といった新しい思想は、どれもこれも頭でっかちで尻すぼみだと思っていた。学生たちの間に猛烈な勢いで浸透しているけれど、学生は頭の部分を構成するに過ぎず、日本の弾圧が激しくて大きな爆発は起こせない。寛洙は革新勢力が支援した衡平社運動は、それなりに成功したと判断している。神話のような東学戦争の大きな火柱を思った。頭も大きかったし、体も頑丈だったのではないか。もちろん宗教としての東学ではなく、その政治的側面を闘争に生かすべきだ。

（どれも似たようなものなら、よく知らない外国のものよりはいい。あれこれ議論しているうちに時間ばかり過ぎてしまう。抑圧のない世の中で人間らしく生きようということじゃないのか。結局は）

そんな考えを、口には出さない。彼なりに確かめ、可能性があると思ったら具体的に相談しようと思っていて、カンセに誤解されたりもしたのだ。栄光が家出した後、寛洙はいっそう忙しく走り回った。それこそ東奔西走で、尹必求《ユンピルグ》にも何度か会い、孫泰山やその他の人たちと接触し、吉祥ともずっと連絡を取ってきた。栄光の家出を、しこりのように心にとどめたまま。

「ややこしい問題があるなら、範錫のお父さんは俺一人で案内してもいいですよ」

黙って杯を傾けている寛洙に漢福が言った。

「満州行きとは関係ないことだ」

「はい……」

「人は」

「……」

「生きている間に節目が一つずつできていって、最後に死ぬ。恵観和尚みたいな人が一番気楽だろう。子供がないのは、いい星回りだと言うが。何年も消息がないところを見ると、氷の中で安らかに眠っているらしいな」

「節目って」

「釜山の生活もこれで終わりだ」

「釜山の生活が終わるって？　どうして？」

「まあ、そういうことだ」

「……」

「さあ、それじゃ、お前は今晩ここで寝て、明日の朝、金訓長家に行くのがいいだろう。行って……」

「……？」

「明日、あさって、しあさって、いや、今日は何日だ？」

「陽暦一月八日です」

「それなら、そうだな、余裕を持って、範錫のお父さんと一緒に十四日までに統営の趙炳秀さんの家に行って、そこで待ってろ。俺は用事を片付けてから行く」

「釜山から直接行ったらいけませんか。今回もあの家に寄ってきたから、また迷惑をかけるのも」

「事情が変わった」

「……」

「俺の荷物は簡単だ。布団の包み一つ担げばいい。年寄りはみんな死んだし、息子は家を出た。ははははは っ……」

無理に笑う。

「まさか、家族を満州に連れていこうというんじゃないでしょうね」

「家族を？　ははは、はははっ、そうはできない。ははははっ、ははは、まあ、跡形も残さず逃げてしまいたいのはやまやまだが、そうもいかん。酒でも飲め。そんなに思いどおりにはできないぞ。はははっはっ……」

寛洙はやたらに声を立てて笑う。この夜、漢福は酔っぱらった寛洙が泣くのを、初めて見た。

「どうして夜明けはこんなに遅い。どうして毎日が夜なんだ。真っ暗な夜ばかりだ。ううう……」

「兄さん！　どうしたんですか」

「俺に何ができる。与えられた物を食って死ねばいいのに。カンセの言うとおりだ。どうして俺がこんなことをしてるんだ」

涙を流したかと思えば、

「邪魔する奴がいたら、腹を刺して殺してやる。人の腹を刺せないわけがない。世の中は滑稽だ。世の中は滑稽だ！」

すぐにでも人を殺しに行くみたいに、目に炎を灯す。

「兄さんがそんなことを言うなら、俺はどうすればいいんです。そもそも兄さんが満州に行けと言ったせいで関わることになったのに。ほんとに、どうしたんですか」

「ああ、俺のざまを見て怖くなっただろ。そうだろうさ。一家は離散して、草むらの鳥みたいに、ちょっと音がしたら別の所に飛んでいかなくてはいけない。福を受ける代わりに侮辱を受ける。今でも遅くはないぞ。お前は足を踏み入れたばかりだ。人生は短いのに、いったい俺は何をしてる」

「兄さんがどうしたって言うんです」

「おい！　知らないとでも言うのか！　もっとも、心の奥底に何があるかなんて、他人にはわからないさ。うむ、ふむ……わかったって仕方ない！　誰かが俺に賞をくれるってのか。何もいらん。いらない！　息子も親を擦り切れたわらじみたいに捨てるのに、誰が何をどうしようってんだ。世の中が崩れてしまえばいい、斧でぶち壊せるものなら壊してやりたい」

姿勢を保っていられないほど酔った寛洙は、酒をこぼしながらまた飲む。

「他の人の前ではともかく、俺の前ではそんなことは言えないはずですよ」

漢福もかなり飲んだ。

「言えない？　どうしてだ。生意気な。お前が何だと言うんだ！」

手を振り上げる。

「兄さんは白丁の婿だし、俺は人殺しの子じゃないですか」

「ああ、そうだな。うん」

寛洙は声を上げて笑った。漢福も一緒に声を上げて笑う。二人はどうして笑うのか、笑わなければならないのか。泣く代わりに笑っているのかもしれない。

「兄さん、俺はですね、後悔しませんよ。しません。恐いけれど、抜け出したりしません。永鎬と約束したんです。人殺しの子として死ぬより、愛国者として死ぬ方がいいじゃないですか」

愛国者と言った時、漢福の顔に恥じらいが浮かんだ。酒を飲まずには言えない台詞だ。

「それに、そうしてこそ俺は借りを返せるんじゃないですか。借りを作らずに生きたいというのが一生の願いなんです。寛洙兄さんが最初に満州に行けと言った時には怨みましたよ。でも満州で吉祥兄さんに会ってあちらの事情を見て、ええ、吉祥兄さんが気づかせてくれたんです。お前は過去のくびきを捨てろ。それはお前の過ちではない……。他人にどう言われても、悲しくても、悔しくても、俺は頼れる柱を見つけたんです。人間らしく生きよう……。俺は抜けられません。俺もこの山河に生まれたんだから叫ぶ権利はあります。兄さんの足元にも及ばないことは自分でもわかってます。でも兄さん！　俺の前で泣いてはいけません。泣くなんて兄さんらしくない。どうです、俺の言うことは間違ってますか」

「おい、漢福、それ、本当にお前の言葉か。お前がそんなことを言うなんて、信じられん」

「どうしてですか。巨福の弟だから?」

「はははっ、はははっ、お前こそは、最も汚《けが》れのない愛国者だ!」

七章　父と娘

酒幕に栄山《ヨンサン》宅の姿はなく、淑《スク》が一人で酒のかめにもたれて居眠りしていた。

「婆さんは、いないのか」

北風と共に寛洙《グァンス》が入ってきた。その後から、荷物を背負った栄善《ヨンソン》が、両手を息で温めながら店に入った。淑ははっとして立ち上がった。栄善は紫色のモスリンのチマにガス織り*の黒いチョゴリを着て、首に絹のスカーフを巻いていた。靴下の上に白いポソンを重ねばきしている。寒さと疲れで、ほとんど泣き顔になっていた。

「婆さんは、いないのか」

寛洙はもう一度聞いた。

「具合が悪くて寝てます」

「そうか」

寛洙は座った。

「クッパ二つ。先に酒を一杯くれ」

「はい」

まるで連れではないみたいに、寛洙は栄善に座れとも言わない。

「暗くなったのにまだ商売してるんだな」

酒をついでもらった鉢を持って、独り言のように言う。

「片付けるつもりが、うっかり寝てしまって」

「婆さんはずいぶん悪いのか」

「風邪を引いたのと、疲れもあるみたいです」

淑はすぐスープの釜に火をつけ、田舎娘とは違って垢抜けて、泣きそうな顔をしているのにどこか爽やかで聡明に見える栄善を、不思議そうに見つめる。栄善も、酒幕の娘でありながら野菊のように清らかでしなやかな淑を珍しげに見る。酒幕に栄善のような若い娘が来ることはめったにない。酒幕に淑のような娘がいるのも普通ではない。淑は鍋のふたを取り、鉢に盛ったご飯に柄の長いおたまじゃくしでスープをかける。湯気が上がった。クッパ二つと薬味入りのしょうゆが並べられた時、寛洙はようやく、

「腹が減っただろう。食べろ」

と娘に勧める。栄善は空腹だったけれど、それより寒さがこたえた。すぐにさじで熱いスープを飲んだ。

河東《ハドン》に着いた時には日が暮れていた。栄善は、河東で泊まるのだと思った。しかし寛洙は、川が凍って舟が出ないとつぶやいた。

「歩いてでも行かなければ」

栄善は、歩いていく先がそれほど遠く、川から吹いてくる夜風がそれほど冷たいとは知らなかった。振り返りもせず風を切るように暗い土手を歩く父の後ろ姿が恨めしかった。月払いで借りていた家だから引っ越しは簡単だとはいえ、一日のうちに一部屋きりの貸し間に家族を移すと、父は有無を言わせず栄善を連れて家を出た。母は荷物をまとめながら泣いた。訳もわからず家を出る栄善も泣いた。

「何を泣いている！　死にに行くってのか」

寛洙は怒鳴るように言った。引っ越すのは理解できる。康恵淑《カンヘスク》の母は娘が戻るという希望を捨てていないし、女の子のことだから人に知れないようにしてくれと言って帰っていったけれど、恵淑が戻ってこなければ、ただでは置かないだろう。警察に届けるかもしれない。それでなくとも寛洙は晋州《チンジュ》警察署に追われているのだ。家族ももちろんそれはわかっているし、引っ越しには慣れていた。しかし栄善はどこに、何のために連れていかれるのか見当がつかない。何度聞いても父は答えてくれず、たった一度、行けばわかると言っただけだ。

クッパを食べ終えると、寛洙はたばこを吸った。淑は、戸を閉めて明日のために寝ないといけないのだが、父と娘の雰囲気があまりにも暗いので、泊まるのかと聞けずにいた。

「今晩はここに泊まるぞ」

ようやく寛洙が重い口を開いた。

「この子はうちの娘だが、お前の部屋で一緒に寝ればいいだろう」

「ええ、わかりました」

「俺はどこでもいい。布団だけくれれば」

「お婆さん、お婆さん」

淑は部屋の前で栄山宅を呼んだ。

「ああ、何だね」

「あの、お客さんが」

「どうして？　日が暮れただろうに、まだ店を閉めてなかったのかい」

「泊まるお客さんがいて」

「泊まる？ ろくな布団もないのに。おや、どうしてふしぶしがこんなに痛むのかね」

寛洙は栄山宅の声が耳に入らないみたいに、たばこの煙を見ている。寒い所から暖かい部屋に入って熱いクッパを食べた栄善の顔は、リンゴみたいに赤い。

「ああ、ふしぶしが折れそうだ。病気になったらそのままあの世に行かなきゃ。お前一人で大変だっただろう」

北風にさらされた大根葉みたいな栄山宅が起きてきた。

「泊まるってこの娘さんかい？」

栄善をじろりと見た。

「はい、あちらのお客さんと」

「そんなら、その子はお前の部屋に泊めなさい」

「じゃあ、店は」

「もう大丈夫だから、心配しないでいいよ」

淑は栄善に手招きして一緒に部屋に入る。髪をなでながら店に出た栄山宅は、鉢に少し酒を入れて飲み干し、客には知らんふりをしている。

「俺にも酒を下さい」

寛洙が言った。

「はいよ」

酒をつぐ。

「やっと少し楽になったけど、倭奴の風邪なのかね。どうしてこんなにしつこいんだろ」

「もういいんですか」

「病気になっても寝てられない性分だからか、生き返ったよ。ところで、あんた誰だっけ」

「知ってる人でしょうかね？」

寛洙が笑う。

「ちょっと待ってよ」

栄山宅は寛洙をまじまじと見る。

「ああ、そうだ、わかった。寛洙じゃないか？」

「目がいいんですね。わからないと思ったのに」

「死ななければいつかは会えるんだねえ。さぞかし苦労しただろう」

「苦労は誰もがするもんです。婆さんもずいぶん老けましたね」

「丈夫な木も虫に食われると言うからね。年を取るのはどうしようもない。あたしのことより、あんたは、ずいぶん苦労したように見えるよ」

「おやおや」

寛洙は酒をあおる。

「晋州に住んでるそうだね」

「誰から聞いたんです」

「金《キム》さんだったか李《イ》さんだったか」

金さんは永八《ヨンパル》、李さんは死んだ龍《ヨン》だ。しかし栄山宅は詳しいことは知らないらしい。もっとも平沙里《ピョンサリ》の人たちはほとんど、寛洙について深くは知らない。

「そんなら、あの子はあんたの娘さんかい」

「そうですよ」

「絶世の美女だ。お祖母さんに似たのかな。あんたの母ちゃんも若い時はきれいだった」

「そうらしいですね。母ちゃんに似たみたいです」

絶世の美女は大げさだが、栄山宅は興奮していた。

「母ちゃんの消息は……。母ちゃんは見つかったのかい」

「捜しようがありませんよ」

「趙俊九《チョジュング》の奴、死んだという話はまだ聞かないね」

「みんな波乱万丈でしょう」

「そうだね。恨ばかり積み重ねて死ぬんだろうねえ」

「もう一杯下さい」

「さあ、飲みなさい」

寛洙はごくごく、栄山宅はちびちび酒を飲む。

「とにかく、会えてうれしいよ。あの世が近づくと、昔の知り合いに会うのがすごくうれしいんだ。今度別れたら二度と会えないと思うと寂しいね。それであんた、どこに行くの」

「ああ、木浦《モッポ》に」

寛洙はためらいもなく嘘をつく。

「何の用事で?」

「親戚がいるんです」

「あんたに会えてうれしいけど、なんか切ないね。あの世であんたの母ちゃんに土産話ができるよ」

「長生きしなきゃ。風邪引いたぐらいで、何ですか」

「いや、同じ年頃の人はみんな死んだ」

「そりゃ、急ぐ人もいれば、ゆっくり行く人もいるでしょう」

「昔のことを思い返せば悔やむことばかりなのに、そんな時代が懐かしいね」

「もう年なんだから、楽に暮らしたらいいじゃないですか」

「酒幕をたためって言うんだろ。みんなそう言うけど、人に会わないで暮らしていけるものか。出かける人、帰ってくる人、飛んでゆくカラスにも、一杯やっていけと言いたいのに。欲はないよ。金もうけでやってるんじゃない。もっとも、淑にいい人を見つけてやれれば、あたしは寺にでも入って死んでもいいと思ったりはするね」

「あの子は、どこの子なんですか」

「子供のいないあたしを哀れに思って天が遣わしてくれたんだ。養女というより孫みたいだけど。それはそうと、最近困ったことがあってね。あいつめ、今度来たら村の人たちを呼んで殴らせてやる。でなけりゃ、脚をへし折ってやるか」

「あいつって?」

「とんでもない奴だ」

その瞬間、栄山宅の目がぎらぎらした。

「あたしが病気になったのも、たぶんあいつのせいだ。どこの馬の骨だか。あいつのことを考えるだけで、今もむかむかする。その恥知らずが突然現れて、何をしたと思う。昔出ていった放蕩者の爺さんの息子だと言って、お義母さん、クンジョル*を受けて下さいと言うんだよ。子供もなしに何十年も商売しているから金を持ってると思ったんだろう。あるいは、きれいな淑を見て欲を出したのか」

「ほんとにお爺さんの息子かもしれませんよ」

栄山宅は腕を振った。

「そうだったら、よけい話にならないよ。あたしとは関係ないじゃないか。あたしがどうやって暮らしてきたと思うの。亭主の稼ぎでご飯を食べたこともないのに。役立たずのじじいめ。胸に恨が溜まってるよ。若い時も、たまに帰ってきたと思ったら、あたしの貯めた金を奪って女遊びにばくちだ。わらじ一足買ってもらったことはない。どこでどんな女が産んだ子なのか、知ったこっちゃない。腐った握り飯一つだってやりたくないね。考えてもごらん。元気な男が、いつ死ぬかわからない年寄りを利用するのかい？　あの爺さんの子だとしたら、血は争えないってことだ。ここで暮らすと言ってやってきたけれど、あたしが棒を振り回して追い返してやったさ。ここで暮らすなんて、よく言いだせたもんだ！」

栄山宅は腹を立てていた。目の前にいる寛洙が、まるで死んだ亭主の息子であるかのように。

「この年になっても、亭主に大事にされている女房を見ると羨ましいね。女房をいじめる奴はろくな死に方をしないよ。白丁だろうがカッパチ*だろうが、子供や女房を大事にするのがまともな人間ってもんだ。あたしの若い時、女房を捨てて妾の所に行っていた男が、浮気したと言って妾を殺したんだけど、その息子がまた、同じだったよ。人を殺したってことだ。親に似ない子はいない。もし、あかの他人よりましだと思ってあいつを家に入れたら、淑が一生苦労する。あいつはのんきに女遊びやばくちをするだろう。そんなことさせられるかい。大逆罪の罪人や人殺しより悪いのは、弱い女に貢がせて遊んで暮らす男だ。人間じゃないよ」

「そのとおりです」

寛洙は内心、女房の父親が牛をつぶして貯めた財産でこれまでしのいできた自分を振り返る。

（俺も悪い、愚かな男だ）

「はははは、ははは……」

寛洙は唐突に大声で笑い飛ばした。

「おや、人が腹を立ててるのに、どうして笑うんだ」

「そのとおりですよ。考えてみれば自分のことだから、笑えてくるんです」

「おや、あんたがどうして？」

「金を稼ぐ才覚もないチンピラ、人間のくずです」

「女房の稼ぎで食ってたのかい」

「人の顔もろくに見られない女が稼げるもんですか」

「娘さんも立派に育てたのに、じゃあどうやって暮らしてたんだい」

「女房の家のおかげで」

「金持ちだったんだね」

「金持ちだなんて。血の代価ですよ」

寛洙の目に光るものがあった。

「血の代価？　どういうこと？」

栄山宅が驚くのに、寛洙は返事をしない。言ったことを、すぐに後悔していた。

「どうしてそんな恐ろしいことを言うんだ」

寛洙が立ち上がった。

「ちょっと出かけてきます」

「暗いのに、どこへ」

「墓に行くんじゃないですよ。めったに来られないから、母ちゃんの住んでいた家でもちょっと見てきます。眠れないし、明日は早く出かけるんで」

栄善と淑はぐっすり眠っているらしい。

（ふん、死んだ母ちゃんまで利用して。たいしたもんだ）

酒幕を出た寛洙は自嘲しながら崔《チェ》参判家に行き、夜明けに戻ってきた。

栄善は温かい朝食を食べ、寛洙はヘジャンクク*と一杯のマッコリを朝飯代わりにした。

「もう出かけないと」

栄山宅は風邪がぶり返したのか、起きられないでいた。

「婆さん、元気でいて下さいよ！」

寛洙は部屋に向かって叫んだ。

「アイゴ、アイゴ、頭が痛い」

栄山宅はそう言いながらも戸を開けて顔を出した。

「今度はいつ会えるんだろう」

鼻が詰まったような声で言う。

「長生きして下さい」

栄善も、

「どうかお元気で」

と挨拶した。そして少しためらってから淑に笑顔を見せた。淑は栄善を見て、歯並びがきれいだと思う。

門の所で淑は、

「お気をつけて」

と小さな声で言った。

「ああ、お前も元気でな」

寛洙が答えた。朝もやが次第に晴れる土手に向かって歩きだした父と娘を、淑はじっと眺めていた。昔のことが思い出される。父と弟のことを考えずにはいられない。男の客は父より元気そうだ。娘は町娘らしくきれいな服を着ていて、昔の自分みたいにみすぼらしくはない。

(父ちゃんはどうしてあたしを置いていってしまったんだろう。モンチ! あんた生きてるの?)

早朝の風は昨夜の風よりも冷たい。山河はすべて凍り、死んだように動かない。葉っぱを落としてしまった木の枝だけが激しく揺れる。民家の近くを通り過ぎても子犬一匹いない。暖かい部屋でよく寝て温かいご飯を食べたから、しばらくは栄善も寒さに耐えられた。しかし歩くにつれ、川風と寒さが容赦なく栄善を襲う。手足が凍えて感覚がない。針の雨に打たれているみたいに顔が痛い。

「父さん！」

寛洙は振り向きも返事もせずに前を歩いてゆく。

「アイゴー、ううううっ……」

栄善は地面にへたって泣きだしてしまった。寒さのせいだけではない。先に歩いていた寛洙は足を止め、たばこを出して火をつけた。そして、うつろな目で川を見ている。

「ううううっ……ううううっ……いったい、どこに行くんですか！」

寛洙が近づいてきた。短い綿入れのトゥルマギ〈民族服のコート〉を脱いで娘に着せてやる。

「世の中は北風よりもっと冷たいぞ。こんなことで泣いてどうする」

「父さん、あたしたちどこ行くの。母さんを残して、どこに行くっていうの」

「行けばわかると言っただろう！　お前を売り飛ばすんじゃない！　どうして口答えをする！」

口が裂けそうなほど大声で叫んだ。

「立て！　川の水に突き落とされる前に、さっさと立つんだ」

しかし、川は水ではなかった。白く凍りついて、あざ笑うようにじっとしていた。

花開《ファゲ》まで来ると、少し寒さは緩んだ。太陽は空高く昇ろうとしていた。カラスとカササギが飛び交い、綿入れのチョゴリを着た木こりが腕組みしながら通り過ぎた。花開からまた歩いて海《へ》道士の家に到着した時、太陽は中天を過ぎており、昼食の時間はとっくに過ぎていた。

「お前、寒いから部屋にこもってたのか」

寛洙が笑いながら言った。子供の真っ黒な瞳が栄善を見つめていた。姉を思い出したのだろう。二人の客が姉の淑と同じ家で一晩過ごしたことは知らなくとも、山奥で姉と同じ年頃の栄善を見て、姉を思わないはずはない。

「モンチ！」

海道士が呼んだ。モンチは慌てて立ち上がった。

「何を驚いている」

海道士は何げなく言った。突然、考えを断ち切られたモンチは、立ち上がってからもそわそわしていた。

「釜に水を入れて火をつけろ」

モンチは黙って部屋から出ていった。

「うちの娘です。栄善、挨拶しろ」

栄善はこわばった表情で海道士にクンジョルをした。

「ところで、どうしたんだ」

しばらく栄善を凝視していた海道士が聞いた。

「そのうちわかります」

「うむ……」

海道士は再び栄善を見る。

「昼飯は済んだのか」

「ここで食べさせてもらいます。腹が減って死にそうだ」

「冷や飯ではいかんな」

「米でも麦でもくれたら、うちの娘が飯を炊きますよ」

「お客さんをこき使うなんて」

「奥さんがいるならともかく、大きな女の子が、父親みたいな人に飯を炊いてもらうわけにはいきませんよ。栄善、よその家だからやりにくいだろうが、モンチに教えてもらって飯を炊きなさい」

「はい」

栄善が部屋を出た。

「見当がつかないな。娘をこんな山奥に連れてくるなんて」

「そのうちわかると言ったでしょう」

「金さん〈カンセ〉の家に行くのか」

「ええ、娘には話してないから、言わないで下さいよ」

「うむ……」

「ところで、あの子の人相はどうです」

「いい」

「いいって、どこがどういいのか、教えて下さい」

「いいんだから、それでいいだろう。それ以上、何が知りたい」

「女は星回りが重要じゃないですか」

「ほう、宋《ソン》さんも、そんなことを気にするのか。これは驚きだ」

「子供がない人にはわかりません。子供は苦労の種です」

「たくさんの因縁の中で最も断ちがたいのが、親子の因縁だ。それぐらいはわかる」

「どうして答えてくれないんです。星回りが良くないんですか」

寛洙の顔がゆがむ。

「宋さん」

「何ですか」

「何を焦ってる。宋さんらしくもない。星回りなんて、あるものか。他の人はともかく宋さんがそんなことを言うのは変だし、悲しい気がするな」

「……」

「水は、水だけでなく柔らかいものは、枠に合わせて形が変わるものだ。星回りは不変ではない。私が占いをしたり人相を見たりするのは、いわば雑技だ。ははははっ……」

しかし寛洙の顔は暗い。

「宋さん、慰めてもらいたいんだろう。娘の星回りがいいと思いたいんだろうが、つまらない考えは捨てなさい。仏教や密教は奥深くて底が見えないから、福を願い災いを退ける呪術ができた。しかしそれは一種の反逆であり、順理ではないのだ。こんなことを言うと、坊主たちは飯が食えなくなると騒ぐかもしれないがね。ははははっ。仏の慈悲はそんなに安っぽいものではない」

「しかし、福を受けたいと思い、災いを避けたいと思うのが人間じゃありませんか」

「それは人間が行うもので、祈るものではない。祈禱は宇宙万物の悲しみのためにするんだ。はははっはっはっ……」

海道士は本気だか冗談だかわからない言い方をして、話すたびに笑う。

「まあ、いいでしょう。からかわれたけど、知っても知らなくても、どうということはない。福のない人がいるから福を受ける人がいて、災いを受ける人がいるから災いを免れる人がいる……。そんなことがいつまで続くんです?」

「おやおや。私に怒ったってどうにもならないのに。どうして文句を言う。宋さん、焦っても仕方ないぞ。五十にもならないのに老いぼれてはいけない」

今度は冗談ではない、厳しい口調だ。寛洙は顔色を変えたけれど何も言わない。

「モンチ！　モンチ！」

モンチが黙ってやってきた。

「先に酒を持ってこい」

酒の支度は慣れているらしく、お膳に小鉢に盛ったしょっぱいキムチ、杯と箸を載せて運んできた。そして酒の瓶も置いて出てゆく。モンチは気分がいいらしい。栄善が台所でご飯を炊いているのがうれしいようだ。つかの間とはいえ、母や姉に対する恋しさが癒されたのだろう。

海道士が酒を飲みながら口を開く。

「根源を断つ刃《やいば》もなければ、心配をなくす薬もないと言うが」

何を話そうとしているのだろう。

「根源を断つ刃がないとは、おかしな話だなあ。海道士にそんなことを言う資格があるんですか」

「それだから無学だと言われるんだ。ものを知らないのは困りものだな」

「ちくしょう！　どういう訳だか、この何日か、やりこめられてばかりだ。ああ、それなら根源は夫婦の情じゃないってことですか。独り者のくせに、根源がどういうものかわかるんですか」

「夫婦の情とは何だ？」

「情は情、子供をつくって暮らす情じゃないですか」

「情とは天地万物、生命が動く根本だ」

「また天地万物だ。一つだって思いどおりにはできないのに、何が万物だよ」

「天地万物を離れて自分は存在しないし、情がなければ自分は存在していなかった。情とは生命を成すものだ。夫婦の根源は生命を誕生させ、その生命を成すことだ。小さな虫も生命を生むだけではなく、生命を成すことのできる所で卵をかえす。草木も花を咲かせ、蝶を呼び寄せ、地中の気をせっせと吸い上げて実を実らせる。万物の生死は共に存在するもので、共存は情で編まれている。情が物を治め情が物に向かう時、物にも生命を与えることができるが、物が情を侵食し治めようとすれば生命が壊れる。万物の特性が損なわれ、人性〈人間本来の性質〉も損なわれ、共存できないばかりか天地万物が互いに離れ、自分も天地万物もなくなる。狭い考えを持ってはいけない。治めるとは物を奪うことでも、物で人性を抑圧することでもない。治めるとはすべてを広げることで、それは心が行うことだ。物は常にそこにあるけれど、心が物をふさわしい場所に移したり、ふさわしくない場所に移したりするのだ。適切ではない所に移されれば物に邪が生じて生命を食い、天地万物を破壊して天地万物の運行が停止する。どうして人は極楽や地獄をつくるのだろう。極楽も地獄も物によって仲立ちされるのだから、極楽も地獄もないのが極楽なのだ」

「訳のわからない話はやめて下さい。いくらそんなことを言われたって、永遠に神仙にはなれないんだからら」

「ううむ、宋さん」

「今度は何です」

「白丁だけが悲しいのではないだろう」

「……」

「どうして白丁だけが悲しいと思うのだ」

「俺はそんなこと言ってませんよ！」

「ほら、目玉がひっくり返ってるじゃないか。その病気を治さない限り、包丁を振り回す人に過ぎないのだぞ」

「包丁ぐらい昔から持ってましたよ。銃でなくて残念だけど」

寛洙はぼそぼそつぶやく。海道士の言う意味がわからないのではない。寛洙はめったに恥じるということがなかったけれど、海道士に言われて恥ずかしくなり、話をそらす。

「それはそうと、あの女の人はあれから兜率庵《トソルアム》に来てないでしょうね？」

寛洙はいつになく弱々しく見えた。うろたえているようでもある。

「来てはいないし、これからも来てはいけないだろう」

「実は、責任は俺にあるんです。事情を知らないから、蘇先生の従弟の李範俊《イボムジュン》という人にうっかり話してしまった。また来たら、面倒なことになりますね」

「蘇先生が処理するさ」

「ずる賢い女だから蘇先生だって手に余るでしょう。この間もずいぶん冷や汗をかいてたし」

「手に負えなくなったら一塵《イルチン》和尚が出ていかなければ」

「相思蛇《サンサペム》*がついたみたいで不気味でしょうね。いやだと言うのに、どうして追い回すんだろう」

「いやも何も、出家の身だ」

「だから言ってるんです。結ばれた縁ですら、つらいのに」

寛洙は反撃の機会を得たように言う。

「そういう場合、根源や情はどうなるんですか」

話題を変えてにやにやしたが、それはうわべに過ぎない。

「情なものか。損得勘定だ」

海道士もにやにやする。

「損を取り戻そうとするのが自尊心というものだが、要するに度量が狭くて愚かなのだ」

その時、

「父さん、お膳を持ってきましょうか？」

栄善が戸の外から声をかけた。

「ああ」

食事が来た。モンチも栄善の後ろから顔を出す。

「お前はどうする」

「私は台所でこの子と一緒に食べます」

海道士は栄善をじっと見た。

「なら、そうしろ」

「客になった気分だ」

海道士が言った。栄善とモンチは部屋の戸を閉めて台所に行ったらしい。

「娘は立派に育てたな。人が聡明に見えるのは、それほど簡単なことではないのに。星回りなどより、人となりが重要なのだ。世の中には苦労を楽とみなせる人もいれば、大きな福を持って生まれてもそれに耐えられない人もいる。星回りなど皮相なものだ」

海道士がつぶやいた。寛洙は何も言わず、勧められるのも待たずにご飯を食べる。昼食と夕食を兼ねた食事を終え、寛洙と海道士はしばらく黙って顔を見合わせた。

「日が暮れる前に出なければ」

寛洙は立ち上がり、部屋を出ようとして、ふと、

「海道士」

振り返りもせずに呼んだ。

「俺たちがカンセの家に行くのを止めないんですか」

「ほほう、どうしてそんなにのみ込みがわるいんだね。何のために引き止めるんだ」

「じゃ、いいです」

別れの挨拶をして、父と娘は山を登り始めた。もう断念したのか、栄善はどこに行くのかとは聞かない。寒いとも言わない。山奥に穴を掘って入れと言われても逆らうまいと決心したみたいに、黙って歩く。脚は疲労と寒さで棒のようになっていたし、うめくような風の音が聞こえるだけで方角の見当もつかないほど深い山奥なのに。

カンセの住む、タカキビの茎で編んだ小屋に着いた時、庭にしゃがんでかんじきの手入れをしていた、栄善より一、二歳年上に見える少年輝《フィ》が、

「おじさん！」

と、うれしそうに迎えた。

「父ちゃん！」

カンセが部屋の戸を開けて外をのぞく。

「おじさん！」

今度は栄善が叫んだ。

「あれ」

カンセは慌てて外に出てきた。

「お前がここに来るなんて。いったい、どうした」

「私もわからないんです」

寛洙は黙って立っている。カンセの女房も驚いて出てきた。栄善は思ってもいなかったことに驚きながらも、安堵のため息をついた。栄善は、かごを作って売るカンセが智異山《チリサン》に住んでいるとは知らなかった。時々家に来たけれど、どこから来たという話もしなかったし、栄善も聞かなかった。誰から聞いたのかは記憶にないが、カンセは南海《ナメ》方面から来るのだとばかり思っていた。

「とにかく、お前は夕食の支度をしてくれ。栄善は部屋に入れ。足が冷たいだろう。それから、輝、お前はチャクセの家に行ってろ」

カンセはせかすように言った。そして寛洙の背中を押すようにして小さな部屋に入る。部屋の中は暗く、火鉢に真っ赤な火が燃えていた。ござを敷いた床が暖かい。

「どうしたんだ」

カンセは、斜視の目を大きく見開いた。

「一緒にしようと思ってな」

「どういう意味だ」

「説明すると話が長くなるから後回しにして、今日、どうしてここに来たかというと……。要するに、栄善を預けに来た。預かってくれるか」

カンセは一瞬息をのんで寛洙を見た。

「どうして返事をしない」

「預かるのも、預かり方による。もっとはっきり話せ」

「言わなくてもわかるだろう」

「はっきり言ってくれ」

「息子の嫁にしろってことだ」

「いいだろう」

寛洙のこわばった顔が緩んだ。

「うれし過ぎて、心配なほどだ」

「これでよし。娘の心配はなくなった」

寛洙は寂しそうに笑った。

八章　晋州《チンジュ》への旅

シートに頭をもたせた緒方は寝ているらしい。レールを走る車輪の音が規則正しく響く。そのリズムを頭に刻みつけ、刻みつけた所にまた刻み、永遠にそれを繰り返すように。人は消え去り、車輪の音だけが響く。汽車は、夜が大きく開けた口の中を南に向かって疾走している。薄暗い車内で、緒方だけでなくほとんどの乗客は寝ているようだ。かすかな明かり、車輪の音、車窓の漆黒の闇、眠り込んださまざまな顔。燦夏《チャンハ》は、生命が不在だと思う。野菊もコスモスもない、一匹の蝶すらいない、鉄道沿線に野積みされた石炭に反射していた鈍重な光まで失った闇は、どこに続いているのか。燦夏は戦慄を覚える。

（僕たちは皆、どこに向かっているのだろう。これから行く場所も、窓の外と同じ底知れぬ闇があるだけかもしれない）

それは人生の終わりを思わせた。その港町にいるという女性のそばに行ったところで、一筋の光を見ることはない。

（僕は何のために行くのだ。やるせなさが募るだけなのに、何のために汽車に乗ったのだろう。わずかな希望を持っているのか。あるいは持ちたかったのだろうか。いや、そうではない。少しでも助けられるなら、助ける方法があるなら。僕には責任がある。彼女は僕のために破綻したんだ。だが、本当にそうか？僕が離婚に反対したのは、兄が、兄嫁に汚名を着せたからだ。自分から出ていってくれてよかった。彼らの結婚は壊れるべきだった。もし壊れなかったなら、任明姫《イムミョンヒ》という女性は紙になって破けてしまっただろう。どんな汚名を着せられ、どんなひどい目に遭っても、あの人は趙《チョ》家から解放されるべきだった。兄のためにも。彼はようやく人間的な弱さを露呈し始めた。自分の考え方や価値観が砂の城に過ぎなかったことに、権威や財産や力をもってしても所有できないものがあるということに、ようやく気づいたんだ。兄の心理は病的だ。人生はお遊びじゃないことを悟るべきだ。

持たざる者にとって、人生は常に険しい道だった。持てる者にとって、人生は遊戯だった。刹那主義、享楽主義……。幸福を求める素朴な気持ちは財産や権威や力によって腐る。それは生成され老化し死に至るという道理のせいだろうか。苦しめられる者や貧しい者は苦しいために、あるいは貧しいために老いないのかもしれない。願いに満ちあふれているから。願いは遠くにあるが、貪欲は身近にある。しかし真実はつかみにくい。だから人々は真実に顔を背け、澄んだ水の流れから逸脱する。数字だけを記憶し、数字だけを信じようとする。数字は質ではなく量だ。人々はそれを捏造《ねつぞう》する。捏造できるから、人は数字を信奉するのだろうか）

燦夏はたばこに火をつけた。砂で墓を作るみたいに、あちこちに思考の墓を築く。日本から朝鮮、そして満州に何度も旅行したけれど、そんな旅より長い、目的地もない思考の旅。矢のように走る汽車や船とは違って、いつも迷路だ。たばこは時として、肉体を離れて迷路を浮遊する霊魂の友になってくれた。逆に、たばこに火をつけると自分の肉体に戻れる気がすることもある。

（去年の正月、ソウル駅に降りたのは夜だった）

妊娠した妻を東京に残し、冬休みを利用して満州方面をうろついていた燦夏は、陽暦元旦の数日後、釜《プ》山《サン》に直行して関釜連絡船*に乗ろうかどうか迷った末にソウル駅で下車した。駅構内の食堂は明るかった。お茶を飲んでいこうと立ち寄った所で、彼は偶然、明姫に会った。そこから事件が起こり、事態は妙な方向に向かったのだ。

（彼女らしくもない、濃い化粧をしていた）

明姫は空っぽのカップを見ながら一人で座っていた。一緒に家に向かう車の中で交わした言葉が、活字のように鮮明によみがえる。

（ああ、そうだ）

燦夏は知らず知らずのうちに自分の額をたたいた。


「友達の話が出たから思い出したんですが」

燦夏はたばこを取り出しかけて、元に戻す。

「どうぞ吸って下さい」

「構いませんか」

「はい。たばこのにおいは大丈夫です。それより思い出したことって何かしら」

たばこをくわえて火をつけてから燦夏は言う。

「多分、お義姉さんが前に勤めていた学校の出身だと思うんですが、何かの事件の新聞記事で名前を見たんです。日本人が一人交じっている事件でした」

「鶏鳴会《ケミョンフェ》事件のことですね」

「そうです、鶏鳴会事件」

「柳仁実《ユインシル》のことですか」

「そうです」

「あの子は私の教え子です」


(どうして、そこだけ切って捨てたみたいに忘れていたのだろう。山荘で仁実さんに会った時、思い出さなかった。お義姉さんの教え子だと言われても思い浮かばなかった。こんなことがあるのか)

燦夏は驚いた。しかしあの晩、偶然明姫に会ったことから衝撃的な事件が起こった。そんな小さなエピソードぐらい、怒りに燃えていた燦夏の頭の中から消えても不思議ではない。胸倉をつかんで兄に険悪なことを言ったのは、あの時が初めてだ。神聖不可侵だった兄に。妻が弟と関係したと言った、悪鬼のような兄の顔。シナリオどおり演技して楽しんでいた兄の顔。

(しかし、それにしても、どうしてあの記憶だけ完全に消えていたのだろう。僕たちは意外に大切なことも忘れて、そして天地の間に自分がいることも忘れて生きているのかもしれない。それなら理性はどこに

足場を置けばいいのか。そう、理性を信じるのは感情を信じるよりも愚かなのかもしれない）

燦夏は明姫と交わした会話の一部分を忘れていたことを、単なるもの忘れだとは思えなかった。

燦夏が緒方と一緒に崔《チェ》参判家を訪れることにしたのは、明姫の居場所を知ってからのことだ。一人で明姫を訪ねてはいけない。それは絶対にいけないことだ。これ以上明姫の心を乱したくなかったし、明姫は会ってくれないだろう。崔参判家で吉祥《キルサン》に会ってから統営《トンヨン》に行くことにしたのは、柳仁実が同行すると言ったからだ。仁実の事情も燦夏と似ていた。緒方と二人だけの旅行は、仁実の良識が許さない。そもそも緒方との旅行など考えたことすらなかった。友達だった時、日本から一緒に朝鮮に帰ったことはあったけれど今は状況が違う。自分や周囲の人を意図的に裏切ることはできない。甘い夢を見てはならないと思っていた。しかし燦夏が一緒なら、行けないこともない。仁実が一日先に出発して晋州《チンジュ》で二人を待つことにした。燦夏は結局、旅行することになった。旅行の目的も、燦夏の方が切実だ。

三浪津《サムナンジン》で汽車を乗り換えた燦夏と緒方は明け方、晋州に着いた。二人とも晋州は初めてだ。

「広々した感じですね。海もないのに」

緒方が言った。

「川があるからでしょう」

「川に沿って晋州に入る辺りの景色はきれいですねえ」

「いろいろ由緒のある所です」

「衡平社《ヒョンピョンサ》運動発生の地だそうですね」

「そのようです。昔は民乱〈一揆〉の発生地でもあったし」

「論介《ノンゲ》＊の逸話もある」

「僕より詳しいな」

「仁実さんに聞きました」

「俗に色郷《セキャン》と言うようですが、昔の官妓たちの伝統が受け継がれているからでしょう。農産物の集散地なので裕福な地主が多いんです。でも、壬辰倭乱の時もそうだったけど、抵抗の激しい所だとか」

二人は駅を出てタクシーに乗った。

「仁実さんが迎えに来ると思った」

「道に迷うことを心配してるんですか。金持ちの崔家といえば、子供でも知ってるそうですよ」

「お客さん、そこに行かれるんですか」

運転手が聞いた。

「いえ、町に入ったらヘジャンククの店の前で降ろして下さい。朝早く他人の家に行くのも失礼だし」

「あのお宅は、矗石楼《チョクソンヌ》＊を通り過ぎないといけません」

運転手が親切に教えてくれた。

二人は暖を取るためにヘジャンククの店に入って向かい合わせに座った。牛の血の入った熱いスープはおいしかった。

しかし二人の心には冷たい風が吹いている。充実感に浸っていた緒方は、ふいに奈落の底に落ちた気がした。やっぱり僕は孤独だ。誰もがそうであるように。誰もが独りぼっちなのは、どうしようもない事実じゃないか。

「僕は長生きできそうにない」

緒方がつぶやいた。

「何のことですか」

「そんな気がするんです」

「確かでありながら確かでないのが、死というものだ」

「……」

「自分には最後まで不確かなものじゃないでしょうか。自分では自分が死ぬのを見ることができないし」

「不確かだから、つらいのかな」

「生きることそのものが……。ソウルを脱出しても、相変わらず憂鬱だ。こんな気分で革命の志士に会えるだろうか」

燦夏は冗談に紛らわそうとする。

「鉄仮面みたいに勇ましく拳を天に突き上げるのが革命の闘士じゃないでしょう。徹底的に破壊しろと叫ぶ人に限って挫折するんです」

「それなら僕たちには希望があるな」

「希望のない馬鹿どもですよ。ちぇっ。徹底的に希望がない」

「仁実さんが迎えに来なかったからご機嫌斜めなんですか」

緒方はぎくっとした。

「ご飯も食べたし温かくなったから、そろそろ行きましょうか」

燦夏が席を立った。

「そうしましょう」

「スープのせいで悲しくなったのかもしれませんね。朝鮮に、スンニュンを飲んだら故郷を思い出すということわざがあります。もうくだらない話はやめて、行きましょう。僕なんか、歓迎されるかどうか。気後れするな」

「僕も同じです」

「あなたは面識があるけど、僕は初対面ですよ」

店を出た二人はぐずぐずしていた。ソウルより暖かいとはいえ、三寒四温の三寒に当たる日なのか、冷たい風が顔に痛い。丘の上で子供たちがたこ揚げをしている。崔参判家の門前で二人がおずおずと、ご主人に会いにソウルから来たと伝えると、還国《ファングク》が飛び出してきた。

「先生、いらっしゃいませ。お待ちしておりました」

しかし、駅まで迎えに来なかったことについては何も言わない。還国の後から民族服を着た吉祥が現れた。髪が少し伸びている。吉祥は微笑して、

「緒方さん、よく来て下さいました」

と手を差し出した。

「苦労なさいましたね」

二人は固い握手を交わす。

「お父さん、この方は趙燦夏先生です」

還国が、もじもじしている燦夏に気を使った。

「柳先生から、おうわさは聞いております」

「初めまして」

握手する。

「さあ、中へどうぞ」

仁実は大庁から下りて笑っていた。その横で允国《ユングク》が熱い視線を客たちに向けている。三人は舎廊に入った。

「押しかけてきて、ご迷惑ではなかったでしょうか」

緒方が言った。

「何をおっしゃいます。実は、還国が駅に迎えに行くと言うのを私が止めました。ここの警察が神経を尖らせているようなので」

「いざお会いすると、何から話していいのかわかりません」

緒方は恥じらうような笑みを浮かべ、頭をかく。

「私も同様です。特に、ここの事情を全く知らないので」

「ええ、そうでしょう」

「趙先生のことは、還国からいろいろ聞きました」

「何かとお恥ずかしい限りです」

「ソウルの任先生のお宅には、うちの家族がすっかりお世話になったようで」

吉祥は任家が趙家の姻戚だと思っている。燦夏は戸惑った。

二人に比べ、吉祥はずっと老成していた。年も七つか八つ上だが、長い歳月を異国で、そして獄中で苦労しながら過ごしたために練磨されて放つ光。吉祥は美男子と言われていたけれど、その光は彼の美貌を忘れさせるほど圧倒的だ。しばらく沈黙が続く。

「これからどうなさるおつもりですか」

言った後に、緒方は自分の質問が漠然としていることに気づいた。面識があったとはいえ言葉を交わすのは初めてだったし、ひどく近い人のようにも遠い人のようにも思えて、どうしていいかわからない。

「寺に入って観音像でも作りたい気がしますね」

「え？」

緒方は何のことだかわからない。

「子供の頃、私は画僧*になるつもりでした。実際、画僧について絵を習ってもいたし」

二人は驚いた。全然知らなかった。

「ということは」

「ええ、寺で育ちました。私を引き取ってくれた牛観《ウグァン》禅師も、私が千手観音像を作って乱れた世の哀れな衆生に菩薩の慈悲を知らせることを望んでいらっしゃいました」

「それは初耳です」

驚いたことが恥ずかしくて、緒方がつぶやいた。

「はるか昔の話ですよ。はははっは……」

「だから還国も絵の才能があるんですねえ」

「才能がありますか？」

吉祥は微笑して問い返した。

「甥がそう言ってました。画家になる夢を捨てられないで悩んでいたとも」

「美術を専攻すればよかったのに……」

吉祥はひとりごとみたいに言って、また微笑する。その裏には乾いた熾烈《しれつ》なものが隠されているようだが、偏狭な感じではない。二人は窮屈な思いをすることもなく、いつしか立派な先輩を尊敬していた。謙虚な性格とはいえ名門の家風に染まっている燦夏ですら、敬意を抱いた。吉祥については緒方もよく知らなかったが、燦夏はもっと無知だ。鶏鳴会事件で刑務所に入ったこと以外、何も知らない。ただ、苦痛と苦悩を経てきた人の人間的な魅力を感じた。

「国が違うのに、ずいぶん仲がいいんですね」

「妙な縁で馬鹿同士が出会ったんです」

燦夏の言葉で、みんなが声を上げて笑った。

「朝ご飯をお持ちしましょうか」

安子《アンジャ》が来て、戸の外から聞いた。

「そうしてくれ」

吉祥が言った。

「僕たちはヘジャンククを……」

「ヘジャンククはヘジャンクク、朝食は朝食です」

吉祥が優しい口調でさえぎった。大きなお膳に全員の朝食が整えられた。豪華でも派手でもなく、少し寂しく見える。

「どうぞ」

「では、いただきます」

彼らはお膳に近づいた。おかずは数種類しかないけれど、さっぱりして、とてもおいしい。朝鮮料理に慣れない緒方も喜んで食べた。

「金《キム》先生」

燦夏が呼んだ。

「はい」

「もし戦争が起こったら、どうなるでしょう」

意外なことを言う。

「戦争が起きると思いますか」

吉祥が問い返した。

「予想外のことだって、よく起こりますよ」

「予想外のことが起こると仮定してのことですか」

「いえ。今は戦争が起こらないことの方が予想外でしょう」

「ええ……」

沈黙が流れ、食事の音だけが聞こえる。しばらくして、燦夏が再度口を開いた。

「日本はこれ以上ぐずぐずしていられないのではありませんか。方法は違うとはいえ、軍部も政府も満州やモンゴルを取らなければならないという意志を固めています。それだけじゃない。日本国民全体の意志もそうです。それは先生の方がよくご存じでしょうけど。日本は機会をうかがっているというより、焦っています。分裂していた中国が統一に向かっているのも黙って見ていられないし、浜口首相が狙撃されて内閣が弱体化した代わりに軍部が強くなったから、強行するはずです」

昨年〈一九三〇年〉十一月に浜口雄幸首相が右翼青年に狙撃されたのは、内閣がロンドン軍縮会議で妥協案にサインしたことに端を発している。軍備に関しては天皇に統帥権があるから内閣が調印するのは天皇の統帥権を侵犯するものだと主張する軍部に、野党である政友会が同調した。政友会は軍部が強力になることを望んでいなかったのにもかかわらず、民政党内閣を倒すために便乗したのだ。かつてなく逼迫《ひっぱく》した国内経済を優先的に解決するため、浜口内閣がそれまで中国に対して取ってきた強硬な態度を弱めたのも、満州やモンゴルに関する問題を傍観しているという非難を免れなかった。首相の狙撃事件は、満州への進軍ラッパが遠からず鳴らされることの前兆だ。

「お二人はどうお考えです。戦争が起こった方がいいと思っていますか」

吉祥が尋ねた。

「絶対に反対です。戦争はいけません。戦争ほど大きな犯罪はない。燦夏さんは日本国民全体の意志だと言ったけれど、僕はそれに抗議します」

緒方は少し興奮していたが、言いだした燦夏は黙って食事をしていた。食べ方がとても優雅だ。風雨にさらされたことのないお坊ちゃんのように。

「日本の反戦論者はオオカミの中の羊みたいに苦労して闘争しているけれど、国を奪われてよその国に亡命した朝鮮人は立場が違います。特に満州や中国にいる人たちは」

吉祥の言葉に、緒方が問い返す。

「戦争を望んでいるというのですか」

「永遠に亡命していたいとは思わないでしょう」

「……」

「どこの国でもいいから日本と戦ってほしいと切実に願っているはずです」

「日本が満州や中国を侵略する戦争であっても？」

「国土を失って四方に散った民族は、透徹した精神を持っていたところで抵抗するのがせいぜいで、戦争はできません。花と散るだけです。その精神が受け継がれても国土の回復は望めない。しかし、どこかの国が日本と戦争したら日本が滅びることもあり得る。それが切実なのです」

「しかし戦争をしないでも日本の権力構造が破壊されれば、朝鮮独立の可能性があるのではないですか」

「それはそうです。だが日本は、どんな形であれ朝鮮を手放すことはありません。仮に緒方さんが政権をつかんだとして、国益を捨てることができますか。日本が弱くなるか朝鮮が強くなるか、二つのうち一つでしょう」

朝食が終わった。片付けさせてから、三人はまた向かい合って座る。

「お二人とも晋州は初めてですか」

「そうです。川が、大きくはないけれど美しくて、竹林が印象的でした」

燦夏が言った。

「私も今回、ソウルから初めて来ました。もっとも二十三の時に朝鮮を離れて二十年以上になりますからね。さあ、たばこをどうぞ」

吉祥は二人にたばこを勧め、自分も吸う。

「戦争になれば」

燦夏がまた話し出す。

「日本が勝つにせよ負けるにせよ、朝鮮人はどれほど生き残るでしょうか。特に、先生のように刑務所まで入った要視察人物は……」

それが言いたかったらしい。

「私が思うに、先生はここを出られた方が……」

言葉を途切れさせた。自分でもよくわからない。どういう訳か、吉祥に会ってすぐ、そんなふうに思った。吉祥は独立運動の指導者として広く知られている人物でもないし、新聞に鶏鳴会事件が報道された時に名前を見ただけで、具体的には何も知らない。そればかりか燦夏自身は部外者で、独立だの運動だのということには、ほとんど無関心を装ってきた。趙家の過ちに興味のないふりをしてきたように。吉祥は声を上げて笑った。

「私はそんな大物じゃありませんよ。私が何をしたと言うんです。日本の警察が神経過敏で、志士に仕立て上げただけです。ははははっ……」

燦夏は自分が幼稚なことを言ったと思ったが、自尊心が傷ついたり不快になったりはしなかった。

「では、晋州見物でもなさいますか」

「さあ」

「還国が、お二人をどんなに心待ちにしていたことか。私がお二人を独占してはいけないから、還国に晋州を案内させようかと思いますが、どうでしょう」

吉祥は丁重で、二人を避けたり警戒したりするふうではなかったけれど、何か得体の知れない冷たさを感じさせた。今度は緒方も、自分が幼稚だったと思った。そして二人は仁実を、明姫を、忘れていた。還国の母、つまり吉祥の夫人に会っていないことにも気づいた。

二人は還国に案内されて晋州市内や名所旧跡を見物した。

「川が凍っていることからすると、今年は例年より寒いみたいです。ここの川が凍ることはめったにありませんからね」

矗石楼の向かいの川岸を歩きながら還国が言った。

「竹やぶを吹き抜ける風の音が、まるで亡霊たちの吹く口笛みたいです。何だか不気味ですねえ」

緒方が言った。

「あなたが日本人だからですよ。壬辰倭乱の時、この辺でも人がたくさん死んでいるはずです。あの岩が論介岩かな？」

燦夏が還国に聞いた。

「そうです。ここではイヘミ岩と呼ばれています。壬辰倭乱の時に論介が十本の指すべてに指輪をはめて日本の武将を抱き、水に飛び込んだという話が伝わってますね」

「ぞっとするなあ」

緒方は顔を背けてつぶやいた。

（日本の女とどう違うのだろう。ひとみも、そんな部類の女なのだろうか……）

緒方は人知れずため息をつく。

九章　儒者と農民、武士と商人

趙燦夏《チョチャンハ》一行が車で統営《トンヨン》に着く頃、西の山を染めていた夕焼けは既に跡形もなく、港に明かりが灯っていた。バスの停留所で燦夏が旅館について尋ねたところ、事務室を出入りしていた青年は何を思ったのか、あっちに日本式の旅館があると指差した。

「朝鮮式の旅館はどこでしょう」

燦夏が再び尋ねた。

「船着き場に行ってごらんなさい。旅館がたくさんあります。金剛《クムガン》旅館がいいですよ」

青年はさっきより優しく言った。三人は船着き場に向かった。港に面した建物の明かりと、港を背にして並んでいる露店のガス灯の間の道は繁華街に似合わずひっそりとしていて、入る船も出る船もないせいか人通りも少ない。露店は海風を防ぐために白い布で囲われている。音を立てて燃えるガス灯の青白い光の下に色とりどりの雑貨が並び、露店のない所からは堤防の斜面ときらきら光る海が見えた。帆を畳んだ小さな船が下駄箱の靴みたいにきちんと並んで、波が堤防に打ちつけるたびぶつかり合いながら揺れている。仁実《インシル》が顔を上げて振り返ると、闇の中に「赤玉」という赤いネオンサインが浮かんでいた。赤玉……

カフェ*だろう。燦夏は看板を見ながら歩いた。緒方はうつむいて燦夏の横を歩いていた。

「旅館をお探しですか」

しわがれた声。彼らの前に立ち塞がったのは、荷物のない背負子を背負った老人だった。まげを結った白髪まじりの髪は乱れ、目を大きく見開いて、黒い手で背負子の支え棒を持っている。

「いい旅館をお教えしますよ」

老人が言った。

「いいえ、僕たち金剛旅館を探してるんです」

「そう、そうです！　まさにその旅館です。わしが教えようとしたのは。さあ、行きましょう。荷物をお持ちします」

「い、いいえ。大して重くありませんから」

燦夏が遠慮した。

「それなら、ついてきて下さい」

旗を振るみたいに棒を上下に揺らしながら、老人が嬉々として歩きだした。

「きれいで、料理もおいしい。金剛旅館の大おかみが作るタラのスープは絶品だという評判です。今は若おかみがやってるけれど。あそこの若おかみは新学問を習った新女性ですよ」

老人は息子の嫁を自慢するみたいに言った。金剛旅館という看板が出ている所に来ると、老人が叫んだ。

「奥さん！　馬山《マサン》宅！　お客さんですよ。それも、ハイカラなお客さん！」

女が戸を開けた。

「いらっしゃいませ」

出てきた女は仁実と同じ年頃に見えた。髪は洋髪で、紺色のトンチマと薄紫のタフタのチョゴリを着ている。旅館に新女性は、どう見ても似合わない。

「静かな部屋が二つ必要なんですが」

燦夏が言った。

「静かというのは、ちょっと無理ですけど」

「それじゃ」

いら立ったような、焦ったような声で燦夏が言う。

「みんな疲れてるんで、とにかく休めさえすれば」

女は使用人を呼ばずに、ついてこいという身振りをして案内する。ガラス戸の続く廊下を過ぎて突き当りまで来た時、女は部屋の戸を開けて振り返った。

「その部屋は仁実さんが使って下さい」

燦夏は急いで言うと、若おかみの指示を待たずに隣の部屋の戸を開けて入り、コートを着たまま座り込んだ。緒方は立ったままぐずぐずしていた。後ろにいた仁実もしばらくぼうっとしていたけれど、やがて自分の部屋に入ってしまった。

「夕食はいかがなさいますか」

「お願いします」

燦夏がまた答えた。

「承知致しました。では、ごゆっくり」

女は仁実の入った部屋の前に行って戸をたたいた。壁に向かって立っていた仁実は、戸の開く音に振り返る。

「お部屋はすぐに暖かくなります。何か御用があったらお申しつけ下さい」

「ええ、今のところは……」

「お顔を洗うなら、ガラス戸の外に水の入ったおけがあります」

「はい、どうも」

仁実は笑みを浮かべた。その瞬間、無表情だった女の顔に恥じらうような、悲哀のような感情の影が差した。その表情は女が去ってからも、妙に仁実の脳裏に残った。

（私、いつここに来たんだろう）

仁実は立てた膝に力の抜けた両腕を置き、その上に顔を載せる。一瞬にして、それ以前の時間と場所が消えてしまう。これまでのことが、風に飛ばされたハンカチみたいに、今にも消えそうに瞬く星みたいに遠ざかる。兄の顔、甥や姪の顔を思い浮かべようとしても輪郭がつかめない。水に潜ったように、かすかな輪郭すら消えてしまう。汽車、連絡船、また汽車に乗って東京に到着し、下宿の三畳間に座った時もそんなことがあった。刑務所でもこんな状態を体験した。それは断絶だった。時間と空間、起こったことがきれいさっぱり消えてしまう、何も存在していなかったような当惑と喪失感。それは過去のみならず現在にまで浸透する。電灯の笠から広がる光の下にうずくまった女の存在が、信じられない。床や壁、天井、自分を取り巻く光景は、果たして現実なのか。遠い地平線のような時間。それはいったい何なのだ。時間と空間に対する恐怖。今、意識がもうろうとしているのは、恐怖を感じているからかもしれない。

（心臓の真ん中を風が吹き抜けている）

孤独でも憂愁でもない。生と死、この世とあの世がごちゃ混ぜになった状態。目的も意味もなくなった喪失そのもの。仁実はそんな想念を振り払おうと立ち上がり、洗面道具を持って部屋を出た。外は暗かったけれどガラス窓から明かりが漏れていて、水おけとしんちゅうの洗面器が見えた。狭い裏庭は、布を裁断して出る端切れのように細長い台形の空間だ。板塀の向こうにある日本式の木造家屋からも明かりが漏れている。仁実は洗面器を二度ゆすぎ、水を注いだ。

「お湯をお持ちしましょうか？」

オンドルの火をつけて床下からはい出た小間使いの少年が声をかけてきた。

「大丈夫。冬でも水が凍らないのね」

「さっきくんだばかりです。よっぽど寒くないと、水おけの水が凍ることはありません。それに、今日は春みたいに暖かいし」

「冬も暖かくていいね」

「お客さん、もしお風呂に行くなら、ここの隣の隣に散髪屋があって、その横の細い道に入ったら日本の銭湯がありますよ」

「わかった」

「オンドルの火を強くしておきましたから、部屋はすぐ暖かくなります」

少年はにっこりした。

顔を洗って拭いていると、旅館に案内してくれた老人が、水くみ用の背負子を担いで現れた。

老人はちょっとためらってから背負子を下ろし、水おけに水を注いだ。

「お爺さん、ここで働いてるの」

仁実が不思議そうに聞いた。

「い、いや。私は荷物を担ぐのが仕事です」

「それじゃ」

「ここの船着き場で七、八年働いているうちにお客さんを案内するようになりました。暇な時にはオンドルを焚いたり水をくんだりして、酒を飲ませてもらいます。稼ぎのない日には飯を食わせてもらったりもするし。わしらの暮らし方は、たいていそんなものですよ」

「へえ……。そうなんですか」

「もとは田舎で田んぼを耕していたのが、倭奴のせいで追い出されました。満州に行こうと田舎から出てきたけど、それも思うようにはいかなくて」

「家族は多いんですか」

「家族？　独りですよ。飢え死にしようが病気になろうが、金がないから死に神だって止めやしません」

「……」

「都会に出てきても仕事にありつけず、橋の下にむしろを敷いて物乞いをして。昔のことを話したって仕方ない。無駄なことです。世の中を嘆いても何にもなりません。倭奴が憎い。人間の格好をしているけど三綱五倫も知らない、動物以下の奴らだ。無一文になっても、わしは倭奴の荷物だけは担ぎませんよ」

老人のひげが震えた。

夕食の後、仁実は呆然として壁にもたれ、無一文になっても倭奴の荷物だけは担がないという言葉をかみしめていた。緒方を意識したせいだろうが、その言葉は心臓を刺すように痛かった。大日本帝国の判事や検事になるために最高学府を出て、さらに猛勉強をして高等文官試験合格を目指す秀才たちは、差別のひどい植民地政策を怨み栄光の道が遠いことを嘆くけれど、ハングルすら読めない老人が三綱五倫を語り、無一文になっても倭奴の荷物は担がないと……。

（名分も明確で、精神は清らかだ。潔癖とでもいうか。怨みが骨髄に徹しているんだろう。工場労働者がストライキをすれば工場主の日本人が打撃を受ける。しかし、あの老人は？　自分が食べられなくなるだけで誰も困らない。実利がない。運動の過程においても、名分がはっきりしていて高貴なもののために失うものが多いのではないだろうか。何の結果も得られないことがよくある。どうしてあれほど極端な純潔を要求したり、守ったりしないといけないのだろう。あまりに弱くて、それしかとりでがないのか。日本が、相手を殺して自分が生きるというふうなら、朝鮮は、相手を殺して自分も死ぬ、いや、自分が死んで終わりだ。そう、自分が死ぬだけ！　それが朝鮮民族の基調を成しているということか？　善良な民が尊厳のために尊厳を踏みにじられるなんて、そんな理屈があっていいものか。でも明日がある、一年、十年、百年先がある、ある……）

仁実はため息をつく。

（一年、十年、百年、千年、オオカミの群れのような歳月。うめき声。苦痛、苦痛、また苦痛）

誰かが戸をたたく。

「僕だ」

緒方の低い声がした。

「入って」

意外なことに、仁実は躊躇《ちゅうちょ》しなかった。だが緒方は戸を開けただけで部屋には入らない。

「理由はわからないけど、燦夏さんはすごく怒ってる」

「……」

「黙って一人で寝てしまった」

「理解してあげなさいよ。つらいんでしょう」

「寝つけないんだ。落ち着かなくて……。ところで、あれは何だろう。さっきから聞こえてるけど」

「この旅館の大おかみが、お客さんに本を読んでもらってるんですって」

「本？　どんな？」

「物語でしょう」

仁実は微笑する。抑揚をつけて本を朗読する声がするので、飲み水を持ってきた少年に尋ねてみた。

「大奥さんは学のあるお客さんが来たら、ただで泊める代わりに本を読んでもらうんです。『劉忠烈伝』『趙雄伝』『玉楼夢』〈いずれも朝鮮時代の小説〉なんかを。僕もたくさん聞きました。眠くてしょうがないのに、大奥さんが最後まで聞けって」

仁実は、静かな部屋は難しいと言った若おかみの言葉の意味が、ようやく理解できた。

「海岸に行ってみないか？　まだ時間は早いから」

緒方はそう言いながら時計を見た。

「そうしましょうか」

仁実はコートを着てマフラーを巻いた。

波止場通りはさっきより活気があった。四方で音が揺れているみたいだ。荷物を持って早足で歩く人もいれば、荷物を背負って走ってゆく人もいる。埠頭の方からも大勢の人が出てきた。雑貨商、漁具店、油屋、米屋、理髪店、食堂、旅館。そんな建物の電灯も、さっきよりずっと明るい。入港した船が出航準備をしているらしい。二人は波止場通りから東に延びた海岸の道を、夜空にくっきりと浮かんだ「赤玉」というネオンサインを見ながら歩く。やはり赤玉はカフェだ。寄港した船のマドロス〈船員〉たちが一晩浮かれて流行歌のようなロマンスを残して出てゆく所。酔った男たちの声が通りにまで響く。カフェの裏の明るい二階建ての窓からも、三味線の音と共に、猫の鳴き声みたいな日本の芸者の歌声が流れてきた。歓楽街を抜けると明かりは次第に少なくなり、月明かりが海岸の道を白く照らす。左側の堤防の下に波が打ち寄せる以外は静かで、右側にある大小の建物は影を落として黙々と海を眺めている。

港は壺のような形をしていた。対岸とこちら側の海岸が次第に近づき、最も近い所で海岸の道は南に折れる。同時に対岸の通りと山の稜線から出た明かりと壺の首にある南望山《ナムマンサン》が視界から消えて海が広がった。閑山島《ハンサンド》を始めとする大小の島がそこここに浮かび、白っぽい空と水平線が見える。灯台の明かりが点滅する遠い水平線。晴れた日に南望山に登れば日本の対馬が見えるという。西にずっと行くと閑麗《ハルリョ》水道で、東は釜山《プサン》や馬山に続く。大きな汽笛の音が、突然二人の背中を打った。振り向くと、明るい灯をつけた汽船が白い波をかき分けて港を出てゆこうとしていた。夜空に星が輝いていても寂しい夜行船の船べりに、乗客が立っている。船は東に曲がって山の背後に姿を消す。二人は黙って船の行方を見ていた。誰かが去ったわけでもなく、見知らぬ港町とはいえ同じ宿に泊まっているのに、二人同時に、肺腑をえぐるような孤独を感じる。群れからはぐれた動物のように独りぼっちの男と独りぼっちの女。二人は歩き始めた。海はきらきらしていた。月光、水面に浮かぶクラゲの光。夜の海は、波が揺れるたびガラスのように砕けながら輝く。海岸通りはさらに曲がり、もう一つの湾を形成していた。白磁の壺みたいな本港とは違って、椀のような形だ。それでもところどころ小さな漁船が寄生植物みたいにつながれている。道には人影すらない。

「二人で歩くのは、いつも寒い冬だな」

たばこをくわえた緒方が言った。東京にいた時、兄の親しい後輩で、仁実にとっては同志だった緒方。

関東大震災の時は一緒に逃げた。それは九月だったから冬ではなかった。緒方が予告もなく学校を訪ねてきたのも、冬ではなかった。しかし仁実は、

「あの時ほど寒くはないわ」

と言った。

「昌慶苑《チャンギョンウォン》のこと？」

「雪で真っ白だったでしょう」

「雪で真っ白……。そうだったね」

たばこを吸う。

「ここは本当に暖かい。コートを着ている人がほとんどいないな」

「ここの普通学校の日本人教師が、真冬でも生徒に靴下をはくことを禁止したと聞いたような気がするけど。ああ、思い出した。女学校の同窓生に、統営出身の子がいたんです」

「その友達が言ってたのか」

「ええ」

「せっかく来たんだから、会えばいいのに」

「さあ、今もここにいるかどうか……」

「卒業してから会ってないんだね」

「卒業してしまうと、地方の友達はなかなか会えません。ほとんどが、卒業証書を嫁入り道具にするから」

苦笑する。

「暖かいなあ。カーンと金属音がするような京城の空気に比べたら、本当に暖かい」

「その後輩は、故郷で雪を見たことがないんですって。たまにみぞれが降るぐらいで」

少しして、また仁実が口を開いた。

「その子が小さかった頃、お祖母さんが昔話をしてくれると、『雪が積雪のように降る』という表現がよく出てきたんだそうです。よくわからなかったけど、たくさん降るという意味だろうと思った、たぶん、お祖母さんも知らなかったんだろうと、その子が笑ってました。『積雪のように』なんて表現は変だと言って……。地方では漢字語が方言と錯覚されて通用していることが、意外によくあるみたい」

「意味をよく知らないで模倣しているうちに、そうなったんだろうね」

「言葉だけでなく、地方の知識人の行動様式や意識構造も……」

「言葉は意識構造の表れだから」

「考えてみれば、地方の特性を形成するのには、その地の知識人、朝鮮では儒者だけど、彼らの個性や価値観がかなり影響したんでしょうね」

二人は空っぽの船が二隻つながれている船着き場に下りてゆく。しばらく何も言わなかった。

「朝鮮の民はたいてい権力に対しては不信感があり、役人たちのことは心の底から憎んで抵抗しながらも、なぜ儒者は尊敬したのでしょう」

どう考えても別の話をするべきなのに、仁実は無味乾燥な話題をぎこちなく続ける。

「政治理念である儒教を敬う国風もあっただろうけど、儒者を、腐敗した権力層に対抗する勢力のように思ったんじゃないかしら」

「その点では、どの国も似たようなものだろう」

「そうでしょうか。私は似ているとは思わない」

仁実は強く否定する。

「どうして」

「朝鮮王朝の儒者と、民を代表する農民は、世界でも独特なものだと思います。もちろん私個人の考えだけど、独特だというのは、国の事情が違うということでもありますね」

「国の事情が違う……」

「それは、政治理念が違ったということです。ヨーロッパでは十五世紀からマキャベリズムが主流だったでしょう。儒教道徳を政治理念にしたのとは、ずいぶん違います。支配階級が知識を独占していたという点では同じでも、学問の内容が違ってたんです。西洋は、純粋学問というか、人間を度外視したり間接的に扱ったりする科学です。人間も含め、すべてを合理的に考える。もちろん西洋の学者も真理のために教会や既存の価値観に挑戦しましたが、探究する真理の対象が違うんです。彼らの学説や実験は、人類に大きな変革をもたらしたとはいえ、当時は大衆と直接つながってはいなかったでしょう。それに、知識人の層というか群れというか階級と言ってもいいけど、そうしたものが形成されていなかった。さっきマキャベリズムと言ったけど、それは制度的なものではないかと思うんです。

制度的な封建社会。そう、朝鮮も、因習的、専制的、階級的な側面から見ればたしかに封建的でした。でも、封建制度ではなかった。城主の概念が違うんです。あなたにとっては常識だろうけど。封建制度では城主が領地とその人民を所有して君臣関係になるのに対し、朝鮮では城主、正確には役人だけど、彼らは区切られた土地と民の管理者に過ぎなかった。どちらがいいと言うのではなく、とにかく、財力と権力の象徴である城主が既存のものを守るため、あるいは増大させるために兵力を必要として騎士だの武士だのができ、絶え間ない争いが権謀術数を生んだ。封建制度を考える時、やりを持ちよろいを着た騎士や武士を連想するでしょう。

でも朝鮮王朝時代に、貧しい儒者たちが荷物とわらじを持って科挙の試験を受けに山奥から続々と出てきた光景を想像してみて下さい。合格するのは数人に過ぎず、そのほかの人たちは再び山野に散り、在野の人に戻りました。身分や財力はたいていい似たり寄ったりで、道徳を標榜していても裕福ではないから暮らし方も民衆に近づきます。権力の番犬となった騎士や武士とはずいぶん違うでしょう。もちろん科挙の試験を目標にした学問は柔軟性がなく、支配者を重視する倫理道徳は民を抑圧する道具になったし、官僚制度の弊害も決して少なくはありませんでしたが。

農民についても、他の国とは違う特殊な事情があると言えます。農民は土地に縛られているから都市の労働者より保守的だと言われますが、私は朝鮮の農民の保守性は、質的に違うと思うんです。何百年もの間、儒教的道徳が農民を縛ってきたともいえるけれど、それが抵抗なく受け入れられ定着したのは、農民の社会的身分が他の国と違ったのが、理由の一つでしょう。アメリカは黒人奴隷が農業に従事し、ロシアも農奴の人数で財産を数え、ヨーロッパも荘園制度だから農民は奴隷のようなものでした。日本ではどん百姓だの水飲み百姓だのと言って、社会的地位は底辺じゃありませんか。過酷な収奪を受けた貧しい百姓であるのは同じですが、朝鮮の農民の自尊心は、社会的身分がそれほど低くないことに起因するのだと思います。農民の身分は、常民の中では上位です。『農者天下之大本』と言い、歌の中でも農夫さんと敬称をつけ、貧しい儒者も自ら畑を耕すことを恥とは思わなかった。だから、さっき模倣と言ったけれど、儒者たちの言動を見習って先祖の墓を守り、衣冠を身につけ、礼儀や不文律を厳しく守りました。田舎の市場では、農民が商人に向かってぞんざいな口をきく光景をよく見かけます。以前、田舎に行った時、農夫が顔を洗って服を着替え、笠《カッ》*をつけてお客さんと互いにお辞儀をし合うのを見たことがあります。とても感動的でした。一つの動作も長い歳月を経ると美しくなるのだなと」

そう言った後、仁実はしばらく何も言わなかった。

(私はどうしてこんなことをしゃべっているんだろう。氷の上を滑る手押し車のように、話は勝手な方向に行ってしまった。さっき旅館の部屋で、どうしてあれほど極端な純潔を要求したり守ったりしなければならないのかと自問したのに)

「先輩は、朝鮮は儒者と農民に代表され、日本は武士と商人に代表されると言ってた」

「兄が……」

「そう聞いたことがある。でも、ひとみ、あなたは中国のことは言わないんだね」

緒方は、皮肉っぽく言った。

「どんな答えを聞きたいんです？　朝鮮は中国の属国だったたって言いたいの？　他の日本人のように」

「そ、そうじゃない。絶対」

「それなら、私が話した朝鮮王朝のことは、すべて中国の影響だと言いたいの？」

「それは否定できないだろう」

「ええ。私もそれは否定しません。儒教も仏教も中国経由で伝来したんですから。それに、文字がなくて漢字を使った時期もあったし。でも、緒方さん、あなたも感傷家の柳宗悦《やなぎむねよし》と大して変わらないのね。柳は朝鮮美術に情熱的な賛辞を送りながら、その母体である歴史には無知で、間違ったことも言った。あなたは歴史を包括的に見ているのに、どうして枝葉末節を指摘するんですか。考えてみて下さい。朝鮮が事大主義だと言って自分たちの侵略を正当化する植民地政策の陰謀に同調しながら朝鮮芸術を褒めたたえ、弾圧に苦しむ朝鮮人に同情するのは矛盾しています。イギリスやアメリカはキリスト教国家だけどユダヤの影響を受けたとは言えないし、中国はインドから仏教を受け入れたといっても、インドの影響を受けたとは言えない。つまり、全般的に影響されたのではないということです。文化とは互いに影響を与え合うものなのに、一方だけ強調するのは不公平じゃありませんか？　今、朝鮮に力がないからと言って、やたらに中国のことを持ち出すのは悪意です。日本は、そうする必要があるんですよ。漢字だってそうです。文字は、厳密に言えば伝達の手段であり、内容ではないでしょう。漢字を重んじるのは日本も同じだったし、朝鮮経由で中国の文物が日本に入り、朝鮮のものも採り入れたのなら、慕華思想〈中国を思慕する思想〉、慕朝思想とも言えそうですね。

柳宗悦の考えのうち、朝鮮芸術は固有のものだというのは正解です。井の中のカワズだと言われそうだけど、中国文化の広さは平面的ということでもあり、強さは自然に対する抵抗とも受け取れ、精巧さは複雑さにもなり得ると思うんです。仏教が全盛だった唐代の学僧に新羅人がたくさん交じっていたのは、何を意味するでしょうか。儒教が朝鮮王朝の五百年を支えてきたということも。それは、神秘主義と現実主義の融和だと考えられます。矛盾するようだけど、死や誕生のように、とうてい理解できない神秘が存在するのは事実でしょう。飛躍し過ぎかもしれないし、うまく言えないけど、インドから中国、朝鮮、日本に仏教が伝わったことと、慶州《キョンジュ》の石窟庵《ソックラム》の仏像で説明できそうです。神秘と現実を受容したものに、恨《ハン》という言葉があります。日本語では『うらみ』と読むから妙に猟奇的な感じがするけれど、恨には、ほとんどすべてのことが含まれているんです。『恨になる』というのは物質的であれ精神的であれ、奪われたものであれ、初めから与えられなかったものであれ、欠乏を意味し、『恨を解く』というのは、満たされたということです。欠乏は不在、充足は存在だとするなら、それは生命そのもののことです。恨は生命と共に生じたと言えるでしょう。恨の根源は生命にあるとも言えます。地獄とか極楽とか言うけれど、地獄は恐怖、極楽は安楽で、停止した状態じゃないですか。それより来世や後生《ごしょう》という方が、実感があります。連続する時間の上に生命があるのだから。朝鮮人は来世に及ぶ願いとして恨を胸に抱いている。現実主義と神秘主義は、朝鮮においては融和した思想です。荒唐無稽でも、合理的でもないじゃないですか。

　日本の場合、宗教はきわめて合理的で便利にできている気がします。中国は孔子の国だから仏教も現実的に見ていて、神秘に傾くと荒唐無稽になるように思います。もちろん歴史の知識からそう思うんですけど。余談ですが、朝鮮の芸術や文化は広くも強くも精巧でもない。省略と節制を感じさせるのは国が小さいからだと言われますが、私はそうは思いません。石窟庵の仏像を見たら、国土の大きさは意味がないとわかります。省略や節制は、無意識にそうなったのでしょう。自然への接近、あるいは同化。それは生命への志向です。強さではなく、均衡の生命の力そのものだと思います。白髪三千丈という中国の表現と、ポソンをはいた足をキュウリの種みたいに小さいと例える朝鮮の表現からもそう思います。三千丈に強さの虚実が、キュウリの種に躍動感が感じられます。全然違うんです。別の文化です。

実際、朝鮮民族ほど他の文化に対して排他的な民族は珍しいでしょう。例を挙げれば、朝鮮の家屋は、日本の物を受け入れません。いくら高価な物でも、それを置けば朝鮮の家屋は均衡を失うからです。中国の物も同様です。重く、圧倒的で。私は日本で、日本家屋に白磁の壺が置かれているのを見たことがありますが、とても落ち着いて見えました。奥深いというか、温かくて生きているようでした。私は朝鮮白磁が西洋の家屋、中国の家屋に置かれても同じだろうと思います。白がすべての色を抱擁するというのは皮相的な見解です。それは単なる色として認識しているのです。白は、たくさんの山河を越えた末に戻った出発点のような色です。日本で白磁の壺を作ったら、朝鮮の家屋はそれを拒否するでしょう。いくら頑張っても出発点から抜け出せないのではありませんか。ひょっとしたら、私たちの先祖は、作ったというより、生きたのかもしれません。李朝白磁の秘密を探ろうとしたある日本人は、その美しさは偶然の産物だという結論を下しました。朝鮮からいくら物を奪っても、日本はもともと貧しいから、豊かな土台のある朝鮮のようにはできないのです。違いますか？　壬辰倭乱の時に大勢の陶工を連れていったのも、昔から朝鮮磁器を欲しがっていたのも、作れない文化的貧困、つまり精神的貧困が原因なんです。そうじゃありませんか？」

話は混乱していた。悪意と侮蔑がむき出しだ。論理が妥当かどうかはさておき、仁実は感情的にまくしたてている。潮が引くのを待つようにしばらく沈黙し、また話しだす。

「中国は伝統的に軍閥が強いけれど、日本とは違って国が大きいからいろいろなものがあって、軍閥はそのうちの一つでしょう。とにかく革命は中国の政治理念だから軍閥は常に動きます。白蓮教ですら軍閥の色彩を帯びて辛亥革命につながったけど、王道を逸脱した王を、天に代わって辞めさせるという革命思想を否定するものではありません。もちろん朝鮮はそうはしませんでした。次第に衰退してまるで自然死するように終わり、戦争はほとんどせず、たいてい同じような階層に政権が移ったのです。低い所から身を起こして権力をつかむ例がありませんでした。唯一、革命的要素が強かった東学戦争は社会体制の変革と外国勢力追放を旗印にしたものの、王権を否定できないまま終わりました。年表を見れば一目瞭然です。衛氏朝鮮、七百年を超える三国時代、二百年あまりの統一新羅、半世紀弱の後三国。高麗は四百年を越し、その次の李氏朝鮮は五百年です。年表の区切りが少なくてすっきりしています。三国時代もそれぞれ整然とした王国を形成し、時々戦争して統一しようという執念に燃えていたけれども、日本や中国みたいな戦国時代はありませんでした。新羅と高麗は仏教、李氏朝鮮は儒教を基本にしていて、刀で人民を治めたのではありません。

西洋の騎士や日本の武士から連想されるのは新羅の花郎《ファラン》*でしょうが、武芸を磨く少年たちに、どうしてできれば花の字をつけたのか。それに、なぜ南毛《ナムモ》や俊貞《チュンジョン》という美しい娘を花郎の指導者にしたのか……。人を殺したくなかったんでしょうか。わかる気もします。刀で力を奪う荒廃した精神では、破壊があるだけで創造がないのは、当然ではありませんか。あなたがたがよく言う朝鮮の事大主義が事実なら、固有で独特の文化はあり得ません。平和は無力とは違います。平和は恨の対象であり、生命への志向です。今日の結果は悪の勝利ですが、決定ではないのです」

仁実は背を向けた。狂気のようなものを吐き出し、船着き場から離れていった。緒方は、まるで別人だと思いながら後を追う。道の上で仁実は、近づいてくる緒方を見ていた。月の光を浴びた女の唇が、緒方には真っ黒に見えた。二人は旅館のある方には行かず、さっきと同じ方向に向かって海岸を歩く。水に浸かった月のように重い沈黙。月光に照らされた海辺の道路が白蛇のように延びている。緒方は胸が詰まった。得体の知れない怒りがこみ上げる。それは怪物のような歴史に対する怒りかもしれない。

「ひとみさん」

「……」

「それなら、あなたの話も、豊かな土台からの省略なんですか。そう思っているのか」

緒方は歴史を専攻した。彼の言葉は侮辱にも、揶揄にも聞こえる。実際、仁実の論理は独善的で、露骨なまでに朝鮮を美化し擁護していた。緒方は、歴史を全体として見るのか、部分を取り上げるのかと言っているのだ。さっき仁実が言った、あなたは歴史を包括的に見ているのに、どうして枝葉末節を指摘するのだという言葉をそのまま返したかったが、緒方にとってそれはたいした問題ではない。もっと深刻なのは、傍観している彼が孤独だということだ。

「言葉って、思ったほど豊かではないんでしょうね。事物や考えは限りがないから、言葉はいつも貧しい」

文字は伝達の手段であって内容ではないと言った時と同じような、苦しまぎれの応酬だ。緒方はたばこに火をつける。

（ひとみは今、やけになっている。こんな雄弁家ではなかったのに……）

「歴史についての話には、兄の影響もあるでしょうが、私なりに本もたくさん読みました。でも兄や緒方さんとは違って、私にとって歴史は学問ではなく、現実です。今、とんでもない苦難をわが民族が経験しているために切実になったと言っていいでしょう。私たちは決して未来を失いたくない。失わないという確信を歴史に探したいのかもしれません。歴史は単なる記録ではなく、生きて動く生命だと考えたいんです。わが民族がよみがえれると。さっきの話は……豊かな土台から省略された話ではあり得ません。とても大きく、ひどく複雑です。知識っておかしなものじゃありませんか。過去のことを通じて未来を信じ、希望をかけたかったんです。希望をかけるというのは消極的かもしれないけれど、朝鮮人は目覚めていなければならないの。そんな希望まで失ったら、私たちは眠るか死ぬかしかありませんから」

緒方は何も言わない。ただ、心の中で、希望どおりになるだろうかとつぶやいた。民族がよみがえること、朝鮮独立の希望。緒方はそれを否定的に考えてはいない。人類の将来に疑問を持っているのだ。そして仁実が葛藤し、苦悩していることをしみじみ感じた。彼女が自ら言うとおり、その言葉は貧しかった。長ったらしい話は女性としての本心ではなく、むしろ自分自身に向けた叫びであると、緒方は気づいた。

普段の仁実は長々と話すことはなかった。緒方はたばこを吸う。風でたばこの火花が散る。

「日本人の緒方さん」

「……」

「あなたは誰なの。もしあなたが柳宗悦みたいに安っぽい慈悲の心で私たちに対しているなら、私は怒りを覚えるでしょう。でもあなたにそう感じたことがないのは、どうしてかしら。震災の時、朝鮮人学生をたくさんかくまってくれたあなたの人道主義のため？　コスモポリタンだから？　いいえ。あなたは決して日本を、日本人を、超越も克服もできない。私が朝鮮人であることを絶対に投げ出せないように。でもあなたは無垢です。珍しく……。汚い世の中で、憂国の士のふりをする、ぞっとするほど汚い人間もたくさんいる世の中で……。震災の時、朝鮮人虐殺の地獄の中で、私は竹やりやこん棒を持った日本人の子供を目撃しました。朝鮮人の子供たちに石を投げる日本人の子供はたくさんいたし。それは呪われた日本の未来なのです。あなたがたの歴史の産物です」

仁実はまた話し始めた。

「日本の武士が刀を研いで辻斬りをしている時、朝鮮の儒者は本を読み、墨をすっていました。尚武精神が現在の日本をつくり、聖人君子の道に進んでいた朝鮮の儒者たちはあなたがたの侵略を防げず、今日の非運を招きました。でもあなたがたの手は血にまみれています。悪の勝利です。勝利は悪を至高の善にし、野蛮を文明に化けさせます。踏みにじられた者の道義が悪徳に変わり、長く続いた文化民族は未開人に転落しました。勝てば官軍、負ければ賊軍。あなたの国の伝統を如実に語る言葉です。ロシアの南進を防ぐためにイギリスとアメリカが費用を負担し、日本が戦争を請け負った露日戦争で旅順が陥落した後、ステッセリと乃木が会った時にできた、昨日の敵は今日の友という、こそばゆい歌があるじゃないですか。モスクワまで進軍していたら、ロシア人の耳や鼻を切っていたはずです。日本のならず者は聖戦を叫んで暴れたでしょう。震災の時、天罰だと言いながらも虐殺をしたじゃないですか。震災を天罰として受け入れる一方で、妊娠した女の腹を突いて殺すあなたがたの民族性、巨大なロシアの地に爪痕を残せず、軍事基地一つ占領しただけで戦争が終わってもいないのに、敵に秋波を送る。それが日本です。

体面を捨てたそんな卑屈さの十分の一でも見習っていれば、倒れそうな明との友誼のために丙子《へいし》の乱*を経験することもなかったでしょうし、大陸侵略の道を貸して通行料を要求することはあっても、壬辰倭乱など起こらなかったでしょうに。みんな馬鹿ばかりです。中国、日本が西洋の艦隊に屈服して門戸開放した時、朝鮮だけはフランスやアメリカの艦隊が来ても日本が来ても武力に屈せず、門戸を開放しなかった。自主性が希薄？　事大主義？　ロシアの南進を防いだ功労で、イギリスとアメリカは何の関係もない朝鮮を日本の戦利品にしました。腹の膨れた獅子たちと飢えたオオカミが、罪のない人を八つ裂きにする計略だったんです。恥を知らない獣と同じです。犯罪じゃありませんか。ある軽薄才子が、山菜が食べられ水を飲めれば十分だと言った儒者を馬鹿にしましたが、克己精神が滑稽なのですか。世の中がこんなふうだから、愚かだとは言えるでしょう。人間らしく生きるのは難しく、獣のように生きるのは簡単です。もっとも、自国の鶏や豚となっても、倭奴のしもべにはならないといった独立義士もいましたけど」

月の光に照らされた白蛇のような道路を当てもなく歩きながら、仁実は病的なほど無防備にしゃべっている。

「吉野作造先生の本を読んだことがあります。日本人に反抗する朝鮮人を不逞《ふてい》の輩だと非難する論理は、少なくとも道徳的に不当だと言っていました。あの人も限界はあったけれど、私たちの正当性を指摘したことは立派です。私たちには慈悲や同情を受ける理由がありません。吉野先生の良心は貴重です。日本のような国においては。なぜなら先生の弟子や先生から影響を受けた知識人は共産主義を論じ社会主義を信奉していたのに、日本の軍国主義、資本主義の下敷きになって苦しんでいる朝鮮について、ほとんど何も言わなかったのですから。むしろ、進歩的知識人は恥ずかしげもなく、略奪の犯罪には目をつぶって法を守れと言い、ちょっと慈悲心のある人は待遇を改善せよと言った。うわべだけの知識人なのです。

何かにつけて朝鮮は事大主義だ、党派争いばかりしていると非難するけれど、党争に比べれば、同族同士の争いの方が見苦しい。日本は島国だから外敵の侵入を免れた代わり、同族同士の争いが多かったじゃありませんか。朝鮮人を蔑視するのも文化的なコンプレックスを持っているからです。柳宗悦は、耐えろと言いました。瀕死の私たちに向かって、耐えろ、暴力と殺生はどの側にせよ悪い、ああ非運の民族よと。朝鮮では中途半端な知識人や知的ダンディ、それに民族改造論を主張する機会主義者が朝鮮芸術を礼賛する柳宗悦に拍手を送って感謝感激し、そんな自分を愛国者だと錯覚してまた感激する。みっともない。朝鮮の芸術は民族の受難が醸し出した悲哀に満ちた美だと主張する柳宗悦の視点の底には、事大主義の朝鮮という意識が色濃く敷かれています。彼は、芸術だけは事大ではないと言いました。民族受難が醸し出した芸術が事大ではないという論理は成立しません。それに、悲哀の美、それも全く間違っています。朝鮮の芸術は生命が内包された力の芸術です。私は、朝鮮人が芸術の天才だなどと言っているのではなく、必然性について言いたいのです。無限の力を必要とする創造に捧げる力が、刀を振るった後に残っているのか。日本の文化的貧困の理由はそこにあり、刀を振るわず自国を守るだけだった朝鮮は創造にその力を生かせた。私はそう思います。

悲哀ではない、生命の力。例を挙げれば、日本舞踊は手首、足首の踊りで、朝鮮舞踊は全身の律動です。タルチュムの跳躍は爆発する力です。西洋の踊りはつま先で立って手の甲が天に向いているけれど、朝鮮舞踊はかかとで地面を踏み、手のひらが天を向いています。日本の歌の鼻声、喉の声に比べて、朝鮮の歌は体全体からあふれ出します。その証拠に、滝に向かって喉を鍛える訓練をします。伽耶琴《カヤグム》の音色は悲哀ではなく慟哭と歓喜、つまり、それは恨です。日本の琴を聞いた時、私は音を聞いただけで動きは感じませんでした。すべてそうだと思います。精神も含め。

あなたがたが錯覚していることの一つに、日本人は勇気があって朝鮮人は怠惰で無気力だということがありますが、朝鮮は数えきれないほどたくさんの侵略を受けたのに、一度も国を失ったことがありません。今のようなことはなかったんです。もし、日本が島国ではなく朝鮮のような国土であれば、どうだったでしょう。あなたがたは外国の艦隊に押されて門戸開放したけれど、朝鮮は退けました。武力による門戸開放はできませんでした。朝鮮は計略によって倒されたんです。それに、日本が今の朝鮮のような立場にあったとしたら、あれほど激しく根気強く抵抗したでしょうか。

あなたがたは内心、恐いのですよ。中国、満州、沿海州、アメリカ、また日本や朝鮮で繰り広げられている独立闘争が。あなたがたは恐怖にかられて野蛮な弾圧をしているのです。虐殺は、あなたがたの恐怖の表れです。あなたがたが勇気だと思っているのは残忍性です。切腹を美化することから、私はそう感じます。ならされた残忍性。日本人の本性というのではありません。歴史的にならされてきた残忍性です。それなら、どうしてならされたのか。あなたがたの考えている勇気とはいったい何なのでしょう。身投げ、服毒、首つり、拳銃、首や胸を刺すことなど、自殺の方法はさまざまなのに、腹を切って内臓があふれ出す死。魚や獣の内臓が出るのは、死んだ後です。人を含め、動物で最も汚く醜いのは内臓です。腹を切って内臓を露出する自殺は最も醜悪な死に方ではありませんか。それを儀式化し美化する理由は何なのです。それこそ野蛮でグロテスクなものを美しく崇高にすることです。だから人間に過ぎない天皇が現人神になれたのです。価値の転倒、転倒した真実にならされてきた日本人は、悲劇とも思わないで悲劇の中にいるのです。それはすべて略奪の道具であり、装置です。もっと高みを望む理想や高邁な目的のためなら、そんな装置などあり得ません。あなたがたの国には思想がないのです。あなたがたの国に思想がないのは、しごく当然じゃありませんか。文化が貧困なのも。民族主義もない。それは愛国という名の共犯意識です。美しい死があったとするなら、踏み絵を拒んで殉教した長崎のキリシタンの死だけでしょう」

緒方は一瞬ぎょっとして仁実の横顔を見た。かなりショックを受けた。いつだったか彼自身も、殉教したキリシタンの死を日本の歴史上、最も美しい死だと思ったことがあった。

「朝鮮にも、あなたの国に関するぞっとするようなうわさがあって、今日まで伝わっています。それはうわさと言うより信仰でしょう。低い立場にいる人たちの信仰。壬辰倭乱の後、四溟《サミョン》大師*が日本に渡り、日本人が殺そうと大きな釜に入れて火を焚いたのに、釜のふたを開けた時、大師の眉につららが下がっていた。大師は、どうしてこんなに寒いのだと言って日本を降伏させ、毎年、人皮を朝鮮に送ることを約束させて帰ってきた。人皮を送らせたのは、日本人を根絶やしにする策略だったという話です。もちろん、荒唐無稽ですが、それは朝鮮の民が胸に抱いていた憎悪の表現です。そうなればいいという。さっき信仰と言いましたが、四溟大師に対する信仰、言い換えれば日本の滅亡を望む信仰です。何度も恩を忘れて仇で返した日本。朝鮮人には悪霊です。だけど、過去にも数えきれないほど海賊が朝鮮で暴れ、壬辰倭乱で国が焼け野原になり、今日これほど残忍に踏みにじられても、朝鮮人はあなたがたを恐れていない。日本はコンプレックスで私たちを軽蔑するけれど、考えてみて下さい。残忍性にならされたあなたがたと、道徳にならされたわが民。侮蔑の裏の真実は、どちらにあるでしょうか。

　道徳的な基準、文化的な尺度で朝鮮の民はあなたがたの正体をちゃんと把握しています。朝鮮の農民は儒者精神の土壌、儒者精神の種がまかれた大地です。両班階級が学問を独占して農民は無学でしたが、知識はありました。彼らは貧しくとも礼節が自分たちの尊厳を支えていることを知っています。朝鮮の民はよく日本人のことを常奴と言います。それは身分のことではありません。礼節や道理を知らないということです。私利私欲のために親日行為に走る腐敗した少数の輩を除けば大人も子供も日本人を蔑視していますし、その根を取り除くことはできません。あなたがたは征服者として朝鮮の民を見下げるけれど、朝鮮の民は決してあなたがたを見上げてはいません。教養ある少数の人以外は、みんなあなたがたを倭奴、チョッパリ〈日本人を意味する蔑称〉と呼びます。意識の深い所でもあなたがたは倭奴でありチョッパリです。日本は最後まで朝鮮を支配することはできません」

仁実の声は四方に響いていた。話すスピードや内容のせいで、話している当人はもちろん、緒方も興奮していて、周囲の風景はほとんど目に入らない。彼らはいつしか海底トンネル*に来ていた。天井の電灯がトンネルの中を明るく照らしている。虫一匹いない、何もない空間。壁も床も天井もすべてコンクリートだ。仁実は地面にくずおれた。緒方は立ったまま仁実を見下ろしている。仁実の顔は熱病に浮かされたように赤い。仁実は脚を伸ばし、ようやく、トンネルの中が暖かいことに気づいた。今頃はトンネルの上を船が通っているかもしれない。ふとそんなことを思う。

「緒方さんは私を告発して刑務所に送ったりはしない……。結局、私は意気地なしだ。ふふふ……」

仁実が笑う。

「卑怯だったわね」

「さあ、立って」

緒方が仁実の手を引っ張る。女の手は冷たかった。

「さあ」

立ち上がらせた仁実を抱きしめる。力の抜けた仁実は何の抵抗もせず、鳥のようにふわりと身を傾けた。

「ずっとやけになって、叫んで」

「私が？」

「……」

「叫んでなんかいない」

「体で叫んでいた」

仁実は震え始めた。

「緒方さん、私、行きます。戦いに。シベリアか、満州の大地に。雪に埋もれて死にたい。死にたい。死にたい……」

緒方はいっそう強く仁実を抱き、耳に唇を近づける。

「黙っている時、ひとみは強かった。どうしてこんなに力がないんだ。ひとみ」

何かが横を通り過ぎた。

「おや、何だ。見苦しい奴らだな。ここはお前たちの家じゃないぞ。世も末だ。ああ、いやだねえ」

網を肩に担いだ漁師が大きな声で罵り、つばを吐く。抱擁をやめ、手をつないで振り向いた。体を揺らしながら歩く漁師の後ろ姿は、やがてトンネルの角を曲がって消えた。

「帰りましょう」

旅館に戻った。仁実は自分の部屋に入り、緒方は戸を開けて部屋に入った。早く寝床についていた燦夏が、どういうわけかきちんと座ってたばこを吸っていた。

「起きてたんですか」

燦夏は何も言わずに険悪な目で緒方をにらむ。

「……？」

「どこに行ってたんです」

どうしてお前なんぞがこの国の女に手を出すのだ。燦夏の視線は、そんな怒りを含んでいた。日本女性を妻にした燦夏が。緒方の恋を知っている燦夏が。緒方は当惑し、混乱する。

「やましいことはしてませんよ」

思わずそんな言葉が口をついて出た。二人の恋愛を理解し同情はするが、朝鮮女性の肉体に手を出すことは許さない！　緒方は燦夏がそんな気持ちでいるのだと思う。そしてその想像は間違っていなかった。

緒方は真っ暗な淵に落ちる気がした。崩すことのできない長い歴史の壁を、仁実の長い話よりも、燦夏の目に見ていた。

十章　明姫《ミョンヒ》の砂漠

海底トンネルのアーチ形の出口を過ぎると左の丘の上に学校があり、地上に出たトンネルの横の道がそこに通じていた。左に畑、右にはわらぶき屋根の家一軒と低い萩の垣根を巡らせた畑があり、それを過ぎると、またわらぶき屋根の家があった。門の脇に部屋一つと牛小屋があって、母屋の規模からするとわりに裕福な農家のようだ。そこから急な石段を十数段上ると両側に桜の木があり、さらに十数段上るとコールタールを塗った平屋の木造校舎が現れた。狭い運動場はがらんとしていた。高い土台の芝生は枯れていて、その上にある校舎が、まるで祭壇に安置された棺のように見える。教室は四つか五つありそうだ。土台の両側と真ん中に石段がある。荒涼とした寂しい光景だが、ちょっと離れた所に校長の住居らしいきれいな日本家屋があり、村の神社が遠いせいか、あるいは国粋主義を信奉する校長が発案したのか、教務室の前におもちゃみたいな神社と国旗掲揚台が造られていて、植民地の教育政策を体現していた。

三人は運動場を歩き、校舎前の真ん中の階段の所で立ち止まった。燦夏《チャンハ》はたばこに火をつけ、仁実《インシル》と緒方は辺りを見渡す。眼下に冬の海が広がっている。紺碧の海は湖のように静かだ。帆船が浮かび、カモメが飛んでいる。仁実は燦夏をちらりと見た。暗鬱な顔に、たばこの煙が揺れている。

「私が聞いてきます」

仁実はそう言って石段を上がった。ガラス窓のついたドアを開けると、書類棚や机が並んだ、いかにも田舎の学校らしい教務室だった。ストーブの灰をかき出していた用務員が顔を上げた。

「ちょっとおうかがいします」

「何でしょう」

「この学校に、任明姫《イムミョンヒ》という女の先生がいますね」

「はい、いらっしゃいます」

用務員が立ち上がりながら言った。

「会いに来たんですが、どこに行けばいいでしょう」

「冬休みだから学校には来られません。下宿に行ってみて下さい」

「下宿の場所を知らないんです」

「そこの石段を上がってきたでしょう？」

「ええ」

「その石段の横にある家です」

「ありがとうございます」

二人の男は互いに顔を背けてぼんやりと立っていた。仁実が戻ってきても姿勢を崩さず、声もかけない。

「ここでちょっと待ってて下さい」

仁実はさっき来た道を引き返し、石段をゆっくり踏んで下りる。寒村に似合わない都会の男女三人がシュッシュッポッポと汽車ごっこをするみたいにぞろぞろ歩くのは格好悪いし、明姫がショックを受けるような気もして、ひとまず一人で先に会おうと思った。

「任先生に会いに来たんですが、いらっしゃいますか」

かめ置き場で洗濯物を棒でたたいていた中年の女が、棒を持ったまま慌てて立ち上がった。煮た洗濯物から湯気が上がっている。

「どちら様で」

「ソウルから会いに来た者ですが」

「ああ。先生は学校に行かれましたけど」

仁実は困った。

「さっき学校で、下宿だと聞いたんですけど。じゃあ、いらっしゃらないんですね」

部屋の戸が開き、男の子が出てきて急いで靴を履いた。

「先生は分校だと思います。僕が案内します」

勢いよくそう言った。

「ああ、それがいい。では、あの子についていって下さい。ぐずぐずしないで、さっさと行くんだよ！」

仁実は女にお礼の言葉を述べてその家を出た。子供は石段と逆の方向に、もう歩きだしていた。

「ねえ、ちょっと待って！」

「え？」

子供は立ち止まって振り向く。

「ちょっと待っててくれる？　連れが運動場にいるから呼んでくるわ」

「いえ、大丈夫ですよ。学校を通っていく道もあるから」

子供は綿入れのチョゴリの下に両手を突っ込んで、子ヤギみたいに走って戻ってきた。黒い綿入れのパジに、綿の入った灰色のポソン、靴は黒いコムシン〈伝統的な靴の形をしたゴム製の履物〉で、湯気の上がる洗濯物、あるいは太った雌牛が餌を食べた後の鼻息みたいに温かそうだ。桜の木が並んだ坂道で子供が言った。

「こっちから行くと学校の裏山を越えないといけません。海辺の道路から行く道もあります」

「あなたもこの学校の生徒？」

仁実が尋ねた。

「はい」

「何年生？」

「三年生です」

子供は手の甲で鼻をこすりながら、仁実の顔を見た。

「任先生は何年生の担任？」

「先生は、担任は持ってません」

「どうして？」

「三年生から六年生までの女子に手芸や裁縫を教えるだけだから。嘱託の先生だって」

「それで分校に行ってるの？」

「いいえ、そうじゃなくて、冬休みは誰もいないんで。先生は一人でいるのが好きみたいです。あの、ちょっと聞いてもいいですか？」

「何？」

「ひょっとして、うちの学校に来る先生ですか？」

「私が？」

「はい」

「違うよ」

子供はがっかりした。

「うちの学校に女の先生は一人しかいないんです。それに、先生が足りないし」

それで、新しい先生だと思ったらしい。

「一年生は玉《オク》先生、二年生はのっぽの裵《ベ》先生で、僕のいる三年生の担任は戸田先生といって、目が小さくて口が飛び出てて、豚とかメイタガレイとかあだ名がついてるけど、優しくて生徒をたたいたりはしません。四年生は校長先生が教えます。分校の五年生と六年生は、黄《ファン》先生というソウルの人です」

言ってしまってから、子供はまごついた。明姫先生もそうだが、案内しているお客さんもソウルの人であることに気づいたからだ。

「五年生と六年生は一人の先生が教えてるの」

「はい。なぜかと言うと、四年で卒業する生徒が多くて、五年生と六年生を合わせても一組しかできないんです」

「そうなの」

仁実は子供について運動場に行き、二人の男に手招きをした。なぜか、近づいてちゃんと説明したいとは思わない。ついてきたいなら来い。明姫のショックを想像して、そんな気持ちになった。ここに来て、明姫の境遇が思っていた以上に悲惨であることに気づいた。

（私はどうして同行したのだろう）

最初から何となく気詰まりだったけれど、今ではもう後悔に変わっていた。

校舎と校長の家の間を抜けて学校の裏に回った。裏門を出て墓が二つ並んだ丘に上がり、再び細い下り坂に入った。ところどころに松の木がある。山の北西側であるために陰惨で、土地が痩せている感じだ。きれいに掃いたらしく、枯れた松葉も落ちていない地面に角ばった石ころだけが転がっている。眼下には、海底にトンネルが横たわる、麗水《ヨス》に通じる水路がある。水路はそこで広くなっていて、小さな島が重なって見えたり、まばらに見えたりした。西の彼方に水平線が見える。つまり校庭から見下ろすと、山から見下ろした時と逆側の海が見えるのだ。海底トンネルで統営《トンヨン》とつながっている弥勒《ミルク》島の龍華山《ヨンファサン》には烽火台と龍華寺がある。元は島ではなかったのが、壬辰倭乱の時に朝鮮水軍に追われた倭軍が水路を造ったらしく、太閤堀《たいこうぼり》と呼ばれている。豊臣秀吉の兵が掘ったという意味だろう。現地の人たちはパンデモク〈「掘った所」の意〉と呼ぶ。

坂を下ると、水路の土手の横にかなり広い道路があった。山の麓と道路の間の狭い空間に海を臨んで立っているバラックのような木造の建物が分校だ。子供はうれしそうに走っていった。

「先生！　先生！　ソウルからお客さんが来ましたよ」

校舎には廊下もなく、軒下に入るとガラス窓を通して机や椅子、黒板のある教室の中がよく見えた。

「先生！　先生！　ソウルからお客さんです」

子供が教室とL字形につながった部屋の前で叫んだけれど、返答はない。しかし沓脱石の上に黒い女物の靴が一足置かれている。三人は近づくこともできずに子供の後ろ姿を見ていた。子供の叫び声が、腫瘍にメスが入る瞬間のように彼らを緊張させていた。明姫はどんな姿で、どんな態度で現れるのだろう。

「先生！」

待ちきれない子供は、こぶしで戸を一度たたいた。戸が開いた。黒いチマチョゴリを着た任明姫の蒼白な顔が、三人の方を向いた。幽霊。三人は同時に戦慄を覚える。生命の色を失った姿。しかし次の瞬間、明姫の顔に怒りがあふれた。それは、生きていることの証だった。仁実が走り寄る。

「先生」

「……」

「ごめんなさい」

「……」

「許して下さい」

「いったい、どういうこと？」

激怒した顔には似合わない、淡々とした言い方だった。

「何となく、こうなったんです」

「……」

「先生が望まないだろうとは思ったんですけれど、どうしても黙って見ていることができなくて」

仁実は、自分でも理由のわからない涙をこらえながら言った。燦夏が近づいて帽子を取った。

「お久しぶりです」

蒼白だった明姫の顔が赤くなり、目が憎悪に燃えた。燦夏は青ざめる。

「みんな、ひどいわ」

押し殺したような声だ。

「こんなことしないで下さい」

明姫は再び言った。いろんな人に蹴飛ばされ、傷だらけになって転がっている石ころのような明姫。それは、とてつもない変化だった。

「す、すべて僕が悪いんです」

凍りついた燦夏が言った。

「変ね。燦夏さんが悪いなんて」

「ひとごとだと思えなかったんです」

「ここに来るのは、正しいやり方だったんですか」

「それはわかっています。でも、このまま日本に戻ることはできませんでした」

「燦夏さんに責任や義務がある？　そんな理由はないでしょ」

昔の明姫の話し方ではない。

「何を言われても……。家に戻ってくれとお願いするつもりはありません。家を出たのはよかったと思います。でも、ここでこうしていてはいけないでしょう」

「ほっといて。私に関わらないで下さい！」

仁実は、ヒヨコを追い立てるように両腕を広げ、ぽかんとして立っている子供に言った。

「ありがとう。もう行ってもいいよ」

仁実は道路に出る子供の後を追った。子供は道路を歩いたが、仁実は防波堤のそばで立ち止まった。マフラー代わりにタオルを首に巻き、魚のおけを頭に載せた行商の女が通り過ぎる。海岸に沿って歩いていた子供は、やがて片腕をぐるぐる回しながら走った。その姿もいつしか消え、魚売りの女も去り、打ち寄せる波の音だけが響く。辺りは寂しくなった。

（奇妙な旅、寂しい海岸。ここで会わなければならなかった任先生。私はどうしてここに来たんだろう）

後悔は、明姫のためでも、自分自身のためでもあった。まるで呪いをかけられたように、地の果ての海辺に誘《いざな》われた。

緒方が横に来た。

冬の空と海。背後には痩せた丘があり、水路の向こうで、なだらかな山が背中を太陽にさらしている。山の麓にはところどころ民家があって時折、人が通る。いったい生きるとは、存在するとはどういうことなのだ。仁実はため息を押し殺す。

（まるで、渡り鳥が去った後の葦原だ。なぜここに来たのか。気持ちも目的も漠然としている。とても奇妙だ。この瞬間、この場所、この風景は、絶対に普通ではない）

奇妙な感じは、これが初めてではない。緒方が借りてきた猫のようにずっと口をつぐんでいるのも奇妙だ。仁実は形容しがたい切実さに引きずられてここまで来たけれど、彼女だけではなく、二人の男も切実なものに追い立てられてきた。それなのに、その切実さの正体を正視する勇気がない。正視しろと迫る理性から逃れるために、努めてあいまいにしてきたのかもしれない。考えようによっては、これは単なる旅行で、晋州《チンジュ》の崔《チェ》家を訪問するついでに明姫を訪ねたとも言える。しかし三人の関係は複雑で、彼らは人並み以上に繊細だから、決して簡単ではない。明姫を訪ねたこともそうだ。実のところ、誰も明姫を訪ねる名分がなかった。理由も義務もないのに訪ねたことが、悲劇的な再会に喜劇的な要素を加えた。緒方は明姫と面識がない。先生や友人ならまだしも、教え子の仁実がしゃしゃり出たのも非難を免れない。明姫に恥をかかせただけだ。それにもまして、燦夏は明姫を訪ねてはいけない人物だ。趙容夏《チョヨンハ》の人間性に原因があり、かつ明姫の誤った選択から起こったことだとはいえ、結果として、容夏との破局から受けた打撃より、燦夏がその破局の原因になったことが明姫を追い詰めたのだから。真実が明かされないまま燦夏とのスキャンダルがささやかれたこと自体、明姫にとっては悪夢だ。

永遠に覚めそうもない悪夢。三人の訪問は、もちろん善意によるものだったけれど、明姫は心臓をえぐられるような気がした。不安は、出発の時からあった。明姫を訪ねていくのは、果たして正しいことなのか。冷たい言い方だが、百パーセントの善意の裏にはエゴイズムが潜んでいた。三人は不安から目を背けたまま、それぞれの欲望に追い立てられてここまで来た。仁実は呪いをかけられたようだと思ったけれど。燦夏は、明姫を不幸にしたという自責の念があり、何とかして救いたかった。しかし胸の奥に愛の炎がある限り、彼は明姫に会いたかったはずだし、わずかな好意なりとも示してもらいたいという思いはあっただろう。仁実と緒方は旅行することへの誘惑に勝てなかった。二人は燦夏に付き添ってきたように見えて、実は便乗したというのが正しいかもしれない。いや、むしろ燦夏が引き立て役だったのだ。二人は愛し合っていたのだから。漠然とした不安、あいまいな状態。しかし彼らは最後まで自分のエゴを隠すことができなかった。明姫同様、彼らも自分たちが追い詰められていることに気づいた。

「あの人たち……悲劇だ」

緒方がつぶやいた。

「喜劇かもしれませんよ」

「どうして」

「さあ。現実のように思えないから」

「どうしてああなったんだろう」

緒方は背を曲げて海を見下ろす。

「時間的にずれがあったんじゃないかしら」

「お兄さんが一足先にプロポーズしたということだね。先を越されたのは燦夏さんの性格のせいだ。内気な人だから」

「性格のことを言えば、任先生にも原因があったんでしょう。私は先生が好きだったし、今も好きだけど、生きることを安易に考えたり、難しく考え過ぎたりする両面があるみたい」

「どういうこと？」

「消極的というか、つまり何かに保護されていれば平穏で、保護がない時には大変な思いをする」

「誰でも同じじゃないかな」

「でも、選択に際しては気難しいところがあるんです。趙容夏さんを選んだのは、実家のために犠牲になろうという気持ちもあっただろうけど、間違った選択だと知りながら結婚したのではないかと思うの。結婚生活はとても大変だったはずです」

仁実の話は混乱している。明姫の性格をうまく表現できなくて、もどかしく思っているようだ。

「真面目過ぎて世間の汚さを知らないし、消極的だから、苦労したと思います」

そう付け加えた。結婚前、大胆にも李《イ》相鉉《サンヒョン》の下宿に押しかけたことや、海に身を投げて漁師に助けられたことを知っていたなら、明姫に対する認識はちょっと違っただろうか。それでも変わらなかったかもしれない。

「先生は、すっかり変わってしまいました」

「想像していた人とは違ったな」

しばらく沈黙が続いた。

「昨夜」

仁実がつぶやいた。

「謝らなくていい」

「謝ったりしないわ」

「じゃあ、まだ攻撃材料が残ってるのか」

緒方は仁実の沈んだ気分を立ち直らせようと、おどけて言った。仁実が答えた。

「拙劣でした」

「……」

「混乱していたし」

「わかるよ。矛盾と葛藤、ひとみだけではなく、三人ともそうだった」

「私たちは間違っていたんです。来るべきじゃなかった。恥ずかしいわ」

いっぽう燦夏は、わなにかかった動物のようにもがきながら明姫を説得していた。ソウルがいやなら晋州の崔家にでも行った方がいいと。

「どうして燦夏さんが口を出すの」

明姫の視線は刃のようだ。

「お兄さんの言うように、私が燦夏さんの恋人だとでも言うつもり？」

「そ、そんな」

「私は、肉親にさえこんな格好は見せたくなかった。ミミズみたいにのたうちまわっている姿を」

「……」

「帰って下さい。あちらにいる人たちや燦夏さんは、私の何？　あなたたちに同情されて涙を流すような境遇ではありませんよ」

「同情ではありません」

燦夏は低く、絶望したような声で言った。

「どうしてもっと遠くに行けないんだろう。鳥になってここから飛び去ってしまいたい。趙家の嫁、趙なにがしの妻」

明姫は身を震わせた。

「十年の歳月が垢なら、洗い流してしまいたい。十年間を洗い流せるなら、私は肌を脱ぎ捨ててしまいたいぐらいです。誰を怨むのでもない。自分を怨んでるんです」

「あなたに垢などついていません。洗い流す必要などありませんよ」

「いいえ、貴族の夫人に落ちぶれたとか、親日派の嫁で、不道徳な……」

言いかけてやめた。理性を失った明姫は、極度の興奮状態にあった。

「そんなの関係ありません。全部忘れればいい。被害妄想です」

「私が兄弟を手なずけたって？　秘密？　どうして私がそんな秘密を持たないといけないの！　どうして人の目を恐れないといけないの！　私は燦夏さんを愛したこともないのに、趙家の誰も愛したことがないのに、どうして十年間あの家で暮らしたのか、わかりますか」

燦夏は真っ青になり、怯えた目で明姫を見つめた。

「私を妖女のように見ていたあなたの両親に潔白を証明して、その汚辱を消したかったんです。趙容夏は私の潔白を知りながら、毒蛇を放つみたいにして楽しんでいました。そのことはよくご存じでしょう。どうして私があの家から出られなかったか知っていますか？　出ていけば、うわさを肯定する口実にされるのではないかという恐怖のせいです。私は人間が怖い。誰も信じません。帰って下さい！　どうして私に恐怖を思い起こさせるのです。私は動物園のサルではないのに見世物になったんですよ」

明姫はとうとう泣きだした。

燦夏は真っ青な顔で仁実と緒方の所に走ってきた。

「仁実さん、行ってみて下さい！　こ、興奮してて」

仁実が明姫の所に走ってゆく。

「行きましょう。僕たちはいない方がいい」

燦夏は独り言のようにつぶやき、逃げるように歩きだす。どうすべきか迷いながら仁実を眺めていた緒方も、慌てて歩き始めた。燦夏はコートの裾をなびかせ、何も見えず何も聞こえない夢遊病者のように海岸の道を歩いた。たばこを吸うのも忘れているらしい。海底トンネルの入り口には菊花《クックァ》パン*を焼いている中年女と、ふかしたサツマイモを売る老婆が向かい合って座っていた。トンネルの入り口からしばらく下りたところで、緒方はやっと燦夏に追いついた。地上に出ている部分を過ぎてカーブを曲がった時、トンネルの入り口から入っていた光は遮断され、天井のところどころにつるされた電灯が、まるで木漏れ日のようだ。行き交う人も少なく、足音がこだまする。緒方は耐えられなかった。壁に反射して響く声に力を得て、尋ねてみた。

「痛ましくて、耐えられなくなったんですか？」

燦夏は足を止めて緒方を見る。

「いえ」

「じゃあ、どうしたんです。あなたはまるで魂が抜けたみたいだ」

燦夏は、ようやく思い出したようにたばこに火をつける。マッチを地面に捨て、歩きながら言った。

「百年も千年も凍りついて解けそうにないんです。ぞっとする」

「何が」

「生きることが」

しばらく歩いて、緒方が言う。

「この真っ暗なトンネルのように？　暗中模索でしょう。人生とは果てしなく寂しい。あの世への道みたいに。この世もあの世も、考えてみれば違いはないんです」

「……」

「サンカ〈燦夏〉さん」

「……」

「やっぱり、僕もあなたもお坊ちゃんだ。みんな大胆で、面の皮が厚いのに。西行の放浪を夢見ている」

緒方は燦夏に話しかけるというより、わんわん響く自分の声を聞くために話している気がした。なぜか、思い切り大声を出して歌を歌いたい。

「それは緒方さんのことですよ。僕は西行の放浪など夢見てはいない。それより、道徳とヒューマニズムは違うでしょう。明らかに」

強い口調だった。

「ええ、もちろん違います。時には、相反するでしょう」

しばらく後、燦夏は、

「あの人は道徳的だったけれど、ヒューマニストではなかった。砂漠でした」

と言って、短くなったたばこを捨てた。

「僕は夢なんか見ない。大体において、朝鮮人は日本人ほど夢を見ません」

「感傷を軽蔑しているんですね。わかる気がします」

そして、話が途切れた。しかし何かぶつぶついう声が遠くから聞こえた。それは次第に近づき、はっきりとしてきた。

「観世音菩薩！　観世音菩薩！」

そしてまた別の言葉を唱える。

「南無阿弥陀仏！　南無阿弥陀仏！」

声がわんわん響く。かごを頭に載せた小柄な中年の女が片手でかごを支え、もう片方の手をせっせと振りながら姿を現した。

「観世音菩薩！　観世音菩薩！　南無阿弥陀仏！　南無阿弥陀仏！」

緒方は、心の中で納得した。さっき思い切り大声で歌いたいと思った自分の気持ちが、ようやく理解できた。女は極楽往生を願って念仏を唱えているのではない。世間と隔絶した海底の空間そのものに自由を感じ、気を使う相手もなければ通行人もおらず、どうにか歩けるぐらいの暗闇に響く自分の声が肉体を忘れた霊魂の声のように思えて、浮遊する霊魂の感覚を味わっているのだ。そう、肉体を抜けた自由、自意識を解放した気楽さ。それは声で表現され、認識される。女は黄泉の道を思って念仏を唱えていたのかもしれないが、そこに肉体はない。肉体がなければ欲望も願いもない。だから自由だ。

緒方がそんなことを考えているうちにトンネルが明るくなり始め、音も聞こえて、やがて外に出た。トンネルのこちら側はにぎやかだった。雑貨屋、飲食店、漢方薬局も金物屋もあって、人の暮らしが感じられる。

道路に沿って歩くと、右に見える海岸では、漁師たちが網を手入れしながら歌を歌っていた。さらに歩くと、数人の大工が船を造っていた。続いて乾物屋、漁網工場、そして何かよくわからない小さな工場の前を通り過ぎた。左手には山を背にして民家が並んでおり、ところどころ小さな商店もある。さざ波の立つ午後の海が銀色に輝く。

やがて二人は町の中心街に入り、旅館に着いた。

「釜山《プサン》に行く船は何時だ？」

旅館に入るとすぐ、燦夏は少年を呼んで尋ねた。

「お昼の船は出ました」

「次は？」

「四時に馬山《マサン》経由の船があるけど、時間もかかるし、小さなポンポン船で、行商人なんかが荷物を持って乗るような船です」

説明が長い。

「それしかないのか？」

「いえ、夜に出る船もあります。その船は大きいし、釜山直行だから時間もそんなにかかりません。船酔いもあまりしません」

やはり説明が長い。燦夏は五円札を一枚渡して、夜の船の切符を買ってくるよう言い、一枚だけだぞと付け加えた。

「二等ですね？」

「ああ。それから、ちょっと酒の支度をしてくれないか」

「はい。お酒は何がいいでしょう。清酒にしますか」

「そうしてくれ」

二人の男は部屋に入るとコートを脱いで向かい合って座り、改めて互いの顔を見た。燦夏はまだ青ざめている。時折、口元がひくひくと動く。

やがて男の子が酒の膳を持ってきた。二人は互いに相手の小さなガラスの杯に酒をつぐと、黙って飲んだ。燦夏は悪寒のようなものを感じる。明姫の雰囲気は言葉以上に殺伐としていた。明姫の立場からすれば、ああするほかなかったのかもしれない。その苦痛は想像がつく。それでも燦夏は、ぞっとした。心の中に秘めていた思いはともかくとして、燦夏は一度も義弟としての礼儀にはずれた行いはしていない。わずかな愛情を期待した自分も愚かだったが、花のように高貴だった明姫に見たのは、本能的に自分を守ろうとする姿だった。

「緒方さん!」

「はい」

「今、あなたは浪人ですか」

「浪人?」

「でなけりゃ、秘密結社に属しているんですか」

言い方が素直ではない。トンネルの中で、西行の放浪など夢見ないと言った時のようにいら立っている。

燦夏は、そんなふうに話す人ではなかった。

「今度帰ったら、田舎の中学校の教師にでもなろうかと思っています」

「どうして？　なぜそんなことを考えるんです」

「現実逃避ですよ」

「現実がどうだってんです」

燦夏の声は一オクターブ低くなったようだ。独り言のように話す。

「世の中はいつもこうだ……。性懲りもなく、代わり映えもせず、知識人の舌によって動くようでもあり、その舌を切って動くようでもある……」

緒方は杯を見下ろし、丸薬をのむように酒を口に放り込む。旅館の若おかみが作ったらしい酒の肴はこざっぱりしていた。タラの干物は食べやすく裂いて酢じょうゆを添え、ザクロのように赤いタラコにはゴマ油を少し垂らして唐辛子の粉とゴマを振ってある。青ノリの和え物はいい香りがした。

「見た目は変化しても相変わらず、はって歩く奴ははって歩き、立って歩く奴は立って歩き、飛ぶ奴は飛ぶんだ」

燦夏が聞いた。

「何のことです」

「そうじゃないですか。世の中って……。性懲りもなく、代わり映えもしない。そうでしょう。天地万物すべて、進化なんてあるものですか。繰り返しです」

酒には肴が必要だ。言葉には？　話をするために酒を飲むことも、酒を飲むために言葉が肴になることもあるだろう。今、二人は飲むために話している。鯨飲して酔わなければ。何が何でも。内容などなくていい。どんな話であれ、いやみを言わなければいられない。いや、荒涼とした光景が痛みのように胸に刻みついていて、酒だけでは意識を曇らせることができないのだ。しかしそれ以上に、燦夏はもちろん、緒方や、この場にいない仁実も、ひどい自己嫌悪に陥っていたはずだ。皮肉っぽい言い方、意識を曇らせたいこと、それが自分に対する侮蔑から逃れたい気持ちの表れであることは否めない。

「一昨日風が吹いていたように、百年前に洪水があったように、今も洪水です」

「何が」

緒方の言葉に、燦夏がぶっきらぼうに問い返した。

「イデオロギーですよ」

「イデオロギー、そりゃいい。大砲を使わずに革命を起こして独立するのは。彼らが勝利する日には、僕みたいな安物の貴族、しかも親日派の家の者は殴り殺されますね。かといって今、それよりましなわけでもない。父は考え違いをしていたんです。親日派は合邦するのに必要なもので、合邦してしまえばゴミになることに気づかなかった。世界の国々の手前、朝鮮の王室を日本の皇室に準ずるものにし、親日派に爵位を与えたけれど、日本に必要なのは領土と資源と労働力だけだったんです。用済みの穀潰しなど消えてくれと願っているはずです。わびしい身の上ですね。父は計算を間違えました。爵位をもらわずに常奴に格下げしてもらうべきだったんだ。労役刑より禁錮刑が過酷なことを知らなかったんですよ。大学を卒業して、どうするんです。手も足も出せないのに。コンプレックスを持っている日本は朝鮮文化を抹殺しようと血眼になっているから、その遺産をいっぱい抱えた、以前の支配層を歓迎するわけがありません。目的を達成した今日、その階層こそ、日本が最も忌避する存在になったのも当然じゃありませんか」

燦夏の顔がゆがんだ。自虐は極限に達していた。

「撲殺されようが終身禁錮刑になろうが、祖国が独立するなら、どちらでも構わない。どのみち僕の属する階層は消えるべきだ。でもあなたの言うように洪水が起こったとしても、日本は決して変わらないでしょう。天皇制廃止を主張する急進派ですら、朝鮮独立に言及する者はあまりいない」

「そんなこと言わないで下さい。ここにいるじゃないですか」

緒方は慌てて自分の胸を指さした。そして二人は一緒に笑った。東洋人特有の、感情のない、声だけの笑い。

「中野重治もいますよ。辛《しん》よ　さようなら　金《きん》よ　さようなら　君らは雨の降る品川駅から乗車する、という言葉で始まる『雨の降る品川駅』を書いた中野重治が」

詩人中野重治は小説家、評論家でもあり、ＮＡＰＦ《ナップ》*に所属している。「雨の降る品川駅」は朝鮮独立と独立運動に対する熱い支持を表明した詩だ。

「僕も『改造』で読みました。それで緒方さん、あなたは本当にコスモポリタンなんですか。もっとも、鶏鳴会《ケミョンフェ》事件に関わって刑務所まで行ったんだから、どれか一つには該当するんだろうけれど」

燦夏は杯を置き、たばこに火をつけた。

「コスモポリタン、アナキスト……。呼び名はどうあれ、どれも荒唐無稽です」

「似たようなものでしょう」

「似たようなものです。宙ぶらりんで。虚空に浮かんだ月のようにエネルギーがなくて似たり寄ったりじゃありませんか」

緒方は妙な言い逃れをした。似たようなものだという不透明な言葉そのものが、彼らの漠然とした心情の表現なのだろう。

「エネルギーがないのはどれも同じです。一つを除いて。洪水は起こらず台風も来ないだろうが、小川は四方から少しずつ流れているのではありませんか」

「日本で？」

緒方が不思議そうに聞いた。

「そうです。日本で。柳宗悦は朝鮮の芸術だけは事大主義ではないなどと妙なことを言ったけれど、文化においては一貫して事大主義だった日本の歴史が証明しているように、今吹いている新しい風、流れている小川も、慌てて採り入れている西欧文化にくっついてきたものじゃないですか。舶来品が好きなだけです」

「昨夜、ひとみさんもこっぴどく批判していました。柳宗悦を」

「そうですか。思った以上に賢い人ですね。とにかく、洪水が起こり台風が来ても仕方がない。天皇が軽い皮膚病にかかって、日本刀がちょっとさびるぐらいのことです。天皇の皮膚病には軍部が薬を塗るだろうし、さびは天皇が拭き取って油を塗るでしょう。天皇こそは火を食べる恐竜のような存在じゃないですか。日本では皇道思想以外のどんな思想もエネルギーを持ちえません」

燦夏は日本人が仰天するほど不敬なことを言った。その言葉は憎悪と侮蔑に満ちている。

「昨夜から、やられっぱなしだ」

緒方は苦笑した。仁実の言葉は、彼女が女だったからか、あるいは愛しているからか、黙って受け止めた。ひとみは黙っている時にはもっと強かったとも言った。しかし燦夏は違う。常に穏健で客観的だった燦夏のどこに、こんな憎悪と怒りが潜んでいたのだろう。その雰囲気は迫りくる戦車のように緒方を圧倒した。緒方は抵抗を感じる。

「緒方さんが朝鮮の独立を望んでいることは信じています。でも、それが何です。進歩的な思想を持ったあなたは、天皇を否定できますか」

緒方は当惑する。不意を突かれて、どうしていいかわからない。

「正直なところ、そ、それは、ええ、まだ深く考えたことはないけれど……やっぱり難しいでしょうね」

「……」

「それはほとんどの日本人の限界ではないでしょうか」

緒方の表情ははっきりしなかった。二人は黙って酒を飲んだ。二人の間には、互いの弱点を憐れむ、奇妙な愛情のようなものが芽生えていた。緒方が口を開いた。

「一九二八年に普通選挙が実施された時、君主制撤廃を始め十二項の政策を掲げて初めて大衆の前に現れた日本共産党は、選挙中に弾圧されて三・一五の悲劇を招きました。サンカさんもご存じのように千五百人以上が検挙され、ヤマセン〈山本宣治〉が議会で暴露したように、また小林多喜二が短篇『一九二八年三月十五日』で描写したように、恐ろしい拷問がありました。それで共産党は沈黙したではありませんか。政府はそれでも安心できず、共産党を根絶するため治安維持法をさらに過酷に改定し、緊急勅令により改定された法案が議会で承認されました。この時、ただ一人反対したヤマセンはその夜、右翼青年によって刺殺されました。これまでの事情はサンカさんも知っているでしょうが、こんな結果を招いた共産主義運動が日本で取ってきた戦略は正しかったのだろうか。十二項の政策のうち君主制廃止は、右翼の攻撃を合理化するのに最も都合の良い条項でした。致命的なその条項を掲げた共産党の冒険主義は、正しかったと言えるのか」

普通選挙の際に掲げた共産党の政策とは、一、君主制の廃止、二、労農の民主的議会の獲得、三、十八歳以上の男女の選挙権と被選挙権獲得、四、言論・出版・集会・結社の自由、五、いっさいの反労働者法の廃止、六、団結権、ストライキ権、デモの自由、七、失業者手当の獲得、八、大土地所有の没収、九、所得税、相続税、資本利子税に対する極度の累進付加、十、帝国主義戦争反対、十一、ソビエトロシアの防衛、十二、植民地の完全な独立だ。

「自爆のようなものでした。果たして日本で何パーセントの人が君主制撤廃に賛成するか……」

天皇を否定できるのかと聞かれて緒方ははっきりとした返事をしない。だが彼はその問題について意見を述べたいようだ。酒を飲み、緒方は話し続ける。

「第一次共産党結成に参加した赤松克麿は君主制廃止を指令したコミンテルンに反発し、民主主義獲得に異議はないけれど国体変革を主張する必然性はないと、むしろ反共に回りました。日本の社会主義運動の一面が垣間見られる例でしょう。君主制廃止のために転向するなら、赤松は最初から共産党に参加する必要がなかった。右翼だったのです。社会改革をするにしても日本主義の旗の下でするというが、日本主義とは何です？ それは皇道主義です。絶対に天皇を否定することはできません。ある意味で日本の骨格そのものですから。正面から君主制廃止を主張した共産党は沈没したけれど、彼らの綱領第一条に君主制廃止があり、第十二条に植民地の独立があります。最初の条項がすべてをかけた必死のものだったとすれば、最後の条項は慣例的なものだろうと僕は見ています。どういうことかと言えば、天皇を否定し、いわゆる共産主義独裁が実現したとしても、国家主義は決して諦めないだろうと僕は予想しています。有象無象の急進派たちが朝鮮独立に関して口をつぐんでいるのは、興味がないというより既得権として見ているからです。

中野重治みたいな人は珍しいんです。中野はコミュニストだけれど、僕は彼を西行の流れにおいて考えたい。美は清らかで真実で善であり、対象に対する悲しみはヒューマニティーでしょう。そんな精神も日本の中に流れています。サンカさんやひとみさんはそれを否定しようとしている。あなたがたの立場では、そうするほかないでしょう。でも、どんな人やどんな民族にも否定的な要素と肯定的な要素の両方があるんじゃないですか。

僕は、こんなことを言いたかったんじゃない。言葉は不完全で、いつも普遍に陥りやすい。話をしているうちに柳宗悦を連想して、僕自身がもどかしいんです。僕自身、同族に幻滅を感じることはよくあるけれど、中でも安っぽい感傷主義には幻滅します。安っぽいという形容詞をつけるのは、義理や人情を除外したいからです。いつかサンカさんも感傷主義について話しましたね。安っぽくなくても感傷そのものは虚偽であり自己欺瞞です。僕はもっと明確に言いたい。正直に言いたいんです。僕は自分を欺きながら話しているのではありません。僕自身も歴史の中で飼いならされた日本人の一人に過ぎないとは思いますが。そうです、日本人は自己欺瞞にならされています。切腹を美徳とみなす自己欺瞞に。ひとみさんも言いました。最も醜悪な自殺だと。ええ、そうです。でも僕は醜悪な自殺であると、切実に感じられないんです。ひとみさんほどには。刀と天皇が日本の歴史をつくったという説もあります。しかしそれは日本だけではないでしょう。どの民族、どの集団でも、そうした過程を経て民族なり集団なりの歴史が形成されるのではありませんか」

緒方はしばらく自分の膝を見下ろしていた。

「そう……。権力には力、どんな形であれ、力が伴います。いえ、権力そのものが力でしょう。そういった物理的な力と対立し融合するもう一つの力は精神的なもので、宗教、場合によっては哲学、道徳かもしれない。そんなものが対立したり融合したり、どちらかが独裁したり。そうした様相から見るなら、日本の場合は全く異質です。天皇はほとんど権力の外にあって物理的な力を象徴する君主ではなかった。では、天皇とは何か。精神的な力。ここであいまいになります。あなたがたの攻撃の対象となり、朝鮮の知識人たちはよく現人神について論じようとするけれど、実はそれは宗教でも哲学でも道徳でもないんです。その三つを、場合によって少しずつ利用するけれど。現在もそうです。国民を精神的に天皇に縛りつけて必要なだけ物理的な力を使っているではないですか。不敬な話だけれど、国民精神の貯蔵庫とでもいうか。宗教でも哲学でも道徳でもないあいまいなもの。だから盲目的にならざるを得ないし、それに気づいても自己欺瞞をするほかはない。長い歴史の中で国民は自己欺瞞にも気づかず、ならされてきました。そうした天皇の存在は、決して変革を必要としません。天皇は精神的にも物理的にも独裁をしたことがない。歴史が証明しているように、政権が何度変わっても皇室は存在し、革命はなかったのです。

　こんな合理的なやり方は、いったいどこから来て、長い間続いてきたんだろう。僕は何度もそれを考えました。サンカさん、僕も歴史を専攻した人間です。いくらならされたといっても、合理主義が真実への接近を阻害するのは明らかだし、その合理主義が日本を存続させたとはいえ、真の文化を形成することはできませんでした。よそのものを借りてくるほかはなかった。それを保存し変形させただけです。それも劣悪に。真実を追求したり永遠を願ったりする情熱もなしに創造ができるのでしょうか。日本人は現世的です。もともと唯物論です。そんな非情なものに風穴を開けるのが感傷であり、快楽主義です。ああ、さっき安っぽい感傷の話をしかけましたね。ええ、そうです。安っぽい感傷はもちろん日本だけのものではありません。程度の差ですが、それが時間と空間を経てどんな結果を生むのかが重要だと思います。

　陳腐な話で、例として適当かどうか……。ある人は、中村屋の相馬夫妻を讃えていました。その世界主義を。その時僕は、讃える人にも相馬夫妻にも一種の嫌悪を感じました。新派劇の臭いがするんです。インドから亡命したボースの後援者の顔ぶれを見ればわかります。頭山満を筆頭に大川周明、犬養毅《つよし》などの策略家、政商、大物政治家じゃないですか。既に手にした植民地だけでなく大陸進出の野心で血眼になった人たちが、インドの独立運動家を保護するだなんて。もっとも、彼らは包み隠さない人たちです。利得のためには何でも正当化するから。どんな悪徳でも国益は正義だと信じる人たちです。彼らに踊らされる相馬夫妻の行為が世界主義と人類愛に基づいているって？　僕は彼らに嫌悪を感じるけれど、彼らの安っぽい感傷と誤った視点、何かに迫ろうという深刻さが欠如した偽善に、挫折を感じます。相馬が木下尚江の友人であり影響を受けたというのはナンセンスです。純粋なものに対する愚弄です」

木下尚江の名が出ると、燦夏はようやく笑った。その笑顔を見るのがつらいのか、緒方は顔をしかめる。話題になった相馬愛蔵はクリームパンで有名になった中村屋の主人だ。露日戦争の時に幸徳秋水、堺利彦と共に非戦論を唱えた木下尚江はキリスト教的社会主義を標榜した思想家であり小説家で、友人である相馬は彼から影響を受けたという。中村屋には著名な芸術家が出入りしてサロンのようなものが形成され、相馬夫妻は芸術家も支援した。その頃日本に亡命したインドの独立闘士ラス・ビハリ・ボースは、追放令が出されて官憲に追われていた。彼をかくまったのが相馬夫妻だが、緒方が言ったように、政界の大物たちの意を受けてかくまうという行為に芝居がかったところがあったのも事実だ。さらに相馬夫妻は、愛する娘をボースの妻にした。相馬の妻良《りょう》は夫より積極的で、亡命した盲目のロシア詩人エロシェンコを自宅に住まわせていた。

「彼らはその後、関東大震災の際の朝鮮人虐殺や……」

緒方は再び顔をしかめた。被害者の前で加害者が真相を語らなければならないことに戸惑っていた。

緒方の話はさらに続いた。

「現在、虐殺が行われている台湾の霧社事件*を、どう考えているのでしょう」

霧社事件とは、台湾の原住民が反日暴動を起こし、日本人を襲撃した事件だ。すぐに鎮圧されたものの、原住民に同族を射殺させただけでなく、霧社事件を生き残った人まで後に虐殺させた。

「今更、恥部をさらけ出しても仕方ない。もう全部わかっていることです。裏切りと陰謀、不道徳と偽善にたけた政商、共産主義の非情な理論家、彼らのことを話したいのではありません。平凡な市民の安っぽい感傷がどれほど冷酷であるかを言いたいのです。ためらうことと衝動的な行動は、少なくとも動機においては正直です。しかし居心地のいい部屋にいながら、ちょっとやってみるという行動には、感傷を楽しむ冷酷さがあります」

ただ微笑していた燦夏が口を開いた。

「さっき安っぽい感傷から義理と人情は除くと言ったけど、一つ聞きたいことがあるんです。鬼熊事件*というのが、いっとき新聞をにぎわしたでしょう。情婦をまきで殴り殺して放火し、また別の情婦など合わせて六、七人を殺傷したのに、村の人たちが食事を与え逃亡を助けた事件。犯人は、逃亡中にトウモロコシ一粒たりとも盗みはしなかったから、妻子にそう言って安心させてくれと言ったそうです。そして記事を読んだ人たちの中には鬼熊を応援するむきもあり、歌まで作られた。どういう社会心理なんでしょう。暴力に対する快感が人間の心の底に潜んでいるといっても、鬼熊は義賊ではなく荒々しい殺人犯です。鬼熊事件を見る日本人の視点は、朝鮮人である僕には理解できません。

演歌師が、『恋には妻も子も捨てて……』といった歌を歌って回っているそうですが、凶悪な殺人鬼の行動が、どうして愛の歌の題材になるのか。それは愛がもたらした悲劇だと言えるのか。それが愛なのか。愛だと思う日本人の意識は実に奇異です。それも情婦が二人もいて、その女たちも素人ではないのに。そんな鬼態に同情したり憐みを感じたりする社会心理、それが義理と人情ですか。鬼態の価値観はどうしてあんなにゆがんでしまったのか。獣のような殺人犯が、なぜトウモロコシ一粒盗まなかったという道徳的な話ができるんです。どうして堂々と、自分が裏切った妻子に伝えろなんて言えるんですか。切腹を美化することに通じるものでもあるんでしょうか。実に理解不能です。僕にはわからない」

最後には独り言のようになった。

「それは」

緒方は酒をあおって言った。

「快楽に寛大だからでしょう」

「な、なるほど。日本では痴情と愛の区別がないのですね。区別されているようでいて」

「痴情を感傷で包むからです。だから耽美主義になるのですよ」

緒方は自嘲するように言った。かなり酔ったらしく、瞳孔が開き始める。

「しかしですね、ユートピアはないんです。つまり、どこだって、否定的な特性と肯定的な特性はあるでしょう。それにその特性を数的概念で把握してはいけないと思います。これは僕個人の感情かもしれないけど、日本は、という時より、日本人は、という時に抵抗を感じます。澄んだ川も濁った川もずっと流れています。もちろん僕は挫折し絶望します。それも頻繁に。美しい、澄んだ清潔なものたち、西行の世界が合理主義に押されて退廃にされてしまうのは悲しい」

「西行は日本最高の詩人だけれど、彼もロマンチスト以上のものではありません」

「いや、違う。それ以上のものです」

緒方は首を横に振った。

「サンカさんが何を言おうとしているのかわかります。この緒方も、自己欺瞞ではないとしても、錯覚から来る感傷主義者と言いたいんでしょう」

「そうじゃありません。時にはそういう時もあるけれど、誰しも錯覚することはあるものです」

「これは別の話ですが、サンカさんはトンネルの中で言いました。夢など見ないと。朝鮮人は日本人ほど夢を見ないと言って、腹を立てたでしょう。あれは結構、ショックでした。夢は実体ではなく、荒唐無稽です。朝鮮人は日本人ほど夢を見ない。朝鮮人は日本人よりずっと強い願いを持っている。夢は甘く、願いは熾烈だ。夢は雲で、願いは岩だ。夢は忘れるもの、願いは胸の奥にあるもの。そういうふうにも言えるでしょう」

緒方は皮肉のように言う。瞳はいっそう開き、時折唇が震える。しかし燦夏の眼光は強く、落ち着いていて憂鬱そうだった。

「考えてみれば滑稽です。インドの独立闘士や盲目のロシアの亡命詩人を助ける人たちと、朝鮮人について回って、贖罪の羊みたいにメエメエ鳴いている僕と、どこがどう違う。似たようなものでしょう。悪人を殺そうが盗賊を殺そうが、人殺しだ。サンカさん！　真実と関係ない少数の絶対権力が世の中を動かし、歳月は過ぎる。すべてくだらない！　くだらないことだ！」

「緒方さん、乾杯しましょう。三度の飯を食って時間を持て余している二頭の豚のために」

「まあ、俺は人間だと叫んだところで仕方ないな」

杯をぶつけ、彼らは酒を飲む。杯を置いて、燦夏が言った。

「話が竜頭蛇尾で終わったね。竜の頭に、僕が竜のしっぽをつけてあげよう」

「竜のしっぽ……ああ、こうして徐々に、徐々に沈没したいな。サンカさん、あなたはうまいことを言った。三度の飯を食って時間を持て余している二頭の豚。はははは、傑作だ、傑作。はははははっはっ……」

外はいつしか暗くなり始めていた。その間、少年は二度も酒を運んできた。

「それで、竜のしっぽはどうなったんです」

「恐いから話をそらしたくせに、それでも気になるんですね」

「酒の勢いです」

「僕があなたの国の天皇を憎んでいると思ってるんですか。違いますよ」

「何ですって。どういう意味です」

「天皇の手は血で汚れていない」

緒方は酔った目を見開いた。

「実は、僕の話というより、あなたが話したかったことでしょう。竜のしっぽではなく、蛇足かもしれない。天皇は物理的にも精神的にも独裁者であったことが、ほとんどなかったって？　天皇は一種の緩衝地帯で、圧政者ではないから国民の憎悪の対象にはならない。しかし他の民族や国家において宗教や神の問題は、死が関わって強烈な疑問を提起します。狂信者がいるのも、そのせいです。それは死の疑問に通じるものです。神は存在するのか。その問題が人間を追い詰めます。

しかし日本にはキリスト教や、その他の雑多な宗教の狂信者がいません。皇道主義の狂信者といっても言葉だけで、内実は違います。日本で宗教が形式に堕してしまう理由、哲学と思想がない理由。そうしたものの影響が弱いせいで、さっき緒方さんが言った快楽に対する寛大さが人々の意識の底に植え付けられたのでしょうが、とにかくその理由はまさに天皇の存在にあります。天皇に疑問を持つ必要がありますか？　天皇は実像です。天皇は確かに目の前にいて、明らかに人間なのに、互いに納得して神格化しているんです。そこで日本人は足を止めてしまうのです。日本の文人がよく自殺するのは、たいてい個人的なことよりも思想的に行き詰まったためだと思いますが、免疫がないというか抵抗力がないというか。狂信者と無神論者で成り立つ他の国に比べ、日本人は無風地帯で納得し、共謀し、安住してきた。安住している場所のドアを開けて出てゆくこともできないし、出たら最後、とてつもない荒野が広がっていて自信を喪失するんですよ」

「……」

「その荒野にこそ、創造の活力が秘められているのではないですか。日本の職人仕事は緻密で律儀です。

でも生命を与えられないように思いました。荒野に出られないからでしょう。立派な技術者。合理主義の肯定的側面です。あなたたちの団結もその合理主義の側面だし。緒方先生！」

「何ですか」

「もう一度乾杯しよう」

「ええ、三度の飯を食って時間を持て余している二頭の豚のために！」

二人は杯をぶつけて酒を飲み、同時にけらけら笑った。外は真っ暗になっていた。しかし仁実は戻らない。緒方はしょんぼりしてすすり泣き、もつれた舌でずっとしゃべっていたけれど、やがてその場に横たわり、いびきをかき始めた。燦夏は立ち上がって緒方に枕を当て、布団をかけてやる。弟の面倒を見る兄のように優しく。燦夏はまた元の席に戻って手酌で酒を飲む。酔ってはいても、痛みが麻痺するほどではない。話し相手が眠ってしまうと、この世でたった独りになったような寂しさが襲う。寂しいのは慣れているはずなのに、今夜は耐えがたい。古い校舎の前で会った女の黒い服。それは燦夏の人生のための喪服のようだ。以前から、自分が生けるしかばねのような気がしていた。かなわぬ恋のせいだけではない。衝動にかられてここに来たけれど、自制心を失ったのではなかった。緒方や仁実と一緒に来たのが、燦夏が自制していた証拠だ。希望は百分の一もなかった。彼は明姫に、兄の分まで補償したいと思っていた。物質的なものに過ぎないとしても。これほどショックを受けるとは思ってもみなかった。拒否されることは予想していたが、あれほど憎悪されるとは思わなかった。疎外された男。それは燦夏の日常だ。燦夏は、道徳的だがヒューマニストではないと言った。それは明姫のことだ。彼は三度の飯を食って時間を持て余している豚だと自嘲せずにはいられない苦悩と渇きに、明姫が一杯の水になってくれることを願っていた。異性としてではなくとも、せめて人間同士の温かさを得たかった。

燦夏は緒方のいびきを聞きながら、三人の奇妙な関係を思う。旅の道連れとなった三人の。

（ひょっとすると三人の関係は今日の現実の縮図かもしれない。いや、歴史の縮図か？　大げさではあるが）

燦夏は、どうしてそんなことを考えたのだろう。人間は葛藤に満ちた時間の中、歴史の宿題に答えられないまま、ここまで来た。未来に向かいながら、認識している人もしていない人もいる。もちろん燦夏は認識しているし、緒方や仁実も認識し苦悩している。燦夏はどうしてそう思ったのだろう。三人の関係が現実の、あるいは歴史の縮図だと。

燦夏と仁実は同じ民族であり、名門の両班と中人という階級の違いはあっても、仁実が知識人となったために身分の違いは相殺される。いや、むしろ国を失ったことに、より重い責任のある燦夏の階層の方が問題だろう。燦夏は過去の支配層、親日派、今日のブルジョアと無関係ではいられない。彼が社会主義を理解し肯定したとしても、関東大震災の惨状を見て祖国独立のために献身することを、そして汗と涙で暮らす階級の側に立って闘争することを誓った仁実との距離は大きい。いや、敵対していると言った方が正確かもしれない。のみならず、彼らは少し前に会ったばかりで、互いを理解する時間もなかった。緒方と仁実はかつて同志であったし、互いに深く愛し合っていながらも、越えられない民族の壁、支配する者と支配される者という敵対関係が背後にある。緒方と燦夏の関係は、また別だ。日本の女性を妻にした男、朝鮮の女性を愛する男には同病相哀れむ部分があったし、彼らは互いに理解し、民族の違いを乗り越えた友情で結ばれている。三人の関係は葛藤そのものだが、知識人であることは共通している。認識する人たちなのだ。この一本の柱を軸にして彼らは葛藤し、受け継いだ歴史の宿題に苦悩している。実に奇妙な関係であり、歴史の縮図に違いない。

燦夏はゆっくり酒を飲みながら仁実の帰りを、あるいは、時間が早く過ぎるのを待った。また少年を呼んだ。

「お呼びですか」

少年は戸を開けて顔をのぞかせた。

「船の時間まで、あとどれぐらいだ?」

「一時間ぐらいして出られたらいいと思います。時間になったらお知らせするつもりでした」

「わかった。もういい」

「はい。心配しないで待ってて下さい。もうお一人はお休みですね。日本人でしょう?」

「つまらないことを言うな」

「わかりました」

少年が去った後、燦夏はかばんからノートを出すと、ページを一枚ちぎった。

東京で会いましょう。先に帰ります。封筒は仁実さんに渡して下さい。必ず任明姫さんに渡してくれと言って。


紙を折り、封筒を出して一緒に置いた。そしてまた杯を傾ける。

（二人を残していく……この二人を、残していく……い、いや）

燦夏が道徳とヒューマニズムは違うと言った時、

「ええ、もちろん違います。時には、相反するでしょう」

と言った緒方の言葉が思い浮かんだ。

（二人を残して……。僕には関係ないことだ）

昨夜は、仁実と緒方が夜遅く外出したことに不快感を示した。今も多少の不安や、妙な責任感のようなものがなくはなかったけれど、燦夏は一刻も早くこの地を離れたかった。

（もう二度と来たくない）

彼は立ち上がり、コートを着てかばんを持った。そしてメモと封筒を緒方の背広のポケットに突っ込んだ。緒方は沼にでも落ちたように眠り込んでいて、いっこうに目を覚まさない。

燦夏は宿泊料を支払い、旅館のおかみに、

「夕食はいらないから、お客さんを起こさないで下さい」

と言うと、少年から船の切符を受け取って暗い通りに出た。

第四部　第四篇

仁実《インシル》の居場所

一章　輝《フィ》の葛藤

「春よ、春よ、どうしてそんなにのろい。高い山を越えようとして、腰が痛くて休んでるのか。山の麓に春を告げるサンシュユの花も咲いてるだろうし、カササギはぴょこぴょこ歩きながら、お客さんが峠を越えてくるよと鳴いてるだろうに、山奥の谷はどうしてこんなに寂しいのかね」

鉛の毒*で顔や唇、歯茎まで青黒かったチュンメは、春が遅いとつぶやいていた。そんなチュンメも早春のある日、春風で婆さんが死ぬと言って世を去った。かなり昔のことだ。

智異山《チリサン》の麓の村に、春は確かに訪れていた。

輝《フィ》は岩塩をひと握り持って小川に行った。渓谷の水は白く凍りついているけれど、小川の氷は解けてきれいな水が玉のように流れている。しゃがんで歯を磨きながら、輝は足音を聞いた。振り返らなくても、スニだろう。やはりスニだ。彼女は歯を磨いている輝からちょっと離れた場所で、頭に載せていた器を下ろした。袖をまくると日に焼けたひじが赤い。器に水を入れてかき混ぜ、水を捨ててから麦を洗う。輝は手を止められないみたいに歯を磨き続け、スニも麦を洗い続ける。沈黙に緊張感が漂い、二人の間の空間も張りつめている。

「兄さんはいいね」

とうとうスニが、いやみったらしく言った。

「何だよ」

話しかけられるのを待っていたみたいに手を止め、両手で水をすくって口をゆすいだ輝がつっけんどんに答えた。

「明日お嫁さんをもらうのに、兄さんは何とも思わないの？」

輝は答えず、小川に顔を突っ込むようにして顔を洗う。

「兄さん！」

麦を洗う手を止め、スニは大声を上げた。

「何だ」

輝は、目をむいて顔をスニの方を向いた。

「人の心を傷つけておいて平気？」

「俺がいつそんなことをした」

「今更何を……。兄さんが結婚しちゃったら、あたしどうなるの」

スニの目から涙がこぼれる。輝は派手な音を立てて顔を洗う。これまでスニと顔を合わせないようにしてきた。スニは逆に、輝と二人っきりになりたいと焦っていた。今も輝が小川に行くのを見て、急いで追ってきたのだ。輝と二人っきりになっても明日の婚礼が取り消されるとは思わない。涙を拭きながら言った。

「みんな、あたしが兄さんと結婚すると思ってたのに、どうしてこうなるの」

川原に上がった輝は、腰に下げていた手拭いで顔を拭く。

「あたしは、あたしは、こんなことになるとは思ってなかった」

「……」

「人の心って、どうして……。兄さん、どうして黙ってるのよ」

「俺は」

少し間を置いて言った。

「スニを妹のように思ってた」

「嘘！　そう言えば済むとでも思ってるの。そんなに簡単なことじゃないよ」

「……」

「あたしはどうなるの。ううう……」

両手で顔を覆ってすすり泣く。

「死んじゃいたい。このまま死にたい」

「約束したわけでもないのに、どうしてそんなことを言う」

輝が怒りを表す。

「約束してないって？　約束なんて、いる？　みんな、そうなると思ってたのに。ううう……。あたし、恥ずかしくて生きていけない」

「うわさなんて無責任なものだ」

輝は顔をしかめて苦しむ。彼の言葉どおり、輝はスニを妹のように考えていた。しかし栄善《ヨンソン》が現れなかったなら、おそらくスニと結婚していただろう。

「たった一日で、どうしてそんなに心変わりできるの。兄さんだけじゃなくて、おじさんやおばさんもそうだ。あたしを嫁にすることを考えなかったなんて言えないはずなのに、今になって……。あたし、どうやって生きていけばいいの」

「世の中に男はいっぱいいる」

「何だって」

顔を上げて輝を見る。涙と鼻水で顔がぐしゃぐしゃになり、髪がもつれたスニから目を背けて、輝は遠くの山を眺める。

「もっといい所に嫁に行けばいいじゃないか」

「よくそんなことが言えるね。本気なの。秋に、マツタケを取りに行った時、に、兄さんが」

声を上げて泣く。遠くを眺める輝のこめかみが震えた。首から頬まで真っ赤だ。

「何を言う！」

「あ、あたし、どうやって生きていけばいいの。あたしはどうなるのよ」

「そんなことを言ったって、どうにもならないぞ。俺は子供の時から、お前と結婚する気はこれっぽっちもなかった」

輝はさっと向きを変え、坂に向かって矢のように走りだす。

(あいつ、どうしてあんなことを言うんだ)

笛岩の前で立ち止まった。

(ちくしょう!)

荒い息をつく。息が切れるからだけではない。輝の顔は青ざめていた。走ってきた道を冷たい目で振り返ると、泣いていたスニも、顔を洗った小川も見えなかった。まるで血管のような、くねる蛇のような山脈を見下ろして岩に腰かけた。笛岩。よくここで笛を吹くから、輝がそう名付けた。平らな岩が坂から突き出ていて、岩の横から一本の松の木が空に向かって伸びている。

「どうしてこんなに苦しいんだ。胸が張り裂けそうだ」

一人でつぶやいた。

昨日はひどく風が吹いた。渓谷がうなり、木の枝に残っていた枯れ葉が吹雪のように舞い散った。その風の中を、痩せた宋寛洙《ソングァンス》が、小さな目を血走らせてやってきた。

「父さん!」

栄善は地面にしゃがみこんで泣いた。

「どうしてそんな見苦しいまねをする。生き返った死人みたいに」

娘を叱った寛洙は、ぎこちなく挨拶する輝をじっと見つめ、そしてカンセに視線を移した。

「一人増えても食べ物は足りるか」

「俺を何だと思ってる。娘が腹をすかせないかと心配してるのか。それはともかく、こんな風の中を、何しに来た？」

「いろいろと……。今日連れて来なければ、娘をずっと家に置いておくことになりそうで」

「いよいよ訳がわからんな。子供たちの前で頭がおかしいのがばれる前に、部屋に入れ」

カンセは寛洙の背中を押した。

「あいつめ……」

輝は手の甲をかむ。秋、つまり栄善が山に来る前のことだ。輝はスニとその弟の吉隆《キルリュン》を連れてマツタケ採りに行った。山奥で、みんなばらばらになった。まず吉隆が輝の視野から消え、ずっとついてきていたスニの姿もいつしか見えなくなった。秋とはいえ、森の木々はまだ葉っぱをたくさんつけていた。ヨコグラノキの赤い実やクマノミズキの黒い実もあった。人の気配がしたからか、あるいは豊かな山奥には木の実が豊富にあるからか、姿の見えない鳥たちがうるさいほど鳴いていた。輝は古い大木の根元を探し、注意深くマツタケを採りながら歩いていった。

「兄さん、兄さん！　あたしを下ろしてちょうだい」

地面を見ながら歩いていた輝は、立ち止まって顔を上げた。梅雨時に土が崩れて現れた岩の上に、スニがかごを持って立っていた。輝は網袋を置いて岩に近づいた。

「兄さん！」

スニは背を丸めて下に手を伸ばした。輝は土の山に上がり、スニの手を取って引き下ろした。スニの足が地面に着く前に体が傾いて、輝に抱かれるような格好になった。女の髪の匂いと乳房の感触で、目の前に火花が散った。それは一瞬のことだった。輝はスニを抱いたまま、いつの間にか口づけをしていた。

「何するの！」

驚いたスニは身をよじるようにして腕から抜け出し、地面にしゃがむと両手で顔を覆って前かがみになった。呆然自失して立っていた輝は、網袋も放り出したまま一人で山を下りてしまった。もし吉隆が近くにいなければ自分が何を仕出かしていたかわからないと思うと、全身が震えた。岩を持ち上げて地面にたたきつけるような、巨木を引っこ抜くような爆発的な力、暴れ回りたいような、得体の知れない力にさいなまれながら家に戻ると、全身が汗びっしょりだった。それ以来、輝はスニと顔を合わせないようにしたのに、スニは輝を追い回した。輝はもうスニに対して妙な欲情を感じなかった。むしろ自分に対する嫌悪感と共に、スニに対しても得体の知れない嫌悪感を覚え始めた。短い脚、チマのひもをぎゅっと締めつけた腰、深い二重まぶたの目、元気そうな顔色。誰もがスニを福々しい顔だと言った。輝の母も、スニは食べ物運に恵まれる顔だと言った。しかし輝はスニが近くにいると感じるたびに雌の動物を連想し、どうしようもないほどいやだった。自分を責め、悪いのは自分なのだと何度も自分に言い聞かせても駄目だった。

ずっと連なる山の峰。縮地法でも知っていたなら、一気にあの山々を飛び越えてどこかに行ってしまいたいと、ふと思う。にぎやかな市場通りを歩き、好きなだけ世の中を見物して回りたい。旅芸人の一座に加わって、笛を吹きながら山や谷を歩きたい。そんなことも思う。

一羽の鳥が、つぶてのように飛びながら鳴いた。その瞬間、山の鳥たちがいっせいに鳴き出す声で鼓膜が破れそうになる。鳥たちはさっきからずっと鳴いていたはずなのに、輝には聞こえていなかった。

「あいつめ!」

水の流れる音もする。山は急にさまざまな音を立てて輝に迫る。しかし次の瞬間、山は動きも音も凍りついたように静まりかえった。山は声を殺して泣いていると、輝は思う。

地上の動物、葉っぱを落とした木と枯れ草、地中に眠るたくさんの命。冬空を飛ぶ飢えた鳥たち。すべての命が冬を耐え、消えそうな命の炎を燃やしながら、やっと春が山の麓まで来たのに、まだ山奥は空も地面も閉ざされているようだ。静けさが断崖絶壁のように辺りを取り囲んでいる。人々にとって残酷なのは絶望でも諦念でもなく、待つこと、すなわち時間だ。人々は、歳月が矢のように過ぎる、人生は草の露のようだと言う。しかしどうして一日が千秋となり、果てしない野に種をまき、穀物を取り入れるのだ。

大海原を渡り、不毛の地を横切って、時には枯れ葉のように落ち、時には石壁にぶつかりながら数千里を飛ぶ渡り鳥。彼らの旅路は歳月より長く思えるのではないか。どうしてそんなふうに生きるのだ。その熾烈な生命はどうして生まれ、死ぬのか。矢のような歳月と千秋のような一日。この二つの谷。生と死の谷を渡る人々。荘厳な悲劇だ。

幾重にも連なる山脈は、いつしかはっきりと輪郭を現した。白くぼやけていた空は透き通った青になり、細い雲が浮かぶ。

「ほんとに、都会に行ってしまおうか。どうしてこんなふうに山で暮らさないといけないんだ」

　山で炭を焼いて暮らせと強要されたわけではない。父カンセも言っていた。

「大人になったらお前も町で暮らすことになるだろう。人がそれぞれどんなふうに暮らしているのかを見るはずだ。お前の母ちゃんはどう思っているか知らないが、俺はお前が一人息子だからといって、山にしがみついて親の世話をしろと言う気はない」

　輝が問い返した。

「じゃあ、母ちゃんと父ちゃんはどうなるんですか」

「飢え死にはしないさ。死ぬ時が来たら死ぬだけだ。先になろうが後になろうが、死ぬ時はどうせ一人だ。チュンメ婆さんも一人で生きて一人で死んだじゃないか。環《ファン》兄さんも一人で生きて一人で死んだ」

「何も、そんな人と比べなくても」

「比べてるんじゃない。宮殿に暮らす王様だろうが、家のない乞食だろうが、死ぬ時は死ぬ。死んだらそれまでだ。暑さ寒さ、食えるかどうか、そんなことは心配する必要がない。男なら、翼を広げて広い天地で飛んでみるべきだろう」

　カンセはさらに言った。

「だが、都会は人間の住む所ではないことも知っておくべきだ。人情が薄くて、貧乏人が死ぬ。食えないから都会に行き、人が集まるから人の価値が下がる。金持ちと貧乏人が、天と地ほど違う。それなら自分は天と地の間のどこらへんにいるのか考えるようになり、そうなっている理由にも気づく。もっとも、みんながそんなことを考えるわけではない。駄目な奴は都会に行けば不良になり、向こう見ずになって一生を台無しにするし、愚かな奴は物乞いに落ちぶれる。すべて自分次第だ。だが、一生を台無しにしたり物乞いになったりするのも、国を失ったからだ。なりたくてなったわけじゃない。朝鮮は昔から恥を知るということを重んじて、賤民であっても家を出て物乞いをして歩くことはあまりなかった。今はひどいもんだ。酒幕は旅の途中で酒を一杯やってクッパで腹を満たすところだったのに、今は人のよく来る所なら女を置いて売春させる。昼間から歌って遊んで。こんなことでは、土地だけじゃなく心まで奪われる。そうかと思えば、通りにはパガジを持った物乞いがうようよいるし、満州に行きたくとも旅費がなくて行けず、橋の下に小屋を造って暮らす哀れな人が数えきれないほどいる。いったい、誰のせいだ。首を切って塩漬けにしても気が済まない倭奴たちめ！　天は本当にあるんだろうか」

そんなことを言っていた。いずれにせよカンセは輝が都会に出ることに反対するどころか、出ていくようそれとなく勧めていた。しかしカンセは、一年の半分以上はかごを背負って釜山《プサン》、馬山《マサン》、晋州《チンジュ》などを回っていたのに、一度も輝を連れていったことがない。花開《ファゲ》や河東《ハドン》の市場も一緒に行こうとしなかった。自分が、いつどうなるかわからないと思ったからだろう。息子を大事に思うと同時に、未成年の息子に秘密を知られてはいけないとも思ったのだ。それでも輝は安《アン》トビョンと連れ立って何度か河東の市場に炭を売りに行ったし、日用品を買いに花開の市へ行ったりしていた。内気な輝は市に行くたび、期待と困惑を同時に覚えた。山奥で暮らすことに疑問を抱いたことはない。山脈を飛び越え、広い世の中に出たいと思ったことも、旅芸人の一座について笛を吹きながら山や谷を回りたいと夢見たこともなかった。よりによって婚礼の前日にどうしてそんなことを考えるのか。スニの怨みと涙で心が乱れ、恥ずかしい記憶がよみがえったのは事実だが、そのせいだけではないだろう。

スニは輝が心変わりしたと言ったけれど、輝は心変わりしたのではない。本人の意思に関わりなく親が決めるのが慣習でもあるが、人の少ない山奥ではいっそう選択の余地がない。栄善との結婚もそうだし、もし栄善が現れずスニと一緒になったとしても、それは輝が選択したのではないはずだ。二人のうちどちらかを選ぶとすれば、輝は栄善を選んだだろう。栄善が父親に連れられてきた時、輝は生まれて初めて甘い悲しみのような、不思議なときめきを感じた。決めたのは親だが、それは輝にとって幸せな決定だった。スニに心を乱されたにせよ、幸福な結婚を控えているのに、なぜすぐにでも山を出たい衝動が起こったのだろう。結婚に対しても、市場で感じたのと同じような期待と困惑を覚えたからかもしれない。

輝は十八だ。結婚費用がなくて三十になっても嫁をもらえない人や、寡婦や婚家を追い出された女をさらってきて婚礼の儀式もせずに一緒になる人に比べれば、輝の結婚は順当だと言える。しかし男の子の適齢期が十二、三歳で、なるべく十五、六歳までに結婚させようとする慣例からすれば早くはない。輝の体はほとんど成長しきっていた。均整が取れていて、背は平均より少し高い程度だが、まだ伸びるかもしれない。骨格は細い感じがする。父に似て肌が白い。両班家の坊ちゃんなら、なよなよして見えただろうが、山で育った筋肉は固くしなやかで、芯の強さを思わせた。美青年ではないけれど清らかな印象を与える。特に瞳が澄んでいた。

「山の子なのに骨相が貴族みたいで、将来は波乱がありそうだ。あんな骨格で力は出るのか」

いつだったか、海《へ》道士が言った。

「そんなこと言わないで下さい。ああ見えて力は強いんです。竜の子は竜だ。アオダイショウにはなりません」

安トビョンが不満げに言った。

「竜の子?」

「父親が力持ちということですよ。息子は親の精気を受け継ぐものだし、あの子はこの山の精気も持っているはずです。並の子ではないと思いますね」

チャクセの女房も、輝の後ろ姿を見て言ったことがある。

「あの子の目を見てると、なんだか悲しくなってくる。あんなに澄んだ目も良くないらしいけど……。寿命はまっとうできるのかな」

「おい、何てことを言う! 縁起でもない」

チャクセが怒った。

「あたしだけじゃないよ。みんなそう言ってる。目があんなに澄んでいたら、寺にでも入らないと寿命をまっとうできないって」

「寺? 坊主になれってのか」

「みんながそう言ってるんだってば」

「みんなって、この山の中に誰がいる」

「山の中だって行き来する人はいますよ」

「暇な奴らがくだらないうわさをするんだ。よりによって、どうして坊主だ。どうせなら神仙の方がいいのに」

思わず言ったけれど、チャクセは特に坊主を軽蔑してはいない。僧侶が尊敬されようが蔑視されようが、俗世を離れるということがうれしくなかった。特に輝は一人息子だ。だが、俗世を離れるという点では神仙も同じではないか。要するにチャクセは、輝が秀でていることを認め、漠然と不安を持っていたのだろう。

「あたしは、笛を吹くのをやめてくれたらいいと思う。あの子の吹く笛の音を聞くと、なぜだか心が乱れて悲しくなってくる」

それには同感だったのか、チャクセは答えない。

「一人で岩に座って笛を吹くのを遠くから見ていると、そのまま雲に乗ってどこかに飛んでいってしまいそうだ。あの人は、どうしてわざわざあの子に笛をやったんだろう。ただごとではないよ」

チャクセはやはり返事をしない。あの人とは、死んだ環のことだ。直接会ったことはないけれど、山では伝説になってしまった環のことを、チャクセの女房も多少は聞いていた。彼が笛を与えたことも輝の母、つまり夫の従兄であるカンセの女房から聞いた。

輝は立ち上がり、岩の上に上がってしゃがんだ。そして北風にさらされてかさかさした顔を両手でこする。やはり何かすっきりしなかったし、雲のようにとりとめもない考えが浮かぶ。冬山の風に吹かれて赤くなったスニの手首、はじけそうな丸い顔、二重まぶたの目、栄善の細い肩。もじもじしていた栄善。置いてきた母が気になるのか、行方のわからない兄を思い出しているのか、裏庭の薪の山に手をついて泣いていた栄善の後ろ姿が、雲のように湧き上がる思いの隙間を通り過ぎる。

「全部捨てて、誰にも知られないように出ていこうか」

出ていきたい衝動は、次第に強くなる。体のどこかがかゆくてかいたら、かゆみが全身に広がって耐えられなくなるみたいに。輝自身も、なぜ自分がそんな思いにとらわれるのかわからない。生まれて初めて甘く切ないときめきを感じた女との婚礼。一晩寝たら、その輝かしい日が来るのに、どうして出ていきたいのだ。どうしてその日が怖いのか。出ていきたいという思いは妄想になり、婚礼よりも輝きだす。旅芸人の派手な服の裾。金持ちの葬列になびく弔い旗。目に染みるような青空に尾を引いて響く弔い歌、鈴の音、農楽《ノンアク》*の花笠、ムーダンの真紅の衣装。求礼《クレ》や河東の市場に行く途中で見た光景だ。きらびやかな色は心の奥に響き渡る鉦《かね》、太鼓、笛の音に乗って揺れる。調べはだんだん速くなり、色はまばゆく、目まぐるしく渦を巻く。息を切らすように旋回し、反転する。だが、突然、鉦、太鼓、笛の音が止まり、銅鑼《どら》がドゥウウーンと長い余韻を響かせる時、松やにの匂いがして、白い棺が目に浮かぶ。喪輿《サンヨ》〈棺を載せる輿《こし》〉にも載せず、チャクセと安トビョンが肩に担いだ祖母の棺だ。それはまた、チュンメの棺でもあった。

「この馬鹿娘。どうして母ちゃんをこんなに悲しませて逝っちゃうんだよ!」

むしろに巻かれて埋められる妹。泣き叫ぶ母、遠い山を眺めながらたばこをくわえていた父。華やかな色は次第に陰鬱な色に変わる。輝は目を閉じた。市場を歩く、たくさんのわらじ。わらじを履いた足。陶器を売る店で、陶器に日光が反射している。真っ黒な器、わらじを履いた足、真っ黒な器、網袋から顔を出した雄鶏の真っ赤なとさかが揺れる。乞食たちはぼろぼろになった服を揺らし、プムパ！　プムパ！とつばを飛ばして歌いながらパガジをたたく。飴売りのハサミの音。空や川を横切る船頭の歌声……。黒い陶器が宙に浮かぶ。洪水に流されるスイカみたいに、陶器は空中で浮き沈みする。乱舞する。それらがいっせいに地上に落ちて砕ける音を聞く。輝はぞっとして目を開けた。

「夢でもないのに……」

首を横に振る。

「突拍子もないことを……病気になりそうだ」

また首を振る。丘を下ると、スニはもう小川のほとりにいなかった。スニはここでどれほど泣いただろう。麦が散らばっていた。また考える。訓長〈海道士〉に会いに行こうと。輝は海道士と向き合って話したかった。朝食がまだなら一緒に食べたい。細い坂道を下ると、母がチャクセの家に入る姿が遠目に見えた。

「どんな具合？」

輝の母が、チャクセの家の庭に入って聞いた。

「夕方までには大体できそうです」

チャクセの女房が、皿を洗った水を捨てながら言った。

「ご飯は食べた？」

「ええ、後片付けも済みました」

体格が良くて骨格のしっかりしたチャクセの女房は、輝の母よりだいぶ年下なのに同じ年頃に見える。

「たいしたこともしてないのに気持ちばかり焦って」

「入って下さい」

「ああ、脚が痛い」

輝の母は部屋の戸を開けて入る。

「姉さん、いらっしゃい」

布団を縫っていたスニの母が顔を上げた。

「ああ」

輝の母はうろたえて、

「朝早くから来てるんだね。ご飯は食べたの」

「はい」

部屋が狭いから布団を三つ折りにしてカバーを縫いつけていたが、それでも窮屈そうだ。

「あんまり急なことで、あんたんちには何とも申し訳ない。どうしたらいいんだろう」

輝の母は針に糸を通すと、壁にぴったり身を寄せて布団カバーの隅に針を刺した。

「とんでもない。縁は、思うようにならないものですよ」

スニの母は喉が詰まったような声で言った。

「おや、あたしったら。指抜きもはめないで」

輝の母は指抜きをはめる。

「新婦の家がする準備を、ここでやれって言うんだからねえ」

一つも不満はないのに、スニの母の前だからそんなふうに言う。

「それだけじゃない。突然押しかけてきて、明後日に式を挙げるなんて、慌ただしいにも程がある」

「でも、いい娘さんじゃないですか」

目を伏せて糸をかみ切りながら、スニの母が言った。

「うちのスニは、釜山の娘さんに比べたら尾の抜けた鶏です。天と地ほど違いますよ」

「悪く思わないでおくれ」

「悪く思うだなんて。どうしようもないことですから」

太ったスニの母は、痩せて小柄な輝の母を圧倒するような雰囲気がある。

「あんたの言うように、定められた縁ってものがあるらしいね。あんたんちとうちが約束したわけではないけど、内心では、おそらくそうなるだろうと……。あたしも、こんなことになるとは夢にも思わなかった」

「姉さん、悔しさや恨めしさは、本当に口では言えませんよ。ずっと信じていたのに。もっとも、うちが高望みしてたんです。寝ていても、思い出したら胸が張り裂けそうで……」

「怨んでいいよ。それであんたたちがちょっとでも楽になるなら」

「姉さんを怨んだりしたら罰が当たります。スニの父ちゃんも、宝物をなくしたみたいに寂しいと言っていました。でも、カエルがオタマジャクシだった時のことを忘れたら人間として失格だ。福が受けられなくなる。誰のおかげで今まで生きてこられたんだ。あいつらに捕まってたらスニはとっくに女郎屋に売られ、自分たちはパガジを持って物乞いをしていたはずだ。スニの父ちゃんがそう言いましたけど、まったくそのとおりです」

「そう思ってくれるなら、うれしいよ。ありがとう」

「スニの父ちゃんが、つらくても顔に出さずに婚礼の準備をしっかり手伝えと言うんで、あたしは朝早くから来て、朝ご飯もここで食べさせてもらったんです」

「ありがとう。人間は、昔のことはよく忘れるものなのに。それを聞くと、胸を押さえつけていた岩が取れた気がするよ」

「うちが欲張りだったんです。姉さんは一つも間違ってません。決まっていた結婚が破談になることだってあるんだから。うちが欲を出し過ぎたんですね」

布団カバーを畳む手の甲に、涙が落ちる。

「山の中で、輝しか見てないからそんなことを思うんだ。世の中には花婿候補がいくらでもいる。スニは福のある顔だから、いい人に出会えるよ」

「朝鮮じゅうを回ったって、あんないい花婿はいません。嫁にやれないことはないでしょうけれど。まさか、このまま年を取ることはないでしょう。でも、あの世間知らずの娘が諦められずに追いかけ回して泣いているのが、たまらないんです。見苦しくて」

「そうらしいね」

「馬鹿な娘、道理も身についてないくせに。世間知らずのくせに。売り飛ばされなかっただけでも感謝しないといけないんだ。馬鹿な娘。自分が楊貴妃みたいな美女だとでも思ってるのかね。何をどう頑張ったって、どうにもならないのに」

輝の母は顔色を変えた。スニの母は、自分でも気づかないうちにいら立ちを見せていた。腹が立つと子供をたたくというが、気持ちを抑えられないのか、娘を罵り続ける。

「やめなさい。そんならうちの輝だって、山奥で炭を焼いてかごを編む田舎者だ。何が優れているわけでもない」

「天と地ほど違いますよ。馬鹿な娘。どんな男でも嫁にもらってくれれば上等なのに。身の程を知らないで。登れない木を見上げるなと言ったのに。あの馬鹿、どうして泣くんだ」

スニの母は、どうして泣くんだと言いながら泣く。

「スニはまだ若いんだから、そんなこと言いなさんな。どうなるのかは歳月が過ぎてみないとわからないよ。それに、こうなったのはスニのせいじゃない」

チャクセの女房が、手を拭きながら入ってきた。

「スニの母ちゃん、まだ言ってるんですか。こぼれた水は元どおりにならないんですよ。そんなふうだとお互い気まずくなるだけなのに。これからは顔を合わせないで暮らすつもり？」

思わず言ったことだが、やや語弊があった。

「どうしてそんなことを言うんだよ」

輝の母はきつい言い方をした。それでなくてもスニの母のいやみったらしい言葉に、内心ではむかむかしていたのだ。

「いつ鉢に水を入れたっていうの。こぼれた水だなんて」

輝の母はチャクセの女房を通じて、結婚の約束はしていないと言ったのだ。チャクセの女房がうろたえ、スニの母は緊張した。顔を合わせないで暮らすつもりかという言葉でぎくりとしたところに輝の母に言われて、はっとした。スニの家族が口を出す筋合いではないし、輝の母の世話になって暮らしているのに、大失敗をしてしまった。

「ね、姉さん、あたしが間違ってました。おめでたいことなのに泣いたりして。スニの父ちゃんが知ったら怒鳴るでしょう。人は欲を出すと、礼儀を忘れてしまうようですね。私がいけなかったんです」

「まあ、あんたたちの方がつらいんだろう」

チャクセの女房はようやく笑顔で言った。

「部屋が狭くて、あたしの座る場所もありませんね」

「うちでもやることは山ほどあるんだ」

輝の母が立ち上がった。

「そうだ、衣装はどうなった？」

「スニの母ちゃんと一緒に徹夜で縫いました。縫い目が粗いけど」

「急ぎの時は仕方ないさ。輝の服は作ってあったから、よかったものの」

輝の母は急いで家に帰った。買い物をする暇もなく婚礼は簡略にするので用事が山ほどあるはずはないが、気持ちは焦っている。カンセは部屋で一人座ってたばこを吸っていた。棚からぼた餅のような、息子の婚礼。スニの母は天と地ほど違うと言ったけれど、栄善がスニより優れているのは確かだ。普通学校を出ているからというより、立ち居振る舞いがしとやかで、体つきや顔立ちにも気品がある。輝の母は、もったいないほどいい娘を見てそわそわし、いよいよ息子が嫁をもらうという喜びに浸りながらも、なぜかふと不安になる。スニの母が泣きわめくのは予想していた。そんなこととは関係なく、妙に神経がとがるのはどうしてだろう。幸福をあまり享受できずに生きてきた人たちは、良いことがあると、何か悪いことも起こるのではないかと心配になる。それは虐げられて暮らしてきた人たちに共通する心理かもしれない。

「半月だけでも延期できれば、もうちょっとましな婚礼ができるんだけど」

不安と共に残念な気持ちもあった。紙を張って仕上げた安物のたんすの戸を開けながら、輝の母はまたつぶやく。

「たんす一つ用意できないで春が来るのを待ってたのに、いきなり婚礼だなんて」

「何べん言ったらわかる。できる範囲ですればいい。子供がいて、夫婦が共に元気なら十分だろう。何の文句がある」

カンセはキセルで灰皿をたたいた。

「だって、たった一人の息子の婚礼じゃない。うちが食べるに困ってるわけでもないのに」

「かといって、米俵を山積みにできる身分でもないぞ」

「考えてもみてよ。輝は秋に萩の木を取って、冬じゅうかごを編んだり炭を焼いたりしてるんだから、婚礼の費用ぐらいはあるのに」

「おいおい」

輝の母は、たんすから出した服地を広げたり触ったりして、また畳む。将来どんな嫁が着るかわからないいまま一大決心をして、準備していたのだ。

「急に式を挙げるとは思わなかった。もうちょっと待って、三月あたりに……」

「同じことを何度繰り返すんだ？　ぼけたか」

「あんただって、暖かくなったら輝の結婚を決めるって何度も言ってたくせに」

「もう春だ」

「昨日、それも日が暮れてからやってきて、明後日に婚礼だなんて。木のかんざしを作る暇さえない」

「暖かくなったら河東の市に行って、俺のパジを売ってでも銀のかんざしや指輪を買ってやれ」

「口先だけなら、金のかんざしや指輪とでも言えるよ。押し付けられたと言いながら、内心ではあの娘が可哀想だと思ってるんだね。嘘でも、銀のかんざしだの指輪だのと言うところを見ると」

「お前は可哀想だと思わないのか」

「思うから言ってるの。うちの暮らし向きでは、銀のかんざしや指輪は無理だけど」

「はっきり言って、栄善はうちの嫁にはもったいない。炭を焼き、かごを編む奴が白丁より優れているわけではない。惜しがるとしたら、寛洙《グァンス》の方だ」

「輝のどこがいけないと言うの」

「輝がどうということではなく、栄善は賢いし顔もきれいだからもっといい所に嫁に行けたってことだ。普通学校まで出た娘がこんな山奥に嫁に来るのは、生易しいことではない。苦労するとわかっているのに、寛洙がうれしいはずはなかろう。親の気持ちはそういうもんだ」

「そりゃそうだけど」

「子供の時から見ているから、俺にはわかる。あの娘はきれいで気立てもいい」

「親に似ない子はいないと言うものね」

「気立てのいいのは母親似だ。あの子の母ちゃんは、白丁というと聞こえは良くないが、しとやかな美人だからな。もっとも白丁やカッパチが悪いんじゃなくて、世の中が悪いんだ」

「あたしも、寝ていてもうれしくて目が覚めるほどだけど、心配なのは、町で楽に暮らしてた子が……」

「町にいたけれど、楽に暮らしていたわけでもない。いつも倭奴たちにいじめられて、草むらの鳥みたいに何度も引っ越してる」

「普通学校を出てて、夫を見下げたりしないかねえ」

「輝も海道士について学問をしているから、引け目を感じたりはしないさ。大丈夫、変なふうにはならない。俺はお前の方が心配だ」

「どうして」

「母親にとって、一人息子の嫁は憎らしいものじゃないか」

「そんなこと言わないでよ。大事な嫁なのに」

「その気持ちを忘れてはいけないぞ。嫁というより、娘だと思え」

「いくら考えても……」

「また何を言いだす」

「栄善の父ちゃんが憎らしい。どうして前もって知らせてくれなかったんだろう。たった一人の息子の婚礼はきちんとしたかったのに。それぐらいしか楽しみがなかったし」

「それなりの事情があるんだ」

「あちらの事情じゃないの」

「寛洙の事情は俺の事情で、俺の事情は寛洙の事情じゃないか！　それがどうしてわからない？　今度ぶつくさ言ったら、ただじゃおかんぞ！」

カンセは声を上げる。

二章　初夜

式が終わり、新郎も部屋に入った。山は果てしない静寂に埋もれ、時折、夜行性の鳥やミミズクの鳴き声がする。

チャクセの家では宴会が開かれていた。チャクセは杯が何度か回ると立ち上がった。自分が年下だからか、意気消沈した安《アン》トビョンの顔を見るのがつらかったのか、そっと安を連れて出ていった。もっとも部屋が狭くて六人で酒を飲むには窮屈だ。新郎の父金《キム》カンセと新婦の父宋寛洙《ソングァンス》、そして婚礼にしては質素な式を取り仕切った海《ヘ》道士、一塵《イルチン》のいない寺に修行僧と一緒に滞在していた蘇志甘《ソジガム》の四人が残った。

「あのお宅〈金訓長家〉の改葬は済んだかな」

海道士が寛洙に尋ねた。

「氷が解けなきゃ無理でしょう」

寛洙が答えた。

「じゃあ、宋さん一人で帰ってきたのか？」

「一緒に帰る理由はありませんよ」

「姪〈弘《ホン》の妻宝蓮《ポヨン》〉がいるから宿の心配はいらないし、ゆっくり見物でもしてきたらいいでしょう」

カンセが言った。

「漢経《ハンギョン》さんが見物なんかするもんか。氷が解けるのを今か今かと待ってたぞ」

「なるほど」

海道士が杯を置いて言った。

「それだけじゃないですよ。まるで、むしろの上にひれ伏して罰が下されるのを待ってるみたいだ。どうしてあんなに泣くんだろう。実の親でもないのに。何がそんなに悲しいんだか」

「それが道理というものだ」

海道士が言うと、カンセが付け加えた。

「両班の道理でしょう」

「両班だって、みんながそうではない。とにかく純粋な人だな」

蘇志甘が言った。

「あの養父にあの養子だ。そうするだけのことはありますよ。俺は近所だから子供の時から知ってるけど、金訓長は秋の収穫が終わると、旅費をつくって養子を捜しにあちこちを歩き回ってた。家系が絶えたらご先祖様に申し訳ないと言って。それが口癖だったんです。頑固な年寄りだから、俺は山でずいぶん盾ついたけど……今思えば、あんな人はめったにいませんね。両班とはいえ農民として暮らし、村の人たちが字を書いてほしいと言えば喜んで応じてやった。何の欲もなかったけど、両班という意識が強過ぎて、ほとんど病気でしたね」

「……」

「漢経さんも、ちょっと頭は足りないが、仏様みたいな人ですよ。だからとても親孝行だし、息子も立派だ」

寛洙は話しながら寂しそうな顔をした。蘇志甘は知らないが、カンセや海道士は栄光《ヨングァン》が家出したのを知っているので、微妙な空気になった。

「じゃあ、その時は山に入ったから義兵で、次には東学軍。その次は何だ？　衡平社《ヒョンピョンサ》運動をして、流行りの言葉で言えば無政府主義だか社会主義だか、そんなのか？　でなけりゃ、独立闘士？　宋さんはよくわからないな。とにかく、行商人の子供にしては立派な経歴だ。ドブから生まれた竜だな」

海道士が皮肉を言う。

「昔のことを言ってどうするんです。何一つ成し遂げてないのに」

「他人のしないことばかりやってきたからだ」

「おやおや。山奥でみそやコチュジャンを作って、ぼうっとお天道様を眺めてるから、突拍子もないことを言いだすんでしょう。海道士だって他人のしないことをしてますよ」

「ははははっはっ……。けんかになりそうだな。面と向かって褒められて照れ臭いんでしょう。海道士は、内心では羨ましいんだよ」

蘇志甘が言うと海道士は、

「あれ、どうしてそんな話になるんです。それとなく人を攻撃して喜ぶんだから」

蘇志甘はけらけら笑う。

「みんな楽しそうだな。今日はめでたい日だから、うれしいのは宋寛洙だけじゃないだろう」

「何の日だと?」

海道士が驚くふりをする。

「うちの子が嫁をもらったのを知らなかったんですか? いわば俺が上客《サンゲク》*なのに、扱いが悪いな」

「ちょっと待て、そんなならここは智異山《チリサン》じゃなくて釜山《プサン》か?」

海道士はしらを切る。カンセがにやりとした。蘇志甘も笑ったが、寛洙は笑わない。

「こいつのせいで、俺は上客になれない。ちくしょう!」

カンセはいたずらっぽく寛洙に目配せをする。海道士は、新婦の家で式を挙げてこそ、馬に乗ってついてきた新郎の父親が上客になると言ったのだ。今、カンセは上客ではなく、主人の立場に置かれている。

「それはともかく、よく墓が見つかったな」

蘇志甘はずっとそのことを気にしていた。

「難しくはありませんでした。学校の先生だか何だか、墓を造った人がいたから。龍井《ヨンジョン》からちょっと離れた所です。崔《チェ》参判家の還国《ファングク》のお父さんから詳しく聞いていたし、弘も協力してくれました」

「それはよかった。昔は、満州から親の骨を拾ってくるには莫大な費用がかかったのに、倭奴のおかげで安く済んでよかったな。それはそうと、どうだ。ちょっとでも希望はありそうだったか」

海道士が言った。

「何が」

「何がって、あちらの状況だよ」

寛洙はしばらく黙った末に言った。

「俺なんか無学だから何もわかりません。偉い人たちに希望があると言われて状況を見ているうちに、歳月ばかりが過ぎていった。あちらもここと同じです。倭奴に追われ、中国人に追われる哀れな身の上であるのは同じだ。昔は朝鮮人でも中国籍になればいくらでも土地を耕せて開墾もできたのに、苦労を覚悟で籍を移そうとしなかった。ふん、あの頃はよかった。今は、食べていけず倭奴のせいで何もできないから中国籍になって中国人の格好をしても、日本の籍を抜けられなくて二重国籍になるんで、とても大変だ。

考えてもみて下さい」

「どうしてそんなことに」

海道士が言った。

「要するに、倭奴と中国人の板挟みになるんです。考えてみれば、中国人にはそれなりの理由があります。倭奴が朝鮮の土地を奪い、また中国の土地を奪おうとするから。中国人からすれば、そうでしょう。倭奴は朝鮮人が持っている土地をいつでも自分のものにできるし、場合によっては朝鮮人に土地を買わせる。もう一つは、朝鮮人が籍を中国に移したら、倭奴は独立運動をする人を捕まえにくくなる。中国人はまた、日本人の下で動く朝鮮人がいるせいで朝鮮人を警戒し定着させまいとするから、朝鮮人が暮らしていけない。先に行って定着した人たちはまだいいけど、後から行った人たちは、言葉にできないほど苦労してます。北風の吹き荒れる中で野宿して死んだって誰も気にしません。朝鮮に帰ったところで家も田んぼもない。考えてみれば、悔しいことです。土地を奪われ満州に追われていった人の中に、力のある民が一人でもいましたか？　義兵や独立闘士を除けば、やっとこさ生きてきた哀れな農民ばかりです。死ねなくて満州に行った人たちが、あちらでもっと抑圧される。土地を奪ってここから追い出したなら、せめて満州では放っておいてくれればいいのに……。俺たちは必死に闘わないといけない。闘うしかありません。それしか道がないんです。人間は誰でも死ぬんだ」

声は低くとも、絶叫するような、血が飛び散るような言葉だった。寛洙がここまで来たのは、偶然でも、決心したからでもない。東学の戦争で死んだ行商人の父、金訓長について山に入っている間に行方不明になった母。そして、逃亡して身を潜めている時に出会った、白丁の娘である女房。彼らの恨に導かれてここまで来た。そしてこれから行くべき道には、栄光の恨が色濃く漂うだろう。寛洙は四人のうちで最も多くの悲しみと苦しみを越えてきたからこそ、最も熾烈だ。娘を残し、息子の行方も知らぬまま出ていかなければならない。彼は心の中で嗚咽している。そのことは、カンセもよくわかっていた。

「たらふく食って楽に生きてきた人たちのせいで、民は衣食にもこと欠いた。この山河でたくさん利益を得た偉い人たちが自分の山河を売って延命しているのに、民は居場所すらない。もう、偉い人たちの処分を待っているだけではいけない。自分で自分の道を切り開けだなんて。いつまでこうしていなければいけないんだ」

「それで、あちらの偉い人たちはどう言ってた」

海道士が聞いた。寛洙は海道士をじっと見た。海道士はゆったりとその視線を受け止める。

「世を捨てて面倒なことには手を染めず、のんきに生きているのに、どうして俗世間のことをそんなに知りたがるんです」

寛洙もやや余裕を取り戻したようだ。

「私がいつ世を捨てた。ここは世の中じゃないのか。世捨て人なら、とっくに頭を丸めてるよ。そう言わないで、教えてくれ」

「偉い人たちはたくさんいて、それぞれの立場から話すから、俺みたいに無学な者にはよくわかりません。近いうちに日本と中国が戦争をするから蒋介石と手を組んで共に戦うべきだと言う人もいるし、蒋介石は日本と戦おうとしないだろうと言う人もいて……」

「どうして戦おうとしないんだ」

鍋が割れるような声で、カンセがさえぎった。

「大国が子ネズミみたいな倭奴を恐れて戦おうとしないってのかよ」

「馬鹿なことを言うな」

「何だと？　偉そうに」

「片時も忘れたことのない環兄《ファン》さんが話していた時、お前は耳に綿でも詰めてたのか？　ものわかりが悪いにも程がある」

「火かき棒で耳をほじらんといかんな。よくわからんが、話してみろ」

「清が日本と戦って負けたのを知らないのか」

「清なんて国、とっくにないだろ」

「日本がロシアと戦争して勝ったのも知らないのか」

「要するに、日本が大国より強いってことだな」

「土手で草を食ってる牛に話した方がましだ」

「おやおや、二人は姻戚になったというのに」

蘇志甘が割って入る。

「仲間割れしたら終わりだ。そんなことだから日本が勢いを得るんだぞ。金さん、つまらない口を挟みなさんな。飯を食い遅れて市が終わった後に市場に行くみたいに時代遅れの話は、後回しになさい」

海道士がたしなめた。もちろん冗談だから、誰も真剣に受け止めはしない。

「ちくちょう！　息子の婚礼の日にも威張れないなんて、皿の水で溺れ死ななきゃ。悔しくて生きてられないよ」

一同が笑った。

「宋さん、話を続けて下さい」

一人だけ笑わなかった寛洙は、海道士に催促されて話す。

「やたらにせかしますね。そんなに知りたければ、道中に食う餅でも作って、明日にでも山を下りたらどうです？」

「言われなくとも、一度そうしてみようかとも思っているところだ。それはそうと、話してくれ」

「どこまで話したかな。そう、蒋介石は、日本と戦争をしている間に共産党が勢力を伸ばすことを恐れて、日本がちょっかいを出してもおとなしくしている。共産党と手を組んで戦えばロシアも黙ってはいないだろうし、将来は共産党の天下になって抑圧されている人たちが人間らしく暮らせるようになるから、共産党の側に立てば何とかなると言う人もいます。でも、歯ぎしりしながら、そんな奴らを信じるぐらいならシベリアのオオカミを信じた方がましだ、朝鮮の独立軍がロシアに呼び寄せられた揚げ句に壊滅させられた過去を忘れたのか、馬賊になってでも自分たちの力で武装して倭奴に立ち向かうべきだ、そのために倭奴の手先をごっそり暗殺しなければならない、国内でもそうした方向に進むべきだ、他人に頼ってはいけないと言う人もいます。俺は、その言葉に一理ある気がしました」

蘇志甘が言った。

「一理あったとしても、力の差は度外視できない。拳で岩を殴ったって、びくともしないぞ」

「そりゃ、拳の代わりに竹やりや岩を壊す火薬を使うこともできるんだし」

「竹やりや火薬も、借りてこなければいけない。私たちには拳しかないんだ。彼らの力をうまく利用するのも悪くはないだろう」

その言葉には答えず、寛洙は他のことを考えながら話を続ける。

「戦争が起こった方がいいのかどうかについても、意見はまちまちでした。人も多いし、戦争がなくては終わらない、朝鮮が独立する機会がなくなると言う人もいて、俺もそう思います。蘇先生がさっき言ったみたいに、力のある者同士で戦って、俺たちが生き残るだろうと。戦争がなくても倭奴は俺たちを飢え死にさせるでしょう。どうにかして、バーンと破裂してみるべきだ」

「バーンと破裂して、天と地がくっついてしまえばいい。時々そう思う」

カンセが吐き捨てるように言った。

「とんちんかんだな」

海道士が言う。

「どうしてそんなこと言うんです。俺も、そういう意味ではないということぐらい、わかってます。門前の小僧習わぬ経を読むと言うぐらいで、二、三年も都会と行ったり来たりしてるんだから。ちぇっ、こんな日にもそんな話をしないといけないのか」

「誰もそんな話をしろとは言ってませんよ。嫁に飯を作ってもらって、オンドルでゆっくりしてなさい」

また笑い者にされた。実際、カンセはちょっとすねていた。酒はあまり飲まずにたばこばかり吸っている寛洙を見ていると、息が詰まる気がした。

(うちの子に娘をやるのが惜しいのか。そんなら、どうして娘を連れてきた)

殴ってやりたい。それはカンセ自身や、輝《フィ》の自尊心のためではない。山に置いていく娘を可哀想だと思う気持ちは、今の寛洙にとってはささいなことだ。家族の長い歴史や状況に比べれば、栄善《ヨンソン》は小さな一部分だ。寛洙には個人的な苦痛だけではなく、これからすべきこと、危険で、成功するかどうかわからないことが待ち受けている。寛洙は自分自身の悲劇を思い返し、そしてこれからすべきことを準備していたのかもしれない。カンセが寛洙を殴りたいのは、可哀想だからだ。蘇志甘にやり込められた時の感情とは全く違う。

（ちくしょう！　偉い奴らがやればいいじゃないか。偉い奴らがたくさんいるのに、どうして俺たちみたいなのが先鋒にならなければいけないんだ。そんなことをしたって、白丁やカッパチは英雄にはなれない。ふん、俺たちが生きているうちにはどうにもなりそうにないのに）

悲しみと怒りを抑えられない。怒りがこみ上げるたびに寛洙を殴りたくなる。

「学問なんぞ身につけたところで、仇になるだけだ」

これまでの話題と無関係ではないとはいえ、部屋にいる人たちは唐突だと感じる。最初から、のんびりした祝宴の雰囲気ではなかった。安とチャクセは、スニのせいでカンセや海道士の気持ちが沈んでいるのだと思った。二人は酒を飲む気になれなくて席をはずしたけれど、微妙な関係を知らない蘇志甘も、豪傑笑いをしてはいたが、いささか緊張しているようだ。

「海道士が言うのも、もっともだ。竜になれない蛇は、いくら飛び跳ねたって天には昇れない。うちの息子も、学校にやる代わりに包丁を握らせていたら、市場で牛肉を売って暮らしただろうし、あんな思いをすることもなかった」

寛洙の口からそんな言葉が飛び出した。

「今更そんなことを言ってどうする。もっとも、竜になるか蛇になるかは、ずっと後にわかることだが……」

海道士は寛洙を横目で見て言った。

「白丁の子が」

言葉を切って、また横目で寛洙をちらちら見る。寛洙の顔に、以前のような殺気はなかった。父親が白丁ではないのだから息子も白丁ではないとも言わなかった。女房の気持ちを考えたのだろう。寛洙は一度もそんなことは言わなかった。

「白丁の子が包丁を持たずに筆を持ったら、それは茨の道に入ったということだ。学のある人や良家の人の間に割り込んだところで針のむしろだ。耐えられずに元の場所に戻っても、やはりよそ者扱いされる。白丁の指導者になったところで、それは単なる旗印だ。高く掲げれば、旗は風に流される。白丁という身分が完全になくなるまで、どれほどたくさんの旗が引き裂かれ、倒されなければならないのか、それはわからない。いずれにせよ茨の道だ」

「にっちもさっちもいかないってことか」

カンセが言った。

「そうだ」

「そんなら、宋寛洙の娘婿も、学問をやめるべきだな」

カンセがまた言った。

「耳が詰まってるんだな。目は横と前を同時に見てるくせに」

「何だと」

「古い学問と新しい学問の区別もつかないのか。これからは常奴もちょっと古い学問を身につけておくべきだ。最近の両班たちは、古い学問はやらないじゃないか」

「そうなのか？」

「昔から、両班が使い捨てたものを常奴が拾うことになってる」

「いやだな」

蘇志甘は何を考えているのか話題には加わらず酒ばかり飲んでいる。

「そう思うことはない。古着や食べ残しの飯とは違うし、宝石を捨ててガラス玉を拾う愚か者もいるんだから。考えてもみなさい。今、日本に留学する人たちは、何もかも捨てていくから、あっちで一から習う。日本に行ったこともない私がこんなことを言うと蘇先生は、偏見だ、一つでもよけいに学んで一日も早く追いつくべきだとおっしゃるだろうが、そうでもない。よそのものを学ぶなということではなく、学ぶにしても、自分たちのものを捨てるなということだ。今の人たちは、学ぶことより捨てたり壊したりすることを主張しているから、常奴が拾って大事にしろということだ。皆は壁にぶち当たるまで新学問に熱を上げるだろうが、歳月は、創るものだ。整えるものだ。磨くものだ。物だけではなく、考えも創り、整え、磨く。なぜか。森羅万象、命あるものがその命を保つために、そしてもう少し平安に保つためだ。朝鮮の数千年は、そんなに安っぽいものではない。昔から、身分の低い者たちが古いものを守り続けたからこそ、それが今まで伝わってきたのだ」

「夢より、夢解きの方が一枚上だな」

やっと蘇志甘が口を挟んだ。

海道士は、ひひひと笑って蘇志甘に言う。

「蘇先生、人の生きる道理は、裏表をひっくり返したところで、たかが知れてるでしょう」

「私が否定すると思うのか」

「森羅万象の道理も、決まりきったものじゃありませんか」

「さあ、知らないことがたくさんあるから、何とも……。ははははっはっ……」

「月が昇っては沈み、太陽が昇っては沈み、ということです。理由はないでしょう」

「そういうことなら、決まりきっていると言える」

「新学問だって、決まりきった道理からはずれていると思いますか？　西洋人だって耳の穴が三つあったり、目玉が一つだったりはしない。西洋では魚が山にいて、獣が水の中にいるのでもない。彼らもヒ素をのめば死ぬし、童参《トンサム》*を食べたら力が出るはずです。道具立てが多少違ったところで根本は違わないでしょう。たくさんの生命が散らばっているから、場所ごとに山や川、海や野がちょっとずつ違い、気候もちょっとずつ違う……」

「念仏みたいだ」

「おい、金さん、最後まで聞きなさい。命あるものすべては、生き方が少しずつ違うだけです。西洋の国は西方浄土でも天国でもないのに、礼拝堂に行くんですか？　最近の人たちを見ていると、米の飯が炊けているのに、わざわざヒエを採ってかゆを作ろうと畑に走っているみたいだ。私は朝鮮の古いものにこだわっているのではありません。根のない木はなく、先祖のない子孫はいないのです。他人の物を持ってきて接ぎ木したところで、根がないと仕方ないでしょう？　宇宙の根源の話をすれば、こんなことは枝葉であり、枝葉とは根から出るもの……」

「佳境に入ってきたな。とにかく、その話は後にしてくれ。枝を落とされた木が生き残れるかどうかという瀬戸際なんだ。将来を見越して長話をするのもいいけれど、その間に死んでしまったらどうしようもない。空に飛行機が飛んでるのに、石を投げて鳥を落とそうとするみたいな……。ははははっ……」

論争でもなく、熱を上げてもいない。気のおけない者同士、無駄話で時間を潰しているのだ。

「何てことを。蘇先生ですら私の話から深い意味を読み取れないとは世も末だ。考え深い儒者だと思っていたのに、見損なったな。枝垂れ柳の枝で山の大きさを測るみたいに愚かなことを言うなんて。では言いますが、飛行機がツバメより優れていますか。崖にぶつかれば粉々になるのに。万物のうち人間が最も賢いといっても、生死を支配することはできない。春は勝手に来るのであって、人間が引っ張ってくるのではないでしょう。あちらの人たちだって万物を動かすことはできませんよ」

「鬼神が祭祀の供え物を食べる音を聞いてるみたいだ。何のことだか、俺にはさっぱり」

海道士はカンセの言葉には答えない。

「私が言いたいのは、天地の調和を乱してはならないし、人間が調和を乱そうとすれば、最後には災いを受ける。甑山《チュンサン》*の言葉を借りれば、天地公事を正さなければいけない。西洋人の文物は虚しく、これからも虚しい。適度であればこそ五臓六腑も守られる。食べ過ぎれば腹が裂けて死ぬし、食べ物が少な過ぎれば体がむくんで死ぬ。道理は一寸の狂いもない。銃や大砲を持ってきて他人の土地を奪う人たちの腹が裂けないわけがない。強大国でも、過剰に摂取したら病気になる。薬をのんでも血脈がちゃんと通らずにあちこちで詰まる。通したところで詰まる方が多いから、最後には破裂する。宇宙万物が滞りなく巡ってこそ、すべての命の宿る場所が極楽にも天国にもなる」

「ははははっ、ははは……。もっともらしい話だ。ところで道士、いつ頃そうなるんだ？」

「天地の機密を漏らすわけにはいきません」

海道士がにたりとする。

「それなら、その時まで柿の木の下で昼寝でもするか」

十二時を過ぎると密談が始まり、皆は顔を寄せ合って低い声で話した。緊張感が漂う。

同じ頃、たいまつを持った安とチャクセは、山の中を捜し回っていた。

「おめでたい日なんだから、騒がないでここで待ってろ。あの子が遠くへ行くものか。この近くにいるさ」

安はそう言って家を出たけれど、そんな言葉が耳に入るはずはない。スニの母は家の裏をうろつきながら泣き叫んでいた。チャクセの家は少し離れているから外の様子はわからなかったが、輝の母は気配を察して出てきた。

（あの考えの浅い娘が、何か仕出かしたんじゃないだろうか）

輝の母は新婚夫婦に知れないよう気を使ってスニの母に声もかけられず、腕組みをして立ち尽くしていた。

「あの馬鹿娘、死のうとしてるのかね。真夜中に、どこへ行ったんだ。ああ、あたしはどうしてこんなに星回りが悪いの！」

スニの母は、拳で自分の胸をたたいた。

婚礼の後、たらふく食べてぐっすり寝ていた吉隆《キルリュン》も部屋から出てきたものの、地面に座ってぼんやりしていた。

「あの子ったら、どうすればいいの。いっそ虎にでも食われてしまえ。親をこんなに心配させるなんて。死んだ方がましだ。ああ、どうしたらいいんだろう」

スニの母は暗闇の中を走って転んだり滑ったりしたあげく戻ってきて、家の裏をうろつきながら泣いている。

「ほんとに、あきれたね。どうなってるんだ。おめでたい日なのに」

輝の母は、腕組みをして震えながらつぶやく。

部屋の中にはろうそくが灯されていた。新郎新婦は同い年の十八歳だ。輝は新しい木綿のパジチョゴリ、栄善はチャクセの女房とスニの母が徹夜で縫った真紅のチマと緑色のチョゴリを着ている。チャクセが麓の村で借りてきた新婦の冠ははずされていたが、二人はただじっとしている。分別のつく年ではあったけれど、輝は勇気がなくて、どうしていいかわからない。そんな時、外でざわついているのが聞こえた。口を閉ざしている輝のこめかみが震え、膝に載せた手はぎゅっと握られていた。

鳥の鳴き声がした。まるで花びらが散る音のように。スニの母の泣き声もかすかに聞こえる。部屋に置かれた酒の膳には手もつけていない。栄善は顔を伏せ、影のように座っている。山に来て以来、スニの態度がおかしくて、気になっていた。栄善が外の気配を気にしているのも、疑惑が積もっていたからだ。

「あの馬鹿、間抜けな娘！　幸せになって見返してやろうともせずに自分が死ぬなんて。ああ、いいさ、死にたいなら死ねばいい。ああ、どうすればいいいんだろう」

風に乗ってきたのか、スニの母の嘆きが聞こえた。こんな困ったことが、世の中にあるだろうか。輝は重い石臼で胸を押さえつけられる気がした。

「あの……」

顔を伏せたまま、栄善が口を開いた。

「ひょっとしたら、してはいけないことを、してしまったんでしょうか」

返答はない。鳥の声。風があるのか、戸の目張りが少し震えている。

「あの……」

「うちの両親は悪いことをしてまで息子に嫁を取らせる人ではないし」

少し間を置いた。

「俺も……俺も嫁をもらうために悪いことをしたりはしない。つまらない心配はするな」

輝はそう言って首を横に振る。マツタケを採りに行った時のことが目に浮かんだ。それが大きな罪なのか、ちょっとした失敗なのか、混乱していた。しかしそれより、自分のせいで一人の女が死ぬかもしれないという思いが、彼を恐怖に陥れた。

(スニが死んだら、俺はどうすればいい。どうしてスニが死ぬんだ。どうして!)

輝は酒の膳を引き寄せた。杯に酒をついで飲む。酒は苦く、胸が熱くなった。酒を飲むのは初めてだ。

また酒をつぎ、何度も飲む。

(俺があいつに何をしたっていうんだ。ふられたからといって死ぬことはないのに)

しかし口づけのことを思い出すと、輝の怒りは勢いを失い、恥ずかしさと恐怖が先に立つ。

「あの、やっぱり私が山に来たのが間違いだったみたいです」

耐えきれなくなった栄善が言った。

「な、何を言う!」

目の前がぼやける。叫んだ輝は、栄善を見ている。ちょっと顔を上げた栄善がゆらゆらする。真紅と緑色が揺れる。顔が二つになり、三つになる。ろうそくも二本になり、三本になる。輝は腕を振り回してみた。

「お前をひ、ひと目見た時から、す、好きだった。そんな思いは、生まれて初めてだ。うむ……うむ」

輝は身をよじるようにしていた。真っ暗な断崖絶壁が迫っては遠ざかる。

「ううむ……うむ」

飲めない酒を飲み続けた輝は、姿勢を保つことができない。栄善やろうそくだけでなく、部屋が揺れ、天井が上がったり下がったりする。

「で、でも、もしこうなっていなかったら、スニと結婚していたのか、そ、それはわからない。わ、わからないことだ。約束は、し、していないから。心配することはない」

もうろうとしながらも、輝はスニと口づけしたことは言ってはならないと思った。栄善が傷ついてはいけないし、それはスニにとっても恥ずかしいことだ。

「し、心配することは……」

輝はばたりと伸びてしまった。

チャクセと一緒にスニを捜していた安は夜明け近くに、へとへとになって帰ってきた。

「見つからなかったの」

スニの母はヒルのように亭主にしがみついて叫んだ。吉隆は中庭にぐったり座って父を見ていた。

「放せ」

安は女房を押し返す。輝の母は凍りついたように立ち尽くし、チャクセは黙ってたばこを巻いて火をつける。チャクセの家は明かりが消えていた。酒を飲んでいた人たちは皆眠ったらしい。一日中婚礼の準備に追われ、夜遅くまで酒の世話をしていたチャクセの女房も疲れて寝ているようだ。

「ああ、なんて災難だ！　ああ、神様！」

「夜中に縁起の悪いことを言うんじゃない。泣くな！　誰かが死んだとでもいうのか！」

安が叱った。輝の母はためらいながら言った。

「安さん、どうしたらいいんだろう」

「心配いりません」

「心配しないわけにはいかないよ」

「家を出たからといって、死ぬとは限らないんだから」

「だけど、この山の中で、どこに行くっていうの」

「おい、いつまで泣いてるんだ！」

胸をたたきながら泣いている女房を叱ってから言う。

「夜が明けるのを待ちましょう。心配したところで、どうなるものでもないし。奥さんは家に帰って下さい」

「天下泰平だね！　女の子は人間じゃないって言うの！　スニがなんで死ぬんだ、誰のせいで！」

「騒ぐな！」

安は女房の両脇に手を入れて家の中までずるずる引きずってゆき、部屋に放り込んで戸を閉めた。

「万一のことがあったら、初めからいなかったと思って諦めます。騒ぎを起こして面目ありません」

部屋では、スニの母が床をたたきながら泣いている。

「アイゴ、頭がどうかしちまうよ！　アイゴー、可哀想な子！」

夜が明けた。

チャクセの家にいた客たちは、いつの間にかいなくなっていた。寛洙も娘に声一つかけないで行ってしまった。カンセ一人が、朝早くチャクセの家から出てきた。ところが、スニの事件はあっさりと結末を見た。スニは、騒動が起こっているのも知らずに炭焼き窯の中で寝ていた。もしやと思って見に行った吉隆が見つけた。

　誰かを困らせようとしたのでも、死のうとしたのでもない。一人で泣ける場所を探して炭焼き窯に行き、泣き疲れて寝てしまった。騒ぎにはちっとも気づいていなかった。

「そのまま死んだらよかったのに、なんで生きて戻ってくるんだよ。寿命が十年縮まった。それより、恥ずかしくて仕方ない。この馬鹿娘！」

　母は娘を殴った。スニが死ななかったのは幸いだったとはいえ、そんな事件は起こらないに越したことはない。それに、輝や栄善に大きな傷を残したのも事実だ。

（十五巻に続く）

訳注

第四部　第二篇

＊六章

【大庁《テチョン》】小さな農家などの庶民住宅の場合、板の間《マル》は部屋の前に造られた生活空間だが、比較的大きな屋敷の中央にある広い板の間は大庁とも呼ばれ、部屋と部屋をつなぐ廊下のような役割を果たすとともに、応接間、祭祀のための空間としても使われる。

【都執《トジプ》】東学の下部組織である包《ポ》に置かれた六つの役職のうちの一つ。

【まげ】男子も結婚するまでは長い髪を一つに編んで垂らすのが朝鮮の伝統的な髪形だった。普通は結婚を機に髪を結ったが、ある程度の年齢になると、独身者でもまげを結った。二十世紀に入ると断髪して洋髪にする人も増加した。

【東学】一八六〇年に崔済愚《チェジェウ》（一八二四～一八六四）が創始した新興宗教。民間信仰、儒教、仏教、道教などの要素を採り入れている。西学と呼ばれたカトリックに対抗する意味で東学と名づけられ、信者（東学教徒）の団体は東学党と呼ばれた。

【接主《チョプチュ》】東学教区の長。包主《ポジュ》とも。

【参判《チャムパン》家】過去に参判を務めた先祖がいる家であることを表す。参判は朝鮮時代の高級官吏の役職名。

【恨《ハン》】無念な思い、もどかしく悲しい気持ちなどが心の中にわだかまっている状態。

【両班《ヤンバン》】高麗および朝鮮王朝時代の文官と武官の総称であるが、後には特に文官の身分とそれを輩出した階級を指すようになった。両班の特権は、法律上は一八九四年に廃止された。

【智異山《チリサン》】全羅道《チョルラド》と慶尚南道《キョンサンナムド》にまたがる連山。西姫《ソヒ》たちの故郷である平沙里《ピョンサリ》にほど近い所に位置する。

【ソウル】一九一〇年の韓国併合以後、首都の名は「漢城《ハンソン》府」から「京城《キョンソン》（日本語読みは「けいじょう」）府」と改められるが、一般的には首都という意味の「ソウル」という呼称もずっと使われた。

【串だけ焼けて肉が焼けない】やろうとしていることはうまくいかず、困ったことばかり起きる。

【衡平《ヒョンピョン》社《サ》運動】一九二三年四月に晋州《チンジュ》で始まった、白丁《ペクチョン》（牛、豚を解体し、食肉処理や皮革加工などをする人々。朝鮮時代は賤民階級に属した）に対する差別撤廃運動。

【常奴《サンノム》】 身分の低い男に対する蔑称。

【徐林《ソリム》】 白丁出身の義賊として語りつがれた林巨正《イムコクチョン》の物語に登場する知識人の策士。

【沿海州】 ロシア帝国が十九世紀後半から二十世紀初頭にかけてシベリアの南東端、アムール川（黒龍江）、ウスリー川、日本海に囲まれた地方においた州。プリモルスキー州。

【儒者《ソンビ》】 学識はあるが官職についていない人。

【カラムシ】 イラクサ科の多年草。茎の皮から繊維が採れ、織物にする。

【地官】 風水論をもとに、家や墓の場所を決めたり、吉凶を占ったりする人。高麗時代と朝鮮時代には科挙によって登用され、朝鮮時代には地理学教授（従六品）、地理学訓導（従九品）などの下位官職にあった。

【東学の乱】 甲午農民戦争（一八九四）。東学農民運動などとも呼ばれる。

【北接《プクチョプ》と南接《ナムチョプ》】 東学の二大勢力。北接は崔時亨《チェシヒョン》などの指導者を中心とした東学の主流、南接は全琫準《チョンボンジュン》が率いる急進派を言う。

【チャンスン】 木や石に人間の顔を彫刻し、村の入り口などに立てる柱のような標識。たいてい男女一対になっており、片方に「天下大将軍」、もう片方に「地下女将軍」と書かれている。

【賢いネズミは夜目が利かない】 賢いように見えても、やはりよくわからないことがある。

＊七章

【三綱五倫】 儒教道徳の基本となる三つの綱領（君臣、父子、夫婦の道）と守るべき五つの道（君臣の義、父子の親、夫婦の別、長幼の序、朋友の信）。

【常民《サンミン》】 両班階級よりも低い身分に属する平民階級。

【崔済愚《チェジェウ》って人は……】 東学の創始者崔済愚は両班の家に生まれたが、母が二度目の結婚だったため、科挙の試験を受けられないなど社会的に差別待遇を受けた。

【昌慶苑《チャンギョンウォン》】 初代韓国統監伊藤博文の発案により、朝鮮時代の宮殿である昌慶宮《チャンギョングン》に動物園と植物園が造られ、一九〇九年に一般に開放された。一九一一年に呼び名を昌慶苑とした。

【ムーダン】 民間信仰の神霊に仕え、吉凶を占ったり、クッ（神に供え物をし、歌や踊りを通して祈る儀式）を執り行ったりする巫女。

【義湘《ウイサン》を慕った善妙の話】 新羅の僧義湘は唐に留学した時、長者の娘善妙に言い寄られたが拒絶した。その後、義湘が留学を終えて船で帰国したことを知った善妙は海に身を投げて竜になり、義湘の守護神となったという説話。

【縮地法】 道術において、地脈を縮め距離を短縮する術。

【杜鵑酒《トゥギョンジュ》】 ツツジの花びらを入れて醸した酒。

【光州《クァンジュ》学生事件】 一九二九年十一月三日、光州の通学列車内で朝鮮人女学生をからかった日本人中学生と朝鮮人男子学生が衝突した際、警察が朝鮮人学生だけを検挙したことに憤った学生たちが起こした反日運動。デモや同盟休校は全国に拡大し、数カ月続いた。

【新幹会《シンガンフェ》】 一九二七年に、社会主義と民族主義の両陣営が連帯して結成された朝鮮の民族統一戦線。元山《ウォンサン》のストライキ（11巻訳者解説参照）や光州学生事件支援活動の過程で多数の幹部が検挙された。

【東拓】 一九〇八年に設立され一九四五年に解体された、朝鮮における植民地的農業経営のための半官半民の国策会社・東洋拓殖株式会社の略称。土地の買収、地主的農業経営など広範囲にわたる事業によって朝鮮経済を支配した。満州、南洋などにも進出した。

＊八章

【祭祀《チェサ》】 先祖を祭る法事のような儀式。

【中学校】 ここでは高等普通学校のこと。朝鮮人を対象にした学校で、普通学校を終えた後に進む中等教育機関。女子は女子高等普通学校に進学した。一九三八年に高等普通学校は中学校、女子高等普通学校は高等女学校に改められた。

【校理《キョリ》家】 過去に校理を務めた先祖がいる家。校理は正五品、または、従五品に当たる朝鮮時代の文官。

【奴婢《ぬひ》】 朝鮮王朝の身分制度において賤民階級に属する下男や下女のこと。

【農庁《ノンチョン》】 村の農民が共同で農作業を行うための組織。一九二三年四月、晋州で白丁の団体衡平社が発足した時、同地の農庁は激しい反対運動を繰り広げた。

【恵んでやれないまでもパガジを割るな】 助けてやれないにしても、せめて妨害はするな。パガジは乾燥させたヒョウタンの実を二つ割りにして作った器で、ここでは乞食が物乞いする時に差し出す器のこと。

【スンニュン】 ご飯を炊いた後、釜の底に残ったお焦げに水を注いで煮立てた、お茶代わりの飲み物。

【マジギ】 田畑の面積の単位。一マジギは一斗（約十八リットル）分の種をまくぐらいの広さを言う。田なら約二百坪、畑なら約三百坪。

【かごが大蛇を捕まえた】 愚かな人が驚くべきことをする。

＊九章

【普通学校】朝鮮に設置されていた初等教育機関。一九三八年に小学校に改められた。

【疑夫症《ウィブチュン》】夫が浮気をしているのではないかと異常なまでに疑う性癖。疑妻症《ウィチョチュン》はその逆。

【新女性】新式の教育を受けた女性。

【中人《チュンイン》】両班と常民の間に位置する階級。

【尹心悳《ユンシムドク》】一八九七〜一九二六年。朝鮮最初のソプラノ歌手。東京音楽学校声楽科に学び、「死の賛美」で一世を風靡した。劇作家金祐鎮《キムウジン》と共に、船上から海に投身自殺したとされる。

【狂った女が子供を洗って死なせる】無駄なことに一生懸命になって、かえって害を与える。

【間島《カンド》】現在の中国・吉林省延辺朝鮮族自治州に当たる地域。「墾島《カンド》」などとも書かれる。

＊十章

【訳官】高麗時代と朝鮮時代に通訳や翻訳などに携わった役職で、中人が務めた。

【三・一《サミル》万歳運動】一九一九（大正八）年三月一日から約三カ月間にわたって朝鮮各地で発生した抗日・独立運動で、民衆が太極旗を振りながら「独立万歳」を叫んでデモ行進をした。朝鮮のキリスト教、仏教、東学の流れをくむ天道教の指導者ら三十三人の民族代表が計画し、独立宣言書を発表した。デモはソウルで始まり、朝鮮全土に波及したが、日本軍の過酷な弾圧によって多数の死者、負傷者を出して終わった。当時の日本では「万歳騒擾《そうじょう》事件」として報じられた。

【半回装《パンフェジャン》チョゴリ】袖先や襟を紫または藍色の布で飾った女性用チョゴリ。

【パンソリ】日本の浪曲のように一人で話したり歌ったりしながら物語を伝える伝統芸能。

【カボチャをつるごと採った】思いがけない幸運を手にした。

【男女有別】男女の間にはそれぞれ守るべき礼節があるという儒教の教え。

【哭《こく》】人が亡くなった時や祭祀の時に、死を悼んで泣き叫ぶ儀式。

＊十一章

【蟾津江《ソムジンガン》】平沙里、河東《ハドン》を流れる川の名。全羅北道《プクト》の八公山《パルゴンサン》に源を発し、慶尚南道と全羅南道の境界を流れて海に注ぐ。

【訓長《フンジャン》】書堂《ソダン》〈私塾〉で初歩的な漢文を教える先生のこと。

【舎廊《サラン》】舎廊房《サランバン》は主人の居室兼応接間を指す。大きな家には独立した建物（舎廊棟《サランチェ》）が設けられた。

【山本宣治】一八八九〜一九二九。生物学者、社会運動家。産児制限運動を契機に無産運動に足を踏み入れ、一九二八年の第一回普通選挙で労働農民党から出馬して当選した。治安維持法改悪に反対して暗殺された。

第四部　第三篇

＊一章

【ウィンモク】オンドルのたき口から一番遠く、寒い所。

【チャルトックとシルトック】チャルトックはモチ米で作った餅の総称。シルトックは米粉を蒸して作った餅の総称。いずれも豆、小豆、カボチャ、ナツメ、木の実など、さまざまな材料を加えて作られることが多い。

【秋夕《チュソク》】仲秋。陰暦八月十五日に新米の餅や果物を供えて先祖の祭祀を行い、墓参りなどをする、伝統的な祝日。

【絹の服を着て夜道を歩くようなもんだ】いくらきれいな服を着ていても、わかってもらえない。努力したかいがない。

＊二章

【茶礼《チャレ》】先祖を祭る祭祀の一種で、元旦や秋夕の朝などに行う。

【アレンモク】オンドルの焚き口に近い、暖かい場所。

【書房《ソバン》】書房は官職のない人を呼ぶ時、姓の後につける敬称。

【苛《か》性ソーダ】当時、洗濯に使われていた水酸化ナトリウム。強い毒性を持つ。

＊三章

【役所でむち打たれて家に帰って女房をたたく】自分に害を与えた強い相手には何も言えず、弱い人に八つ当たりする。

＊四章

【忠勇無双のわが兵は】大和田建樹作詞・深沢登代吉作曲の軍歌「日本陸軍」（一九〇四）の歌詞の一部。

【水鬼神】人や舟を水中に引きずりこむ鬼神。

【おおきみの辺《へ》にこそ死なめ】おおきみの足元に死のう。万葉集巻十八の大友家持の長歌の一節で、後に信時潔作曲の歌曲「海行《ゆ》かば」（一九三七）の歌詞として採用された。

＊六章

【チョネ】女性が外出の際に頭からかぶった薄い綿入れの布。顔を他人に見られないようにすると同時に、寒さを防ぐ役割もあった。モリチョネとも。

【龍井《ヨンジョン》】現在の中国・吉林省龍井市。豆満江《トゥマンガン》（中国名は図們江《ともんこう》。白頭山《ペクトゥサン》〈中国名：長白山〉に源を発し、現在の中国東北部、ロシア沿海地方との国境地帯を流れる大河。長さ五二一キロメートル）を挟んで朝鮮と接し、多くの朝鮮人が流入していた。

＊七章

【ガス織り】木綿糸をガスの炎の中に通して表面の毛羽を取った、光沢のあるガス糸で織った織物。

【クンジョル】目上の人に対して行う丁寧なお辞儀。男性の場合は膝を折って両手を床に当て、頭を下げて額を手の甲に近づける。女性は立ったまま目の高さで両手を重ね、ゆっくり尻をつけて座って深くお辞儀をし、再び立ち上がって軽いお辞儀をする。

【カッパチ】革靴職人のこと。朝鮮時代には賤民階級に属した。

【ヘジャンクク】酒を飲んだ翌朝に食べる辛いスープ。

【相思蛇《サンサベム》】恋わずらいで死んだ人の霊が蛇になったもの。

＊八章

【関釜連絡船】一九〇五年から第二次世界大戦の終戦直前まで、山口県の下関と朝鮮の釜山《プサン》の間を就航していた船。日露戦争後、日本の朝鮮半島支配と中国進出のために開設され、多くの貨物や旅客を運んだ。

【論介《ノンゲ》】妓生《キーセン》の名。豊臣秀吉の朝鮮出兵で日本軍が晋州城を占領した際、その祝宴にはべった論介は日本の武将の一人を崖の上に誘い出して抱きかかえ、共に南江《ナムガン》に身を投じた。

【矗石楼《チョクソンヌ》】晋州城にある雄壮な楼閣。南江を見下ろす崖の上に建てられている。

【画僧】金魚《クモ》と呼ばれ、丹青《タンチョン》（寺院などの建物に描かれる色とりどりの模様）や仏画を描く僧侶。

＊九章

【カフェ】 本来はコーヒーを供する喫茶店の意味だが、日本とその植民地では大正末期から終戦頃にかけて、洋酒や洋食も提供し、客席では女性が接待するキャバレーのような店を指すのが一般的だった。

【笠《カツ》】 馬のたてがみや尾で作った帽子のようなもので、成人男性がかぶる。

【花郎《ファラン》】 新羅時代に組織された青少年の修養団体。学識があり容姿端麗な名門家の男子が選ばれた。

【丙子《へいし》の乱】 一六三六年に起こった清の朝鮮侵略。一六二七年に朝鮮を侵略して以来、清は毎年膨大な貢ぎ物を朝鮮に要求していた。一六三二年に清が朝鮮との兄弟関係を君臣関係に変えると通告し、さらに多くの貢ぎ物を要求したのを契機に、朝鮮は清にたいする宣戦教書を発布したが、一六三六年十二月に清の大軍に攻撃され、翌年一月に降伏した。

【四溟《サミョン》大師】 朝鮮中期の高僧、惟政《ユジョン》（一五四四～一六一〇）のこと。四溟堂《サミョンダン》と号し、松雲《ソンウン》大師とも呼ばれた。文禄・慶長の役で義僧兵を指揮して日本軍と戦い、また加藤清正や徳川家康と会って講和交渉を行った。

【海底トンネル】 一九三二年に完成した東洋初の海底トンネル。長さ四百八十三メートル。統営《トンヨン》と、当時、日本の漁民が多く移り住んでいた弥勒島《ミルクト》をつなぐために建設された。

＊十章

【菊花《クックア》パン】 菊花形の型で焼かれる、タイ焼きのようなお菓子。

【NAPF《ナップ》】 全日本無産者芸術団体協議会の略称。エスペラント語 Nippona Artista Proleta Federacio の頭文字。

【霧社事件】 日本統治下の台湾で、霧社（現・南投県仁愛郷の山間地域）の原住民が台湾総督府の圧政に抵抗して一九三〇年に武装蜂起した事件。

【鬼熊事件】 一九二六年に千葉県香取郡で起こった殺人事件。犯人岩淵熊次郎はもともと村では評判が良く、また人々が警察に対し反感を持っていたこともあって、地域住民に助けられながら四十日以上も逃げ回ったものの、最後には自殺した。

第四部　第四篇

＊一章

【鉛の毒】若い頃、女芸人の一行に加わって各地を放浪していたチュンメは、当時、鉛の成分が多く含まれていた白粉を多用していた。

【農楽《ノンアク》】笛や太鼓、鉦《かね》、銅鑼《どら》を演奏しながら踊る農民の遊び。

＊二章

【上客《サンゲク》】婚礼の際、新郎や新婦に付き添ってゆく家族。

【童参《トンサム》】子供のような形をした野生の高級朝鮮人参。

【甑山《チュンサン》】東学が挫折した後の混乱の中で甑山教を創始した姜一《カンイル》淳《スン》（一八七一〜一九〇九）の号。死後に夫人高判礼《コバルレ》が公式に教団を設立し、それが分裂していくつもの教団ができた。それらを総称して甑山教と呼ぶ。

訳者解説

第四部の中間に当たるこの十四巻に流れる時間は一九三〇年の夏の終わりから翌年の早春までで、舞台は南原《ナムオン》、釜山《プサン》、麗水《ヨス》、晋州《チンジュ》、平沙里《ピョンサリ》、智異山《チリサン》、ソウル、統営《トンヨン》と、ソウル以外はいずれも朝鮮半島の南部地方だ。金環《キムファン》が死に、恵観《ヘグァン》が消息を絶って以来、独立運動の方向を見失っていた寛洙《グァンス》は、吉祥《キルサン》が刑期を終えて戻ってきたことに励まされ、東学系統の孫泰山《ソンテサン》や尹必求《ユンピルグ》に加え、蘇志甘《ソジガム》、海《ヘ》道士といった知識人まで巻き込みながら新たな道を開拓しようとしている。現実の独立運動の主流も、この頃は既に民族主義から社会主義運動に移っていた。

十三巻に引き続き、この巻でも日本文学に対する作者朴景利《パクキョンニ》の関心が垣間見える。緒方次郎は、才気溢れる美貌の青年武士でありながら俗世を捨てて放浪の生涯を送り、「願はくは花の下にて春死なむ　その如月の望月のころ」という歌のままに世を去った西行の生き方に憧れている。趙燦夏《チョチャンハ》も、西行が日本最高の詩人だと認めていることからすると、これは作者自身の見解なのだろう。

中野重治（一九〇二〜一九七九）の「雨の降る品川駅」（『改造』一九二九年二月号）については、「朝鮮独立と独立運動に対する熱い支持を表明した詩だ」という作者の評価が地の文で述べられているが、この詩に関してはさまざまな問題が指摘されている。

おゝ
朝鮮の男であり女である君ら
底の底までふてぶてしい仲間
日本プロレタリアートの前だて後ろだて
行ってあの堅い　厚い　なめらかな氷を叩き割れ
長く堰かれて居た水をしてほとばしらしめよ
（「雨の降る品川駅」部分）

朝鮮史研究者水野直樹は朝鮮語雑誌に掲載されていた朝鮮語訳から『改造』発表時の伏字の内容を推定し、最初に書かれた時には朝鮮人同志に天皇を暗殺するよう教唆する詩句があったと指摘した。朝鮮の同志を「日本プロレタリアートの前だて後ろだて」と呼んだことや、日本人が取り組むべき課題を朝鮮人にさせようとした「民族エゴイズムのしっぽのようなもの」について、後に中野が自己批判したのは有名な逸話だ（水野直樹「中野重治『雨の降る品川駅』の自己批判」『抗路』、二〇二〇年七月号。詩の引用は同文による）。また、この詩が発表されて数カ月後、呼応するようにプロレタリア詩人林和《イムファ》が「傘差す横浜の埠頭」という詩を発表している。これは「植民地の男」が、恋人であり横浜の工場に勤務する「異国の娘」に対して、自分は日本を追い出されるが、お前は工場の若年労働者を助けながら労働運動を続けろと諭すという内容で、いささか冗長な感じがする。

仁実《インシル》が緒方次郎を相手に長広舌をふるう中で非難している柳宗悦《やなぎむねよし》（一八八九〜一九六一）は、言わずと知れた民芸運動の提唱者であり、日本において朝鮮美術に対する関心を広く呼び起こした思想家だ。柳は「朝鮮人を想う」（読売新聞、一九一九年五月二十日〜二十四日）の中で、朝鮮芸術の線の美しさは「愛に飢える心のシムボル」であり、「彼等は美しさに寂しみを語り、寂しみに美しさを含めたのである」と言い、「朝鮮の美術」（『新潮』一九二二年一月号）では、朝鮮の衣服の色である白は「淋しい慎み深い心の象徴」だと述べた。また、三・一《サミル》事件後に書かれた「朝鮮の友に贈る書」（『改造』一九二〇年六月号）で柳は、「少くともある場合日本が不正であったと思う時、日本に生れた一人として、ここに私はその罪を貴方がたに謝したく思う」と朝鮮に対する総督府の弾圧を批判する一方、「血を流す道によって、革命を起して下さってはいけない」と朝鮮の人々に進言している。柳宗悦著『朝鮮を想う』（筑摩書房、一九八四。柳の文章の引用は同書によるが、表記は現代式に改めた）の年譜によれば、柳宗悦と妻で声楽家の兼子が一九二〇年五月にソウルに行った際には、朝鮮初の女性西洋画家羅蕙錫《ナヘソク》や小説家李光洙《イグァンス》の妻で医者の許英《ホヨン》粛《スク》が出迎え、午後には文芸誌『廃墟』同人が歓迎会を開いている。

「失われんとする一朝鮮建築の為に」（『改造』一九二二年九月号）で景福宮《キョンボックン》の光化門《クァンファムン》取り壊しに反対し、一九二四年にはソウルに朝鮮民族美術館を建てるなどした柳の功績は決して小さくはないはずだが、彼に対する評価は人によって大きく異なる。同書の解説を書いた高崎宗司によれば、柳が朝鮮の美を悲哀と結びつけたことについては一九六八年に金達《キムダル》寿《ス》が、一九七四年に韓国の詩人崔夏林《チェハリム》が真っ向から批判した。この物語の中でも仁実は、柳自身が「またも偽りの日本人かと言って私を拒《しりぞ》けるだろうか」（「朝鮮の友に贈る書」）と危惧したとおり、彼を「朝鮮美術に情熱的な賛辞を送りながら、その母体である歴史には無知」な、「安っぽい慈悲の心」を持った「感傷家」と断罪している。

相馬愛蔵（一八七〇〜一九五四）と妻・黒光（一八七五〜一九五五。本名、良《りょう》）夫妻の経営する新宿中村屋はインドカレー、中華まんじゅう、月餅、ボルシチといった外国の食べ物を日本に普及させ、クリームパンを考案するなど日本の食文化に大きな影響を及ぼす一方、荻原碌山、中村彝《つね》などの芸術家たちにアトリエを提供し、また芸術家が集まるサロンとしての役割も果たした。相馬夫妻が日本に亡命していたインド独立運動の闘士ラス・

ビハリ・ボースをかくまうために長女俊子をその妻にしたことはよく知られた話だが、黒光の自伝『黙移』などを見ても、彼らが確固とした政治信条を持っていた感じはしない。緒方次郎は相馬夫妻の行動を「安っぽい感傷と誤った視点、何かに迫ろうという深刻さが欠如した偽善」と呼び、「純粋な」木下尚江（一八六九〜一九三七）と区別している。キリスト教社会主義者木下尚江は相馬愛蔵と同郷の親友で、黒光とも晩年まで親交があった。普通選挙運動に携わり、新聞記者として社会の不正を暴く一方、長編『火の柱』などで人気を博した小説家でもあった。

仁実の話の中で目を引くのは、吉野作造（一八七八〜一九三三）にだけ「先生」という敬称をつけ、「吉野先生の良心は貴重です」と言っていることだ。これはもちろん吉野に対する仁実の敬意を表すものだろうが、同時に、吉野を尊敬する緒方に対する気遣いであるとも受け取れる。仁実の兄仁性《インソン》と緒方が東京帝国大学で史学を専攻した先輩後輩の間柄であったという設定は、大正デモクラシーの牽引者であった吉野作造教授の影響の下、東京帝国大学で結成された学生運動団体・新人会を連想させるものだ。宮崎龍介や赤松克麿らが「現代日本の正当な改造運動」（「新人会綱領」）を目的として一九一八年末に結成した新人会は次第に社会主義的な色彩を深め、他大学などにも同じような団体が作られて、後に学生運動の大きなうねりを起こす原動力となった。中野重治や山本宣治も新人会出身だ。しかし、創立当時に入会した金俊淵《キムジュニョン》（一八九五〜一九七一）は座談会で「朝鮮の独立問題については、会員たちといっぺんも話したことがないんです」（石堂清倫、竪山利忠編『東京帝大新人会の記録』経済往来社、一九七六）と述べている。新人会の会員たちですら、朝鮮の独立にはあまり関心がなかったらしい。

十三巻では婚家を出た任明姫《イムミョンヒ》が、この十四巻では燦夏《チャンハ》と緒方、そして仁実が統営の海底トンネルの中を歩いている。だがこのトンネルは一九三二年に竣工しており、実際にはまだ通れなかったはずだ。しかし、明姫も、明姫に拒絶されて絶望する燦夏も、民族の壁を越えられない仁実と緒方も、ずっと暗い海底をさまよっているように見える。海底トンネルは、彼らの心境を象徴するのにふさわしい大道具ではあるだろう。

寛洙の目論見は成功するのか。暗闇にいる明姫、燦夏、仁実、緒方は、出口を見つけられるだろうか。第四部は次の十五巻で完結する。

二〇二一年五月

吉川凪

◉監修

金正出（きむ　じょんちゅる）

1946年青森県生まれ。1970年北海道大学医学部卒業。
現在、美野里病院（茨城県小美玉市）院長。医療法人社団「正信会」理事長、社会福祉法人「青丘」理事長、青丘学院つくば中学校・高等学校理事長も務める。訳書に『夢と挑戦』（彩流社）などがある。

◉翻訳

吉川凪（よしかわ　なぎ）

仁荷《イナ》大学に留学、博士課程修了。文学博士。著書『朝鮮最初のモダニスト鄭芝溶《チョンジヨン》』、『京城のダダ、東京のダダ』、訳書『申庚林詩選集 ラクダに乗って』、『都市は何によってできているのか』、『アンダー、サンダー、テンダー』、『となりのヨンヒさん』、『広場』など。キム・ヨンハ『殺人者の記憶法』で第四回日本翻訳大賞受賞。

完全版 土地 十四巻

2021年7月15日 初版第1刷発行

著者……………… 朴景利
監修……………… 金正出
訳者……………… 吉川凪
編集……………… 藤井久子
ブックデザイン…… 桂川潤
DTP ……………… 有限会社アロンデザイン
印刷……………… 中央精版印刷株式会社

発行人 ………… 永田金司 金承福
発行所 ………… 株式会社 クオン
〒101-0051 東京都千代田区神田神保町1-7-3 三光堂ビル3階
電話 03-5244-5426 ／ FAX 03-5244-5428
URL http://www.cuon.jp/

ISBN 978-4-904855-54-6 C0097
万一、落丁乱丁のある場合はお取替えいたします。小社までご連絡ください。

ソウルの地図

絵：キム・ボミン

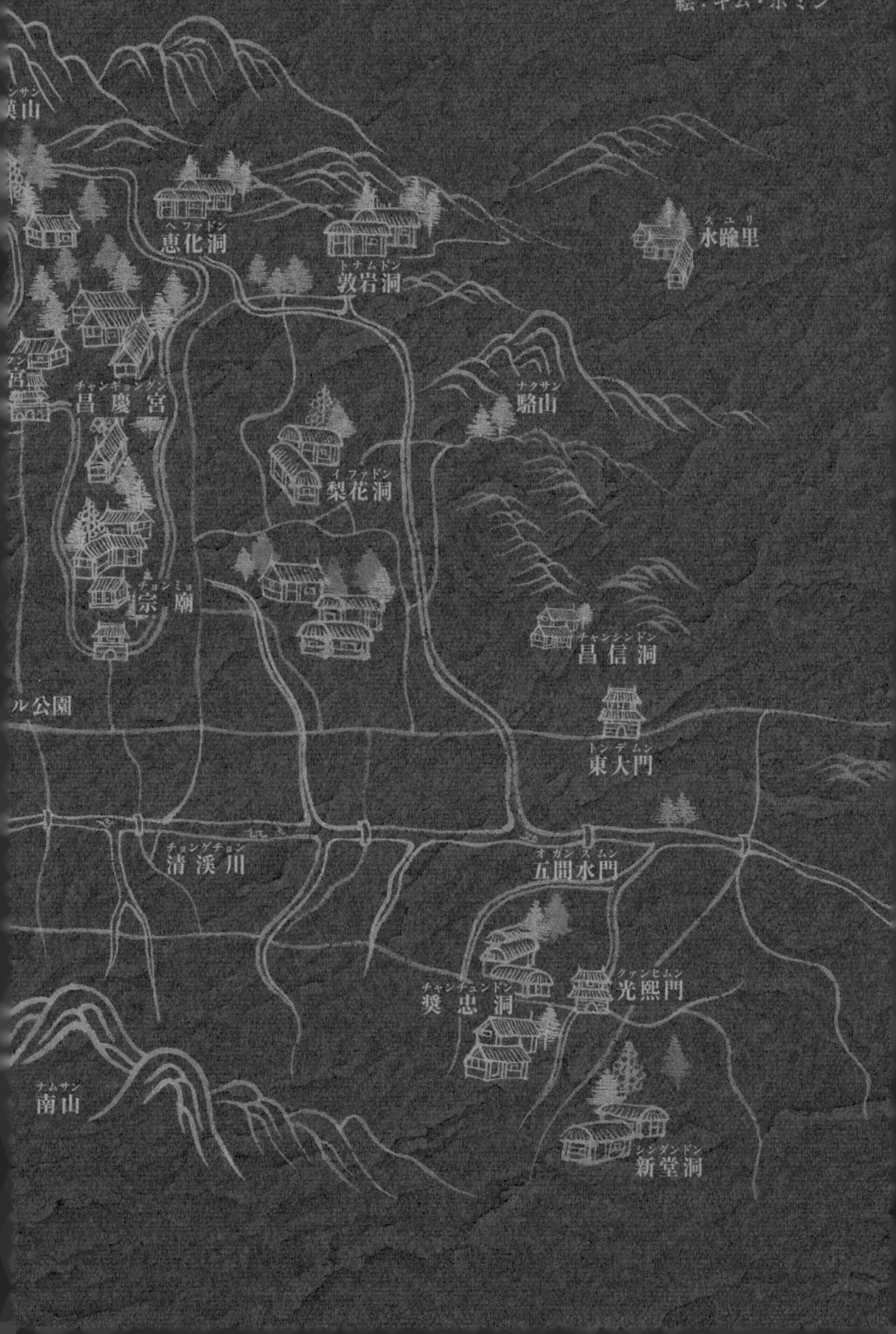